임상모 창작소설

미 꾸 라 지

미꾸라지

임상모

국학자료원

和光同塵(화광동진)

글씨는 못났으되 그 뜻은 우주처럼 훤칠하다.
'빛을 부드러이 하여 티끌인 양 한다'니 그 겸손
과 베풂의 도량이 부럽기만 하다. 나의 창작소설
이 저 지혜를 담아내기를 희원하며 신년원단에
써보았다.

차례 |

■ 휘호 한점

| 작가의 말

분신의 목소리

궁둥이를 좀 들어 올리며 오른팔을 뻗었다. 버스의 좋은 성능 때문인지 가경동에서 발차하여 시외로 나가는 좌석버스 대부분은 다른 시내버스에 비해 에어컨 바람이 매우 강한 편이다. 콧날이 다 서늘할 정도여서 감기가 들 것 만 같고 그 바람이 아랫배 께에 닿으면 배탈이라도 날 듯싶다. 삼십칠팔 도의 바깥 기온을 생각하면 어처구니없는 일이 아닐 수 없다. 그는 왼손을 펴 배를 가리며 치올려진 오른손으론 발풍구의 방향을 머리 옆쪽으로 비틀어 젖혔다. 그리고 손등을 대보았다. 찬바람이 빗겨 치는 것을 확인하고는 의자 등에 몸을 묻고 지그시 눈을 감았다. 대학 총장직에 있는 천주교 사제가 신도들로부터 나온 고백 성사내용을 가지고 학원 내에 일만오천 명 이상의 주사파 학생이 있노라고 했다는 뉴스 속보가 나온다. 그에 따라 검찰과 경찰이 아예 없을 수도 있는 주사파 검거에 나선단다. 자식을 가져보지 않은 사람이라 그런가, 아이들에게 애정이 없나보다고 아내가 말한 적이 있었다. 그리고 미래는 말했었다. 한 자리 한다는 사람들은 하나같이 백성을 막 다룰 수 있는 무지한 군상으로 취급하는 것 같다고도 했다. 머리가 어지럽다. 한쪽 눈부터 슬며시 떠보았다. 사물이 두세 개로 선을 흔들며 어릿거렸다. 쳇머리 치듯 머리를 털었다. 띠잉 하니 아프기만 하다. 그런 중에도 휙휙 지나치는 차창 밖의 풍경 때문인지, 서늘한 차내 온도 때문인지 집에서처럼 가슴이 답답하고 숨이 턱턱 막혀오던 증세는 일단 덜한 듯하다. 그 나마의 힘으로 오늘 하루를 버텨보리라 그는 다짐했다.

의사는 간호사로부터 미리 전해 받은 진료지를 펴놓은 채 그를 기다리고 있었다. 비교적 반듯하게 생긴 얼굴에 도금한 안경을 꼈는데 나이는 삼십대 후반쯤 돼 보였다. 초면인 의사에게 숭표 씨가 인사했다.

"안녕하십니까?"

"…예 앉으세요."

의사가 망설이듯 대답했다. 매끄럽다거나 차가워 보이지 않았다. 숭표 씨는 의사가 자기를 경계하고 있지 않나 하는 의구심을 품어보았다. 의사 앞에 있는 동그락 의자에 주춤주춤 궁둥이를 붙였다. 그리고 마치 자기가 의사이고, 의사가 환자이기라도 한 것처럼 의사의 얼굴 표정을 살폈다. 그러나 의사는 별다른 징후 없이 이전부터 알고 있던 사람을 대하듯 조용하고 태연하게 말했다.

"…현재의 증세가 어떠십니까?"

진료지에 뭣인가를 적어대고 싶어 견딜 수 없는지 의사는 볼펜 끝을 댔다 뗐다 하며 숭표 씨를 바라보았다.

"난…지끔 향기가 그립습니다!"

불쑥 그렇게 토해냈다. 그러고서 스스로도 놀랐다. 왜 그런 말이 튀어나갔지? 아무리 정신과 의사지만 이 젊은 사람이 그 말속에 엉긴 고통을 금방 헤아려 내리라고는 믿겨지지 않았다. 그게 미안해서일까. 숭표 씨는 싱긋 웃어 보였다. 그게 또 신기했다. 우스워서든 멋적어서든 싱겁게 삐져나온 것이든, 숭표 씨 얼굴에 웃음기를 띠어본 것은 여름 내내 이 순간이 처음이었다. 다른 한편으론 걱정이 되기도 했다. 어쩌면 정말 정신이상자로 취급받는 게 아닐까 해서다. 의사는 놀림을 당했다고 생각했을까, 상대를 빤히 쳐다보았다.

"향기요, 어떤 향깁니까?"

그렇게 물으면서도 뭘 알겠다는 것인지 보일 듯 말 듯 고개를 끄덕거렸다. 물론 적개심이라든가 노여움 같은 건 조금도 실려 있지 않은 말투였다. 숭표 씨는 한구석 안심이 되면서도 진료실의 천장이나 벽을 훑어보는 등 눈망울을 뚜릿거렸다. 어떤 향기가 그리운 걸까? 이 대학병원에 들어와 신경정신과 앞 대기의자에서 순번을 기다리고 있을 때, 그는 병원 안팎의 풍경을 살펴보는 것으로 시간을 소비했다. 병원 벽유리로 투시되는 금강 상류의 작은 개천 물이 거의 잦아 붙어 있었는데 그게 몹시 답답했다. 장마가 지면 야산자락 밑까지 개옹이 꽉 차서 흐를 텐데 당장 그 장관을 보고 싶다. 병원 안의 광경은 그와 반대로 깨나 위안을 주었다. 어딜 그리 급하게 갈 일이 있는지 발을 동동 구르고 있는 신경정신과 대기자들이 코미디언처럼 보인다든가, 휠체어를 타고 외과 앞에서 차례를 기다리는 중년 남자의 머리가 지나치리만큼 하얗게 고세었다든가, 성형외과 앞에서 서성이는 젊은 여자의 오똑한 코가 성형된 것일까 하는 궁금증이라든가, 정신없이 왔다갔다하는 많은 여자들의 치마 길이가 자칫 똥구멍이 튀어나올 것 같을 정도로 짧다든가 하는 뭐 그런 것들에 대해 신경이 쏠려 있었다.

"답답해유, 이 병원에 들어온 지끔은 쫌 덜한 것 같지만 말도 못하게 답답해유."

그렇게 대답했다. 약초 냄새 나는 함박꽃 향기라든가 숨을 한량없이 들여 마시게 하는 순결한 아카시아 향기라든가 하는 그런 향기라고 대답한 게 아니었다. 그런데도 이번엔 의사가 확실하게 고개를 주억거렸다.

"혹시 직업을 말씀해주실 수 있겠습니까?"

의사가 제법 겸손하고 예의 바른 것 같아 숭표 씨 또한 성심을 다해보려고 애썼다. 다시 진료실의 천장과 벽을 훑어보며 눈망울을 뒹굴렸다. 언제부터인지 누군가로부터 그 질문만 받으면 이 병원에 오게 된 증상이 살아나는 거였다.

"…쫌 질게 말씀드려야 할 것 같은 데유?"

의사가 볼펜 쥔 손을 반짝 들어 보였다.

"아 괜찮습니다. 염려 마시고 말씀하세요."

창피함과 열등감을 무릅써야 했다. 그게 치료를 위해 필요하다면 주저하지 말아야 한다. 십여 년 전 공단 내에 있는 전자회사에 다녔다, 별로 아는 것도 없이 노조에서 쫌 활동했더니 감옥 갔다 오게 됐고 해고는 이미 돼 있더라, 그 뒤 이상하게 취직이 안 되더라, 또 잡다한 질병에 시달리게 되더라, 지금은 아내가 식품회사에 나가 생계를 꾸려간다, 그 동안 애는 커가고 그 애 도시락 싸주고 아내의 위생복 빨아 다려주는 등 모녀 뒷바라지하기 십 년, 여전히 좁은 셋방 신세인데 집 한 칸 마련한다는 건 계획에도 없이 까마득하다, 나이 쉰다섯, 다른 가장들은 그런 일 예전에 끝냈거나 아니면 아예 손도 대보지 않고 유유자적 지내는데 자신은 평생 그 같은 끝이 보이지 않는다, 몸도 마음도 귀찮고 사는 게 지리하기만 하다.

의사는 참하게도 그 모든 이야기를 다 듣고 있었다. 그러곤 말했다.

"현재의 증세를 좀 상세히 말씀해주시겠습니까?"

"…"

그는 대답을 망설였다. 이 역시 어디서부터 어떻게 설명해야 될지 순서가 잡히지 않았다. 더구나 지금까지 자기 신상을 말하는 데만도 상당한 시간이 걸렸다. 이러다간 혼자서 의사의 오늘 진료시간을 다 빼앗을 것만 같다. 밖의 다른 대기자들에게 미안하기도 했다. 의사는 숭표 씨에게 채근하듯 눈을 꿈벅거렸다.

"…쭈욱 그래왔지만 간밤엔 일분일초도 못 잤습니다. 그저께 밤엔 십분? 아니 오 분밖에 못 잤을 거유."

의사는 진료지에 뭔가를 열심히 적으며 숭표 씨를 바라보곤 했다. 그러다 이렇게 말했다.

"수면 부족이 심하시군요?"

정신을 바짝 차리지 않으면 안 되겠다고 다짐했다. 까딱하다간 검사 앞에 선 누명 쓴 피의자처럼, 오진을 유발시킬지도 모르는 일이었다. 단지 수면 부족 때문일까. 항상 머리가 앞으로 내리 눌리고, 사물이 두 개 세 개로 흔들려 보이며, 먼 데 것은 아롱아롱 보이지 않고, 잠시 후면 날씨의 맑고 흐림과 관계없이 시야가 깜깜해진다, 그 증세가 밀려오면 전신에 무력증이 일고 밥맛이 싹 젖혀진다, 물마저 마시기 싫다, 그 다음엔 명치끝이 딱딱하게 매달린다, 웬만한 것은 두 번 보면 흥미가 없어지며, 따라서 집에 있기가 싫고 가족이 보기 싫다, 아마 이게 죽을 장본인가보다, 그러기에 막상 가족이 눈에 띄지 않으면 허전하고 슬퍼지고 쓰러질 것 같으며 죽고 싶다, 당장 세상이 어디론가 함몰해

버릴 것처럼 불안하고 모든 것을 파괴하고 싶다, 동네를 떠나고 싶고 나라를 떠나고 싶고 우주를 떠나고 싶다.

뭐 대충 그와 같은 내용들을 말했다. 그 시간이 삼십 분은 좋이 걸렸겠지만 의사는 조금도 지루한 빛을 보이지 않았다. 그 옛날 호랑이 담배 먹던 시절 강원도 소금장수가 외딴집 젊은 여편네에게 소금 바가지쯤 퍼주고 통정하는 얘기나, 창틈으로 옆집 아낙 오줌 놓는 광경을 보았다는 목격담도 아닌데 뭐 그리 새롭고 흥미 있었을까.

"시간을 너머 많이 잡아먹은 게 아닌지 모르겠네유?"

어쩐 일로 제법 환하게 웃기까지 했다. 자기 답답한 사정을 포함하여 그렇게 많은 말을 홀랑 까놓아본 적이 없다. 염려 마세요, 하는 말 다음에, 의사가 나지막하게 말했다.

"이런 병은 자살률이 높다는 통계가 있지요⋯하지만 제가 고쳐드리겠습니다⋯"

의사의 두 마디 말은 분명했다. 자살하고 싶은 충동을 한두 번 받았던 게 아니다. 의사이긴 하지만 타인인 그가 그처럼 내밀한 모습까지 들여다보고 있으리라고는 짐작하지 못했다. 따라서 고쳐드리겠노라 단호하게 말했음에도 그 말을 기분 좋게 믿기엔 어딘가 미진했다. 의사가 환자를 정신적으로 안심시키려 한다는 건 상식이 아니던가. 이 의사가 병증을 분류학적 개념으로 보고 치료하려 한다면 그건 불행이라는 느낌이 강하게 들었다. 육신 어딘가가 부러졌으면 깁스를 하면 될 일이고 혹이 붙었을 땐 떼어내면 될 터이다. 세상 밖으로 뛰어 달아나고 싶은 이 답답한 증세를 어떻게 해소시킨단 말인가. 의사가 집에 와 셋방도 면하게 해주고, 설거지도 해주고, 기업의 노사 갈등도 해소시켜 주고, 신공안 정국과 문민독재도 풀어주고, 나아가 이 민족의 숙

원인 통일도 이루어주고 요즘의 이 살인적 더위를 저 멀리로 쫓아버릴 수 있단 말인가.

가경동에서 신탄진까지의 좌석버스 운행시간은 사십 분쯤 된다. 그 정도의 시간이면 깜빡 잠을 자기에 적당하였다. 더러 차안에서 꾸벅꾸벅 졸아본 경험을 살려 눈을 감았지만 잠은 쉽게 몸에 붙여주지 않았다. 에어컨이 돌던 버스에서 내리자 뜨거운 열기가 훅 하고 코와 입으로 밀려들었다. 숨이 턱 막혔다. 손을 가져다 얼른 입을 막았지만 다리가 허청거렸다. 소한 대한 지나 얼어 죽은 놈 없고, 삼복 지나 더위 먹어 죽은 사람 없다는 옛말은 헛소리인 듯싶다. 정신을 차리려고 머리를 흔들었다. 자초에 신탄진 행 좌석버스에 탄 것은 뚜렷하게 행선지가 정해져 있어서는 아니었다. 가경동에서는 시내 각처로 나가는 일반 시내버스 노선 말고도 시외 노선이 있다. 상당산성 행 중평 행 신탄진 행 등이 있다. 상당산성 마을은 산과 재를 넘어야 할 만큼 외진 곳이지만 청주 시계(市界)안에 있고 중평읍은 괴산군 안에 있다. 신탄진은 대전광역시 대덕구 관내이다. 산성으로 간다는 건 너무 가까워 차에 앉아 머리를 환기시키기엔 안정감을 기대하기 어려운 짧은 시간이다. 중평은 신탄진과 비슷한 거리여서 버스 요금도 칠백팔십 원으로 똑같다. 차창 밖을 통해 보는 풍경도 비슷하다. 굳이 다르다면 신탄진은 거대 광역도시 대전으로 들어가는 길목이어서 중평 쪽보다는 좀 더 번다한 편이다. 바꾸어 말하면 중평 쪽이 좀 더 한가하고 전원적이라는 말이 된다.

그럼에도 숭표 씨는 무엇에 끌려 신탄진으로 왔는가. 그는 눌러 쓴 등산모로 무섭도록 쏟아 붓는 햇볕을 힘겹게 막아내며 비틀비틀 공중전화 부스 안으로 들어갔다. 한증탕에 들어선 것처럼 후끈한 열기가 온몸을 끈적하게 휘감았다. 지역번호를 생략한 채 전화 보턴을 눌렀다. 손목시계를 보니 오후 네 시 오십 분이다. 미래는 이미 이십 분전에 출근해 지금 한창 일을 보고 있으리라 여겼다.

"여보세유, 거기…신발, 아디다스 유성 대리점인가유?"

네 그렇습니다, 하는 쉰 듯한 남자의 목소리가 흘러나왔다. 육십이 다 된 내외분과 대학 나온 딸 하나가 그 가족의 전부라는 말을 들은 적이 있다. 그 셋이 번갈아 가게에 나와 미래와 함께 일한단다. 숭표 씨는 지금 미래가 물건을 팔고 있는 중이거나 다른 바쁜 일에 매달려 있을 것이라 생각했다. 언젠가 한번 전화를 해봤더니 미래가 받았었기 때문이다.

"아이구 미안합니다. 바쁘실 텐데유. 저는 거 미래라는 아이의 애비가 됩니다. 못난 것이 폐만 끼치는 듯한데 인사도 못 드리고 송구스럽습니다."

"아아 예, 아 무슨 말씀이세요. 아주 잘하고 있는 걸요."

"감사합니다. 저 죄송하지만 그 아이와 통화 좀 할 수 있시까유?"

잔뜩 긴장하며, 당연히 미래의 음성이 흘러나오길 기다렸다.

"미래 오늘 청주에 있다면서 출근 못한다고 전화가 왔는데요 좀 전에, 네 시 반에요."

"아 예…그랬어유!"

몽둥이로 한대 얻어맞은 듯이 머리가 띠잉 했다. 집을 나설 때까지, 많이 계산해서 한 시간 전까지도 미래로부터 청주에 온다든가 와 있다든가 하는 연락을 받은 적이 없다. 어질어질했다. 온몸은 땀으로 범벅이 돼 있고 호흡이 턱턱 막혔다. 금년 더위가 우리나라 기상 관측 사상 최고라는데 그 기간 또한 최장일 것 같다. 전화를 끊고 헉헉거리며 공중전화 부스를 벗어났다. 이럴 줄 알았으면 차라리 증평 쪽으로 나갔다 오는 것이 훨씬 안정됐을 성싶다. 숭표 씨는 당장 신탄진 상공을 훨훨 날아 어디론가 떠나가고 싶었다. 그곳이 미래가 있는 곳이면 더 좋을 것이다. 황량한 사막 한 가운데에 서 있거나, 망망대해 가운데에서 방향 모르고 표류하는 고장 난 한 점 편주와 같은 자신이 슬펐다.

그는 되돌아서 화끈화끈 열이 넘쳐나는 전화 부스로 다시 들어갔다. 잠이 덜 깬 아내의 목소리가 안타까움을 싣고 흘렀다. 전화소리에 눈을 떠보니 옆에 남편은 없고 어디선가 목소리만 띄워왔기 때문일까.

"워디유?"

걱정이 가득 담겼다.

"어이 나 봐! 혹시 거기 미래 와있어?"

"…"

아내는 얼른 대답하지 못했다.

"전화라도 안 왔어? 좀 전에, 아니면 그 전에."

세상이 무너지는 듯 숭표 씨는 다급하게 외쳤다. 화급해하는 남편의 증세를 잠결 속에서도 알아챈 그녀가 딴엔 빠르게 답했다.

"쫌 전에 전화만 왔었어유. 출근하는 길이라고…"

일단 전화가 왔다니까 어디 가 소식 없이 죽어 자빠지진 않았다. 그렇다고 안심이 될 숭표 씨가 아니었다.

"그게 몇 시 몇 분여, 정확히?"

"글쎄유. 지가 자느라구…하여튼 방금 전이에유."

그녀는 잠을 자고 있던 게 큰 죄라도 되는 듯 목소리에 힘이 없었다.

"그러니께에 걔 출근 시간이 네 시 반이라잖어. 그러니께 네 시 반전에 전화가 왔느냐아, 네 시 반이 지나서 증말 쬐끔 전에 전활 했더냐 그 말여. 내말 알어들어?"

사람이 곁에 있기라도 한 것처럼 전화통에 대고 종주먹을 댔다.

"야 야, 알어들어유. 방금 전에 전화 왔었슈."

"어허 그러니께에, 네 시 반 출근 시간이 넘어설랑 출근하겠다고 전화 왔다는 거 아녀어. 안 그려?"

"야 야!"

아침 여덟 시쯤과 밤 열 시쯤이 미래에게서 집으로 전화가 걸려오는 시간이다. 그 안에도 간간이 하긴 하지만 잠자고 있을 제 엄마를 깨울까봐 될 수 있는 대로 낮 시간은 피한다. 미래는 통상적인 예로 보아 이 시간쯤에는 아마 제 엄마가 잠자리에서 일어나 있을 것으로 믿었던 모양이다.

"워디에유 당신? 진정하고 들오세유."

드디어 완전히 잠을 날려버린 목소리다.

"진정? 시방 날더러 진정하라는 겨?"

전화 부스 안에서 나온 그의 얼굴엔 땀줄기 아래로 때 아닌 닭살 소름이 오돌돌 솔아있었다. 숭표 씨는 탈팍 주저앉아 어린애처럼 엉엉 울고 싶었다.

'아빠 좀 어떠세요 흐응, 아직도 그러면 어뜩해애 힘내셔야지 응? 아빠앙!'

밤에 전화가 와 받으면 발을 동동 구르며 어린 아이 떼를 쓰듯 그렇게 말했다. 그 목소리가 이명처럼 왜앵 울려온다.

가경동으로 되돌아가는 좌석버스가 곧 출발할 듯 붕붕거린다. 그는 제법 잽싸게 버스에 올라탔다. 가슴이 씨근벌떡 퉁퉁퉁 뛰었다. 새까맣게 탄 입술을 악물었다 폈다 하고 주먹을 쥐었다 풀었다 했다. 에어컨 바람이 목덜미를 싸늘하게 후비고 들었다. 갑자기 코에서 찍찍 소리가 났다. 코를 벌름벌름 킁킁거려도 확 뚫리는 기색이 없다. 주머니에서 화장지를 꺼내 팽 풀어보아도 성과가 없다. 자꾸만 킁킁 캥캥거릴 뿐이었다. 몇 명 안 되는 승객들이 힐끗힐끗 쳐다보다 말곤 했다.

미래를 만나면 불문곡직, 얻어 다갈리는대로 내후릴 참이었다. 너 상습적으로 그러는 거지, 아르바이튼지 지랄팅인지 한 달 하겠다는 거 인자 열여드레 쨀데 정말로는 메칠이나 했니, 어떤 녀석하고 붙어 댕기기 때문이지? 할 수 있는 분풀이 악담을 다 상상해보아도 부르르 떨리는 몸이 풀리지 않았다. 머리 위의 발풍구를 비어 있는 앞자리 쪽으로 빗겨 치운 그는 눈을 감고 의자 등에 머리를 뉘었다. 하기로 말하면 꽈아 하고 소리 지르며 날뛰는 발작이 일겠지만, 그걸 참아야 한다며 어금니를 꽈악 다물었다. 세상살이하면서 낭패감을 한두 번 맛본 게 아니지만 딸자식에게서 그걸 받아볼 줄은 몰랐다.

숭표 씨는 만약에 잠이 들 경우에 대비해 딸의 전화를 받고 자기 위해 그간 저녁 약도 밤 열 시나 되어서야 먹곤 했다. 미리 먹고 그 시간에 잠들어 버린다면 통화를 못하게 될까봐서다. 이쪽에서 먼저 전화하면 되는 일이나 그건 과정이 너무 까다롭다. 아침이든 저녁이든 외부에서 기숙사로 전화할 수 있는 시간은 일곱 시부터 아홉 시까지다. 그러나 전화를 걸어보면 언제나 땡땡땡 통화중 신호음만 들린다. 기숙사 전화 두 대 중 한대는 고장 났고 한대만 쓰인다는데 수백 명의 사생과 관련된 그 많은 친지로부터 전화가 밀려들리라는 짐작은 어렵지 않다. 통화에 성공한다는 건 무작위로 내가 지정한 별을 향해 별똥별이 날아가 주기를 바라는 일만큼이나 힘들다. 더구나 오후에는 아르바이트 직장에 가버려서 전화해도 소용이 없다. 상점으로 하면 간단하지만 정식

종업원도 아닌데다 바쁜 시간에 필요해서 부리는 아이를 찾아 시간을 뺐는 것은 도리가 아니었다. 그래 미래가 알아서 아침과 밤에 주로 전화해온 것인데 무슨 이유인지 오늘 아침엔 소식이 없었다. 아침이건 저녁이건 통화를 거른 적이 아주 없었던 건 아니다. 다음에 그 이유를 추궁하듯 물어본다. 그러면 미래는 장난기를 담아 되레 공격해 온다. '강의시간은 촉박하구우, 전화통 앞에 사람들이 오무르르하게 기다리고 있는데 그럼 어뜩해애? 이 구엽구 이뻐 죽겠구 착한 딸내미를 나쁜 쪽으로 의심하는 거 뭐여 오날나알?' 애 엄마도 그건 그렇겠다는 듯이 고개를 두어 번 끄덕거린다. 덧붙여 남편을 힐난한다. '기숙사를 중심으로 걔도 제 나름의 생활이 있고, 그런데도 조석으로 부모에게 꼬박꼬박 전화 문안하고, 내 새끼라서가 아니라 그런 애가 어디 흔겠느냐, 따지고 보면 모든 면에서 모범생중의 모범생이 아니겠느냐'는 거다.

그러나 그건 숭표 씨에게 먹혀드는 논리가 아니었다. 그때와 지금은 사정도 다르다. 지금은 아비가 병중에 있다. 평상시보다 열 배 이상 관심을 기울여야 옳을 일이다. 얼굴은 벌겋게 달아올랐고 눈엔 핏발이 섰다. 땀을 뚝뚝 떨어뜨리며 화닥화닥 집으로 들어서는 뼈만 남은 그의 모습은 갈 데 없는 미치광이 형상이었다. 그는 드물게, 아내의 잠이 계속되고 있는지 깨어있는지도 개의하지 않았다. 방문을 열자마자 소리부터 질러댔다.

"어티기 됐어. 미래한테 또 전화 왔었어?"

다시 잠에 빨려 들어가며 아물아물 희미한 의식 속을 헤매던 부인이 부스스 일어나 앉는다. 정신을 차리려고 애쓰는지 보살님처럼 허리를 곧추 세우고만 있다.

"어티기 됐냐 말여. 걔한테서 전화 안 왔어?"

그녀의 옆구리에 대고 숭표 씨가 다그쳤다.

"전화는 또 안 왔시유…전화가 오지는 않구유 내가 해봤시유, 쬐끔 전에유."

"전활 해봐? 워디루, 기숙사루?"

기숙사와 통화했을 리는 없다.

"유성유. 아디다스 대리점으루 해봤시유."

숭표 씨의 양미간 살가죽이 꼼틀꼼틀 오무작거렸다.

"아디다스루, 당신두 해봤단 말여? 근데 거기 있더라구?"

숨넘어갈 듯 물어 쌓았다. 그러면서도 게가 어딘데 식구 수대로 전화질을 하고 난리냐 성깔을 부리고 싶었다. 그러나 지금 궁금한 건 그게 아니었다. 숨넘어갈 듯한 남편의 태도에 아내의 얼굴이 일그러진다.

"아뉴. 출근 안 했대유."

숭표 씨는 마룻바닥에 궁둥이를 털썩 떨어뜨렸다. 버스 타고 오는 동안에라도 출근해있으려니 했던 기대는 무너졌다. 이제 상점 주인에게도 체면을 다 구겨놓은 꼴이 됐다. 양희 자신도 그들에게 회복할 수 없는 불신을 뿌려놓았는지 모른다. 그런 생각은 곧 분노로 커갔다.

"이, 이 망할…때려죽일…"

철천지 대원수에게 저주하고 복수를 다짐하듯, 이를 부드득 갈았다. 그리곤 대뜸 전화통을 끌어당겼다. 공사이 팔이일 육일사x을 눌렀다. 따르르릉 따르르릉, 신호가 열 번 이상이나 울리는데도 받는 사람이 없다. 혹시 사무실이 바쁘게 돌아가는 중이어서 그럴지 모른다 싶어 좀 뜸을 들였다가 다시 눌렀다. 역시 줄기차게 신호만 갔다. 아무도 없다는 걸 알았지만 그래도 어디 잠깐 볼일 보러 나갔던 학생이 그 동안 들어와 있을지 몰라 또 눌러봤다. 벨 소리만 울리기는 마찬가지다. 교지 편집실에는 사람이 없다. 그는 더욱 이상한 예감에 감겨들었다.

애시 당초 방학 중인 데도 요놈이 기숙사에 들어간 것은, 집에 있으며 깝삭거리는 친구들이나 만나게 되고 빈둥대기보다는 기숙사에 입사하여 공부도 하고 적당한 시간을 이용하여 아르바이트도 하겠다는 거였다. 하지만 숭표 씨는 그 말의 뼈대가 딴 데 있음을 알고 있었다.

학기 중이든 방학 중이든, 아이가 집에만 오면 교지 관련 일과 얽힌 학내 문제와 시국 문제 이야기가 거의 전부였다. 어느 여대의 선배에게 원고 청탁한 마감 날짜가 열흘이 넘었는데도 소식이 없다며 밤 열한 시에 서울로 전화를 걸기도 했다. 그 언니도 부업으로 바빠서 그 시간이나 돼야 들어온단다. 또 요즘 대학 내에선 새로운 진보를 모색하겠다는 세력이 등장했고 그들은 반통일 반민주 경향을 띠어 관제 학생 운동이라는 의심을 불러일으킨다고도 했다. 미래는 또 팔월의 어느 몹시 더운 날, 서울 조계사에서 농성중인 전국 기관차 협의회 관계자들을 만나 취재하느라 고생이 컸노란 이야기도 했다. 그 더운 날 비닐 천막아래서 생활하는 그들은 거지처럼 초라했으며 누구 하나 거들떠보는 것 같지 않았다고 했다. 그들은 다만 권익 보장을 요구했을 뿐인데도 당국과 언론은 마치 급료의 고액 인상만을 위한 투쟁인 것처럼 왜곡 선전하였고 그에 따라 자신들의 처지가 국민들에게 제대로 알려지지 않고 있음을 분격해 하더라고 말했다. 그 취재는 아주 유익했다고 한다. 이전까지는, 아버지가 회사에서 해직 당한 일이 우리 사회 한 귀퉁이에 있는 작은 비리 정도로만 여겨왔는데 이번 취재를 통하여 이 사회의 구조가 얼마나 뒤틀리고 병들어 있는지를 실감했다고 한다. 또 비록 희생양이 됐지만 그 거대한 구조적 비리와의 싸움을 마다하지 않은 아버지가 그렇게도 자랑스럽더라고 했다. 이때 미래는 달려들어 아버지의 볼에 쪽 하고 입을 맞췄었다.

미래의 말을 가만히 종합해보건대, 틈만 나면 편집실에 모여 시대적인 방향 모색이라든가, 그 정립을 위한 학습 토론 및 취재계획 수립 등으로 시간을 저미는 게 분명했다. 그 말속에는 선배 재광이, 동기생 우용이, 정림이라고 하는 여학생 등 교지 관련 학생들의 이름이 자주 들먹여졌다. 어쩌다 미래가 집에 와 있기라도 하면 그들로부터 영락없이 전화가 걸려오곤 했다.

이 시간에 교지 편집실이 비어있는 것은 어쩌면 당연한 일이다. 미래의 아르바이트 시간대인 늦은 오후엔 가급적 교지 모임을 피하게 될 것이다. 적어도 구월 일일 개강 일까지는 그렇다고 보아야 한다. 하지만 꼭 그렇게만 단정할 수는 없다. 일반 사회의 사무실이든 학교든 당직과 당번이라는 게 있고 보면 누군가는 들락거리며 그곳을 관리하는 사람이 있게 마련이다. 뿐만 아니라 반드시 미래를 필요로 하지 않는 회의도 있을 수 있다.

숭표 씨는 연신 공사이 팔이일 육일사x을 눌렀다. 저쪽에서는 겨루기라도 하자는 듯 계속 신호만 울려댔다. 남편의 이런 꼴을 부인은 멍하니 앉아 바라보기만 했다. 난감하기 이를 데 없어 보였다. 문득 숭표 씨는 별난 생각이라도 해낸 사람처럼 급하게 전화번호 철을 뒤적였다. 지금까지 했던 곳은 전화선이 제대로 연결되지 않은 곳이라 여겨져서였다. 그리고는 공사이 팔이일 오공이x를 눌렀다.

"네 충x대 교무과입니다. 누굴 바꿔드릴까요?"

남자의 굵은 목소리다.

"예 예 미안합니다. 충x대지유? 엉 미안합니다만 교지 편집실과 통화를 좀 하고 싶은 데유."

숫제 애걸이었다.

"교지요? 가만히 계셔보세요, 연결해 드릴 테니까. 안되면, 안되면 팔이일에 육일사x로 해보세요."

그 남자가 선선히 말하긴 했는데 어디로 연결시켰는지, 전화 속에서 딱 하고 살짝 막대기 부딪치는 소리가 났다. 그리고는 똥 똥 똥하고 그만이었다. 연결이 안 된 것이다. 가만, 어디로 하랬드라? 그 사람이 일러준 전화번호를 되새겨보았다. 육일사x, 그건 여태까지 숭표 씨가 눌러댔던 교지 편집실 번호였다.

"제엔장!"

수화기를 탁 내려놓는데 옆에 있던 부인이 입을 떼었다.

"여보, 이제 그만하세유. 미래가 이따 밤 열시에 당신한테 전화 하겠다구 했시유."

숭표 씨의 눈이 히뜩 빛났다. 그리고 이를 악문 입술이 마구 일그러졌다.

"뭐라구? 그, 그 나쁜…흐으, 아르바이트 끝내고 퇴근한 것 마냥 고 시간에 맞춰 전화 하겠다는 거 아녀어? 가증스럽게시리…"

부인이 애원하듯 남편을 바라본다.

"여보 진정해유, 왜 그렇게만 생각해유. 걔두 피치 못할 사정이 생길 수 있는 거 아뉴?"

아니다. 숭표 씨는 별의 별 상상을 다 했다. 머리를 흔들었다. 얼굴이 노오랗게 변하며 입술이 바작바작 타들어 갔다. 부인이 또 조심스레 입을 떼었다.

"여보, 뭐 쥬스나 그런 거 좀, 입 좀 축이실래유? 그라구 누워서 한 잠, 잠을 청해 보구려."

만만한 게 팥떡이라든가, 숭표 씨는 부인을 향해 핏발 선 눈을 곤두세웠다.

"이라지 않어두 내가 물 한 모금 마시기 싫구, 여러 날 째 잠을 못 잔 사람인데 뭘 어쩌란 거여?"

퀭한 눈에 삐쩍 마른 몸집에서 목소리만 창끝처럼 카랑하게 울려나왔다. 그러나 그는 피곤함은 이길 수 없는지 네 활개를 펴고 벌렁 나동그라진다. 그리고는 이내 다시 벌떡 일어나 앉는다.

이러기를 몇 차례 하던 그가 다시 전화통을 끌어당겼다. 여름 해도 설핏한, 저녁 여섯 시가 넘어서다.

공사이 팔이일 육이일x, 신호음이 서너 번 울린다.

"여보세요?"

응? 저쪽에서 전화를 받는다. 여학생의 애티 나는 얌전한 목소리였다. 숭표 씨는 마치 미래와 통화가 되기라도 한 것처럼 반가웠다.

"으음 교지지유? 혹시 미래라는 학생이 자리에 있시까유? 내 그 애비 되는 사람인데…"

마치 추리영화를 제작하고 있다는 기분이 들었다. 예민하고 구차스러운 짓이었다. 남들은 일러 병적이라고 말할지 모른다.

"아 네…안녕하세요. 홍미래요? 몸이 불편해서 기숙사에 가 쉰다고 들어갔는데요!"

수화기를 귀에 댄 채 숭표 씨는 고개를 저었다. 그와 같은 가정을 안 해본 게 아니다. 상점 주인에게 청주에 와 있다고 한 말로 미루어 납득되지 않는 부분이다.

"음 그래유. 그러면 내 학생한테 부탁 하나 하겠는데에, 어렵더라도, 대단히 어려운 일이겠지만 기숙사에 한번 찾아가 보던지, 인편으로든 어떻게든 연락 좀 해 줘유. 오늘 중으로 빨리, 급히, 집에 좀 오라구 전해 줄래유? 기숙사로는 통화도 할 수 없고오, 네 그래, 학생 미안해유 응!"

통화가 진행되는 동안 그 학생은 연신 네 네 하고 응대했다. 이쪽의 말귀를 알아듣고 있다는 증거였다. 그러나 그 학생의 마지막 대답은 좀 시간이 걸렸다.

"저어 아버님, 여기서 기숙사는 멀거든요…아니 알겠습니다. 꼭 연락이 될지는 모르겠지만요, 아버님 뜻을 전하도록 노력해보겠습니다."

참으로 착하고 예쁘고 신통방통한 대답이다. 사람은 그래서 배워야 되는 거다. 저렇게 말할 수 있는 딸을 가진 부모는 행복한 사람이다. 숭표 씨는 그런 생각을 하며, 가늘더라도 어디엔가는 이 답답함과 막막함을 뚫을 수 있는 출로가 있을 것이라 믿어졌다. 더불어 미래를 믿고 싶었다. 그러나 그건 생각뿐이었다.

"아 여보시유, 미안한데 여보세유? 혹시 거기 재광이라는 남학생 있수, 미래 선배라던데?"

저쪽에서 전화를 끊기 전에, 다급하게 불러 말해놓고도 후회가 되었다. 이 지경까지 벌이고 있는 자신이 미웠다. 하지만 어떻게라도 하지 않고는 당장 조각조각 분해되어 폭발할 것만 같았다. 번거롭고 두려운 지령이 또 추가될까봐 걱정했었을까.

"아니요, 안 보이는 데요."

제법 안도한 대답이다.

"아 그러면 학생? 우, 우용이라는 학생은 있어요?"

이게 뭐하는 짓인가. 통곡하고 싶을 만큼 비참했다. 여학생은 잠시 뜸을 들였다. 사방을 휘둘러보는 건지 비로소 이쪽 질문의 의도가 심상치 않음을 깨달았는지도 모른다.

"아니요…지금은 저 혼자 있는데요!"

"네 알았어유. 아까 얘기한 거 부탁합니다?"

통화는 그것으로 끝났다. 천신만고 끝에 통화를 이루어낸 성과가 있는데도 새로운 불안을 싸안아야 했다. 그러자 또 갖가지 상상이 나래를 폈다.

(그래 맞어, 이 지지배가 재광이라는 녀석하고 워디 딴 데 놀러갔는지 몰러! 신발 바닥이 닳도록 돌아다니고 있겠지!)

온종일 남편이 수선을 피우는 동안 아내가 제대로 잠을 잤을 리 없다. 그 부산 통에 일어나 앉아있는 그녀도 말이 아니었다. 그럼에도 남편의 심기를 진정시켜보려고 전전긍긍했다.

"여보, 걔가 이 담에 시집이라두 가면 우짤규. 맨 날 오라 가라 할규? 참 큰 일이네유! 그란다구 미래가 눈앞에, 얼렁 얼굴 내미는 것두 아니잖어유. 왜 여기 저기 안할 전화까지 하구 그래유?"

일초의 뜸도 없이 숭표 씨의 입에서 화살이 튀어나갔다.

"자네는 안 그래도 나는 그려. 노조할 때두 그랬구, 그런 식으루 노조원 수배하구 해서르매 신속성 단결력을 과시했던 기여!"

그래서 그 노조가 승리했나유, 당신이 승리해서 지끔 이 지경인가유, 대번에 이런 반박이 입안에서 뱅뱅 돌았지만 아내는 아무 대꾸도 하지 않았다.

대신 부엌으로 나가 덜그럭덜그럭 저녁 준비를 서둘렀다. 세상없어도 일곱 시 전에는 집을 나서야 출근 시간에 대 맞춘다. 밥상을 남편 앞에 갖다 디밀었다.

"밥 잡숫구유, 열무 짐치하구 오이지만 뚜껑 닫어서 냉장고에 넣어유. 안 그러면 그건 쉬는 것들이니께. 다른 것들은 그냥 부뚜막에 내다 놓던지, 구찮으면 기냥 죄다 여기 놔둬유. 낼 아척에 내가 와서 설거지하구 밥 해 먹으면 되니께. 그라구유 맘 편히 잠서유. 우리만 못한 이덜두 이 시상엔 쌔구 쌨시유. 셋방을 살망정 밥을 굶던 것두 아니잖어유. 멋까정은 못내두 너덜너덜 떨어진 옷은 안입잖어유. 그래두 우리넌 딸 새끼럴 국립대학에 집어넣었시유. 그것두 전액 장학생으루다가, 그 머여, 거 머리 하얀 무슨 장관이란 사람두 아덜얼 전문대에 부정 입학시킨 적이 있다잖어유. 따지고 보면 우리가 뭣이 빠져유, 맘을 크게 잡서유."

숭표 씨의 머릿속엔 점잖은 아내의 그 많은 말이 별로 들어가지 않았다. 열무김치와 오이지를 뚜껑 닫어서 냉장고에 넣어두라는 말만 쟁여두었다. 신선하지 못한 걸 거부하는 증세 때문일까. 입맛 젖힌 지 여러 날이므로 밥사발의 분량이 줄어들 리 없다. 마누라가 옆에 있어 '어거지루래두 쬐끔 떠 봐유'하며 물에 만 밥을 숟갈로 떠올려야만 입술을 벌릴까 말까다. 아내가 자전거 받침쇠를 발로 탁 쳐내고 타르르 집을 떠난 뒤에 그는 열무김치와 오이지를 뚜껑 닫어서 냉장고에 집어넣고 신문지로 밥상을 덮었다.

두 손으로 깍지를 껴 머리를 받치고 벌렁 누웠다. 참 허망하다 싶었다. 이 무슨 희귀한 병균이 들어와 있는 진 모르나 물도 밥도 못 먹고 잠까지 못 자는 데는 멀쩡한 사람도 몇 날을 못 갈 것이다. 명치가 매달리니 위장에 중병이 생겼는지도 알 수 없다. 머리가 아프고 눌리니 뇌가 어떻게 됐는지도 모른다. 위(胃)부터 치료할까 뇌(腦)부터 살펴볼까, 뭔가 정곡을 짚어내 치료하여야 한다. 속이 매달리니 내과 진찰을 받아봐야 하잖겠느냐니까 의사는 '그럴 필요 없습니다' 했다. 뇌가 어떤지 씨티 촬영이란 걸 해보면 어떻겠소 하니까 '뭣하러 헛돈 내버립니까' 했다.

"병명은 디프레션, 갱년기 우울증이라고도 합니다. 거기엔 원래 불면과 영양실조가 따릅니다."

하고 잘라 말했다. 병명 만으로야 어디 죽을병 같은가. 하지만 자살률이 높다는 게 자꾸만 귀에 걸렸다. 자살의 충동을 백 번도 더 받은 것 같다. 의사가 그 말을 해준 것은 꼭 이겨내야만 한다는 뜻으로 들렸다. 죽어도 도리 없다는 말이다.

그래 죽는다고 치자. 정말이지 삶이 이런 식이라면 세상 뜨는 게 낫다고 확실하게 말할 수 있다. 조물주는 뭔가를 착각하고 있다. 이 세상에 태어나 하루도 편할 날 없이 온갖 풍진에 부대끼며 살아온 것도 섧고 억울한 일이거늘, 죽음으로 이끌며 그 몇 십 배의 고통으로 형벌까지 가하는 것은 부당하다. 이 모순에는 누가 어디서 어떻게 싸우고 있는가. 부조리한 자본가나 불의한 정권에 맞서 싸우다 승리한 예가 더러 있듯이 조물주와의 싸움에서 승리했을 때 그 조물주의 최후는 어떤 모습일까. 아니 그 결과는 승리자인 인간의 영생으로 이어지는가. 결국 역사를 통해보아도 불의한 힘이 더 많이 승리를 구가했듯이, 조물주와의 싸움에서도 인간이 패퇴하는 것으로 정의하고 만다면 다 부질없는 짓이 아닐 수 없다. 살아오는 동안 쥐뿔이나 쌓아놓은 것도 없지만 푸덜지게 이루어놓은들 무슨 소용인가.

죽을까 살까 어쩌고 하는 것도 다 사치스런 짓이다. 단지 고통을 면할 수 있는 길이면 그 결과가 어떤 것이든 환영하고 싶다. 이런저런 쓰잘 데 없는 생각에 빠져 있는데 전화벨이 울렸다. 탁상시계는 여덟 시 이십 분을 가리키고 있다. 밖은 어두워져 있다.

"아빠아?"

마침내 미래의 목소리가 조심스레 흘러들었다. 그러고 보니 이때쯤이면 전화가 오겠지 하는 예상을 하고 있었다. 제가 정녕 머슴애 녀석들과 시시덕거리느라 시간을 허비하지 않았다면 말이다. 교지 편집실에서 전화를 받았던 여학생이 어른과의 약조를 지키기 위해 꽤 멀리 떨어져 있는 기숙사까지 가서 그간의 상황을 말했을 테고, 양희는 아버지 분기 중의 강약 도를 한동안 가늠하다 결단을 내린 결과일 것이다.

"누구여?"

숭표 씨는 무뚝뚝하게 툭 내뱉았다.

"미래예요옹."

목소리에 주눅이 잔뜩 들어 있다. 아버지가 제 목소리를 알아내고도 우정 반문하고 있다는 걸 미래인들 모를 리 없었다.

"너…재주 좋지? 간 데마다 거짓말 뿌리고 다녀, 그 좋은 재간을 가졌으면 무슨 일인들 못 하겠니, 핵교서 배우고 겪는 일도 많았을 테고…두말할 것 없이 오늘밤이 반쪽이라도 집에 왔! 그러지 못할 거면 아주 오지 말고!"

탁, 숭표 씨는 전화를 끊었다. 씨근벌떡 숨을 몰아쉬었다. 평생 절연하고도 남을 사람 같았다. 한 일분쯤 후에 또 전화벨이 울렸다. 그는 잽싸게 수화기를 집어 들었다.

"왜, 너 왜 또 전화했어, 올 수 없다는 걸 변명하고 설득해보려는 거이여?"

다시 전화가 걸려올 것이라는 걸 알고 있던 그는 미래가 말도 꺼내기 전에 마구 몰아쳤다.

"…"

어떤 말을 할까 궁리하는 눈치였다.

"차라리 이 애비한테 거짓 말 해라. 십 년 이상을 공장하구 너 밖에 모르는 네 에미를 쇡여? 거짓말도 끝내 안 속을 사람에게 해야 용서받을 수 있는 기여."

저쪽에서 포옥, 작은 한숨소리가 흘러나왔다.

"…가께요."

한다. 숭표 씨의 양미간이 찡긋거려졌다.

"가, 어딜?"

숭표 씨는 의아해서 물었다. 으레 어떤 변명이 나올 것으로 짐작했었다.

"집에요!"

"집에? 워티기 이 밤중에 온다는 겨, 직행버스는 끊어졌을 건데?"

이 밤이 반쪽이라도 당장 오라고 호통 칠 때와는 영 다른 말이다.

"신탄진으로 해서요."

충x대학교 서문에서 신탄진으로 오는 시내버스가 있긴 있다. 그 버스로 신탄진까지 와서 청주 가경동으로 오는 좌석버스를 이어 타겠다는 뜻일 게다. 듣고 보니 그리하면 간신히 집에 닿을 수도 있다는 계산은 나왔다. 그러나 충x대 서문에서 신탄진을 향해 달리는 시내버스는 위험하다. 인가가 드물어 정류장이 뜨다보니 버스가 무섭게 속력을 낸다. 낮에도 마찬가지다. 이 야간 버스에선 까딱하면 나동그라지기가 십상이다. 더구나 가경동 행 신탄진 발 막차의 출발시간을 알려줄만한 사람이 현재로선 없다. 만에 하나 신탄진까지 와서 가경동 행 버스가 끊어졌다면 어찌 되는가.

"꼭 오겄시면 낼 아침 첫 차루 와. 지지배가 밤길 나서지 말구."

전화를 끊었다. 그러나 아쉬움은 남았다. 말끝에 '알았지?' 하는 다짐을 두지 않은 것이다. 덥석 이 밤중에 출발하면 어쩔까 불안해졌다.

몸을 잔뜩 우그리고 기다시피 하여 아내가 펴놓은 이부자리 속으로 들어갔다. 그는 곧 상체를 일으켰다. 아내가 저녁 몫으로 떼어놓은 약봉지를 뜯었다. 입을 벌려 흔들흔들 털어 넣고는 물을 홀짝 마셨다. 불의(不義)한 적을 앞에 둔 분노처럼 오긋하게 입을 앙다물었다. 이제부터 본격적으로 잠을 자리라고 다짐했다.

삼십 분은 지났을까. 약 기운이 퍼지는지 어깨 쪽에서 옴찔옴찔 미세한 경련이 일어났다. 머리가 띠잉 하고 큰 울림을 주었다. 잠시 후, 목젖에서 서억 하고 잠이 들어오는 소리가 났다. 그 소리가 들린 게 문제였다. 잠이 달아나 버린 것이다. 조만큼 내빼는 잠을 붙잡으려고 눈을 더 꼭 감았다. 잠은 잡히지 않고 몸만 죄어든다. 철사 줄로 꽁꽁 묶이는 것 같기도 하고 허공으로 떠오르는 것 같기도 하다. 전보다 심한 증세였다. 두 손으로 머리를 싸안고 털퍽털퍽 베개를 패댔다.

왜, 왜 잠이 안 드는가. 참는 것도 이제 지겹다. 왜 더 견뎌야 하는가. 잠아 이 잠아 하고 소리친다. 의사도 믿을 게 못되나보다. 자꾸만 몸을 뒹굴렀다. 문짝을 발로 차내고 머리통을 바람벽에 짓찧어도 시원찮을 듯싶다. 그는 엉엉 소리 내어 울었다. 눈자위가 허옇게 돌았다. 이 대로라면 무슨 일이 날 것만 같았다. 그렇게 얼마쯤의 시간과 싸웠다. 그가 갑자기 몸을 홱 틀어 전화통을 끌어당겼다.

"어이 나, 나 좀 어떻게 해줘! 나 좀, 나 나조옴…"

얼마 후에 밖에서 택시 멎는 소리가 나고, 황급한 발소리를 내며 아내가 뛰어 들어왔다. 탈진하여 방 가운데에 네 활개를 펴고 늘어진 남편을 울면서 젖먹이 다루듯 안아 일으켰다.

"여보, 여보 저 왔어유. 어쩐지 출근 안하구 싶더라니, 일어나유. 비응원 응급실루 갑시다."

무엇이 어디에 어떻게 쓰일지 모른다. 의료보험증에 병원 진료 카드에 돈 몇 푼 닥닥 긁어 지갑에 넣고 도장까지 챙긴 부인이 어깨로 남편의 겨드랑이를 받치고 일으켜 세웠다. 그리고는 밖에 대기시켜 두었던 택시 안으로 밀어 넣었다.

"어디가 아파요 홍 숭표 씨? 현재 가장 아픈 데가 어디냔 말요."

친절미는 고사하고 인자한 모습이라고는 전혀 없는 응급실 의사가 윽박질렀다. 그 옆에 그림자처럼 서있는 간호사의 무표정도 환자의 편을 들어줄 사람으론 보이지 않았다.

"아프냐구? 워디가 아프냐…!"

"어 말 해봐요. 하여튼 어디가 아파서 이러는 거 아뇨. 거기가 어디요?"

미처 대답하지 않으면 가만두지 않겠다는 투로 보였다. 주먹으로 면상을 갈길지 침대를 뒤집을지도 모른다. 부인이 보다 못해 앞으로 나서며 입을 열었다.

"여러 날 째 음식을 못 잡숫구유, 메칠 째 통 잠을 못 주무셨시유. 너머나도 괴로우니께 발버둥을 치구 막 굉장해유. 유난히 잠을 못 자니께 워티기 할 줄을 몰르셔유."

"그럼 잠자게 하면 되겠네?"

의사는 아주 쉽게 말했다. 아무것도 아닌 것을 설레발이냐는 듯이 말이다. 그런 다음 간호사를 향해 중얼중얼 지시했다.

"액티솔 천 씨시 짜리 갖다 꽂고 거기다 다이제팜 오분의 일만 까서 주사해요."

들어갈 때부터 그랬지만 응급실 분위기라는 게 술렁거려서 원래 숙면을 하기엔 적합치 않아 보였다.

　숭표 씨가 눈을 떠서 응급실 흰 벽에 걸린 시계를 보니 새벽 세시 오십 분이다. 그 동안 잠을 잤단 말인가. 잤다면 그 시간이 얼마였을까. 머리가 좀 가볍게 느껴졌다. 옆에는 아내가 턱에 팔을 괸 채 병상에 기대어 졸고 있었다. 숭표 씨는 아내를 흔들어 깨울까 하다가 그만두었다. 그러나 어느 틈에 깼는지 그녀가 먼저 슬며시 고개를 숏구었다.
　"당신 깬 거유?"
　그 소리에 반사적으로 숭표 씨가 되물었다.
　"내가 좀 잤나?"
　턱을 당겨 아내를 내려다보며 얼굴을 살폈다. 그녀도 잠을 제대로 못 이룬지 여러 날이다. 눈알이 붉게 물들어있었다.
　"야아, 두 시간은 된 것 같이유."
　그녀가 또렷이 말했다. 평생 한숨 못 자고 배들배들 마르다 죽고 말 줄 알았다. 두 시간이나 잤다는 말에 흡족한 위안이 되었다. 머리도 맑아진 듯했다.
　"집에 가야지!"
　그가 상체를 일으키려 한다.
　"아니 왜 이래유, 안돼유. 저 링게루가 아적 반두 더 남었는데유."
　가슴으로 남편의 상체를 지그시 누르며 그녀는 머리 위에 매달린 영양제 주사 병을 눈으로 가리켰다.
　"개가 첫 차루 온댔어!"
　부인이 이번엔 손을 흔들었다.

"집이 왔다가 아무두 움씨면 사태를 짐작 못 할라구유 이 시간에. 이 비응원에 댕기는 걸 저두 알구 있시니께 워트게든 찾어 오겠지유."

그는 들었던 머리를 다시 침상 베개에 떨어뜨렸다.

"첫 차루 오면 청주엔 몇 시에 닿나?"

아내가 충혈 되어 부푼 눈을 꿈벅꿈벅한다.

"…글쎄유…암케두 여덟시는 돼야 닿잖겠시유?"

숭표 씨는 머리 위에 걸린 링거 병 속에 남은 액체의 분량을 보았다. 자신의 몸엔 아직 삼분의 일도 들어가지 못했음을 알았다. 지금까지 두 시간여, 저 병이 비워지기까지는 네 시간은 더 이렇게 누워있어야 한다는 계산이다. 그때나 되어야 미래와 만날 수 있는 시간과 가까워지게 된다.

"좀 더 자유. 지끔은 응급실두 아주 조용하네유."

횡한 응급실 안을 휘이 둘러보았다. 다리를 붕대로 말아 허공에 달아맨 사람, 술 먹고 싸움하다 맥주병에 가슴을 찔렸다는 사람도 진정이 되었는지 내내 지르던 비명을 멈춘 채 잠들어 있었다.

숭표 씨는 아내의 권유대로 다시 잠을 자려고 눈을 감았다. 정신이 말똥말똥해지는 게 더 이상 잠이 올 것 같지 않았다. 그래도 닥치는 대로 사물을 휘젓고 싶던 광증은 좀 사그라든 느낌이다. 처음부터 그랬지만 정말 이곳이 집보다 덜 답답했다. 심심치가 않았다. 노상 또각또각 왔다 갔다 하는 간호사들의 위생복 밑으로 드러난 맨 종아리 보기도 그 중의 하나였다. 또 툭 불거진 엉덩이 부분의 삼각팬티 선이 모두 같은 위치에 있다는 것도 새로운 발견이었다. 팬티도 유니폼처럼 획일화시켜 입히는가. 아니면 우리나라 여자 팬티 공장의 기계가, 사용자가 요구하는 근로자 상처럼 다양하지 못한데서 오는 현상일 수도 있다. 간호사들의 앞가슴이 탁 터질 듯이 보이는 건 왜일까. 간호사라는 직업이 그걸 유난히 크게 만들어놓는가. 미래와 비슷한 또래의 아가씨들도 많다. 그런데도 미래에겐 없는 어떤 신비감 같은 걸 품어보게 한다. 어쩌면 그 모든 게 요즘 자신이 갈구하는 향기 같은 것인지도 모른다. 그건 불륜처럼 가슴을 뛰게 했다. 찢어내 버리고 싶은 금단의 막이 있음도 본다. 미래를 보는 남들의 가슴은 어떨까.

여덟 시가 다 되어갈 때 간호사가 와 링거를 바꿔 달고 갔다. 이번에는 유리병이 아니고 돼지 오줌통 같은 비닐봉지였다. 글자도 깨알 만하게 박혀있어 그 영양제의 이름이 무엇인지를 확인할 수 없었다. 분량도 처음 것보다 절반정도 밖에 안 돼 보였다.

숭표 씨의 아내는 반시간 전부터 응급실 밖에 있는 공중전화통을 오가며 십 원짜리 동전을 쩔그렁거렸다. 얼마 후에 밖에 나갔던 아내가 들어오며 입을 열었다.

"양희가 와유!"

이때 숭표 씨는 살포시 잠으로 빠져들고 있었다. 딸이 온다는 말에 퍼뜩 눈을 떴다. 그러나 이내 눈을 감고 돌아누웠다. 막 병실로 들어서던 모녀가 그 모습을 못 볼 리 없었다. 미래가 병상 가까이 다가서고 있음을 숭표 씨는 등가죽으로 느낄 수 있었다. 아버지의 병상 앞에 다가선 딸은 잠시 침울하게 서 있었다. 불에 그을린 듯 새까맣게 변한 살가죽, 광대뼈가 튀어나오고, 반원형으로 푹 패어 들어간 눈자위, 딱하기 그지없는 형상이다. 이십일 전 학교 기숙사로 떠날 때와는 판이했다. 눈물이 피잉 돌았다.

"아빠 나 미래앵!"

혹시 잠들어 있다면 깨우게 될까 나직이 불러본 말이지만 아버지가 깨어있다는 건 이미 알고 있었다. 숭표 씨는 대꾸하지 않았다. 미래가 아버지의 어깨에 살며시 손을 댔다.

"아빠 그렇게 괴로워어? 잠을 통 못 주무셨다면서, 음식도 전혀 못 드셨다면서?"

그래도 대꾸가 없다. 아버지는 딸의 어떤 말을 기다리는 듯했으나 미래는 그걸 깨닫지 못했다.

"아빠아 말좀 해봐라, 흑 흐으윽…"

옆에 서 있던 부인도 벌건 눈에 눈물을 실었다.

"얘 뭣하러 왔나 물어봐!"

갑자기 누운 채로 튕겨 내놓은 숭표 씨의 말에 먹을 거라도 달라는 줄 알았던지, 모녀는 네 네? 하고 몸을 굽혀 귀를 기울였다.

"당신, 미래 엄마 말여. 쟤 왜 왔나 물어보라니께?"

비로소 그 말귀를 알아들은 부인 쪽에서 '여보 그만 둬유'하고 만류했다. 그러자 숭표 씨가 몸을 돌려 미래를 쳐다보았다. 그 사품에 주사 바늘이 꽂힌 팔이 등 뒤로 덜렁 매달렸다. 미래가 얼른 팔을 뻗어 그 팔을 잡아 아버지의 허리 위에다 올려놓는다.

"너 미래, 니가 상점 주인과 네 엄마한테까지 거짓부렁하며 얻고자 한 정체가 뭐지? 그 진실을 말해봐!"

목소리만 남은 이 환자는 짜랑짜랑 쇳소리를 낸다. 미래가 움직임을 멈추었다. 이 시간의 병원 응급실 안은 의외로 조용했다. 환자도, 간호하는 가족도 밤새 지쳐서인지 파근하게 늘어져 있다. 아침 교대 준비 때문일까, 간호사나 의사들도 별로 눈에 띄지 않았다.

"…"

미래도 아내도 미처 응대하지 못한다. 숭표 씨는 숨이 가쁜지 말마디를 토막내듯 뱉어냈다.

"넌, 니가 필요하다면 은제든지, 누구에게든, 어떤 가책도 없이, 거짓말을 하리라는 걸 보여줬어. 말해봐, 진실을."

미래는 잠시 울음을 그치고 한숨을 폭 내쉬었다. 뭔가 말하지 않고는 모면할 수 없는 상황임도 알게 됐다. 이 때 궁지에 몰린 딸을 구원하듯 부인이 나섰다.

"여보, 걱정 안하셔두 될 일이더라구유. 메칠 전 버텀 몸이 안 좋았는데 어젠 교지 선배가 약 사멕여서 기숙사루 딜여보낸 거래유. 메라구 벨안간 둘러댈 말이 마땅찮어서르매 그랬대유."

순간, 숭표 씨의 눈에서 불이 번쩍 일었다.

"둘러디아? 둘러대는 거 배울라구 대학 댕기니 이, 이 돼 처 먹지 못한 x아!"

미래의 얼굴에 가 꽂힌 숭표 씨의 송곳 같은 눈빛은 떨어질 것 같지 않았다. 다른 환자들이 깨어날까봐 나직나직 말했다곤 하지만 그의 노기는 하늘을 찌를 듯했다.

"아이구우 날 쥑여유 여보, 당신 지끔 승질내면 엄청이 해로운 거 몰러유?"

부인은 소리를 죽여 울며 남편을 끌어안는다. 이 통에 정작 난감하고 겁나는 건 미래였다. 얼결에 엄마 아버지를 동시에 껴안았다.

"아빠 아빠, 제가 잘못했어요. 한번만 용서해 주세요."

이 가족의 엄청난 분대질은 지독히도 절제되어 다른 잠든 환자들을 깨우지 않는데 성공했다. 한쪽 볼을 아버지의 가슴에 뉘어대고 미래는 눈물을 주르르 쏟아낸다. 숭표 씨는 무엇에 대한 분노와 안쓰러움이 뒤엉크러진 가슴을 짓찧고 싶었다. 눈물처럼 줄줄 쏟아내는 미래의 말을 듣기만 했다.

"아부지잉 용서해 주세요. 다신 그런 일 없을 거예요. 제 공부 부족이라는 걸 절감해요. 일 처리 과정이 잘못됐다는 걸 알아요. 그치만 나쁜 일 하다 그리 된 건 아니에요. 젤 속상한 건 아빠 아플 때 왜 나까지 아팠냐는 거예요. 전 건강하신 아빠가 아픈 나를 병원에 데려가는 꿈을 꾸었거든? 흐윽…"

딸의 눈물이 눅눅한 체온으로 되어 가슴에 배어들었다. 숭표 씨는 쩝하고 한번 입맛을 다셨다. 스스로 너무 예민해 있었음을 인정하지 않을 수 없었다. 참 희한한 일이다. 여자와 자식은 남자나 부모의 마음을 눅이는데 탁월한 재능을 가진 존재들임이 분명하다. 특히 자식은 더욱 그런가보다. 듣고 보니 그럴 듯도 했다. 거짓말이 몸에 배어있는 애도 아니고, 일이랍시고 안 하던 거 여러 날 하다 보니 피로는 쌓이고 좀 쉬고 싶었다, 주인에게 그렇듯 솔직히 말한다는 건 의지가 약한 인물로 인식될 수도 있는 일, 어린 마음에 한번 둘러댄 말을 맞춰 나가다 보니 걷잡을 수 없이 여기까지 왔다, 그렇게 해석하면 뭐 대단한 일도 아니다. 오히려 아비 잘못 만난 죄일 뿐이다. 숭표 씨는 깊은 한숨을 가만히 내쉬었다.

제 아버지의 분이 이미 봄눈 녹듯 밑으로부터 삭아들고 있음을 알고 있는 미래는 흐느낌을 멈추지 않은 채 엉뚱한 말을 했다.

"아빠아, 어제 우리 학교 총학회장과 부총학이 잡혀갔다?"

꼭 일곱 살짜리 어린아이의 응석부림 같은 말투 속에 담긴 그 소식은 숭표 씨에게 새로운 충격으로 다가왔다. 그들 모두는 지금 숭표 씨 자신이 겪고 있는 것과 같은 세상 고통의 치료자로 살기 위해 더 큰 고난의 길을 가고 있음이 분명했다.

"…"

어느덧 승표 씨는 대답 대신 가슴 위에 얹힌 딸의 머리칼을 쓸어내리고 있었다. 마치 이 순간을 위해 그 모진 풍진 고뇌와 싸워 온 사람처럼 말이다.

"우리 교지 주변에도 눈을 발갛게 뜨고 맴도는 게 있는 걸 실감한다? 근데 아빠가 그랬던 것처럼 나도 그런 게 하나 두렵지 않다?"

천년의 빙하가 심연 속으로부터 풀리는 듯한 이 녹록한 분위기를 다시 굳어버리게 한 사람이 있었다. 환자도 간호사도 아닌 바로 승표 씨의 부인이었다.

"미래야, 가봐야 한다며?"

느닷없이 튀어나온 이 말에 흠칫했다. 제 어머니의 말 때문인지 제 아버지의 경기 같은 놀람 때문인지 미래는 아버지로부터 몸을 일으켰다. 승표 씨가 모녀의 얼굴을 번갈아 훑었다.

"가다니?"

반문하고 있으나 뱀 허물 벗듯, 육신이 쑤욱 빠져나간다는 느낌을 받았다. 금세 앞머리가 쏟아져 내릴 듯하며 시야가 흔들려왔다. 미래가 다시 아버지의 가슴에 얼굴을 묻으며 소근거렸다.

"오늘은 대리점 언니가 친구들과 야영을 간대요. 그래서 삼일동안은 아침 아홉시부터 종일 근무해 주기로 했어요. 실은 낮에 교지 회의도 있거든? 아빠아 그건 제가 알아서 처리할게요."

승표 씨는 속으로 헛하고 웃었다. 머릿속이 다시 혼란해지는 중에도 이 아이는 이미 아비가 붙잡아놓을 수 있는 거리 저쪽에 서 있음을 보았다. 오늘 아침 첫차로 온 것은 제 얼굴 한번 비춰 보이는 게 병든 제 아비에겐 영양제 주사 몇 병의 효과보다도 크다는 걸 알고 있기 때문일 것이다. 생전 처음으로 이 자식에게 미안하다는 말을 해주고 싶었지만 말이 되어 나오진 않았다.

"…그려? 그렇다면 가봐야지! 근데 아홉 시까정 가야한다면서, 지금 아홉시가 다 돼 가는데…?"

"좀 늦을 거라고 말해놓았어요."

숭표 씨는 또 한 번 헛웃음을 칠 뻔했다. 여태 자신은 어떤 구경꾼 앞에서 원숭이 재롱놀이 한 짓에 지나지 않았다는 생각으로 갑자기 왜소감을 맛보게 되었다. 이미 미래의 머릿속에는 하루 일에 대한 계획표가 치밀하게 세워져있다는 증좌였다. 그것으로 열흘, 몇 달, 아니 더 먼 훗날의 계획까지 짜여 있다는 결의가 보이는 듯도 싶었다. 새로운 세상을 열어가는 굴절 없는 발걸음 앞에 아비라 하여 그걸 허물 수 있다거나 잡아둘 수 있는 상황이 아님을 슬픔 반, 기쁨 반으로 받아들여야 했다. 그리고 눈을 지그시 감았다.

"너, 차비는 있어?"

이제 아주 중대한 알맹이를 포기하지 않으면 안 되는 순간이었다. 울음을 그쳐가던 미래는 아버지의 노자 걱정을 듣게 되자 소낙비 같은 눈물을 쏟아내기 시작했다.

"엉 엉 있어…아르바이트 하잖어 아부지잉, 꼭 일어나 응? 아빠 으엉엉…"

밤새도록 특별히 돌아보지 않던 다른 환자와 그 가족들이 미래의 통곡에 비로소 눈을 휘둥그레 뜨고 이쪽으로 시선을 모아 왔다.

"미래, 너 왜 이러니?"

진작부터 부녀에게서 떨어져 일어나 그들의 하는 광경을 멍하니 바라다보고 있던 부인이 함께 눈물을 쏟으며 딸의 등을 콩콩 두들겼다.

그렇게 원수처럼 뜯어대던 아이, 매칼없이 듣고 싶던 목소리, 보고 싶던 얼굴, 말 몇 마디, 눈물 몇 줄금 얻어내고 미래와 헤어졌다. 물론 그 짧은 시간의 만남에서, 미래가 토해낸 말들을 그 결과와 연결 지어 신뢰의 기준으로 삼을 수 있는 건 아니다. 그 아이가 어떤 목적의 획득이나 쟁취를 위하여 오늘도 자신이 처한 상황을 사실대로 말하고 있느냐에 대한 의문은 남는다. 그게 병중에 있는 아버지의 안정을 위해서라든가, 의도된 사회 구현을 위한 투쟁적 전략이라든가 하는 선의의 명분을 빌어 합리성을 가지려 할 수도 있다. 그런 것이라면 자칫, 형식적 도덕률이나 이념적 맹신의 함정에 저 자신을 가두어 버릴지도 모른다. 상기 그 아이는 더 깊이 있고 폭넓은 사고가 필요하며 그 과정을 통해 스스로를 향기롭게 가꾸어 낼 수 있어야 한다. 투쟁은 그것을 위한 하나의 수단에 지나지 않음이다. 승표 씨의 가슴속엔 그 같은 생각의 무게가 저울추처럼 내려앉아 있었다. 그러면서 자신의 병이 나을 수 있을 것이라는 확신이 서기도 했다.

창작과 비평 제89호(1995년 가을)

구슬들의 유희에 관한 논증

끓지도 않고 소리도 나지 않는다. 필시 사화산이다. 그래도 봉우린 있으며 협곡도 있다. 어디선가 날아온 씨앗으로인지, 토인의 머리털 같은 단근질 된 풀포기들이 드믓이 서서 세상을 엿본다.

뿌리 뽑혀 화석이 된 나무 등걸인가. 에미의 두 다리, 협곡 그 위에는 사화산의 그것 같은 봉우리와 웅웅거리며 천지를 울려대던, 움푹 들어 간 분화구가 몇 겹인가의 세월을 삼킨 채, 교교한 정적을 흘러보낸다. 그러나 그것이 세상의 전부는 물론 아니었다.

딩동, 하는 초인종 소리는 그가 막 출근하고 난 뒤의 정적 속으로부터 굴러 넘어온다. 뒤이어 찰콩찰콩하며 마중하는 발자국 소리가 울린다.

"누구웅? 앙, 핫하앙."

이제 다시 정적은 사라지는가. 그 작고 동그라면서도 차돌처럼 단단한 목소리는 가볍고 유연한 고무공이 되어 팔락팔락 튀어 오른다. 그리고 떼그르르 구른다. 그러나 벽에 부딪치는가 하면 허공으로 솟아오르고 드디어 고쳐 달아 밀봉한 샛문과 천장을 투과하며 이쪽 방으로 공격해 온다.

그놈은 제집에서 돌아다닐 땐 쫀득쫀득하고 말랑말랑하고, 귀엽고 사랑스러운 고무공인지 몰라도, 일단 내 집 경계를 넘어오는 순간부터는 더할 수 없이 뜨겁고 차갑고 날카롭고, 급기야 둔탁한 물체로 변해 버린다. 그것은 물일 수도 있고 불일 수도 있고 칼끝일 수도 있고 탄환일 수도 있으며, 또한 구슬일 수도 있다. 그놈이 넘어와 닿는 곳이면 어디든 온전하지 못하다. 웃음에 닿으면 웃음이 깨어지고 졸음에 부딪치면 졸음이 바스라진다.

우리 집 방안은 그 구슬들의 횡포로 하여 바각바각 골병이 들어버린 지 오래다. 따라서 온갖 운신을 조심해야만 한다. 걸음걸이마저도, 체중을 한껏 위로 추슬러 살금살금 떼 놓아야 하는가 하면, 밥상 하나 들었다 놓는데도 시아버지 앞의 갓 시집온 새색시처럼 찬찬하고 다소곳하지 않으면 안 된다.

시간이 흐른다. 초인종이 몇 번인가 더 울렸으며 그때마다 마룻장을 지나는 소리가 찰콩거리고 나니, 육십 년대에 성행하던 부녀자들의 계모임처럼 와자해진다. 저 집에서는 본격적으로 구슬잔치를 벌이기 시작했다. 마치 이쪽 방의 모든 생명체를 축출하거나 말살할 것처럼 말이다. 또다시 고슴도치처럼 몸을 웅크렸다.

우리가 이사 온 다음날이었다. 에미는 전입학하는 환이를 데리고 학교에 들렀다가, 일자리를 알아보기 위해 산업단지까지 거쳤다 오겠노라며 나갔었다. 나는 아직 덜 정돈된, 살림이랄 것도 없는 가재도구들을 이리저리 옮겨놓고 있는 중이었다. 샛문에서 노크소리가 났다. 미처 대답할 겨를도 없이 삐그덕 문이 열렸다.

"이사 온 집 좀 구경해도 되죠옹? 아유웅 살림이 제법 많네엥."

이럴 때 있을법한 웃음기도 없이 그녀는 눈알을 요리조리 굴리며 방안의 모든 것들을 한눈 안에 집어넣고자 애쓰고 있었다. 그것도 잠깐, 방안 살림이 아닌 인간의 몸뚱아리를 새롭게 발견한 그녀는 내 두 다리 께에 시선을 고정시키다시피 하고 신기한 듯 바라보는 것이었다. 갑자기 별난 모습을 대하게 될 때 눈길이 쏠리는 것은 탓할 일이 못된다. 옆방에 이사 온 가정을 신선하게 맞아줄 줄 아는 이 여인에게 겸손한 마음가짐으로 빙긋이 웃음을 보여주었다.

그러나 점차 동물원에서 재롱부리는 원숭이를 흥미롭게 관람하는 듯한 눈길을 몸 전체에 따갑게 받으면서, 어디에나 깔려있어야 할 상정의 예절에 금이 트고 있음을 발견하였다. 자신의 눈길을 의식한 줄을 알고 있어설까. 문득, 내가 들어 나르는 물건들을 거들기 시작했다. 결코 힘겹진 않았으나 구태여 사양하진 않았다. 그녀는 물건을 나르는 일보다는 애완물 다루듯이 내 어깨를 싸안고자 하는데 주력하는 듯하였다. 그때마다 그녀의 뜨거운 입김이 내 턱밑에서 후끈거렸다. 간지럽기도 했다.

일이 계속되면서 그녀의 손길은 보다 자극적이었다. 궤짝 위로 이불을 얹기 위하여 내가 허리를 펴자, 그녀가 건성으로 한 손을 이불에 댄 채, 다른 한 손은 내 허리를 조이고 있었다. 가슴이 덜컹거린다고 느끼는 순간, 무방비 상태로 쳐들린 내 턱 위로 입술이 덮쳐들고 있었다. 정말 얼마나 놀라고 두려웠는지 모른다. 눈알이 확대된 것 같은, 뚫어진 반자 구멍이 멀뚱멀뚱 내려다보고 있었다. 내가 몸을 홱 뿌리치자 그녀는 번개처럼 샛문을 넘어갔다.

충혈된 눈과 부석부석한 얼굴을 하고 에미가 퇴근해왔다. 오그락 바가지처럼 양미간이 찌그러든 내 모습을 무표정하게 보아 넘기곤 윗목에 있는 밥상보를 벗겼다. 식어버린 장국을 데우지도 않은 채 난민인 양 쭈그리고 앉아 후루룩후루룩 마셔댔다. 그것은 한껏 매일 매일의 관습이었다. 에미가 빈 그릇들을 자싯물 함지에 와그르르 쏟아 넣고 나서 내 잠의 찌꺼기로 밀쳐져있는 담요 속에 들어가면 창틈으로 뻗쳐드는 동남광(東南光)을 역광으로 받으며 나는 아득한 현기증에 빠져든다.

온몸이 시큰시큰 따끔따끔 시고 저리고 아파 오기 시작한다. 손바닥으로 관자놀이를 감싸쥐고 있음에도 무시무시한 공포감이 천지를 에워싼다. 살갗에 소름이 돋아 오르면서 오싹 한기마저 느낀다.

쌔그르릉 쌔그르릉, 에미의 목젖 떠는 소리가 담요 속으로부터 솔솔 피어오르면 벽 저쪽의 침략자들을 향하여 방어 자세를 취하여야 한다. 방어라고 해야 책상 앞에 있는 의자를 샛문 앞으로 끌어다놓고 그 위에 오똑 올라앉는 게 보통이지만, 어쨌거나 지금 내가 할 수 있는 최상의 방법은 그것뿐이었다.

두 평이 될까 말까한 이 방은 서쪽으로 출입문이 있고 남쪽으로 쌍바라지 창이 있으며 북쪽으론 수지네와 통할 수 있는 밀봉된 샛문이 있다. 그녀는 그때 문을 닫아버린 후, 저쪽에서 아예 문지도리를 싸 발라 버린 모양이었다. 어쩌다 문에 부딪치기라도 할라치면 전처럼 꺼드럭 삐그덕 움지럭거리는 게 아니라 짱짱하게 벽과 얼러붙어 있음을 알 수 있었다.

나도 곧 이쪽을 맞 싸바르게 되었다. 문틈을 더욱 두툼하게 발라놓음으로써 구슬들의 투과력을 약화시켜 보고자 한 것이다. 그 후 이 샛문은 꼼짝없이 벽으로 행세하였으나 그렇다고 완전한 벽일 수는 없었다. 샛문은 방구석 쪽으로 당겨져 나있지 않고 주책없이 벽 중간쯤에 붙어 있어서 살림을 한가롭게 그쪽으로 밀어붙일 수도 없는 일이었다. 방안 씀씀이야 불편하든 말든, 일단은 그렇게도 해보았었다.

환이의 책상을 거기에 붙여놓고 책꽂이로 덧벽을 삼았다. 꼴에 그 샛문은 동양인의 보통 키인 다섯 자 반보다 높게 설계된 반양식(洋式)이어서 환이의 책꽂이 높이로서는 그 문 높이를 감당하지 못하였다. 궁리 끝에 책꽂이 위로 선반을 매달아 집안의 책이란 책은 모두 쓸어다 그 위에 쌓아놓았다. 하지만 소용없었다. 외관상으론 총알도 뚫을 수 없고 물도 새지 않을 요새의 방어진지 같았지만 그놈을 막는 대응책으론 쓸모가 없었다. 다음엔 책상 대신 옷 궤짝을 대놓고 그 위에 이불을 얹어놓았다. 그래도 결과는 마찬가지였다.

뒤 늦게서야 반자로 가려진 천장 위 공간이 네 집 내 집 없이 터져 있음을 알게 되었다. 아무래도 미심쩍어 낡아 뚫어진 반자 속으로 서너 자나 되는 꼬챙이를 넣고 휘저어보니 글쎄 수지네 방 쪽이 그냥 허공이었다. 들보가 얹히는 곳만 피라밋처럼 제 높이일 뿐, 나머지 부분은 반자 높이만큼만 쌓았음이 분명하였다. 결국 책상 위에 의자를 얹고 그 위로 올라가 뚫어진 반자 구멍을 메워버리긴 하였지만 방음에 효력을 가져오는 건 아니었다.

이 땅에 반양식의 건축형태가 도입된 시기는 마포의 와우 아파트가 와르르 하던 무렵인지라 웬만한 건축업자들은 눈 가림술(術)을 열심히 수습하던(?) 시절이었다. 변두리에 자리한 이 집도 그 시기에 재산 증식적 욕기로 지어졌던 모양이다. 소유자는 시내 중심가에 시설 좋은 이층 양옥을 짓고 산다 하였다. 그러므로 이 집은 세입자들만이 모여 집주인의 잔돈푼을 보조해 주거나 집지킴이 노릇을 하는 것으로 존재하는 꼴이었다. 이 지역은 곧 택지개발 지역으로 책정되어 고시될 것이라는 풍문도 있어서 집주인이 이 낡은 건물에 가중투자하지 않을 것이라는 건 짐작할 수 있었다.

수지네 부엌 쪽으로 이 집을 일백팔십 도나 돌아야 길어올 수 있는 자가수도에 관한 문제라든지, 반대로 그쪽에서 일백팔십 도를 돌아 우리 집 부엌궁둥이로 와서야 있는, 사시사철 그 독한 냄새를 풍기는 변소 문제라든지 이런 것들에 대한 건의나 항의가 먹혀 들어갈 틈은 바늘귀만큼도 없었다. 누울자리 보고 다리를 뻗으랬대서가 아니라 '살기 싫으면 못사는 거지 뭐. 그러니까 방 값이 싼 거 아니겠어요?' 하던 주인 여자의 난장 장사치 같은 말 한마디는 도저히 무너뜨릴 수 없는 독재자의 철옹성쯤으로 기억되고 있다. 그런 처지에 우리의 '사생활 보호'를 위해 반자 위쪽으로 벽을 막아 쌓아달라고 한다면 요샛말로 '또라이' 취급 밖에 더 받을 것이 없으리라.

할 수 없이 방안이나 덜 불편하게 쓰자는 뜻에서 이불은 윗목 구석으로 좌천되고 이 방은 다시 전천후 가청(可聽)지역의 난달로 내동댕이쳐졌다.

나는 환이의 의자를 들어다 샛문 앞에 등을 대놓고 올라탔다. 샛문을 막아 앉든 이만큼 떨어져서 앉든 그것은 실상 아무 의미도 없었다. 어차피 저쪽 방의 구슬들이 내 몸을 난타하는 것은 마찬가지였다. 그런데도 언제나 샛문 께가 더 허전하게 느껴짐은 웬 심사인지 모른다. 또 짧은 다리 끝에 팔꿈치를 대고 두 손으로 머리통을 싸안았다. 고슴도치처럼 웅크리고.

정해진 두 달간의 치료기간이 다 되어간다는 말을 원무과 여직원으로부터 듣고는 있었다. 총에 맞는 순간부터 그랬듯이 더 이상 그 도시에서 살 수 없다고 다짐했다. 간호사의 권유가 아니더라도 이를 악물고 훈련에 열중했다. 땅을 짚은 두 팔의 힘에 상반신이 끌려 다닐 땐 형용할 수 없는 통증이 온몸으로 퍼져들었다. 그러나 나를 고통스럽게 한 것은 그 통증만이 아니었다. 호드득호드득 삐용 하는 총소리가 간헐적으로 고막을 울려댔던 것이다. 그때마다 두 팔로 귀 서건 머리통을 싸안고 눈살을 찌푸리고 있기 일쑤였다. 그럴 때면 으레 간호사가 다가왔다. 원무과 직원의 살쾡이 같은 눈빛과는 달리, 그녀의 얼굴엔 언제나 미소가 흘렀다.

간호사의 미소는 한참씩이나 나의 눈과 얼굴과 볼품없는 몸뚱어리를 쓸었다. '총소리가 멎은 지 한 달이 훨씬 넘었어라우. 그건 환청이랑께요' 한구석 쳐들린 손목 밑으로 그녀의 목소리는 쏴아 하는 바람 속에서처럼 가늘게 들려왔다. 그녀의 음성이 엄마 품속처럼 한 가닥 아늑하게 느껴지면서도 그것은 나를 달래기 위한 거짓말이라고 여겨졌다. 내 귓속엔 여전히 저벅저벅 하는 군화소리와 떨걱떨걱 하는 총검소리가 맴돌았다. 그 사이로 호드득 삐용 하는 총소리가 들리고 있었다. 간호사는 내 어깨를 싸안으며 등을 토닥거린다. 이때 그녀에게서 뿜어지는 상큼한 입김은 내 귓불을 간지럽힌다. 옆 병상에 누워있는 에미는 멀뚱멀뚱 이 광경을 바라보기만 할 뿐이었다.

에미의 그 멍청한 눈동자를 보고서야 나는 제 정신으로 돌아오곤 했는데 간호사는 잽싸게 이 순간을 놓치지 않고 병상 아래로 나를 안아 내렸다. '자 물도 마실 겸 또 다녀와 보드라고요잉, 천천히 너무 힘쓰지 마시고예' 그녀가 어머니이거나 누나였으면 좋았을 거라는 엉뚱한 생각을 하면서 나는 병상 왼쪽으로 나 있는 문을 밀치고 나간다. 거기서 왼쪽 복도를 따라 가다가 그 왼쪽에 사내아이의 고추처럼 매달린 수도꼭지를 발견하게 된다. 그곳에서 나는 고개를 외로 꼬아 올려 한동안 시원하게 물줄기를 탐한다. 그런 다음, 오른쪽으로 고개를 풀어 몸을 바로 하고 오른쪽으로 방향을 돌려 철푸덕거리며 대리석 바닥을 쓸고 가다가 오른쪽으로 달린 병실 문을 밀치고 들어가 오른쪽 구석에 있는 병상에 오르게 된다. 이때 다른 환자를 보고 있던 간호사가 싱그러운 미소를 던져준다. 나는 그것을 보고서야 오른쪽 병상으로 고개를 돌린다. 천장을 보듯 내 얼굴을 멀뚱히 바라보는 에미의 곁에 등신처럼, 병신처럼 손가락 장난을 하던 환이가 제 에미처럼 멀뚱히 제 아비를 건너다본다.

잠시 동안이나마 개운했던 마음은 금방 어디론가 사라지고 태곳적부터 이어져온 듯한 신음소리들이 또 다시 여기저기서 뻗장쳐오른다. 참아요 참아요, 가만 가만, 하며 환자들을 진정시키려는 낮은 목소리들이 구슬이듯, 비눗방울이 듯 병실 공간을 가득 떠다니고 있음을 보며 내 머릿속이 곧 이 병실의 공간만큼이나 부풀어간다고 느낀다.

"김 차석님은 사무실에나 들려온 거야?"

상대의 출근 상태까지 염려해 준다. 인정미가 짜르르 넘친다. 마침내 남녀 할 것 없이 말을 놓는다. 그들끼리는 친구인가.

"부통령이 꼬박 사무실에 들르실 필요있나아 머엉, 먼일 있음 쫄짜들한테서 전화 오겠지잉."

정작 당사자는 대답이 없는데 다른 사람이 울타리를 쳐준다.

"길우 엄마가 선이야. 어서 돌려!"

구슬을 제조하기에 충분한 인원이 다 모였나보다.

어김없이 구슬들은 더욱 많이 제조되어 떠올랐고 그것들은 이 방으로 우박처럼 쏟아져 내린다. 그리고 내 전신을 두드리고 찔러댄다. 그보다도, 에미의 잠자는 얼굴에 떨어지는 걸 발견하게 된다. 참는 것일까, 낙도(落度)가 약했던 것일까. 에미의 표정은 그대로다. 뭔 일로인지 폭소가 터져 나오면 에미의 얼굴은 모기에 쏘인 콧구멍처럼 볼썽사납게 씰룩일 것이다. 그것이 거듭되면 에미는 속잠을 깨고 한사코 다시 잠을 붙잡으려고 버둥댈 것이다.

심한 통증을 느끼며 의자에서 내려와 철푸덕 철푸덕 방안을 쓸고 다니기 시작했다. 그러면서 에미의 얼굴에 떨어졌던 구슬들의 흔적이 아직 묻어 있는가를 살펴보기도 하고 방바닥 여기저기에 널려있는 구슬들을 엉덩이로 지그시 눌러 열소(熱消)시키기도 한다. 그러나 구슬들은 연속적이며 폭발적으로 넘어들어 온다. 나는 샛문을 막아섰다 물러섰다 하며 에미의 얼굴을 연신 살핀다.

구슬들의 크기는 일정하지가 않다. 좁쌀만하게 작은 것에서부터 팥알, 콩알, 밤톨만한 것 등 아주 여러 가지다. 그 강도(强度) 또한 다 달라서 단단한 놈이 있는가 하면 말랑말랑한 녀석도 없지는 않다. 크고 작고 물렁하고 단단한 것들이 때로 조화를 이루어 쏟아지면 부끄럽게도 슬그머니 그것에 젖어보려는 유혹을 느낄 때가 있기는 하였다. 지금처럼 나는 뻔뻔스럽게도 무사안일의 직무유기를 하게 된다. 슬쩍 귀를 샛문에 붙여 저쪽 방의 동정을 살피는 것이다.

"잇, 또 쌌네? 홋호호 돼지 아빠, 쌀 때는 찌지근히 싸지 말고 밑이 화끈화끈하도록 포옥 폭, 존 거 알지? 홋호호."

더불어, 폭풍우를 동반한 파도같이 박장대소가 쓸고 간다.

"흥, 군침 흘릴 것들 없어. 누구 위해 싸는 거 아니고 나 욕심 채려 싸는 거라구유. 자 자아 이거 보여? 한 장씩 줘 보실까? 밑이 화끈거리다 못해 알싸아 할 모양이니께. 이렇게 되면 영아는 피박이다 응, 알겠어?"

쉰 듯이 갈라져 나오는 돼지아비, 아니 김 차석의 목소리다. 그 위로 놀라웁고 떫은 입다심들이 내 뇌리에 한 장 그림으로 들어앉는다.

새로운 폭풍우를 준비하고 있음일까. 잠시 동안의 침묵을 타고 짝짝, 치는 화투짝 소리가 퍼뜩, 에미의 얼굴 위에 튀기는 핏방울인 양 섬찟하다. 천리보다 더 먼 곳으로부터 졸음이 나를 끌어당긴다.

시내를 벗어나기 위해 화물트럭을 몰고 담양 쪽으로 나가려 했다. 길 양편에 모래부대를 쌓아 진지를 구축하고 있던, 철모에 흰 테 칠한 군인들이 앞을 막았다. 에미가 울면서 애원했다. 군인 하나가 권총을 빼들었다. '돌아가지 않음 쏴 버릴 거야.' 단순한 위협이 아님을 직감했다. 차를 되돌리려는 순간, 옆에 섰던 다른 군인이 M16으로 난사. 다르르륵, 미친 듯이, 아니 조직적으로 멀쩡한 대낮에 멀쩡하게 생긴 젊디젊은 군인이, 우리나라 군인이 우리나라 백성인 우리 가족에게 그랬다. 그 다음 그들은 '우향우(右向右), 좌향좌(左向左),' 그렇듯 절도 있는 구령을 내렸다.

나는 양쪽 허벅지에, 에미는 거기에 총을 맞았다. 내 밑에 깔린 환이의 울음소리가 지구 밖에서인 양 아득하게 들려왔다. 얼른 보았어도 차창 쪽으로 끼여 있던 란이가 세상에 종말을 고했다는 걸 알 수 있었다. 그 아이의 얼굴은 형체를 알아보지 못할 만큼 문드러져 있었으며 배와 다리에 여러 개의 구멍이 뚫려 있음도 보았다. 그 와중에도 차를 돌려 달아났으며 얼마쯤 가다 어디 하수구인 듯한 곳에 틀어박은 것 같다.

사실 지난밤에 잠을 자지 못하였다. 에미의 출근을 배웅하고 잠을 청하기 위해 환이가 누워 있는 담요 속으로 들어갔었다. 에미의 육체가 못쓰게 된 이후로 자리 속엔 언제나 아쉬움이 가득하다. 눅눅한 이슬처럼 내 잠이 어둠 속으로 빨려 들어가고 있을 때, 패거리들의 어수선한 흩어짐 소리가 한웅큼의 구슬로 되어 쏟아졌다. 그들은 온종일 손때 묻힌 구슬들을 개평처럼 나누어 던지며 떠나갔다. 그들이 골목 어귀를 채 빠져나가지도 못했을 즈음에 수지 아비가 퇴근해 왔다.

"아빠앙? 앙핫핫."

언제나 그렇지만 저 집의 출근과 퇴근은 곡마단의 줄타기 재주를 연상해낼 만큼 아슬아슬하다. 한 번도 그 패거리들과 맞닥뜨리지 않는 것이 신기할 정도였다. 번번이 전화 연락을 하며 들고 나는 시간을 조절하는 것 같지도 않았다. 골목 밖에서 기다리고 있다가 패거리들이 떠난 다음에 들어온다는 것도 한두 번 아니고 힘겨울 터였다.

하긴 그 집이나 내 집이나 열두 시간 맞교대 직장을 다니는 처지고 보면 따로 잔업이 있을 리 없어 새삼스레 시간을 조절할 필요가 뭐 있겠는가. 시간 맞춰 가면 오고, 올 때쯤에 시간 맞춰 가면 될 것이다.

그에 대하여는 그 집에 모여드는 패거리들만큼도 아는 것이 없다. 부부간에 특별히 티격태격 하는 일도 없는 것 같았으므로 수지 아빠의 성격을 가늠해 보기란 썩 어려운 일이었다. 다만 수지 엄마가 패거리들과 함께 지껄여대며 넘겨 보내오는 구슬들을 감정해 보는 것으로 참고해 볼 뿐이다. '술 좀 안 먹었음 좋겠어엉' 이렇게 말한 적이 있었지만 그를 술 중독자로 취급하기는 곤란하였다. 주사를 부리는 예도 없었거니와 술 때문에 어떤 일이 지장을 받았다는 말을 들어본 적이 없다. 더러

술을 마시고 오는지는 모른다. 그건 모르는 일이다. 5년 전, 10년 전에 술 마신 적이 있었대도 그녀는 얼마든지 지금의 일처럼 말했을 것이다. '떠들 것 없다. 너같이 남편 복 있는 여자가 흔한 줄 아니?' 누군가 이렇게 말하면 여기저기서 '암 암' 하고 맞장구를 쳐 올린다. '아이구웅 벨소리들 다 하네엥, 쑥맥이지 머엉. 밥 먹고 회사 가고웅 그거밖에 더 알어엉? 하긴 우리 수지 아빠 때문에 속 썩인 건 없지잉. 내가 문제니깐 그렇지잉' 하고 나선 홍홍 항항 손뼉을 치며 웃어댄다.

수지 아빠는 나보다도 칠팔 세나 아래로 보였다. 말수도 물론 적었다. 그래서인지 화촛계집처럼 착착 감겨먹는 제 여편네의 천박한 애교에도 뿔뚱질 한번 없이 웅얼궁얼 하는 것으로 대답을 대신한다. 그때까지 방안 그득히 남아있을, 타락한 언어들로 쳐 이겨진 담배연기를 아무렇지도 않게 숨 쉬면서 말이다.

"마누라 생각해서엉 제 시간에 꼬박 퇴근하고웅, 그래서 난 당신이 좋드라앙 당신도 나 사랑해? 으으 웅?"

아마도 사내의 허리를 껴안고 턱 밑에 코를 붙인 채 살랑대고 있으리라. 자신의 몸무게를 포함한 천만 근의 사랑과 신뢰를 내맡긴 듯한 저 생청맞은 아양을 처음 듣는 건 아니었다. 그런데도 그 소리를 들을 때마다 밤톨만한 구슬의 타격같은 아픔으로, 송곳 끝 같은 예리함으로, 배신감으로, 수만 겹 휘장 속의 신비로움으로, 궁거움으로 다가오는 것이었다.

"웅얼 궁얼…"

(등신, 이럴 땐 차라리 주먹 만한 돌덩이라도 좋으니 천장을 향하여 내던져보지 않구설랑!) 무슨 말을 궁얼대는가. 제발 그 응고되지 않은 흐물흐물한 저 구슬을 손가락 끝에 쥐고 돌리며 그 속을 깐작깐작 후

벼 파내보고 싶었다.

　야간 근무조가 될 때마다 펼쳐지는 잔치놀음을, 몇 해나 겪어온 그 짓거리에 어금니가 뻐근하면서도 또 육신의 옆으로 비켜서는 잠의 몸뚱일 보았다. 나는 철퍽철퍽 기어가서 샛문에 귀를 붙였다.

　"…으응 밥먹구웅, 수지도 아직 잠 안들었으꾸야앙."

　그래, 판을 벌이자면 그에 소용되는 힘을 축적해 놓아야 한다. 준비 없이 서두르다 실패작을 만들기보다는 느긋이 배를 채워 두어야 하리라. 아니 잠들지 않은 아이가 건넌방에서 건너올지도 모르니 인두겁을 쓰고는 결행할 수 없었을까.

　저들이 저러고 있으므로 일단 나도 이부자리 속으로 들어갔다. 저만큼 물러서서 눈치만 살피고 있는 잠의 몸뚱일 끌어당기지도 않았다. 그들은 역시 식사를 하는지 달가닥거리며 수저 부딪치는 소리를 내고 있었다. 그리고 반찬처럼 웅얼궁얼 하며 이야기도 씹는다. 무슨 말을 씹는가.

　수지는 한번 잠이 들면 송장이나 마찬가지여서 다음날 아침 깨울 때까지는 일어나지 않는다는 것, 남편은 열 명이나 되는 공원들의 책임자여서 직접 일은 하지 않고 지치도록 그네들을 수발한다는 엉뚱한 서방 자랑, 자기 집은 전세라서 대청 달린 방 두개를 쓰지만 옆방 집은 딱 방 하나 부엌 하나 뿐인 월셋방이라는 것, '어머! 징그러, 이렇게 클 수가 있는 거야?' 등 시공을 초월하여 지껄여댈 것이다. '이거 마른 오징어 볶음인데 잡숴봐요옹, 입맛에 맞을 거예요'하면 '응 맛있어 방금 먹어봤잖어'하고 머저리처럼 대답할 것이다. 그 동안에도 자장처럼 달라붙는 잠을 손끝으로 떠밀어대며 자꾸만 기다렸다. 그것이 등신보다 못한 병신 행투임을 알면서도 말이다. 나는 그 밤을 절반 이상이나 새우면서도 도색필름의 돌아가는 소리와 함께 벌이는 그들 불륜의 잔치를 확인해버린다.

그들의 호흡과 괴성은 그들 행위의 영상으로 되어 온통 뇌수 속에 넘실거린다. 김 차석이라는 직분의 돼지아비라는 녀석은 꾸르릉 꾸르릉 돼지같이 굴곡이 진 소리를 길다랗게 토해내곤 하였다. 아니 수지 엄마를 좀 보라. 헝헝 앙앙 토사곽란에 걸렸는가, 맹장이 터져 복막염으로라도 번졌는가, 출산 시간이 다 된 임산부였던가. 내가 인도주의를 부르짖는 인간이었다면 손모가지가 부러지든 말든, 너절한 미친놈이라고 세상이 욕하든 말든 진정제 주사라도 준비하여 뛰어 들어갔어야 마땅했다. 그런데 이쪽 방의 이 웃기는 인물은, 저쪽 방의 저 당장 숨 끊어질 듯한 신음, 고통소리를 듣고만 있었다. 그리고 아침이 되면 퇴근해 오는 에미가 있다는 사실을 괘념치 않은 채, 혼자서 헐떡이다 그만 체통을 잃었다. 육체가 이렇든 저렇든 그런 식으로 에미를 적지 아니 배반해온 셈이었다.

이사 왔던 날 밤에도 그 뒤에도, 아니 병원에서 퇴원한 직후에도 몇 번 시도해본 적은 있었다. 번번이 실패였다. 자동차에 열쇠를 꽂고 돌릴 때, 꼬르릉 하고 나는 소리를 상상해 보지만 에미는 그때마다 눈망울만 꾸먹꾸먹하였다. 그것은 심한 고통을 안으로 삭이는 것이기도 했다. 내가 포기하고 몸을 일으키면 민망한지 이렇게 말했다. '병원 측에선 언젠간 저절로 회생이 된다던데…'

"으응 헝헝 앙앙…으응."

불가사리에 빨려드는 가리빗살처럼, 옥죄어 오는 잠을 떨쳐버릴 수 없어 담요깃을 쳐들고 에미 곁에 몸을 뉘었다. 몽정후보다도 더한 모멸감이 엄습해 왔다.

병원에서 의식을 찾고 난 뒤, 옆 병상에 누워있던 에미에게 '어디가 어떤가'고 물었다. 에미는 대답 대신, 뭍에 오른 암물캐처럼 꾸불렁꾸불렁 전신을 등걸음질하여 내 병상으로 팔을 넘겨왔다. 그리고 좌우를 에멜무지 한번 살피고는 내 손을 홑이불 속으로 끌어다 자신의 살 속으로 밀어 넣었다. 두꺼비 등이라도 만진 것처럼 흠칫 놀라 손을 빼냈다. 남세스러워서가 아니었다. 그곳이 온통 꺼즈로 덮여 있었던 것이다. 이 여자는 그 때도 눈을 꺼먹꺼먹하고 있었다.

에미는 반김처럼 습관처럼 한쪽 다리를 내 아랫배 께에 걸치며 헛입맛을 쩝쩝 다신다. 간밤의 일로 하여 꺼풀만 남아버린 정욕의 상자는 중량감만 느껴질 뿐, 어떤 욕정도 일어나지 않았다.

다행이었다. 금방이라도 함몰해 버리고 말 것 같던 잠은, 사해에 떠 있는 생명체라도 되는 양 내 의식을 덩그러니 띄워놓고 있다. 다만 염치없는 피로가 아래로, 아래로 육신을 끌어당기고 있는 것이었다.

"쓰리 꼬오…따따블에다가 크으려면 그렇지, 서, 성공이다아. 내 고스똡 이십년사에 이런 형통은 처음이로고. 피박 쌍피박까지 씌웠도다아 어헛…"

얼씨구, 춤을 추는지 사람을 패는지, 방을 떠내는지 집채가 온통 쿵쾅쿵쾅 울린다. 녀석은 아무래도 감격을 쉬 삭일 수 없는 듯 연방 하하후후 탄성을 토해낸다. 녀석의 부산스러움과는 달리 다른 목소리들은 한동안 눅져 있었다. 곰방메로 뒤통수를 맞은 듯 얼쩍지근해서일까. 그러나 순간의 침묵은 곧 깨졌다.

"남자가 돼 가지고 왜 이리 경망하게 나대여? 가만, 쓰리 골 맞은 건 맞은 거고 일할은 떼셔야지이. 흙 파먹고 사는 짐승들 아니고 이럴 때 중생들 먹고 살 양식 장만해야 되잖겠는가암?"

마냥 허투루 꼬집는 수작만은 아니었다. 새되지만 착 가라앉은 그 목소리는 어딘가 깔고장하게 굽어들었다. 일 할을 떼 놓든 오 부를 떼 놓든 어차피 자기 지출액은 마찬가지일 터이나 상대의 수익은 어떻게든 감소시켜 버리고 싶었나보다. 나아가서 이참에 승세를 탄 그의 김을 빼놓자는 전략일 수도 있었다.

"자갈논 산 사촌이라도 있나아 와 이리 몸이 달지? 떼는 건 여축없이 수행할 테니 염려 푸욱 놓으시고 임잔 돈이나 수청들이시라구우."

최소한 이런 자리에서 만이라도 자신의 지위에 대한 위엄을 완벽하게 갖추고 싶었는지 모른다. 상대의 속셈을 모르는 척 그냥 넘길 수만은 없었던지 돼지 아비 녀석이 기어이 걸고들었다. 그러자,

"임자에 뭐, 수청을 들어? 이 사람이 왼 동네 여자가 몽땅 제 여펜네루 보이는가부네?"

남편이 군 정보기관의 상사라든가 하는 영아 엄마가 땅벌침 같은 소리를 매섭게 쏘았다.

"머 머? 저, 저라구?"

"어쭈, 그래 저다. 어쩔래. 파출소 차석이면 보이는 게 없냐? 어느 연놈이 붙어먹는 거 내 다 알구 있어. 어디서 겁도 없이 함부로 입을 놀려?"

이건 단순히 놀이판 싸움이 아니었다. 싸움이 흥미롭게 오래 가는 건 실력이 엇비슷할 때의 경우이다. 격차가 클 때엔 단 매에도 승부가나는 법이다. 막강한 빽을 가진 영아 엄마에게 파출소 차석 정도는 싸움의 상대가 될 수 없었던가보다.

더 발전하게 놔둔다면 미국에 원정 갔던 우리나라 권투 선수들의 경기를 되보는 것만큼이나 뻔한 결과를 맞이하게 될 것 같다. 하긴 그 같

은 결과는 이미 나타난 셈이었다. 독침 같은 말 '펀치'를 얻어맞은 김차석은 단번에 기가 죽어버려 상대할 기력을 잃고 있었을 것이다. 이 사실을 누구보다도 가장 잘 살피고 있는 사람은 뭐니 뭐니해도 수지 엄마였을 게다. 간단히 끝나버린 상황이지만 분위기를 '케이 오' 아닌 판정으로 이끌어 줄 필요가 있었다.

"아앙 왜구래앵. 잘들 놀다 말구 왜덜 구리는거야앙, 돼지 아빠앙 참아요웅 웅? 영아야 너두웅. 암껏두 아닌 걸 가지구 애덜처럼 왜구러는 거야 글쎄엥."

나는 이맛살을 찡그리며 비척비척 몸을 일으켰다. 딴엔 잠을 자서는 안되었다. 철푸덕철푸덕 기어가서 샛문에 기대놓은 의자로 올라갔다. 내 몸이 감내하지 못할 정도로 지나치게 강하고 많은 양의 구슬들이 한꺼번에 덮쳐올 때라 할지라도 일단 그것을 내 몸에 거쳐 가게 함으로써 그 속도와 강도를 약화시켜 놓아야만 한다. 그래야 에미에게 가 닿는 충격이 감소될 것이다.

샛문 틀과 문 사이의 둘레를 따라 몇 겹이나 덧붙여진 하얀 창호지가 그 도시에서처럼 나를 가둬놓고 있다. 비명 한번 지르지 못하고 스러져 버린 란이의 모습이 가녀린 채송화의 보드라운 꽃잎으로 되어 이슬처럼 반짝이는 구슬들 사이에 끼여 있는 듯싶다.

나는 허공으로부터 쏟아져 내리는 구슬들을, 버릇처럼 손으로 휘휘 쳐내었다. 팔을 휘저을 때마다 우두둑 뚝 하고 뼈 맞치는 소리가 도둑놈 발짝 소리 마냥 은밀한 소음으로 방안 공간을 채운다.

그러나, 노력은 또 실패로 끝났는가.

"용기서(여기서) 잠이나 자지 왜 또 팔을 휘둘러요."

저 분대질통에 잠이 계속될 리 없었다. 아니 처음부터 잠과는 상관없이 몸만 까부라져서 누워 있었는지 모른다.

란이가 두 살 때였던가. 에미는 언제나 그 애가 포옥 잠이 들기를 기다리지 않았다. 채송화 한 송이 뜯어다 어린 손에 쥐어준다. 꽃을 본 아이는 울음을 멈추고, 그런 다음에는 새록새록 잠 속으로 밀려들어 간다. 에미는 두어 번 더 아기의 가슴께를 다독여주고 살포시 빠져 나온다. 행여 깰세라 그 아이의 모습을 뒤돌아 살피며 문고리를 잡는다.

에미가 그때 란이를 보던 것 같은 눈길로 나는 지금 에미의 표정을 살폈다. 하지만 이 사람은 란이처럼 그렇게 잠들어 주지 않았다.

"일루 와. 안 오시면 나 아주 잠 깨버릴 거야. 당신이 옆에 누워 있어야 저 소리들이 안 들린다는 거 몰라? 바보, 쩝쩝…"

눈도 뜨지 않은 채 입맛을 다셔가며 나를 협박한다. 나는 깜짝 놀라 부개비 잡힌 듯 에미 곁에 가 누웠고 에미는 한쪽 다리를 내 아랫배께에 척 올려놓고서야 쌔그르릉 쌔그르릉 잠 속으로 빨려들어 갔다.

점점 더 제 역할에 익숙해져 가는 숨소리를 들으면서 방안 공간에 날아다니는 구슬들을 무책으로 헤어 머릿속에 쑤셔 넣어야만 했다.

싸움이 어정쩡하게 마무리된 후에 저들은 지금까지 쌓인 노폐물을 처리하는 작업에 들어갔다. 나도 진작부터 오줌이 마려웠지만 선뜻 밖으로 나가지 않았다. 부질없이 그네들과 맞닥뜨리기가 싫어서였다.

수지네 방을 나서 대청을 건너고 현관문을 열면 곧 밖일 것이다. 거기서 남쪽으로, 그날의 군인들처럼 절도 있게 '우향우' 하여 일곱 걸음쯤 걷다가 다시 우향우 하여 열 걸음쯤 가면 우리 집 부엌 궁둥이에 이르게 된다. 그 앞에 낡은 미루나무 판때기의 문이 어둑한 틈을 벌리고 달려 있는 큰 곳(大便所)이 있고 그 옆, 우리 집 부엌 궁둥이 쪽으로 좀 당겨져서 작은 곳(小便所)이 있다. 소변간이라곤 하지만 슬레이트 쪽

두 장을 'ㄴ'자로 세워놓은 것에 불과하다.

그곳에서 볼일을 보면 플라스틱 파이프 구멍을 통하여 슬레이트 벽 밖으로 흘러 나가 하수도로 빠진다. 그 하수도라는 게 또 말이 하수도지 깊이도 얕고 복개도 되어있지 않은, 도랑 축에도 들기 어려운 건천이다. 혹시 갑작스런 폭우라도 쏟아져 빗물이 벌창한다면 그때에나 아하 저게 도랑이었던가 하고 인정받을 수 있을 것이다.

평소엔 윗집 설거지물이 음식 찌꺼기 등과 함께 답답하게 밀려 내리다가 우리 집에서 누군가 오줌을 누면 그것과 합수하여 몇 미터쯤 흘러가는 시늉을 낸다. 한 해에 한두 번쯤은 내가 삽 끝으로 헤집어 놓지만 이미 속속들이 썩어 옥토가 되어버린 향취(?)는 흙이 아닌 오물, 그것의 냄새로서만 존재한다.

저들은 온종일 교대로 들락거리며 이 도랑을 썩게 하고 향취 아닌 다른 냄새를 더욱 북돋게 한다. 오물 수거료를 절감시켜 주겠다는 요량에서인지는 몰라도 여자고 남자고 이 'ㄴ'자의 슬레이트 앞을 가로막고 오줌을 누어대는 것이다.

서쪽으로 난 방문을 열고 나가 부엌문을 왼팔로 스치면서 서너 걸음 떼다가 좌향좌 하면 일곱 여덟 발짝 정면에 있는 대변간과 마주 보게 된다. 거기서 왼쪽으로 눈길을 살짝 꺾으면 'ㄴ'자로 된 슬레이트 안쪽은 수줍음도 없이 반짝 드러난다. 그곳에서 너부죽하고 뿌우연 궁둥이를 내놓고 오줌을 놓는 여자들의 모습을 그간 심심찮게 보아 온 터다. 보려고 작심만 한다면 몸이 고달플 정도로 봐댈 수가 있다. '아이고오 오줌 마려워라아!' 하는 넉살스런 소리는 이 방안에서도 얼마든지 들을 수가 있다. 그 말을 한 당사자가 끙 하고 일어나 방문을 열고 대청을 건너 현관문을 연 다음, 밖으로 나선다고 치자.

그가 몸을 우향우 하여 자그락자그락 신발 끝을 끌면서 몇 발짝 가다가 다시 우향우 할 때쯤, 슬며시 몸을 세워 방밖으로 나서서 너댓 궁둥걸음 떼다가 좌향좌 하면, 그 허연 궁둥이는 어김없이 내 눈 안에 잡힐 것이다.

일과 중에는 으레 다음과 같은 일을 겪어야 한다. 양동이를 들고 부엌문을 나서서 서너 걸음, 그곳에서 좌향좌 하여 철푸덕 철푸덕 궁둥걸음질로 대여섯 걸음, 부엌 궁둥이와 소변간 사이에 이르러 또 좌향좌 하여 여남은 걸음, 게서 다시 좌향좌 하여 일곱 걸음 쯤 되는 지점의 수지네 현관 앞을 지나 댓 걸음, 그리고 좌향좌 하면 부엌문이 나타나는데 그 앞에 이 집의 공동 자가 수도가 있는 곳에 다다르게 된다. 우리 집 부엌에서 수지네 부엌까지 가는 길을 대충 선으로 긋는다면 갈 데 없는 'ㄷ'자이다. 아니 그것을 서쪽에서 동쪽으로 뒤집어 놓은 역 디근자와 같다. 그것은 양쪽 집 부엌 궁둥이까지의 모양이다. 양쪽 부엌문까지의 선은 역 디근자의 끝을 한 번 더 꼬부라뜨려 정교한 맛을 주었다. 내가 수도에서 물을 받아가지고 우향우, 우향우 틀면서 돌고 돌면 우리 집 부엌 궁둥이와 소변간 사이를 빠져 나오게 되고 다시 우향우 하여 부엌으로 들어가, 역도 선수처럼 머리 위로 양동이를 들어 올려 단지에 물을 쏟아 붓는다.

이 같은 일상의 과정에서 'ㄴ'자의 소변간 앞을 지나는 것은 피할 수 없는 일이고, 더러 돼지 아비 녀석의 장쾌한 물건을 보게 되는 것 또한 어쩔 수 없는 일이다. 미처 갈무리하지 못한 채 돌아서는 녀석의 손 끝에선 막 이슬을 털며 따내는 실팍한 가지 같은 게 쥐어있기 일쑤다.

또 수지 엄마는 말할 것도 없고 그 집에 꼬여드는 모든 여자들의 뿌연 날궁둥이가 입력되어 있음도 필연적인 결과이다. 어느 것은 백옥처럼 희고 어느 것은 가무잡잡하다. 어느 것은 탱탱해 보이고 어느 것은 흐들흐들해 보인다. 그 중에도 가장 뽀얗고 포동포동 해 보이는 건 수지엄마와 영아 엄마인 듯싶었다. 그것들이 어쨌든 소담스러워 보인 것은 사실이었지만 내게 있어 크낙한 매력거리일 순 없었다. 그것들 모두, 가지만한 연장이나 넓데데한 궁덩짝들은 또 다른 구슬의 횡포로서 나를 들볶기 때문이다.

떨어지는 오줌방울까지 확인할 듯 빤히 살펴보며 지나칠 수도 없는 일이다. 또 고개를 있는 대로 틀어 젖혀 한사코 외면하고 가는 일도 여간한 고역이 아니다. 그저 고개를 한 십 도 쯤 꺾어 내리고 시선을 고개 방향으로 떨구는 게 보통이지만, 따지고 보면 그것도 팔푼이 흉내와 같은 것이다. 그런다고 해도 벌어져 있는 상황은 내 시야 속에서 벗어나지 못하게 마련이다.

내가 지나칠 적마다 저들은, 특히 여자들은 멈칫멈칫 궁둥이를 방아깨비처럼 아래위로 꺼벅꺼벅 흔들어 대지만 정작 볼일을 중단하고 선뜻 일어서지는 못한다. 그네들이 내 시선을 의식하고 몸을 뒤스르려 할 때, 그때 나는 이미 그곳을 지나쳐버리게 되니까. 어물어물하는 사이에 내가 멀어져 간 것이 확인되고 나면 그들은 숫제 긴장을 탁 풀고 시원하게 잔무를 처리하고자 할 것이다. 아니 처음부터 내가 고개를 외로 꼰 채, 지나칠 것으로 접어두거나 너 같은 병신 동물이야 볼작시면 봐 봐라 하고 오기 있게 버티는 지도 모른다. 그 같은 방자한 생각이 그네들 중 누군가에게는 있는 듯도 싶었다. 그곳이야 어차피 소변 배설을 위한 곳이니 플라스틱 파이프 구멍을 향하여 일을 치르면 그만일진대, 어느 때 보면 등짝에 뭣 달린 동물이 다녀간 듯 발 디딜 자리가 질펀하게 젖어있어 몸 붙일 곳을 없게 만들기도 하였다.

패거리들의 볼일과 나의 행보가 대각선의 맞물림처럼 부딪치는 게 우연이든 아니든 그 군들이 나를 엉큼한 예비 치한으로 규정하고 있는지에 대하여는 알아둘 일이 못되었다. 다만 이 틈 길에서 퀴퀴하고 지릿한 냄새가, 상해 가는 피비린내만큼이나 역겨웠다. 그것은 초점 밖의 시야에 걸려든, 희뿌연 날 궁둥이 위에 찍힌 화투짝의 그림인 듯 뇌수를 찍어 누르고 있다.

더 이상 참아낼 수 없을 만큼 사추리가 뻐근해 왔다. 삐걱삐걱 현관문 여닫는 소리와 자그락자그락 신발 끄는 소리를 대충 염두에 새겨보았지만 그 횟수를 정확하게 산정하진 못하였다.

나가면 들어와야 하니까 한 사람이 두 번 현관문을 여닫아야 하고 자그락자그락 신발을 끌고 한 번 가면 돌아와야 하므로 그것도 한 사람마다 두 번의 기척이 있어야 한다. 다섯 사람이 출입했다면 현관문은 열 번 여닫혀야 하고 신발 끄는 소리도 열 번이어야 한다. 삐걱삐걱 자그락자그락 소리로서 몇 사람이 왕래했는지를 계산해야 하는데 그만 두 소리를 합하여 대여섯 번째인가부터 정확한 수치를 잃어버리고 말았다. 오줌이 너무 마려웠던 탓인지 그 소리들이 스무 번도 더될 것만 같았다.

방문을 열고 밖으로 나갔다. 몇 발짝 떼다가 좌향좌 하였다. 오줌을 참느라 양미간을 찡그린 채, 정면에 있는 미루나무 판때기의 큰 곳 문으로부터 흘기듯, 시선을 왼쪽으로 살짝 꺾어 돌렸다. 그 때 'ㄴ'자의 슬레이트 안쪽인 소변간이 확 눈 안에 들어왔는데 그 안엔, 궁둥이가 아닌 그 반대편의 거뭇한 흑점이 캥거루 새끼 눈알마냥 멀뚱거리고 들어앉아서 이쪽을 향하여 눈물 같은 걸 떨구고 있었다.

몸이 굳어드는 듯 그 자리에 딱 멈춰 섰다. 원래 정상인의 회전능력보다 굼뜰 수밖에 없는 신체적 조건인데다 당장 찔끔 찔끔 오줌을 지리던 중이어서 돌아선다는 건 불가능에 가까웠다. 하긴 소변이 급하지 않은 정상인이었대도 별 수는 없었을 게다. 재빠르게 고개를 틀어봤자, 이미 자력처럼 빨려들어 갔던 시선엔 꼬들꼬들하고 가뭇가뭇한 쇳가루가 진득진득 묻어난 뒤였을 것이다.

그녀가 호들갑스레 팬티를 끌어올리며 사라진 뒤에 어기적어기적 철푸덕철푸덕 다가가 질펀하게 젖어있는, 그녀의 오줌자리를 타고 앉아 시원하게 갈겨댔다.

"물라아앙, 요새 왜 거 흔한 거영. 민주환지 먼지 하다가 당했다는 거 같아앙."

방에 들어온 나는 저쪽 방의 대화가 궁금하여 의자위로 올라갔다.

"빨리 처, 영아엄마 차례야. 흥 그래봤자 지가 김수환 추기경이 될 건가아 바웬사가 될 건가?"

"아후웅 닭살! 저런 비응신하고 한 지붕 아래서 어떻게 사냐, 수지야 너 정말 힘 들겠다아."

틀림없었다. 나의 이야기는 나의 이야긴데 그것이 어디에 초점을 맞추고 있는지 수지 엄마의 거뭇한 흑점을 본 것만큼이나 신비롭고 궁금하였다.

"어쩌면 돌아설 생각도 않구웅 속상해 주욱겠어 그냐앙. 뻬따닥하게 눈알에 흰 창까지 드러내면서 쳐다보잖아 글쎄엥. 나 뭇살아 정마알. 내쫓아버리든지 무슨 구정을 내야지잉."

발을 동동 굴러가며 콩콩 뛰는 모습이 보이는 듯하다.

"언제는 그 즘생한테 궁덩짝 안 들켰더냐. 오늘 따라 눈 안창 돌아간 것까지 살피고 난리니 그래?"

수지 엄마의 안달은 아랑곳하지 않은 채 길우 엄마가 태평하게 핀잔을 주었다.

"아니잉, 아니이잉…"

수지 엄마는 자신이 별난 방향으로 앉아있었던 진상을 결코 말하지 않을 작정이었다. 그보다는 영아엄마의 나직하고 깐깐한 목소리가 탄환처럼 단단한 구슬로 되어 삐용-삐용 넘어들어 왔다.

"김 차석님 치세요. 수지 널 좋아하는 가보다 얘. 그런 건 당장 그 자리서 귀싸대기를 한대 갈겨 붙여야 하는 거야. 뜨끔한 맛을 몰라서 그래!"

보안대 집 마누라임이 분명했다. 이에 돼지 애비가 침묵할 리 없었다. 함께 나를 향해 화살을 쏘아대는 것으로 자신들의 화합의식을 고취시키고 싶었던 모양이다.

"그때 몇 푼 되지도 않는 돈 받고 합의해주는 게 아니었어. 한 일 년 이상 콩밥 좀 멕여야 하는 건데. 그따위 쓰레기들 땜에 사회가 시끄러운 거라구우!"

이야기는 앞으로 가는 것이 아니라 거꾸로 가고 있었다. 이처럼 야릇한 소리까지 나오리라고는 예상하지 못하였다.

그땐 학생들의 겨울방학 기간이어서 동네 아이들이 골목길을 채우고 놀았다. 골목 양편으론 낡은 기와집, 슬레이트 집, 그리고 벽에 금이 가고 옥상 난간이 허물어진 꺼벙한 이층 슬라브 집, 그 밑으로 판자 집도 있다. 이 동네에 마땅한 공터 하나 없어 이 골목이 아이들의 놀이터였다.

그런데 수지네 건넌방에서 창문을 열면 곧장 골목이 내다보인다. 그게 항상 탈이었다. 아이들이 뛰노는 소리는 온 동네를 삼킨다. 하물며 그 창문을 통하여 들어가는 소음이 어떠하리라는 건 짐작하기 어렵지 않다. 그 소리에 수지 아빠가 잠을 못 자고 있었는지 어쨌는진 모른다.

혼곤한 잠에 빠져 있었다. 꿈인 듯 생시인 듯 앙잘거리는 수지엄마의 음성이 귀를 건드렸다. 그 발원지가 우리 집 반대편 골목임을 직감했다. 그녀의 목소리는 천리 밖에서도 구슬이 되어 나를 향해 굴러올 것이다. 잠이 싹 달아나는 느낌을 받으며 밖으로 튕겨 나갔다. 어기적 철푸덕 좌향좌, 좌향좌 하여 골목길에 나섰다.

해일이 스쳐간 강어귀처럼 아이들에 의하여 눈덩이 등으로 짓매대기쳐진 저쪽 집 담벼락에 붙어서, 몇몇 아이들은 아직도 시답잖은 장난질을 치고 있었다. 그 아이들 가운데에서 눈두덩이 보송보송한 수지 엄마가 한 손을 허리에 따악 얹고 다른 한 손으론 환이의 앞가슴을 직신대고 있는 게 아닌가.

M16 총구로 내 옆구리를 쿡쿡 찌르던 그때 그 군인의 몸짓 그대로였다. '당꼬 쓰봉'같은 수지 엄마의 겨울바지가 또한 '워커'구두 속에 끝을 밀어 넣은 군복바지 영신이었다.

한순간, 내 눈길과 마주친 그녀는 딴기적게도 생끗 웃었다. 나를 향한 수지엄마의 웃음을 이때 처음 보았다. 그것은 보통 사람들이 건네는 대등한 인간관계의 의례적인 미소일 수도 있다. 하지만 이때의 그것은 내 자식에게 가해진 비열한 학대의 대가로 보상 지어지는 것 같아 선뜻 수용하기가 어려웠다.

장난질하던 아이들은 나와 수지 엄마 중 어느 편이 더 센가를 가늠해보기라도 하는 듯 힐금힐금 눈치를 살피며 둘러섰다. 그녀가 내게로 한 발짝 다가섰다.

"글쎄엥 이놈 자식 좀 봐요오…나아 차암…"

"…?"

"우리 수지한테 어떡했는지 아세요옹?"

"…?"

나는 본능적으로 환이와 수지 엄마를 번갈아 보았다. 제 아비를 발견한 아이는 부르지도 않았는데 몇 걸음 다가와 다소곳이 두 손을 모으고 선다. 총구 앞에서 새파랗게 질려있는 사람에게 누군가 발로 땅을 탁 차며 소리를 냅다 지른다면 그는 악 하고 까무러칠지도 모른다.

수지 엄마의 상냥한 웃음에 영합적 대응을 못했듯이, 환이에 대하여도 섣부른 꾸지람을 던지지 못하였다.

"이 녀석이 글쎄엥, 수지의 엉덩이를 스윽 슥 쓰다듬고 있지 뭐예요옹. 쬐끄만 게 뭘 안다구웅."

"…?"

이 여자는 이때 나를 대화의 상대로 삼고 있는 것이었다. 하소연일 수도 있다. 여간해서 받기 어려운 오롯한 인간 대접이다.

"그것뿐인 줄 아세요옹? 말대답까지 하는 거예요옹. 아 글쎄 만지면 좀 어떠냐는 거예요옹. 누굴 닮은 것도 아닐테고옹, 아유 망칙해서 원!"

쳇머리까지 털어 대는 걸 보면 몸서리가 쳐지도록 싫고 징그러운 모양이었다. 수지 엄마가 앙알대거나 말거나 제 아비로부터 벼락은커녕 눈 한번 부릅뜨는 반응이 없자, 환이는 긴장이 풀리는지 그대로 서서 발끝으로 눈 덩이를 툭툭 차내고 있었다.

"…"

"애들이 하도 떠들어 싸서엉, 우리 수지 아빠는 한잠 못 자고 몸만 뒤채고 있다니깐요옹."

남편이 야근하고 와 잠 잘 때는 잠시도 주변을 떠나지 않는 성실한 불침번, 그 남편은 그것만으로도 행복하고 감사해야 할 것이다. 그리고 직장에선 동료들에게, 고향에 가선 어른들께, 착하고 충실한 아내가 있음을 자랑해도 되리라.

열두 살짜리 머슴애가 아홉 살짜리 계집애의 궁둥이를 쓰다듬어서 울화가 치민 것인지, 말대답 때문에 이 지경이 됐다는 것뿐인지, 악마구리 떼 끓듯하는 아이들의 놀이 때문에 남편이 단잠을 설쳐 걱정이라는 뜻인지 분간이 가지 않았다. 그녀가 하는 말을 입장 바꿔 생각해도 종을 잡기는 어려웠다.

주먹만한 납덩이가 명치끝에 매달리는 듯 답답해왔다. 그러면서도, 어쩌면 우리 가문사(家門史)에 사람다운 반골 하나 본보기로 생겨날지 모른다는 뿌듯한 감동이, 야릇한 불안감을 대동하고 가슴속을 파고들었다.

"…우리 환이가 수지를 좋아하는 모양이죠!"

불쑥, 나는 이렇게 대답하고 우향우, 우향우 하여 돌아 집으로 왔다. 이날은 물도 긷지 않고 더 이상 밖에 나가지 않았다. 수지 엄마를 만나게 될까봐서였다.

낮일 열두 시간을 끝내고 깜깜한 밤이 되어버린 여덟 시에 집에 돌아온 에미는 비어있는 물독을 들여다본 뒤, 저녁쌀을 들고 자가수도간엘 갔것다. 설거지를 하던 수지 엄마는 때맞추어 잘 만났다며 에미를 붙잡고 늘어졌다. '아저씨'와도 대화를 나눈 바 있기는 하지만 신통한 호응을 얻지 못했던 터라 그녀는 허풍을 떨며 말을 시작했다. 징그럽고 망측하게도 환이란 녀석이 수지의 궁둥이를 쓰다듬고 있더라는 것,

그보다도 자기를 더 분격하게 한 것은 녀석이 글쎄 반성할 생각은커녕 당돌하게도 되레 덤벼들더라는 것 등이었다.

처음에는 별 것 아니라는 생각도 들었지만 차츰 ,수지 엄마의 분에 받친 소리를 들어가면서 대강 넘길 일이 아니었구나 하는 교훈적 의미와 함께 그냥 있을 수 없다고 판단했다. 그 동안 이 풍진 세상을 살아오다 보니 아이를 제대로 단속하지 못했다 하는 반성 같은 게 불현듯 솟구쳤다. 에미는 쌀을 씻는 둥 마는 둥 하고 부리나케 우향우, 우향우 하면서 집으로 돌아왔다.

방에 들어선 에미의 눈빛과 몸놀림에는 전에 없이 빛이 나고 절도가 있어 보였다.

"환이 너, 이리 좀 와 앉엇!"

하루 일을 다 잊어먹고 책장을 뒤적이던 환이는 갑자기 생경하게 돌변한 제 에미의 시퍼런 서슬에 영문을 몰라 엉거주춤 일어섰다.

"일루 와 앉으란 말엿. 너, 낮에 저쪽 집 수지 엄마한테 뭐라고 했어?"

이 말을 들으면서 가슴속이 조마조마해 왔다. 수지의 궁둥이를 쓰다듬었다는 말만은 듣고 오지 않기를 바랬었다. 궁둥이를 만진 일이 아이의 장난기에 의해 저질러졌다고 할지라도 그것이 예비적 성 감정을 염두에 두고 이야기 된 것이라면 남편의 생명력 발산을 처리해 주지 못한 에미로서는 자괴감에 빠질지 모른다.

느닷없는 닦달질에 느물거리던 낮과는 다르게, 무릎부터 꿇고 들었다. 아마도 큰 죄를 지은 것인가보다고 생각하는 모양이었다. 이내 고개까지 떨구었다.

"너 왜 으른한테 말대답을 하고 뎀벼 들었어. 느 에미가 그렇게 시키댓?"

벽에 걸린 방비를 떼어낸 에미는 그것을 거꾸로 싸잡아 쥐고 환이의 무릎을 힘껏 내리쳤다. 저 무모함으로 아이의 두 다리가 썩어들지도 모른다는 우려가 통증으로 되어 내 하체에 저르르 전달되어 왔다. 난생 처음 당하는 제 에미의 악맺힌 매에 환이는 입을 딱 벌린 채 두 손을 싹싹 비벼댔다. 사나이의 패기도, 일말의 주저함도 없이 비벼대는 손바닥 안에 온갖 용서와 화해와 안정이, 거기 다 들어있다는 듯이 그랬다. 녀석은 겸손이 아닌 나약하고 어리석은 인간으로 커 갈지 모른다. 군인들 앞에서 사색이 되어 몸을 부들부들 떨던 제 아비의 용탑한 꼬락서니에서, 비겁쟁이로서라도 살아남기 위한 수단을 찾는 데만 눈독을 들일지 모른다.

"아 아 엄마 자, 잘못했어요. 다시는 안 그럴 게요 어, 엄마!"

금방 달기똥 같은 눈물을 뚝뚝 떨어뜨리며 아이는 꿀꺼럭거렸다. 이들 모자의 어처구니없는 난탕질에 나는 얼른 끼어들지 못하였다. 스멀스멀 솟구쳐 오르는 적개심을 주체할 수 없었다.

"그리고 너, 수지의 궁둥이는 왜 쓰다듬었니? 그게 무슨 짓이냐?"

걱정하던 일이 터지고 있었다. 나를 힐끗 쳐다보는 에미의 얼굴에 미세한 경련이 일었다.

"…"

"말을 해 봐!"

비를 잡은 오른팔을 제 에미는 또 번쩍 들어올렸다.

"어, 엄마 말할 게요. 엉 엉 구, 궁둥이를 몇 번 툭툭 때렸을 뿐이에요. 어 엄마 엉엉."

"그래 그리고 저어기 딴 데 가서 놀 일이지 왜 꼭 고 좁아터진 골목 안에서만 옴닥거리는 거니. 엄마가 야근할 때를 생각해서 저 집 아저씨 주무실 때는 딴 데가 놀아얄 거 아녀?"

'저어기'가서 놀아야 할 거 아니냐는 엄마의 시선은 허공에 닿아있었다. 아이는 눈물에 젖은 동공을 꺼먹거리면서 한사코 제 에미의 시선을 추적했었다. '저어기'는 자동차들이 윙윙 내달리는 아스팔트 도로밖에는 없는 것이다. 도저히 헤아릴 수 없는 두텁고 어두운 막이 그 애 앞에 겹겹이 둘려져 있음을 나는 확실히 보았다. 그것은 그 애 생애의 열 배도 넘는, 천년보다도 더 길고 해구보다도 깊은 세월과 물길 속으로 밀어 넣는 결과였다.

이미 수지 아빠가 출근한 뒤의 저쪽 방에선 수지 엄마의 바튼 기침 소리가 김 차석, 아니 돼지 아비의 음험한 숨소리를 껴안고 이쪽 방의 분위기를 흠뻑 빨아들여 토해냈다.

"이놈아 남의 지지배 궁둥이는 왜 건드려. 니가 뭘 안다고 건드려? 그따윗짓 하라구 늬 에미가 죽을 작정을 대고 널 키우는 줄 알어, 이놈아 이, 이놈아!"

이를 악물고 매질을 거듭하는 에미의 눈에서도 이미 무지갯빛 눈물이 뚜르르 떨어지고 있었다. 총소리는 콩 튀듯 하는데 아득히 단말마의 비명을 질러대던 환이를, 이 아이만은 살려내야 한다는 일념에 가속판을 밟아댔었다.

두 손으로 방바닥을 짚은 나는 젖 먹은 힘을 다 모아 저울대처럼 몸을 달아 올렸다가 샛문을 향하여 돌진했다. 문짝은 허망하게 떨어져 나가 한쪽 팔만 걸친 술 타령꾼의 저고리 앞자락같이 건드렁거렸다. 그 너머엔, 고개를 외로 꼰 채 수도꼭지를 빨 듯하던 수지 엄마가 있었고, 괴춤을 움켜쥔 채 대청 쪽 앞문으로 황급히 사라지는 사내 녀석의 뒷모습도 눈에 들어왔다.

"이, 이 씨앙…"

벌거벗은 수지 엄마의 양어깨를 두 손으로 잡고 한번 들이받을 작정으로 김일 선수처럼 이마를 스윽 뒤로 뽑았다. 그런데 용수철마냥 튀어나가야 할 이마가 꼼짝도 하지 않았다. 에미가 뒤에서 내 목을 꽉 껴안아 버렸던 것이다.

주거 침입, 기물 손괴, 폭력행위 등 처벌에 관한 법률 위반 혐의에 삼주의 상해진단서가 첨부된 고소장은 나를 또 한 번 꼼짝 못하게 하였다. 더구나 경찰관은 내 두 다리가 잘려나간 이유를 물었다. 나는 병신답게, 곧이곧대로 팔십년 광주에서 총에 맞았노라고 했다. '당신 혹시 빨갱이하고 줄 닿는 거 아냐?' 하는 그의 얼굴엔 자못 농끼(弄氣)가 서려있기는 하였다. 그는 더 이상 빨갱이냐 퍼렁이냐 하고 다그치진 않았지만 자칫, 빨갱이 취급을 당하는 건 손바닥을 뒤집히는 것만큼이나 쉬운 일일 거라고 어슴푸레하게나마 생각되었다. 이때까지 경찰관의 태도는 비교적 부드러운 것이었다.

헌데 돼지 아비가 파출소에 얼굴을 비치고 나간 뒤부터는 사정이 달라지고 있음을 감지하였다. 그는 조서를 꾸미는 순경에게 큰소리로 말했었다. '이봐 전 순경, 억울하지 않게 잘 해드려. 몸이 불편하신 분에게는 더 잘해야 돼. 민주 경찰은 어디까지나 공정해야 하는 겨.' 이렇듯 겉도 속도 분별할 수 없는 말을 던지고 나가는 돼지 아비의 뒤통수에 대고 순경은 거수경례를 올려붙이며 '네 알겠습니다' 했었다.

어디론가로부터 온 전화를 받은 그 순경은 금방 표정이 굳어지며 나를 노려보았다. '알고 보니 못됐드구만. 당신 동네에 어떤 소문이 좌악 퍼져있는지 알아? 부녀자들이 화장실만 가면 뒤따라가 훔쳐본다면서?

장애자고 해서 어연간하면 선처해줄 작정이었는데 품행이 영 방정치 못해'하였다. 훈육선생님 앞에 선 어린 학생 처지와 다를 바 없다는 느낌이었으나 어떤 대꾸도 하지 않고 입을 다물었다. 그리고 '만인은 평등하다'는 대명제 아래 구속되고 말았다.

수지 엄마는 샛문에 귀를 붙이고 있다가 갑자기 문짝이 떨어져 나오는 바람에 이빨이 부딪쳐 흔들리게 된 모양이었지만 나에게 맞아서 그렇게 됐노라고 진술하였다.

"알속 챙기고 합의해 주는 게 낫지, 일 년이고 십 년이고 살리면 돌아올 게 뭐 있니."

길우 엄마의 말이 있자, 이에 동의하기 어려웠던지 돼지 아비가 말을 받았다.

"알속 챙기는 게 문제가 아니라 사상적 국가적으루다가 얘기가 되는 거지이. 요새 정부 욕하고 데모질 한다는 것 자체가 빨갱이 조종을 받는 거거드은. 것두 모르고 쑥맥덜이 와와 쫓아댕기니께 큰일이란 말여어."

"아니잉 나라에서 하라는대로옹 법만 자알 지키고옹, 착실히 살면 월세가 전세 되고옹 전세가 내집 되고옹 응? 우리 수지 아빠도 작년에 엥 군이 노조에 들겠다는 구야앙. 노조에 안가입하면 조장 시켜준대잖아앙. 그래서엉 된거구웅. 그때 추썩거렸던 멍청이들은 다들 쫓겨났잖어엉. 바보들 같이잉. 멋땜에 구러는지들 몰라앙."

"거 참 꽤 길게들 지껄이네에. 그까짓 거 뭘 복잡하게 만들어어. 보안대에 끌어다가 몇 번 족대겨서 주둥빠리에 게거품 물어어? 자 빨리 치기들이나 하자구. 일을 뭣같이들 하구선…"

자기 남편의 권세에 의존해 주지 않는 사람들의 지능지수가 한심하다는 투의 영아 엄마였다.

저들이 생산해내는 구슬들은 좌중의 잡담으로 머물고 있지 않았다. 누군가를 학살하기 위한 무기를 끊임없이 제조해내는 것이었다. 저 공장을 파괴해 버리거나, 아니면 무기가 생산되는 족족 우주만큼이나 거대한 용광로에 넣어 말랑말랑한 애완용 구슬로 재생해 내는 일이 시급할 것이었다.

이를 부드득 갈았다. 의자에서 내려온 나는 옛 전적지에 놓인 관광용 포신(砲身)처럼 수지네 방을 향하여 공격 자세를 취한 채, 한쪽 팔만 뒤로 뻗어 에미의 어깨를 흔들었다. 앞으론 아예 합의 같은 건 생각 말라고 말할 참이었다.

이때 나는, 지난 번 수지네 방으로 돌격하고 났을 때처럼 몸이 뻐거움게 옥죄어 들고 있음을 느꼈다. 어느 틈에 깨어 있었는지 에미가 허리를 꽉 껴안고 있었던 것이다. 돌격방지를 위한 것이겠거니 하여 몸을 빼내려고 뒤틀었다. 에미는 아무 말도 없이 한사코 내 몸을 끌어안았다. 한동안 실랑이는 계속되었다. 그러는 사이 어느덧 에미의 한쪽 팔이 내 괴춤 속으로 들어와 있었다. 이 무슨 뜬금없는 모양새인가 하고 돌아다보니 이 여자는 어느덧 몸놀림을 정지한 채 엎드려 있는 것이 아닌가.

그것은 저쪽 방을 향한 공격을 차단하기 위한 자세가 아니었다. 에미의 손에 잡혀 있는 괴춤 속의 생명력이 때 가름을 못하고 뿔룩거리기 시작했다. 언제부터인가 에미는 그것의 생성을 대망하고 있었음이 분명하였다.

그렇다면? 순간 나는 저쪽 방의 대화를 까마득하게 접어둔 채, 에미의 턱을 비틀 듯이 돌려 받치고 파르르 떠는 입술에 입술을 덮었다. 에미는 기다렸다는 듯이 두 팔을 뻗어 올려 내 목을 감아 들였다. 에미의 몸이 따끈따끈 달아오르고 있음을 감지하기는 어렵지 않았다. 한 손은 어느새 에미의 배를 타고 내려가 민둥산 둔덕아래, 분화구 속에 이르러 흥건한 생명수를 찾아내기에 이르렀다.

나는 새로 태어나는 에미의 모든 것을 확인하지 않으면 안 되었다. 그녀의 몸에 걸쳐져 있던 꺼풀들을 스르륵 밀어 내리고, 그 위로 두꺼비처럼 뭉툭한 육신이 스멀스멀 기어올랐다. 이제 세상은 개벽이 시작되고 있는 것이다.

민족문학선집(1990년 3월)

통장님의 권세

벌써 열 시가 넘었지만 아직 조반 전이었다. 토요일인 어젯밤에 집에 온 정석이가 늦잠을 자서였다. 그 애는 쪽마루에서 부산하게 짐을 싸고 있었다. 회사 기숙사로 출발하기 위해서다. 짐 보따리라는 게 보통 그렇듯이 옷가지, 책 부스러기 뭐 그런 것들이었다. 한 달 후쯤엔 파업에 들어가기로 예정되어 있다는데 그 애는 나름대로 태산 같은 걱정을 안고 있었다. 어젯밤 늦도록 제 어머니와 회사 돌아가는 것을 비롯하여 세상 이야기를 나누었다. 정석이 아버지는 말참례를 않고 따로 한옆에 누워 듣고만 있었다.

경제위기가 커지기 시작하면서 사용자들은 경영의 어려움이 마치 노동자들에 대한 고액 임금에 있는 것처럼 조이고 들더니 마침내 정치권과 협의하여 해고를 위한 제도까지 마련하였다. 여태껏 노동자 수탈 중심으로 축재를 해온 터였으므로 이를 모를 리 없는 노동자들이 왁자

하게 반발하기 시작했다. 이미 타성(惰性)에 젖을 대로 젖어있는 사용자들은 그것을 철없는 아이들의 투정 쯤으로 취급하려 든다. 이 상황의 책임이 어디에 있든 속이 비어있는 건 사실인 것도 같다. 여기저기서 뻥뻥 터지는 크고 작은 기업들의 부도 앞에서 이젠 기업의 비명이 마냥 엄살이 아님을 감지하게 된다. 그리고 먼저 실업의 공포에 시달린다. 이대로 가다가는 나라의 뿌리가 뽑히고 말 것 같은 불길한 예감이 감도는 게 솔직히 요즘의 분위기다. 어떻든 경제 위기에 가장 먼저 아프게 부대껴온 계층은 뭐니뭐니해도 노동자 대중이다. 대통령은 국민을 향해 고통 분담하자고 말했다. 알고 보니 그 아들을 포함한 정치 권력과 재벌, 그 이전의 대통령과 그 일당들이 나라의 알맹잇돈을 얼추 빼먹은데 어려움의 가장 큰 원인이 있었다. 결국 그 아들은 전임 대통령들처럼 감옥가고 자식 교육을 방임한 대통령가(家)는 망신살이 드러났다. 정석이의 경우 잔업수당이 전체 급여의 절반을 넘었었는데 생산 물량이 적어 잔업시간이 이전보다 반도 안 되게 줄어들었다. 그것만도 아니다. 주(週) 사십사 시간의 법정근로시간을 교묘히 악용한다. 오늘 작업물량이 적어 네 시간을 일했을 때, 내일 물량이 채여 열두 시간을 하는 경우, 내일의 잔업 네 시간을 오늘의 빈 시간에 갖다 붙여 똑같이 기본 여덟 시간 분으로 만들어놓는다. 잔업수당이라는 게 본디 야근수당을 합하여 20퍼센트에서 50퍼센트까지 보탬 산정되어 있는데 내일의 잔업을 오늘의 기본시간에 갖다 붙였으니 그 부분에 대한 특근 잔업수당이 깎여 나온다. 회사 측에서는 이 계산법을 통상화시키고 있다. 지난해의 급여보다 올 급여액이 이십 퍼센트 이상 줄어든 원인이 거기에 있었다. 이 밖에 노조 전임자 임금지급 금지, 기구 감축, 회사 병합 등의 이유로 노동자들의 입지가 좁아지는 일이 도처에서 벌어진다. 모자(母子)의 이야기는 대충 그런 것들이었다.

　정석이 아버지 자신도 오래전에 그와 같은 이유 중의 하나로 다니던 회사에서 그만두게 된 이력을 지니고 있다. 노조의 반발이라는 것도 대부분 어느 정도 울근불근하다가 국민 여론이 안 좋다는 의도된 명분 앞에서 적당히 양보하고 타협하는 걸로 끝낸다. 그 모습은 노조의 참패, 그것으로 비칠 뿐이다. 왜냐하면 권력과 유착된 사용자가 노동자에게마저 휘둘려선 정말 살아남기 어려워진다는 심뽀로 힘든 대목에선 죽자 하고 노동자를 핍박하기 때문이다. 사용자와 고용인의 싸움이 본질적으로 바람직한 것이 아님은 피차가 다 알고 있는 일이다. 그럼에도 노동운동에 이념이 도입되고 조직 활동이 과격해지는 것은 일방적 이익에 치중하는 사용자들의 생래적 탐욕이 주원인이었다. 이 같은 불평등에 반발하다보니 까딱, 체제 부정으로 몰려 돌이킬 수 없는 희생자가 나오기도 한다. 실제로 누구라고 이름만 대면 알만한 희생 노동자들이 특히 우리 현대사에 적지 않은 것도 그 때문이다.

　이제 아버지 어머니를 통째로 떠맡게 된 정석이는 아마도 그와 같은 총체적 위기 앞에서 커다란 고민에 직면해있는 것 같았다. 대학에서 사회학과를 나와 어렵사리 직장이라고 잡고 보니 공부하면서 관념적으로 지적되고 사실(史實)적으로 드러났던 사회나 기업의 구조적 모순점들이 개선의 여지가 차단당한 채 현장에서 그대로 답습, 반복되고 있다는 사실에 아연하지 않을 수 없었다. 곧 노조의 요직을 맡게 될 것 같다는 정석이는 그처럼 엄청난 문제점들을 풀어나가기엔 자신의 힘이 너무 미미하다고 말했다.

　정석이 아버지는 방안 창틀에 기대서서 신문을 들척이다 말고 아들의 봇짐 싸는 모습을 물끄러미 바라보았다. 이 풍진 세상 험한 고비들을 하나하나 겪으며, 부대끼고 배우며 살아가야 할 저 아이가 가엾게 보였다. 대학 입시 때도 첫해엔 실패하고 재수한 뼈저린 아픔을 간직해본 몰골이긴 하다. 하나 앞으로 맞고 살아야 할 아픔의 구비는 그보다 수백, 수천 배에 달할지 모른다. 정석이 아버지는 대 사회적 문제와 관련하여 '이거다'하고 딱 짚어 아들에게 가르침을 줄 수 없는 자신의 나약한 위상과 무능이 안타깝기만 했다.

봇짐 싸기가 다 마무리되어 가는지 정석이가 부엌에 대고 '엄마 밥 안줘요?' 할 때였다. 따르르르 전화벨이 울린다. 정석이 아버지가 바로 앞에 있는 수화기를 들었다.

"여보십쇼. 누구? 통장님이라구유. 어 예, 아 웬일이시유?"

생전 전화 통화라곤 해본 적이 없는 사이다. 정석이네가 이 동네에 산지 십년이 넘었지만 통장하고 사근사근 놀아본 건 고사하고 마주 서서 웅얼웅얼 동넷 얘기 한번 나눠본 적이 없다. 아니 아주 없었던 건 아니다. 일 년에 두세 번씩은 몇 마디씩 하게 된다. 주로 그가 찾아와서다. 적십자 회비를 내라거나 수재민 돕기 성금을 내라거나 뭐 그러는 것이다. 더러, 선거 때엔 여당후보의 선거 전단을 공문서처럼 문틈에 끼워 넣고 가기도 한다. 좀 들어와 앉았다 가시라고 하면 방이 협소하고 누추할 것이라 그러는지, 아니면 여러 집을 도느라 무척 바빠서 그러는지는 모르겠으나 으레 '아니 됐시다' 하고 골난 사람처럼 돌아서 가버리곤 했다. 그럴 때마다 정석이 아버지는 패배감과 소외감 같은 것에 젖곤 했다. 뭘 좀 물어보고 싶은 게 있어도 하 무뚝뚝하고 데억져 보여서 감히 더 이상 입을 떼지 못했다. 맘먹고 물어보자 하면 배에 바람 좀 빨아들이고 물어볼 수도 있었겠지만 노상 잔병치레하느라고 비척거리는 처지여서 그럴라치면 힘들이는 노동이 될 것이다. 하여 별

보수도 없을 그런 노동에 힘 빼고 싶지도 않았다. 그러자니 사실 이것 저것 궁금증은 많았다. 적십자회비는 행정관청 소관이 아닐 것이므로 그 납부 할당은 누가 매기고 있느냐는 거라든가, 이웃돕기 성금 거둬 전두안이가 착복했었다는데 그런 건 어디로 어떻게 돌고 돌아 누구에게 전달되느냐는 거라든가, 또 통장은 특정 후보 선거 광고지 못 돌리게 돼있지 않느냐는 것 등이었다.

실은 그것들보다 더 궁금한 게 있었다. 건너편 삼일 아파트가 들어선 곳이 용경 일지구인데 공영 개발단 주관으로 택지 개발하여 구십삼 년 겨울에 입주 완료되었고, 그곳에서 건너다보이는 사대부고 입구인 이 동네가 삼 지구다. 즉 일 지구와 삼 지구 사이의 논밭 등 공터가 이 지구인데 현재 택지조성 작업이 한창이다. 이 이 지구의 택지 사업이 끝나면 이 동네, 삼 지구 사업으로 이어진다는 게 항간의 정설이다. 일 지구가 개발되었고 이지구가 개발 중이므로 그 다음에 삼지구가 어떻게 되리라는 건 확실한데 그게 언제 쯤 될 것인지를 정석이 아버지로서는 알 수가 없었다. 지방 티브이 방송에선 가끔 이 지구 택지조성사업이니 삼 지구 측량이니 하는 말을 하지만 언뜻언뜻 어하는 사이에 번개처럼 지나가버리는 뉴스라 잔뜩 끊고 있다가 보기 전에야 뭐가 어떻게 된다는 건지 알 수가 없다. 방송국에 전화하면 담당자가 퇴근하고 없으니 내일 전화해보라 하고, 공영 개발단에 전화하면 아직 구체적인 계획을 세워둔 건 없으며 시청(市廳)하고 협의가 돼야 한다고 무성의하게 대답해 그 개요를 파악할 수가 없다. 이곳에 땅뙈기라도 있어 큼지막한 재산이 왔다갔다 할 정도라면 여기저기 쑤시고 다니며 궁금증을 풀어본다지만 단칸 셋방 사는 주제인데 뭐 큰 이해득실이 있을 거라고 일삼아 다니는 것처럼 보이랴. 그래서 끙끙 속앓이만 할 수 밖에 없었다. 여기저기 전세값도 많이 오른다는데 이곳을 떠나게 되면 얼마나 덧쥐게 될 것이며 그러면 어느 정도 나은 데로 가게 될 것인가 그런 것 정도는 알고 살아야 할 게 아닌가.

이곳은 뭐라든가, 무슨 관향(貫鄕)을 가진 박 씨 집성촌이어서 돈푼깨나 있는 사람도 타성 받이 한둘 와가지곤 행세하기 어렵다는 소문이 나있기도 하다. 통장은 김 씨지만 그 박 씨 문중에서도 큰 부잣집의 사위인데 대성 받이 처가를 둔 덕으로 뜨내기나 외톨 배기 취급을 당하지 않고 살았다. 마누라로 하여금 운전면허를 따게 하여 구인승 패밀리 갤로퍼를 몰고 붕붕거린다. 그런데도 항상 입을 내밀어 뚜 하고 다니는 걸 보면 그 정도로는 흥감해할 수 없어서였을까. 그는 처가 문중의 종토에 삼층 양옥을 지었고 동네를 휘감아 두른 야산 둔덕을 따라 길다랗게 축사를 지어 한우를 팔십 마리나 사육하고 있다. 비가 오거나 바람이 불면 온 동네 인근이 축사에서 날려 온 악취로 가득하다. 이 동네를 앞으로 감아 두른 도로는 폭 삼 미터의 아스팔트길인데 이 길은 언제나 질척질척 물이 고여 있다. 앞 구례에는 수천 평의 농경지도 소유하고 있었는데 이 지구로 개발 중이어서 지난해 이미 십억 원 대의 보상을 챙겼었다. 통장네 집 생활하수는 길바닥을 넘어 그리로 내쏟치고 있다. 누구 하나 그걸 타내서 말하는 사람도 없다. 타성 잡이는 오금을 못 펼 만큼 드세게 군다는 박 씨네가 김 통장에게는 왜 그리 후덕하고 점잖은지 알 수가 없었다. 통장의 장인이 이 일대 종토를 제 혼자 것인 양 경작하고 팔아먹고 하는 실력자여서일 수도 있다. 사람을 휘어 꺾는 또 다른 무직한 힘이 그에게서 발산되고 있기 때문인지도 모른다. 하긴 그네들끼리 무슨 험한 사연이 숨어숨어 맴돌이를 하는지 알 길은 없다. 정석이 아버지의 성격이 그런 부류의 통장네를 존경한다거나 친근하게 대할 리가 없었다. 정석이 아버지가 통장네를 어떻게 보고 있든 통장으로선 문제도 아니었다. 오다가다 길에서 마주치면 그저 눈인사나 나누는 게 고작이다. 이런 때는 언제나 정석이 아버지가 먼저 인사를 보낸다. 정석이 아버지가 그러지 않으면 아마 통장은 이거 어디 있다가 기어 나온 개미새끼냐는 듯 본체만체하고 지나칠 것이다. 통장의 전화는 정말 의외였다. 무슨 반가운 일일까.

"저기 말유 고씨, 내 하나 물어볼 게 있는데유. 혹시 주민세 아직 안 내셨어?"

무척 조심스레 나오는 말이라고 듣는 이가 있다면 그건 분명히 오해다. 느러터지기 짝이 없는 그 말투 속엔 사람을 죄인으로 몰아붙이는 듯한 어거지가 들어있었다. 통장은 정석이 아버지보다 한살이 아래다. 은근히 반말로 깔아 내리는 말끝부터가 언짢은 구절이었다. 못난 사람이 험한 세상 만나 이 변두리로 파도 찌꺼기처럼 밀려와 구중중하게 살다보니 '동넷사위'(정석이 아버지는 혼자 통장을 그렇게 불렀다)놈이 다 사람을 멍석 끝에 노는 약병아리 보듯 한다.

"주민세유?"

본능적으로 반문하곤 있었지만 정석이 아버지는 몹시 실망했다. 그러면 그렇지 통장이 기분 좋은 말을 해주려고 전화했을 리는 없었던 것이다. 정석이 아버지는 수화기를 귀에 댄 채, 팔을 뻗어 탁자 한 귀퉁이에 아직도 귀중품처럼 보관하고 있는 주민세 납부 고지서를 집어 들었다.

"아직 주민세 안낸 걸루다 돼있던데?"

저쪽에선 그런 말이 건너왔다.

"예 그래유! 주민세라?"

이쯤에서 정석이 아버지도 통장처럼 약간 늘짱거리며 능청을 떨어 봤다. 그러면서 주민세 고지서를 펼쳐보았다. 주민세 이천오백 원, 교육세 육백이십 원, 합계 삼천 백이십 원에, 납기 후에 납부할 경우엔 주민세 이천육백이십 원, 교육세 육백오십 원, 합계 삼천 이백칠십 원이라는 쪽지였다. 납기일은 칠월 삼십일일, 오늘이 팔월 이십일, 납부하기로 한다면 연체료가 포함된 삼천이백칠십 원을 내야만 한다. 사실 정석이 아버지는 이 고지서의 납기 마감일이 이십여 일이나 지났음을 익히 알고 있었다. 지금까지 하는 것으로 보아 관청에서 내라는 것이면 안내고는 못 배길 게 뻔하다. 납기일 전에 납부하여 간고한 형편에 백 몇십 원이라도 절약하고 타인으로부터 받을 신용도에 흠집도 내지 않고 싶었지만 어쩐지 억울하고 분하기까지 한 기분이 들어 미루고 있었다. 정석이 아버지는 까치발을 떼고 서서 선반에 얹혀있는 정석이의 월급 명세서함을 내려 뚜껑을 열었다. 수화기를 귀에서 떨어뜨리지 않기 위해 목과 어깨를 바짝 오그렸다.

"예에, 아 주민세 고지서가 우리 집에 있긴 있거든유? 칠월 말일이 납기일이라고 돼있긴 한데유."

그러자 통장은 아 그려유, 하고 느릿하면서도 제법 부드럽게 말했다. 이때까지만 해도 정석이 아버지는 편안한 마음이었다. 주민세 미납자를 점검한 동사무소에서 그 사실을 각 통장들에게 알렸고 통장들은 그걸 다시 해당 주민들에게 통보하여 완납결과를 이루자는 뜻이 아니겠는가. 그런데,

"저, 요번 수요일까정 안내면 주민등록 말소한다고 그라네유!"

순간, 정석이 아버지는 퍼뜩 귀를 곤두세웠다. 돌멩이로 한대 얻어맞은 듯 머리가 떵해졌다.

"머유? 누가 그래유?"

다그치듯 정석이 아버지는 빠르게 말했다.

"청장이유!"

"청장? 무슨 청장이유?"

사실 청장이 무슨 청장이라는 건지 생경하게 들리기도 했다.

"북구청장유!"

통장은 간결하면서도 분명하게 또박또박 대답했다. 그의 말은 천연덕스러웠다. 아, 동사무소의 바로 상급관청인 구청이라. 그러고 보니 통장이라는 직책이 행정 사무계통의 최 일선 일꾼임을 깨달을 수 있었다. 정석이 아버지는 전신에서 혹하고 열이 받쳐 오르고 있음을 느꼈다. 마누라와 정석이가 가장의 전화 내용이 심상치 않게 돌아가고 있음을 알아챈 듯 마루 끝에 뻣뻣이 서서 방안을 응시하고 있다. 정석이 아버지는 마른 입맛을 한번 다셨다. 이것이 통장 혼자의 장난이라는 걸 직감했다. 일단 마음을 눅이고 심호흡을 했다.

"청장이 그러더라구유? 근데 말유. 사실은 우리한테 주민세 고지서 나온 건 잘못된 거 같어유우!"

"왜유?"

통장은 평소와 달리 잽싸게 되받았다. 그럴 리가 있느냐, 그건 자신이 보고 또 보고 충분히 검토해서 한 일이므로 그 어떤 하자도 개재될 수 없다는 확신의 목소리였다.

"우리 아들 월급봉투에 보면 말유, 매달 주민세 납부 내역이 들어 있거든유?

자 이 정도면 네가 그 무슨 어줍잖은 장난을 칠 수 있겠느냐, 정석이 아버지도 오금을 꼭 박듯이 말끝에 힘을 주었다.

"그래유? 난 그건 물렀지. 월매나 내유?"

그러면 그렇지. 네깟 놈이 알고 있는 폭이라는 게 한계가 있겠지 하며 '동넷사위놈' 하고 능멸의 생각을 품어보기도 했다. 그러나 여기서 의문이 일었다. 온라인으로 발부된 고지서의 내역을 왜 통장이 간여하느냐 하는 것이며, 아들의 월급에서 또 다른 주민세가 공제되고 있다는 사실을 모르고 있는 통장의 권한 영역이 어떤 것일까 하는 거였다. 이것은 주민세 고지서 발부에서부터 납부 완료 과정까지에 통장의 입김이 어느 만큼 작용하고 있음을 뜻한다. 문문하게 보이는 주민을 대상으로 통장이 사매질할 소지는 그래서 있는 것이다 싶었다.

"가만 있어봐유…오월달 봉급에는 천 삼십원이 공제되었고오, 유월엔 홀 삼십원…유월 상여금엔, 상여금엔 천 이백이십원, 칠월, 칠월봉투가 어디 갔지? 하여튼 팔월엔 육십원, 아니 그건 상여금 봉투고 육백사십원이네? 우쨌든 이렇게 매달 내고 있단말유!"

"그래유? 난 몰렀지이!"

통민(統民)들 움켜쥘 궁리만 하고 있었지 그 밖엣 것은 모르는 사람이 분명했다. 바로 이렇듯, 외줄빼기로 오긋하게 성격을 쓰는 놈들이 사리에 어둡고 백성을 잡는 법이다. 통장은 이중납부 사실을 모르고 있었다고 거듭 말했다. 그러나 그건 사과의 뜻도 아니었고 그렇다고 하여 주민을 대상으로 협잡질하는 게 무죄가 될 수는 없다. 정석이 아버지는 이대로 끝낼 수 없다고 다짐했다. 아니 그러기가 싫었다. 아직도 멍한 눈을 하고 마루에 서있는 마누라와 정석이를 한번 힐끗 보았다. 그리고 혀끝에 침을 발랐다.

"하여튼 고지서가 나왔으니 돈을 내긴 내야 되겠쥬? 일단 알어보고 나서 말유. 이중납부가 돼서말유. 근데 요번 수요일이면 이십오일인데 그때까지 안내면 주민등록 말소한다고 구청장이 그래유?"

다짐하듯 이렇게 한 번 더 확인했다.

"야, 그리유!"

통장의 대답은 분명했다. 정석이 아버지는 어금니를 지그시 깨물었다. 정석이 아버지가 통장을 곱지 않게 여기는 데는 그럴만한 전력이 있었다.

재작년 초겨울인가보다. 골목으로 나있는 정석이네 집의 출입문이자 부엌문인 판자때기가 바람에 떨어져 너덜거려서 녹슨 못에 자루 짧은 망치로 그걸 고쳐달고 있었다. 항상 잔병치레에 시달리는 육신에 이때는 첫추위 차가운 바람을 못 이기고 감기까지 걸려 팔십 노인처럼 개신거렸다. 삭신이 쑤시고 머리가 아프고 편도선이 부어올라 양약방에 가 이틀 치 약을 지어다 먹었으나 낫는 기색은 없었다. 약기운 때문인지 온몸이 진땀으로 끈적이는 데도 얼굴 가죽은 건조하여 푸실푸실 흰 가루가 피어오르며 뻣뻣하게 찍어 당겼다.

골목 위쪽에서 통장이 슬슬 걸어 내려오고 있었다. 이 지구 개발보상비로 그의 처가는 삼십억 원을 받았는데 사형제에겐 큰아들 얼마, 작은아들 얼마 해서 이십억을 떼어주고, 두명의 딸에게도 그냥 있을 수 없어 상여금으로 각각 일억 원씩을 주었더니 통장 사위가 방바닥을 치며 장모에게 대들었다는 소문이 자자하던 때였다. 그의 처갓집은 골목 그 안쪽에 삼각산 밑 청와대처럼 넓은 버렁을 잡고 들어앉아 있었으므로 그곳에 다녀오는 것으로 짐작되었다. 그는 늘 그렇게 이 골목을 왕래했다. 정석이 아버지는 편도선 때문에 말소리가 잘 안 나왔지만 사람을 보고 모른 체 할 수가 없었다. 먼저 고개를 끄떡해보였다. 통장은 뒷짐을 진채, 홀떡 벗어진 이마 한가운데에 있는 그 커다란 눈을 뚱글뚱글 돌리기만 했다. 그 눈동자는 광견병에 걸려 벌 먹고 다니는 중캐의 그것처럼 노란 것이 살기로 가득 차보였다. 왠지 얽조임을 당하는 느낌이 들긴 했지만 별 건덕지가 없는 터이므로 비죽이 웃어보였다. 그런데 정석이 아버지의 건강상태로 보아 그 웃음이라는 것이 붙임성 좋은 형상으로 통장의 눈에 비춰지지 않았던 것일까. 여전히 공격적인 눈망울로 서있기만 했다. 그냥 못본 체 망치질만 할 수도 없고 짓적어서 목구멍에 힘을 넣어 말을 걸었다.

"이 동네는 그래 언제쯤 개발된다는 거유?"

편도선 덩어리 때문에 목을 잔뜩 움추려 짜낸 목소리라서 양은그릇 밟아 뭉개는 소리가 났다. 목소리가 아무리 보잘 것 없는 것이기로 들리긴 들렸을 것이다. 통장은 말을 않고 노려보기만 했다. 별 하찮은 존재가 다 중요한 주제의 말을 걸어서였음일까. 정석이 아버지는 무안하기 이를 데 없었다. 다시 한 번 목에 큰 힘을 넣었다.

"야? 언제 쯤 개발되는 기유? 어티기 돼 가는지 궁금하네유. 셋방 사는 사람들은 어티기 되는 거구…"

이번엔 아깟번보다도 더 볼품없는 목소리였다. 찬바람 닿아 뻣뻣해진 얼굴 근육은 그렇다 치고 입술까지 바작바작 타고 있었다. 이때였다.

"내가 알어? 아 내가 알어?"

대뜸 떠박지를 듯이 통장이 한발 다가서며 으름장을 놓았으므로 정석이 아버지는 그 사품에 한 발짝 뒤로 물러서지 않을 수 없었다. 겁이 나기까지 했다. 그 몸에 한대 쥐어 박히면 고주박처럼 주저앉을 것이고 그러면 아마 평생 회생할 수 없는 불구자가 될지도 모른다는 두려움이 있었다.

"그래두 으 통장 으, 님은 아실 거 아뉴?"

세상에 이처럼 허약한 목소리는 없을 거라는 자책을 하며 정석이 아버지는 참담한 심정에 빠져들어 갔다.

"아 통장이 우터케 알어, 통장이 그런 거 아는 거여?"

숫캐처럼 짖어대는 통장의 기세에 말문이 꽉 막혔다. 통장이 왜 모르느냐, 동사무소나 구청과도 왕래가 잦고, 공영개발단 사람이 이 동네를 와도 실력자인 당신 장인 먼저 찾지 않느냐, 어떻게 알아도 당신이 알고 있을 일이지 모른다는 게 말이 되느냐는 생각이었다. 또 통장 머리통이 돌덩이여서 정말 모른다고 해도 뭐 그리 불쾌하게 큰소리 칠 일이 있느냐 하고 싶었지만 고양이 앞의 쥐 신세 되어 더 이상 아뭇소리 못하고 망치질만 했다. 통장은 미안해하는 표정 한번 짓지 않고 후딱 돌아서서 제 갈 길을 갔다.

통장과의 전화를 끊은 정석이 아버지는 곧장 전화번호부를 펼쳐놓고 보턴을 눌렀다. 구청장실은 불통이었다. 오늘이 일요일이라는 걸 새삼 깨닫게 되었다. 당직실로 전화했다.

"네에, 북구청 당직실입니다으!"

여간해선 범접하기 어려울 만큼 탁 깔린 목소리였다. 오늘 이 세상에 자기보다 더 윗사람은 없을 것이라는 자존이 들어있는 냄새였다.

"아 안녕하세유. 나, 아는, 용경동 백이십 번지에 사는 고진무라고 합니다. 사십일 통 일반입니다!"

"아 네. 가만요. 용경동 백, 백이십 번지 사십일 통 일반, 고? 고 누구요? 고진무씨, 네 말씀하세요."

발신자의 신원을 기록하는 모양이었다. 그 사람의 목소리는 더욱 무게가 실렸다. 대뜸 전화 걸어 신원을 밝히고 있는 사람에 대하여, 그 내용이 어떤 것이든 휴일에 민원 하나를 처리한다는 철저한 직무의식을 과시하고 싶었던 것 같다. 더구나 전화를 받고 보니 자기의 상사도 아니고 다른 권력기관 사람도 아니며 저기 서쪽 끝 동네에 사는 그저 그렇고 그런 한 시민이다. 어떤 면에서는 크게 안도했을 수도 있다.

"나아는, 오늘 아침 행정 관청에 대하여 대단히 분개한 일이 있어 북구청장님하고 통화를 좀 해야겠는데 오늘은 휴일이라 출근은 안하신 것 같고, 하니 그 사택 전화번호를 좀 알고 싶군유."

요즘은 감기 몸살을 앓고 있지 않아서 목소리를 내는데 유별나게 힘을 주지 않아도 되었다. 물론 김종필이나 뭐 그 어떤 유복한 사람들처럼 보통 지껄여도 텁텁하고 웅중(雄重)하게 울려나오는 그런 점수 있는 목소리까지는 아니었다. 그래도 성질 내면 제법 칼칼하게 꽂혀드는 목소리긴 했다. 정석이가 취직한 뒤로는 잔병치레도 뜸해진 편이었다.

"아 그러세요. 말씀하셨다시피 오늘은 일요일이라 청장님은 출근 안 하셨고오, 무슨 내용인가 저한테 말씀하시면 안 되겠습니까? 제가 오늘 듣고, 그래도 꼭 청장님이 들으셔야 할 일이라고 한다면 내일, 월요일인 내일 아침 아홉시에 청장님을 만나 뵐 수 있도록 약속을 해놓겠습니다."

당직자는 지극히 완벽한 사무적 어휘를 구사했다. 제법 책임질 수 있는 위치에 있다고 자부하는 사람임이 분명했다. 이쪽에서 신원과 주소를 밝혔고 의도를 확실히 전달한데 따른 대응일 수도 있다. 껄렁한 시민답지 않게 깐깐한 요구를 해오는 이 얼굴 모를 인물로 하여 긴장하게 되었는지도 모른다.

"그렇습니까아? 그렇다면 전화 받으시는 분이 누구신지 알아도 되겠구먼유?"

"예 저는 오늘 당직 계장입니다으. 아무 때라도 확인하시면 됩니다으."

이 사람은 거만한 듯한 목소리와는 달리 제법 성실하다는 느낌이 들었다 오늘은 북구청에서 자기가 청장이나 마찬가지라는 책임감을 갖고 있는 사람이었다. 구청장을 위해서도 당연히 그래야 하는, 영리한 사람이었다. 이 사람은 앞으로 꽤 높은 직급을 보장받을 수 있으리라 예상하며 말을 시작했다.

"아 그러시군유. 그럼 지금 계장님께 드릴 말씀은 청장님께 드리는 것과 똑같은 의미를 갖게 되겠습니다?"

"아 네 그렇습니다으."

"참으로 고맙습니다. 말씀드립니다."

정석이 아버지는 바로 전에 통장과 가졌던 통화 내용을 또박또박, 상세히 일렀다. 그리고,

"내가, 이 나라에서 태어나 사십팔 년을 살았고 천년이 넘게 살아온 조상의 뿌리를 지녔습니다. 내가 비록 무능해 이렇게 셋방을 살고는 있으나 이 집에서만도 만 십년을 살았소이다. 구청장이 어떤, 무슨 권리로 주민등록을 말소하여 내 공민권을 박탈한단 말입니까? 나는 이 겨레와 금수강산을 버리고 적국으로 도망려다 덜미를 잡힌 경력도 없는 사람유. 내란을 도모했거나 살인을 한 전과가 있는 사람도 아니유. 아무리 어려워도 남의 주머닛돈 한 푼을 꺼내 본 예가 없고, 이 좁은 땅에서 저만 넓게 벌려 살겠다고 땅 투기를 한 적도 없소이다. 내 주민등록이 왜 말소되어야 합니까. 지난 팔십일 년도에 전 뭣이깽이가 제 손으루 혼법을 맹길고 국민투표에 부쳐설랑 기권하는 자는 주민등록을 말소한다아 공언했지만, 그도 결국 그것만은 실행을 못했시유. 이 문민정부 아래, 벌건 대낮에, 수백, 수천억 해먹은 도둑놈들 다 놔두고 동전 몇 닢짜리 세금 제 날짜에 못 낸다고 해서 지 맘대로 남의 주민

등록을 없시얏?"

　말 끝부분에 꽥 소리를 친 정석이 아버지는 턱을 부들부들 떨고 있
었다. 마누라와 정석이가 불안해선지 마루를 벗어나지 못하는데 특히
정석이의 태도를 살펴볼 만했다. 그는 아직도 마무리 끈을 매지 못한
보따리를 앞에 둔 채로 두 눈을 마루 끝 동쪽에 꽉 박고 제 아버지의 요
란한 통화 내용을 다 듣고 있었다.

　"그럴 수는 없지요. 그건 안 되는 일이지요!"

　당직 계장이라는 이가 확실히 정석이 아버지의 말에 동의하고 나섰다.

　"나, 아 반드시 이 문제를 구청장에게 따져봐야겠시유. 그 자리가 얼
마나 굉장한지는 몰르지만서두…"

　"…예 예, 선생님 좋습니다. 잠깐만 제 말씀을 들어보시겠습니까?
선생님 말씀에 전적으로 동의합니다으. 그러나 우리 구청장님이 그런
말씀을 하셨을 리가 없다고 봅니다. 누군가가 중간에서 말을 잘못했을
겁니다."

　맞다. 누군가가 중간에서 장난을 치고 있다는 사실 때문에 정석이
아버지는 화가 나 있던 것이다. 사안의 심각성을 깨달은 듯 당직계장
은 정석이 아버지를 안정시키려 하고 있다.

　"…아니 지끔 어떻게 말씀을 하시는 겁니까? 통장이 내게 청장이 그
러더라구 말했으니까 삼인이 대면해서 말할 필요가 있는 거쥬. 나 이
번 일은 참아 넘기지 않겠습니다. 나뿐 눔의 새끼들!"

　누구에게랄 것 없이 몰아서 그렇게 과격한 욕설을 했는데도 계장은
타내고 들지 않았다. 대신,

　"예 예 좋습니다 선생님. 제 책임 하에 우리 청장님과 면담시켜드리
겠습니다. 다만 그 전에 일이 이렇게 된 과정을 제 나름껏 알아보겠습

니다으. 이해해 주시겠죠? 그리고 잘못된 부분에 대해서는 분명히 사과드리도록 조처하고 문책할 일이 있으면 문책하도록 하겠습니다으."

매우 분명하고 신사적 면모를 보여주는 언질이었다. 이렇게 대처할수 있는 아랫사람을 거느리는 기분에 청장도 하고 시장도 하고 대통령도 자꾸만 하려고 하는지 모른다. 그래서 기업도 하고 싶어 하는지 모른다. 처음 통화할 때 받은 느낌과는 사뭇 다른 것이었다. 이 당직 계장은 문제의 본질이나 핵심을 파악할 줄 아는 사람이었다. 그는 꼭 다시전화를 드리겠다면서 말을 맺었다.

마누라는 괜히 기분이 좋은 듯 싱긋쌩긋하면서 들락거렸다. 정석이는 다른 가방을 갖다놓고 무언가를 더 우겨넣고 있다. 이제 어딘가에서 어떤 신호가 나올 것이다. 그 덴덕스럽고 뻔뻔한 통장이 어떤 얼굴을 할지 궁금해지기도 했다. 가족 모두가 미구에 어떤 일이 벌어질 것을 예견하고 있었으므로 아직도 밥상을 들이지 못하였다. 정석이야 사용자측과의 만남이 오후 네 시에 있다니까 시간이 그렇게 조급한 편은아니다.

아니나 다를까. 구청 당직계장이라는 사람과 통화를 끝낸 지 이십분도 안 되어 통장으로부터 전화가 왔다. 하도 엉터리 같은 인간이라 이러저러 말 섞고 싶은 생각은 없었다.

"고형유? 나 통장인데유."

'고형'이란 말은 수평적 인간관계에 해당된다. 전에도 뭐 특별히 호칭을 들어 대화할 기회는 없었지만 불러도 그만, 안 불러도 그만인 '고씨' 뭐 그런 정도로 통했지 않았을까 싶다. 통장으로부터 수평적 대접을 받기는 처음이 아닌가 싶다. 그 한마디로 정석이 아버지는 통장이접혀들고 있음을 감지했다.

"아 네에, 네."

정석이 아버지는 담담한 체 대답했다.

"저어리, 워디루 전화했었시유?"

구청이나 구청의 연락을 받은 동사무소로부터 사단이 벌어진 데 대한 확인과 그에 따른 설명 요청을 받은 게 틀림없었다. 그 답답하고 질깃한 통장의 물음맞춤에 숨이 막힐 지경이었다.

"어디로 전화해유?"

정석이 아버지는 입엣가시를 뱉어내듯 툭 쏘아 던졌다.

"저어기 시청유."

난데없이 웬 시청인가, 곤란한 일이 발생하면 무식한 척하며 얼렁뚱땅 넘어가자는 수작일 듯. 알 것 다 알고도 지기를 떠보는 것일 수도 있다.

"이거 봐유 통장! 당신 말이 구청장한테서 얘기를 들었다며? 그럼 내가 구청으로 전화했을 테지 왜 시청으로 히야?"

생전 처음으로 그에게 존대어를 생략하고 말을 던졌다.

"으음, 구청으루다 한 거구머언? 근데 글루 왜 전화해유?"

잔뜩 기가 죽은 사과의 말을 기대했던 정석이 아버지는 어처구니가 없는지 헛웃음을 한 번 치고 천장을 올려다보았다.

"뭐라구?"

정말 땅파기 엉터리였다. 정석이 아버지는 전화를 탁 끊었다. 팔 다리가 부르르 떨렸다. 곧바로 또 전화벨이 울렸다. 수화기를 드니 통장이 되레 소리를 친다.

"아 왜 전화를 끊어. 당신이 머언데 상부에다가 전화질을 하고 그랴아?"

똥 싼 놈이 성낸다는 말은 있지만 통장이 이 정도까지 되술레를 잡으려 하는지는 정말 상상도 못했다.

"뭐여? 니깟눔 장난질에 몇 눔 모가지가 날라가나 어디 똑똑히 봐둬라, 이 개새끼야. 이 동넷사위놈아!"

또 전화를 끊고 식식거렸다. 끝엣말은 안해야 될 말이었지만 화가 치밀어서 어쩔 수 없었다. 이렇게 되면 여태까지 구청의 당직계장이란 사람과 나눈 이야기들이 헛 공사가 되지 않았나 싶었다. 다시 전화가 왔다. 수화기를 들며 다짜고짜 욕설을 퍼부을까 하다가 일단 심호흡을 하며 참았다.

"여부세여옹?"

뜬금없이 상냥한 젊은 여인의 낭랑한 음성이었다. 일단 참기를 잘했다 싶었다.

"고진무씨 댁이시져옹? 저는 용경동사무소에 근무하는 오늘 당직자 안정희라고 하는데여옹. 아침에 사십일 통 통장님과 언쟁하신 일이 있으시져옹? 그 문제를 제가 대신 사과 드리겠어옹. 주민세 체납자라 해서 주민등록이 말소되는 일은 없습니다양. 한 때 그 같은 지시가 내려온 적도 있었지만여, 그건 오래 전 독재정권 시절에 전혀 다른 사안, 즉 선거에서 투표 기권자들에 대한 이야기였구여옹, 민주화된 지금은 그렇지 않거든여옹, 아마 통장님이 옛날 일을 생각하신 거 같은데여옹 그건 일부 일선 통장님들의 인식부족에서 오는 현상이라고 보셔야 될 거예여옹, 일단 그 점을 알아 두시고여옹. 때문에 구청장님이 그런 말씀을 하셨을 리가 없구여영. 그리구여영 직장에서 주민세를 공제하더라도여옹 세대별로는 따로 납부하도록 돼있는 거예여옹…"

그녀는 단숨에 여기까지, 아니 다음 말로 이어갈 참이었다. 화가 많이 나있는 정석이 아버지가 그녀의 말을 자르고 싶어 애를 쓴다.

"…그렇쥬우? 구청장이 바보두 아닐 테고 그런 말씀 할 리 없다는 거 나도 압니다. 그렇다면 여기 통장 놈이 장난질을 치고 있다는 게 확실해졌는데에 이놈을 그냥 놔둘 수가 읎다아 이겁니다."

"예예예…그런데여웅…예예…"

여직원도 해야 할 말이 줄줄이 밀려있다는 듯 정신없이 정석이 아버지의 말을 가로채려 하였다.

"…이 눔이 정말 세상 뜨거운 맛을…"

"…예예, 그런데여웅, 아저씨가 화내는 심정은 충분히 알겠는데여웅, 주민들도 통장님들의 노고를 이해하셔야 될 거예여웅. 교통비도 안 되는 거 몇 푼 받는 것 때문에엥 그 분들도 애로가 많거든여웅?"

"아니아니 아가씨, 이 판국에, 지금 나한테 전화해가지고, 통장을 이해하라고 얘기하는 거유 시방?"

이때, 밖에 사람이 찾아온 기척이 났다. 창밖으로 힐끗 지나치는 것이 보였는데 마누라가 통장님이 오셨다는 말을 방안으로 실어 들였다. 정석이 아버지는 전화기를 귀에 댄 채로 손바닥을 꺼불거려 통장을 들이도록 했다. 통장이 들어오자 좁은 방안이 그의 화등잔만한 눈알에 먹혀드는 것 같았다. 정석이 아버지는 송곳 같은 눈길로 통장을 쳐다보며 동사무소 여직원과의 통화를 계속했다. 그 동안 전화속의 여자는 주민들이 통장에게 협조해주는 일도 어느 것 못지않게 중요하다고 말했다. 동네 열녀가 났다든가 효부 효자가 났는데 상이라도 주어야 하지 않겠느냐고 한다면 협조할 일이다. 또 끼니를 굶는 불구자가 있다거나 억울함을 당한 약골이 있다면 협조할 일이다.

"그게 바로 주민위주가 아닌 행정 편의주의라는 겁니다. 그런 식이라면 난 정말로 참을 수 읎시다."

여직원은 다급하게 외쳤다.

"아니아니 저 좀 보세요 아저씨잉. 제가 처음에 사과드린다고 말씀 드렸잖아여옹. 그걸 기본 전제로 하고옹…"

구청 당직계장으로부터 중간역할을 잘하여 이 일을 원만히 해결해야만 한다는 임무를 부여받았음이 그녀의 말투를 통해 손바닥의 손금처럼 환히 보였다.

"아 아 그만합시다. 나 전화 끊습니다."

통장도 와있고, 더 이상 동 직원과 이러니저러니 시간을 끌고 싶지가 않았다. 전화를 끊으며 통장에게 앉으라고 손짓했다. 통장이 앉으며 희귀한 미지의 세계에 발을 들여놓은 듯 그 큰 눈을 희번득이며 두리번거렸다. 정석이 아버지가 미처 무슨 말을 할까 입을 옴찔거렸다. 이러는 중에도 마루위의 정석이는 귀를 방안 쪽으로 곤두세운 채 동쪽 하늘에 눈길을 꽂고 있었다.

"당신 나한테 무슨 만만한 싹을 봤나 얘기 좀 해보슈. 도대체 왜그러는 거유?"

정석이 아버지는 다짜고짜 통장을 내노리기 시작했다.

"내가 뭐유?"

목울대를 꽉 채워 내뿜는 굵은 목소리다. 아직도 그는 전혀 딴기적은 항변으로 일관하고 싶었나보다.

"왜 읇는 소리 중간에서 맹길어내는 거여? 구청장이 그런 소리 했나 같이 한번 가볼라고 하는데…"

"내가 은제? 그런 소리 한적 움써유, 난 암소리도 한 적이 움써!"

통장이 두 손을 궁둥이 뒤쪽 방바닥에 짚으며 발딱 잡아떼었다. 사태가 커져가고 있는 것에 대비하여 자신이 빠져나갈 구멍은 오리발 밖에 없다는 수작이 아닌가 싶다. 아무리 약골이지만 이럴 때는 볼 것 없이 귀싸대기를 한대 쳐 부칠 대목이었다. 그런데 정석이 아버지는 마루에 서있는 정석이를 한번 힐끗 보고나서 입가에 여릿한 웃음기를 흘렸다. 돈만 있고 완력만 있지 매우 불쌍한 인간이라 판단되었다. 통장은 이미 자신의 잘못을 알고 있는 것이다, 그리고 그 후유증에 대하여 두려워하고 있다, 정석이 아버지는 그렇게 결론을 내렸다.

"이거 봐요 통장! 그렇게 잡아떼는 것은 나같이 가난하고 힘없고, 그런 사람이 죽다 못해 어쩔 수 없이 한번 마지막으로 용을 써보는 그런 숫법인 기여. 통장같이 재산도 많고 지위도 있는 사람들이 써먹는 숫법이 아녀어! 뭘 좀 알고 살어유우. 내가 당신 걸어 고소장 딱 넣고 전화국에 가서 오늘아침 통화 내용 싹 뽑으면 당신 말한 거 고대애로 나와!"

통화 내용을 정말 뽑을 수 있는지 어떤 건지는 정석이 아버지도 사실 잘 모르는 일이었다. 큰 사건이 있을 때마다 수사상 통화 내용을 뽑는다는 얘기가 있긴 했지만 이런 경우에도 그런 일이 수월하게 이루어질런지는 모른다. 어떻든 그 뉴스 내용이 퍼뜩 머리에 떠올라 그렇게 말했던 것인데 의외의 효과가 나타났다. 통장의 눈길이 아래로 깔리고 있었던 것이다.

"아니 고형! 내가 우짜다 좀 실수를 했기로서니 그르키 위에다 꼭 전화를 해서 압력을 넣어야 되는 거유?"

목소리는 타고 나서 굵은대로였지만 가라앉아 뼈가 없었다. 이것으로 싸움은 끝난 것이었다. 이토록 보잘 것 없는 위인이 동네사람을 핍박하는 게 우습기도 했다. 하지만 정석이 아버지는 여기서 늦춰주어야 하나 잠시 고민했다. 어물쩡 넘어가주면 그 특유의 오리발이 또 다시 나와 생청을 떨지 모른다. 아니 또 다른 피해자가 날 것이다.

"통장이 실수를 한 건지 뭐가 어트기 돌아가는 건지 나로서는 확인해야 봐야 하는 거 아니유? 구청장이 그랬다면 구청장을 만나야 될 거고, 시장이나 도지사가 그랬다면 그들을 만나 따져 봐야지잇. 아 입장을 바꿔놔 봐유. 오늘은 굉일이라 출근 안했다니 할 수 움꾸, 낼 월요일 아침에 내가 구청장을 찾아갈 껴!"

정석이 아버지는 통장의 그 큰 눈에 못을 꼭 박듯 똑바로 쳐다보았다. 그러자 통장이 갑자기 손바닥으로 방바닥을 탁 쳤다.

"내가 잘못했어 고형, 좀 관둬!"

하는 것이었다. 절친한 사람들 사이에 있을 수 있는, 깜빡 실수를 덮어달라는 것과 같은 투였다. 잠시 침묵이 흘렀다. 정석이 아버지는 또 다른 심정으로 통장의 두 눈을 빠히 쳐다보고 있었다.

마누라가 부엌에서 설거지를 하는지 그릇 드놓는 소리가 명징하게 집안을 울렸다. 보따리를 다 싼 정석이도 저희 회사가 있는 천안으로 떠났다. 정석이 아버지가 마누라에게 물 좀 한 그릇 주쇼 하고 주문했다. 물 사발을 들고 들어온 마누라가 어울리지 않게 생그시 웃으며 말했다.

"아까 정석이가 그러는데 아버지한테서 싸움하는 방법 하나를 배웠대요."

싱거운 녀석, 싸우는 방법은 무슨, 화해하는 방법이라면 몰라도. 화해는 약자가 승리한 다음에나 이루어지는 것인가? 병치레하는 실업자 아비가 아들에게 뭔가 한 부조 했다는 느낌으로 가슴이 부듯해 있었다.

서너 시간 후에 북구청 당직계장이라는 사람에게서 전화가 왔다.

"청장님과의 면담을 준비할까요?"

동사무소와 소통해서 다 해결 난 것을 알고 하는 소리일 것이다. 이 사람도 싱거운 기운이 있나보다, 세상은 참으로 여러 가지 인생이 있다는 걸 새삼 깨닫는다. 땅파기로 억지 부리는 자가 있고 별 잘못이 없어도 죄인이듯 사는 사람이 있다.

"아, 아니 아니유. 아까 우리는 화해했소이다. 이따라도 길에서 통장을 만나면 아무 일도 없었던 듯 반갑게 인사를 나눠야지유!"

오늘 정석이 아버지의 목소리는 그 어떤 사람의 것보다도 웅중하게 울렸다.

1996년 여름

잿간말랑의 돌남이

　남북 양쪽에 고래실 논 다랑과 텃밭을 거느린 잿간말랑 위로 산 그림자가 지나간 지 꽤 되었다. 삼태기 모양의 뒷산 안쪽으로 우묵하게 들어앉은 몇 채 안 되는 마을의 지붕들이 어둠으로 내려앉기 시작했다. 동으로부터 뿌듯이 치뻗어 올라온 말랑의 서쪽 마구리가 투실투실 살이 쪄서 하늘에 떠 있었다. 그 정수리엔 언제나 지릿하고 매캐한 냄새를 풍겨내는 잿간이, 마치 그놈의 오줌구멍인 양 검칙하게 서 있어 귀신이라도 나올 듯하였다.

　잿간 안의 천장에는 먼지가 잔뜩 실린 거미줄이 제 무게에 겨워 쳐져 있어 뒷벽을 타고 천장까지 올라가려는 잿더미와 맞닿아 있었다. 잿간 문이라는 건 거적때기를 매달아 늘어뜨린 것인데 좀이 슨 나뭇잎처럼 너덜너덜 뜯겨져 나갔다. 그 옆으로는 언제나 허연 깁을 잔뜩 덮어쓰고 질질 넘쳐나는 오줌동이가 놓여 있다. 마실꾼들인 지 몇 사람인가가 지나다 거적때기를 들치고 들어와 쩔쩔쩔 오줌을 갈기고 나간 일 외에는 쓸쓸하리만큼 고요하다.

어둠이 깊어감에 따라 턱을 고이고 쪼그려 앉아 있는 돌남이의 모습이 서서히 드러났다. '엄마는 어떻게 생겼을까?' 늘 그래왔듯이 돌남이는 올빼미 눈을 하고 거적문 틈으로 흔들리는 바깥을 응시하였다.

엄마의 얼굴이 영 떠오르지 않았다. 그렇게 될 때까지 함께 살았지만 어머니의 얼굴을 볼 수는 없었던 것이다. 하지만 틀림없이 예뻤을 것이라고 믿고 싶었다. 언제나 힘차게 활랑거리던 엄마의 가슴을 머리에 느끼고 있었으므로, 살이 포동포동 쪄 있었던 같기도 하다. 아니 무엇엔가 쫓기듯 허푸허푸 다급한 숨소리를 토했던 것으로 미루어 좀 야위어 있었지 않았나 하는 생각도 떨쳐버릴 순 없다. 어느 쪽이 확실한지를 가늠해내기는 불가능하게 되었다. 그러나 또렷하게 기억에 남는 것은 그 체온이 형언할 수 없을 만큼 따스했다는 점이다. 그건 더할 나위 없는 안식이기도 했다.

"성, 오늘따라 초저녁버텀 왜 침울해 있는 거유?"

애송이였다. 촐랑대는 듯하면서도 어딘가 듬직한 그 애가 옆구리를 직신했다. 비로소 애송이가 곁에 있었음을 퍼뜩 깨달았다. 어느 면으로는 버릇이 없어 내박쳐 버릴까 싶을 때도 있었다. 그런가 하면 눈망울이 커다란 것이 겁이 많아 보여 모지락스럽게 대하기도 쉽지 않았다. 원래 반편도 될까말까 하게 생겨먹은 녀석이니 함께 있는 쪽이 애를 먹기가 일쑤였다.

"얌마, 너 자꾸만 성이라구 부르는데 내가 으째서 니 성이니?"

"히이, 성 아녀? 그람 내가 성인가?"

장난기 있게 돌남이를 올려다보는 애송이의 눈이 맑고 맑았다. 돌남이는 애송이의 머리통 위로 조막손을 번쩍 들어 올려 보였다.

"요 돼먹지 않은 게 까불어, 수틀리면 너 패 닦어 내쫓을겨."

애송이가 금방 두 손을 싹싹 비벼댔다.

"내쫓지는 마 응? 성!"

그 모습이 마냥 능청이 아님을 돌남이는 알고 있었다.

"너하구 나하군 종자가 달러, 종자가. 그르키두 모르겄니? 맨 날 얘기해 주는데두 걸 못 알어듣겄니?"

"그람 머라구 불러?"

깜빡이는 애송이의 눈은 마냥 맑기만 했다.

"머라구 부르느냐구? 으음…글쎄…내가 알 게 머얌마!"

돌남이는 눈알을 몇 바퀴 굴렸지만 그렇게밖엔 대답이 나오지 않았다.

"나보단 더 됐으니깐 친구라 할 순 없구, 아자씨? 할베? 건 아니구! 그렇다구 돌냄아 돌냄아 부르자니 버릇없는 일이구, 어뜩하지?"

"얌마, 암 소리두 안 하믄 되잖어. 네까짓 것 하구 꼭 말 하구 지내야 될 이유도 없는데 말여!"

그래도 애송이는 막무가내였다.

"그래두 함께 지낼라면 말두 해야만 하구 머라구 부르기두 해야잖어?"

돌남이는 이날따라 애송이가 유난히 귀찮게 여겨졌다. 한 주먹 먹여 버리고 싶었지만 그건 이날의 기분을 새김하는 지름길이 못됨을 알고 있었다.

"내가 너하구 머 된다구 함께 있어야 되니?"

돌남이는 사뭇 빡빡하구 퉁명스레 나왔다. 생겨먹은 것으로야 애송이의 골대(骨臺)가 굵직하여 정작 되바라질 것 같이 보였지만 실제의 행동은 정반대였다. 하긴 돌남이도 자신의 가당찮은 교만을 모르고 있진 않았다. 그것을 고쳐야지 고쳐야지 반성할 때가 있으면서도 쉽사리 그렇게 되지 않았다. 어쩌면 조상으로부터 물려받은 품성일 듯도 싶었다.

오늘따라 가만히 어미를 떠올리며 한없이 눈물이라도 흘려보고 싶었다. 이 작은 바램이 애송이로 하여 망가져가고 있었다.

"얌마, 야 이 시키야. 너 말이다, 이 철 읎넌 눔아. 너 할일 읎거당 느 이 아부지 얘기나 또 하란말여 이 시키야."

애송이가 가장 신명나게 하는 일이 즈이 아버지 이야기였다. 저 혼자 떠들도록 만들어놓고 돌남이 자신은 먼 옛날의 그 어머니 모습을 그려보리라 작정하였다.

"알었어 성, 고마워. 울아빠 참 등치가 좋았다?"

제가 보기라도 했던 것처럼 말하며 애송이의 얼굴엔 대번에 화색이 감돌았다.

"응, 어이 계속햐."

애송이는 혀를 내밀어 쓰윽하니 입술을 핥았다. 그 모습이 꼭 황소였다.

"그 날두 새벽녘이었디아. 우덜언 맨 날 밤에만 눈뜨는데 인간덜언 왜 노상 새벽버텀 설쳐대지?"

"…"

돌남이는 대답 대신 눈을 지그시 감았다.

잿간말랑 주변이 떠드레하였다. 암수 소 두 마리가 동네사람 몇 명과 어울려 강강술레하듯 뺑뺑 돌았다. 암소 주인인 가돌이도 있었고 황소 주인인 끝례 아버지도 있었다.

"허, 허어으, 암눔 웅덩이가 흔들리지 않두룩끔 양쪽에서르매 밀어 줘!"

황소 고삐를 바짝 움켜쥔 가돌이가 연신 다급하게 외쳤다.

"아 누가 있어서 밀어? 동네사람 죄다 털어온 게 요건데, 쬐끄만 동네 누가 있이야 데려다 밀던지 땡기던지 할 거 아녀?"

누군가 그렇게 투덜거렸다.

말랑 언덕 쪽으로 암눔의 엉덩이를 돌려대고 코뚜레를 쥔 이는 늙은 끝례 아버지였다. 다른 두 사람은 암소가 앞으로 내리 쏠리지 않도록 앞다리 목 밑에 어른 장딴지 굵기의 참나무 봇말을 가로지르고, 그 끝을 각각 양쪽에서 어깨에 메고 있었다. 그들은 나무를 어깨에 메고서도 힘이 부쳤던지 잔뜩 두 손으로 모아 쥐고 끙끙거렸다. 황소 고삐를 바짝 틀어쥔 가돌이는 암소 엉덩이를 쫓아 말랑 턱을 오르락내리락하며 땀을 뻘뻘 흘려댔다.

그러나 황소가 말랑 턱으로 올라서기만 할라치면 몸집이 작은 암소는 엉덩이를 요리조리 틀었다. 아랫배 밑에 다듬이 방망이만한 그것을 숫귀 세우고 식식대는 황소는, 질편한 암눔의 엉덩이에 대가리를 들이미느라 바빴다.

"으음, 으음. 예나 지끔이나 말 안 듣기룬 일등 가는 눔이지. 얘들아!"

신음처럼 혼잣소리로 중얼대던 끝례 아버지가 냅다 소리를 질렀다.

"그라지 말구, 우리 동네가 예근지질(女根地質)형이니께루설라무네, 황배기 거 밑에 내민 앞대강지가 동네 쪽을 보구 질러 들어오도록끔 몰어봐! 그 이치를 따르면 될 게니께루."

그러면서 끝례 아버지는 잡고 있던 암소 코뚜레를 동네 쪽으로 잡아 틀었다.

"핫핫하, 아자씨두 차암, 소 덩구는데 예근지질형이 먼 해당이래유우?"

봇말잡이 하나가 원 상태로 버팅기면서 시통스레 쏘아 붙였다.

"얘는, 그게 먼 소리여? 매사는 음양의 이치대루 순종해야 되는 벱여. 예전버텀두 다 그르키 해왔던 기여."

하지만 아무도 끝례 아버지의 말에 따르려 하는 사람은 없어 보였다.

"아자씨, 그르키 음양 순리대루 살었시면 아자씨넨 우째 자식이 움 때유? 즉어두 아자씨넨 그렇잖남유?"

순간적으로 끝례 아버지의 눈이 반쯤 감겨 내렸다. 말한 사람도 말 해놓고 짓적게 느껴졌던지 얼른 눈길을 돌렸다. 아주 순간적인 침묵이 이 사이에 끼여 들어있음을 모든 사람들은 눈치 챘다. 이 침묵을 깨듯 가돌이의 목소리가 울렸다.

"아 왜 봇말을 두 손으루다가 잡니? 어깨빡에 얹혀진 거니께루 한짝 손으루만 잡구, 한 손으룬 송아지 웅치를 처들이면 되잖남?"

봇말 쥔 이가 가돌이의 말대로 암소의 엉덩이를 치기 위해 납신납신한 손을 쥐었다 뗐다 하자 그때마다 몸이 비칠거렸다. 그는 이내 그 일을 포기하고 손을 어깨로 걷어 올리고 말았다.

"저, 저런 등신 지랄하고 자빠졌네. 아 번개같이 탁 치구 다시 잡구, 탁 치구 다시 잡으면 되잖어. 저런 걸 물건이라구 낳구 아좀니가 먹국을 잡섰나 그래?"

사람들의 숨은 의도대로 이야기는 바뀌어진 것 같았으나 가돌의 말을 들은 사람은 은근히 배알이 뒤틀리고 있었다.

"아 드러워서 차암, 손 놓구 집이 가서 짠지하구 밥이나 먹을까부다. 이눔아 성님 적엔 멱국이 귀해서루다 울엄닌 잔대국을 잡섰다. 장개두 못든 니깐눔이 좆이나 뭘 알어서 선생 노릇할라구 지랄이여?"

그 말들 속엔 자칫 멱살잡이라도 할 만큼의 독소들이 충분히 들어 있었지만 이들은 그것을 그냥 농으로 까뭉개고 말았다. 맞은 편 봇말을 잡고 있던 이가 거들고 나선 말이란 게 그것을 증명하였다.

"장개 못 든 눔이께루다 그거 생각 때문에 그라능기여. 읍내 가축 빙원이 문 열었다는데 것다 얘기하면 와서 인공수정 시켜준다는 데 저 지독을 떨구 있는 거라구."

그것으로 끝나지 않았다. 끝례 아버지가 뚜하니 입을 다물고 있는 것을 기화로 두 사람은 말장난을 즐길 참이었던 모양이다.

"저 담배씨루다 대꼬바리 팔 눔이 돈 들어가는 일을 히야?"

황소는 더 식식거리며 나댔다. 사설 장단에 말려들다간 일을 그르칠지도 모른다고 생각했던지 가돌이 왕방울 같은 눈알을 부라리며 소리를 지르고 나섰다.

"야 이, 멀쩡한 도적눔들아. 누 골탕을 못 멕여설랑 배탈이 났니? 이것두 흘레값 다 처줄 요량여 이눔덜아. 인공수정이라는 게 이거만치 소꽈(효과)가 즉다구 해서 그라능기여!"

가돌의 얼굴에 주르르 땀이 흘러내렸다.

말랑 위로 따낼 때 된 호박 만한 햇덩이가 발갛게 솟아올랐다. 시간이 가면서 암소 코뚜레를 잡은 끝례 아버지의 두 손이 배꼽 밑으로 자꾸만 처졌다. 그럴 때마다 암소는 이 속박에서 벗어나려는 듯 뒷다리를 좌우로 엇디디며 몸부림쳤다.

"아자씨, 코뚜레를 버언쩍 추켜올려야지유. 그르키 대갱이를 땅에 쑤셔 박으니께루 더 지랄치잖어유?"

심기일전, 끝례 아버지가 용을 쓰듯 힘을 모았다. 두 손을 이마위로 숫귀 올리며 두 발로는 땅을 밀어냈다.

그렇게 하여 암소의 허리 앞쪽이 옴나위를 못하게 되었던지 놈이 뒷다리를 조금 벌리며 딱 버텨서는 것이었다. 이때다 싶은 봇말잡이 둘이 말랑 쪽으로 어깨를 뉘 듯하며 몸을 버팅겼다. 가돌이 이 기회를 놓칠 리 없었다. 황배기 고삐를 쥔 손목이 탁 뿌려졌다. 그러자 황소는 지금까지와는 달리, 하늘을 날 것처럼 앞발을 번쩍 들어올렸다. 황소의 두 앞다리가 암소의 엉덩이에 걸쳐지는가 싶었을 때, 끝례 아버지는 두 다리가 떨리며 뒤로 밀리고 있음을 알았다. 말랑 위에 높다랗게 떠 있는 가돌이의 몸집이 황배기의 뿔이 되어 덮쳐드는 것만 같았다.

앞다리에 중심을 잃어버린 암소는 털썩 엉덩이가 무너져 내리고 말았다. 모두가 와 하고 환성을 지르려던 찰나였다. 암소가 회초리 맞은 개구리처럼 네 다리를 쫘악 펴며 땅바닥에 깔렸다. 하마터면 끝례 아버지가 소에 깔릴 뻔했다. 봇말잡이 두 사람이 맷방석 안에 있던 햇볕 받은 밤콩깍지처럼 양옆으로 튕겨나갔다.

황배기의 아랫배 밑에 주욱 뻗쳐 나와 있던 그것이 뿌연 물을 허공에 쏟아버린 뒤였다. 어떻든 힘을 썼다 그건지 황소는 긴 혓바닥을 뽑아내어 콧구멍을 쓰윽 핥으며 돌아섰다.

부리나케 말랑 가의 갈참나무 등걸에 황배기를 맨 가돌이, 아직도 넋이 나간 듯 멍하니 눈을 굴리고 있는 세 사람을 헤집고 들어가 암소의 고삐를 잡아 일으켜 세웠다. 세 사람은 각자 옷에 묻은 티검불을 말없이 툭툭 털어냈다. 암소도 황소 옆에 매어졌지만 제 볼일을 끝낸 황소는 더 이상 암소에게 흥미가 없었던지 코를 벌쭉거리며 풀만 뜯기 시작했다.

이 실패의 책임이 누구에게 있는지를 모를 사람은 아무도 없었다. 드디어, 끝례 아버지가 자신의 역부족을 방침이라도 하려는 듯 서먹한 분위기를 스스로 깨고 나섰다.

"이것 봐 덜!"

세 사람은 끝례 아버지가 잿간 추녀 쪽으로 들어앉으며 손가락을 까딱하는 것을 물끄러미 바라보았다.

"사램이 많으머언 또 몰르지만서두 오늘 같은 땐 이르카먼 원근 실패하는 벱여. 봐!"

노인은 참나무 회초리 하나를 집어 들고 땅을 득득 그어댔다.

"이르키, 쬐끔 내리막진 데 앞에다 한자 폭으루설랑에 말뚝 두개를 단단히 박어. 그라구선 송아지 키보다 반자 가량 더 높여가지구 가로막대길 붙잡어미야. 그란 담에 겝다가 쇠대갱이를 걸쳐얹구 대충 얽어미야. 이라머는 코뚜레 잡은 사램이 힘들 게 하나투 읎써. 앞다리 밑에 가로질른 막대두 그려. 사램이 들고 있게 할 거이 아니라 두어자 폭으루 막대루다가 말을 박어. 그리군 앞다리가 움직이지 않두룩끔 가로막대길 또 붙잡어 미야. 그 다암에 정작 사람은 막대루다가 보를 질러서 뒷다리 밑얼 받쳐드는 기여. 그라면 백오십관 짜리 황배기가 올러타두 안 주저앉어. 요깄는 사람만 가지구두 땀 한 방울 안흘리구 가뜬하게 해치울 수 있어. 혹시 모르니께루다 한 사람일랑 암눔 웅치께에 있다가 황배기 그눔 것얼 집어서 웅치에다가 쑤셔 넣어 줘. 순식간에 덩굼질이 끝나는 걸 가지구…내 자초에 그륵하자아 그륵하자 했더니만… 이잇."

회초리를 핑 집어던진 끝례 아버지는 쌈지에서 숨써리를 한줌 꺼내어 대꼬바리에 눌러 담았다.

가돌이의 입은 이미 댓발이나 나와 있었다. 끝례 아버지의 말끝에 달린 불만의 촉수가 아니더라도 장황한 설명이 누구 들으라고 시작되었는지를 알고 있었기 때문이다. 그것을 아는지 모르는지 누군가가 가돌에게 핀둥이를 주었다.

"으이그응, 것 봐라 이눔아. 송아지새끼가 자루 속에 비얌 집어넣듯 뿔어나는 줄 알었니?"

끝례 아버지는 그 속에서도 뻑뻑 담배를 빨며 중얼거리고 있었다.

"헛, 거 참 아깝다. 그 심을 벌충시킬래봐라. 두어 이레 걸려 콩말이나 삶아 멕이얄기다."

딴전을 보고 거친 숨을 안으로 삭이고 있던 가돌이 영감을 향해 휙 몸을 돌렸다.

"아이구 알었구먼유. 그만 해유. 내 한번 덩군 걸루 값 쳐서 줄기유. 콩 두서너 말 팔어서 줄끼유. 그라면 돼유?"

손까지 넙신대는 꼴이 삿대질이라도 할 양 같았다. 노인의 눈길이 잠시 가돌의 얼굴 가죽을 쓸었다. 다른 사람들도 마찬가지였다.

"거 참 분하구 애석하다!"

돌남이는 애송이 쪽은 보지도 않은 채 혼자 중얼거렸다. 그러자 애송이가 반색을 하며 말을 받았다.

"그치? 분하지? 성두 인저 날 이해하게 되는 개비네? 난 성처럼 자궁 속에두 못 들어가보구 길바닥에 그냥 말러붙어버렸잖어. 이게 분한 정도여? 그때 땅에 떨어지는 순간, 그 순간은 당해보지 않구는 증말 모를 겨. 아찔하더라구유. 밖으루 딱 나오는 순간, 오싹하던데? 세상이 그토록 싸늘한 줄을 내가 우터케 알았겄어. 난 곧 죽는다아 하는 걸 알았지. 내가 떨어진 곳은 길바닥 하구두 돌팍 위였는데 내 모양새가 어땠겄어. 잠깐 겪은 세상이지만 참 험하더군!"

"…그래두 세상이 존 거얌마!"

여전히 혼잣말로 중얼대는 돌남이의 눈은 거적문 밖을 응시한 채로였다. 미지의 세계에 대한 선망으로 가득한 눈빛이었다. 애송이가 자신보다는 가당찮이 어리지만 세상 구경한 건 그래도 그 아이였다. 세상이 돌밭인지 싸늘한지조차도 돌남이는 알 턱이 없었다.

"무울론! 그때, 제대로만 됐어봐. 이백 관 짜리 황배기루 커났을지두 모르잖어? 왼 동네 돌메방아는 내가 다 돌렸을 거구, 근동 무거운 길마두 다 내 등에 얹혔을 거구. 그렇게 모범소 노릇을 했을 거잖어. 그랬더라면 물 건너 외딴 집에도 산 너머 초막집에도 마누라가 생겼을 거 아니여? 힛힛히 을매나 신나구 보람된 삶이여. 안그려 성?"

애송이는 그 일생이 짧고 참담했음에도 성격은 참 낙천적이었다. 도저히 실현 불가능한 미래를 상상하면서도 그토록 즐거워하였다. 돌남이가 볼 때는 그건 바보짓이었다.

"이 빙신시키가, 성 소리 좀 빼 임마야. 마 꼭 황배기루다 태어난다는 법 있냐? 암컷으루 태어났어봐라. 늬미 될 뻔했던 소처럼 땅바닥에 짝 엎어져서 허연 눈깔을 까뒤집고 허우적거릴 건데. 그게 어디 산 노릇이라구 할 수 있니?"

어딘지 시기심으로 가득 찬 듯한 말투였다.

"아 성은 왜 그르키 부정적으루다만 생각햐? 좀 긍정적으루다가 보란 말여. 암놈이야 좀 얌전햐? 어쩌저어 하면 좌로 가고, 일러러 하면

우로 가고, 이랴 하면 앞으로 꾸벅꾸벅 가는 모습이 전원적이고 낭만적이잖어!"

애송이의 말은 언제나 암송아지 살코기처럼 연하고 녹록하기만 하였다.

"…흥, 그래봤자 결국은 인간들의 아가리루 들어가버리구 말텐데두?"

돌남이는 아직도 자세를 흩뜨리지 않은 채였다.

"그건 사람이 죽어 땅속에 들어가는 이치와 다를 게 없는 거지. 오히려 마지막 살 한 점까지두 누군가를 위해 헌물된다는 게 본뜰만한 일이잖어?"

오랜만에 돌남이의 한쪽 눈이 애송이를 향해 지그시 깔렸다. 무언가를 갈구하는 듯한 애송이의 눈빛이 반짝반짝 타올랐다. 그 모습에서 딱 짚어낼 수 없는 시기심과 두려움 같은 걸 느꼈다.

"…이, 반편시키가 까불구 있어. 이게 성, 성 하맨서루 누굴 갈칠라구 들어. 얌마, 니가 날구 뛰는 재줄 가졌대두 너는 영원한 쫑이구. 난 불변의 주인이여. 그게 너와 나의 변할 수 없는 입장이란 말여."

"…"

애송이는 대답 대신 고개를 갸웃했다.

"누구든 내 말을 수긍 못하는 자가 있다면 그건 자기기만에 빠져 있는 거. 별난 신앙인이거나 병자가 아닌 다음에야 쇠고기 안 먹는 눔 있어? 소 새끼를 한 이불 속에 재우구, 한 구유통엣 것 처먹는 눔 있겠어? 일소 갖다 주면 농사일에 안 부리구 스슥밭에 놔주는 눔 있겠어? 다 똥여!"

그래도 애송이는 고개를 갸우뚱하였다. 수긍이 안 되기는 매한가지인 모양이었다.

"건 좀 다른 차원에서 봐야 할 문제 같다? 하지만 성은 아무래도 착취 개념에 젖어 있는 것 같애. 으레 들 노동은 신성하다고 말들 하지? 노동이 왜 신성햐, 땀 흘려 얻은 수확물은 저 혼자만이 아닌 또 누군가의 입으로도 들어간단 말여. 크게 말하면 만물을 위하거든! 반면에 좋이니 뭐니 하구 소유와 지배의 욕구를 드러내는 건 얼핏 까맣게 높아 보이지만 그 실체는 저 하나만을 위하고 있다는 옹졸한 품격에 지나지 않는다 그 말여."

돌남이는 헛하고 저도 모르게 웃음을 토했다.

"야, 너 되게 유식하게 말한다. 은제 그렇게 많이 배웠니 응?"

애송이가 씨익 웃었다. 큼직한 골격에 비해 수줍음을 많이 타는 얼굴이었다.

"배우긴? 난 본래 노동자의 피에서 뽑아낸 결정물이잖어! 물려받은 기본이 그거여."

말을 할 적마다 느끼는 일이지만 돌남이는 언제나 애송이에게 접히고 있는 자신을 발견하곤 한다. 왜 그런지 모를 일이었다. 항상 주먹을 울러메고 위협하는 쪽은 자신이었다. 또 막상 대갈통을 들이부비며 식식거리고 달려든다면 감당하지 못하리라는 생각도 안 해둔 바는 아니었다. 이처럼 아는 것도 완력도 그 아이보다 나을 게 하나도 없었다. 계산해보지 않아서 그렇지 양심까지도 그 애의 몫이 클 게 분명하다. 그렇게 따지고 보면 그 애와 경쟁한다는 게 무모할 뿐이었다. 참으로 자존심 상하는 일이다. 오늘따라 왜 이런 생각을 하게 되었는지 화가 난다. 엄마를 추념하는 날이 아니었다면 녀석이 자신의 크기를 파악하지 못하고 있는 지금 아주 내쫓아버리거나 짓밟아서 영원히 자신을 넘보지 못하도록 해둘 일이었다. 다행히 아직은 제 스스로 밑에 들기를 원하며 성이라 불러주니, 못이기는 척 응해 주는 게 현명할 것 같았다. 돌남이는 머리를 끄덕끄덕 하였다. 그 모습을 본 애송이가 환하게 웃었다.

"성이 화 안내니께 기분 좋다."

돌남이는 피식 웃었다. 남의 속을 전혀 모르는 녀석이니 역시 저능아였다.

"가만, 성, 누가 오는 것 같은데?"

그러고 보니 점점 커져오는 노랫소리가 있었다. 귀에 익은 소리였다.

"응, 맞어. 조용 조용…."

둘은 숨을 죽이고 가까이 다가오는 노랫소리에 귀를 기울였다.

'청추운아아 내 청추운아아 죄 마아는 내애애해 청추운아아아아아…'

술이 거나한 사람의 구성진 노랫소리다. 주인공은 차츰 다가오더니 잿간 거적문을 풀썩 들치고 안으로 들어섰다. 그의 옆구리엔 쌀말이나 실히 들어 있음 직해 보이는 묵직한 자루가 매달려 있었다. 그러나 곡식자루는 아니었다. 산 동물이 들어있는 듯 자루가 꾸물꾸물 움직였다. 그는 바지의 괴춤을 훌떡 까 내렸다. 금방 꿈틀댈 것만 같은 물건을 꺼내 손아귀에 거머잡고 솨 소리를 내며 물줄기를 쏟아냈다. 이 사람의 오줌은 오줌동이와 잿더미를 분별하지 않고 넘나들었다. 떨떨떨 퍽퍽퍽 하는 소리가 한동안 잿간 안을 뒤흔들었다. 오줌이 떨어진 잿더미에는 한라산 오름 같은 분화구가 수십 개나 생겨났다. 잿먼지가 날리며 맵싸한 기운이 가득히 차올랐다.

"으, 으으…으, 이이 잿간아아, 사연 많은 잿간아아. 니가 날 붙잡어서르매 내가 이 동네를 못 떠나는 거어.…제우 땅꾼으루 살아가는 거어. 으…으, 예근지질형이라아? 그래서냐? 왜 바닥이 이르키 질어! 으…바닥이 왜 이리 질퍽하냐구우. 예근미응당(明堂)에 냉근두(男根頭)안산인데…으…내 팔자 왜 이런구우…”

오줌 놓기를 마친 그가 비척비척 거적문 밖으로 사라졌다.

“와아 성, 저 아자씨 얼굴 봤어? 아직두 오줌 맞은 잿더미는 낼 아침이네?”

“스읍? 얌마 암케나 그런 말을 해두 되는 거?”

돌남이가 주먹을 울러멜 것도 없이 애송이는 ‘아 실수’하며 고개를 움츠렸다. 돌남이는 참으로 오래간만에 어른이 된 것 같은 의젓한 기분에 젖을 수 있었다. 그러면서도 머릿속이 착잡하긴 매한가지였다.

“오늘이 울 엄마 제삿날여어!”

멍한 눈빛이었다. 애송이는 눈을 화등잔 만하게 떴다.

“오늘이? 어엉, 오늘이 성아 제삿날이란 말이지?”

에미 없이 세상 구경을 했던 녀석인지라 역시 말이 안 통하는 부분이 있었다. 슬픔의 근원이 어디에 있는지를 파악하지 못하는 녀석이었다.

“얌마 울 엄마 제삿날이란 말여어!”

돌남이의 음성이 성마르게 울렸다.

“그러니까 성 제삿날이기도 한 거잖어.”

그건 그랬다. 얍삽하진 않아도 녀석은 역시 빠삭하였다. 그리고 앞서 가고 있었다.

“아 나 몰랐네에. 성 울적하겠구나아? 성, 그런 의미에서 인저 성 엄마 얘기나 해주라.”

어럽쇼? 이 아이는 드디어 어머니의 존재에까지도 인식을 끌어올리고 있었다. 자신이 왜 반쪽 부유물로만 그쳤는지를 고민해왔다는 증거였다.

"푸우…"

돌남이는 길게 한숨을 내쉬었다.

"빨리 해주라 성, 응?"

애송이는 거듭 보챈다.

"그래, 알었어."

애송이는 눈을 끔벅끔벅하며 돌남이의 입을 바라보았다.

청주나 대전 쪽으로 진학할 만한 실력이 못 됐는 진 모르나, 일단은 읍내에 여자고등학교가 없었던 것이 끝례의 진학을 포기토록 한 한 가지 이유였다. 읍내에 여학교가 있었대도 끝례 아버지는 중학교 정도로 딸의 학교 교육을 마무리하려 했을지도 모른다. 가돌이는 끝례가 그런 처지로 머물도록 늘 쫄밋쫄밋 바라왔었다. 끝례가 집안에 남아 있게 되면서 가돌이의 손아귀엔 한 움큼씩의 재미가 붙어 들었다.

나날이 봉싯하게 부풀어 오르는 앞가슴, 실팍하게 살이 붙어나는 궁둥이, 힘이 잔뜩 올랐을 듯싶은 똥똥한 종아리, 이런 모습들은 가돌이의 가슴속을 휘저어버리기에 충분하였다. 끝례로서야 오빠 오빠 하고 부르며 허물없이 지내니까 별 생각 없었는지 모르나, 가돌이로서는 마냥 오빠로 남아 있게 된다는 것이 어쩐지 손해 보는 듯한 기분이었다.

전쟁이 나고 오르락 내리락 몇 번의 써레질이 이 땅의 백성들을 쓸고 다니면서 어느 동네나 낯선 사람 한둘 낙과처럼 떨어지지 않은 곳이 없다. 그 중에는 인근 마을에서 머슴살이하게 된 인민군 낙오병도 있고, 늙은 구장 네 작은 집으로 눌러 앉은 함경도 피난민의 스물세 살짜리 딸도 있다.

겨울 난리로 또 한바탕 어수선하게 피난민을 치러낸 이곳 잿말 동네가 잔자누룩해 질 무렵이다. 동네 고샅에 너댓 살쯤 되어 보이는 머슴애 하나가 한나절 넘게 울고 다녔다. 누비옷이란 걸 걸치긴 했지만 땟기름이 반질반질 흘렀다. 소매와 앞자락은 불에 끄슬리고 찢어져서 너풀거렸다. 얼굴엔 눈물 콧물 등 온갖 땟국이 말라붙고 얼어붙어 더께가 앉아 있었다. 닳아빠진 꺼먹 고무신의 뚫어진 구멍으로는 발가락이 아기 배꼽처럼 삐져나와 있었다. 아이는 곱아 오그라든 두 손을 가슴께에 웅송그려 모아 쥐고 달달 떨었다.

아들 없이 두 살짜리 끝례 하나뿐이던 잿말댁이 아이를 집으로 몰아들였다. 쇠물 솥에 물을 데워 아이의 누더기를 벗기고 씻기던 잿말댁이 낭패한 듯 머뭇거렸다.

"아이고 어쩌면, 니미가 누군진 몰러두 얼굴을 이르키 맹글어 놨니! 손에다 보재기를 씌워 처매 놨더라믄 뻴 탈 없이 넘어가는 긴데 쯧쯧!"

머슴애 하나가 굴러 들어왔다는 말에 함박웃음을 짓고 들어섰던 끝례 아버지가, 아이의 얼굴을 보고는 뚜하니 다문 입을 내밀었다.

"내가 불러들인 앤데 이 춘 밤에 우짤규. 밝는 날 수소문해서 지미를 찾어 주던지 해야지."

날이 밝고, 다시 하루해가, 그리고 달이 지났지만 아이의 어미는 나타나지 않았다. 길바닥에 슬며시 내다버릴 수도 없는 일이었다. 말이 그렇지 어디를 어떻게 수소문하고 다녀야 할지도 막막했다.

"잔심부름이나 시키면섬 언눔을 내비둬보지유. 그라다 즈이에미 얼굴 내밀면 줘 뺀지구유."

끝례 아버지는 이렇다 저렇다 대답하지 않았다. 딴에 녀석은 제 처지를 알고 있는 듯 눈치가 말짱했다. 고분고분 말도 잘 들었다. 손포 모자라는 집에 큰 힘이 되는 것은 두말 할 필요도 없었다.

물론 철없는 아이여서 언제나 어른 맘에 드는 일만 골라 할 수는 없었다. 일곱 살이 되던 해이던가, 가을이었다. 말랑 갈참나무 숲에 들어가 가도토리를 줍는답시고 두어 자가 넘는 시커먼 먹구렁이 한 마리를 잡아들고 들어왔다. 식구들이 기겁을 한 것은 물론이었다.

끝례 아버지가 심하게 화를 냈다. 그는 잿간 앞에서 아이의 목덜미를 움켜잡고 몇 번인가 잿더미에다 절을 시켰다. 이것이 뒷날 마침내 잿간에서 일을 벌이고야 마는 화근의 연습이 될 줄은 아무도 몰랐다.

이 해에는 더 이상 뱀을 잡아들이는 모습을 보이진 않았고 가도토리만 서너 말 주워 들였다.

"언눔 이름을 가도토리. 기냥 가돌이라고 불러야겠네."

가도토리 묵을 양념간장에 찍어 입에 우겨 넣으면서 끝례 아버지는 그렇게 말했다.

끝례가 열여덟 살, 그러니까 가돌이 스무 살이었다. 볏논에 이듬 뜯기도 마친 음력 유월 하순께니 수확 때까지 좀 한가한 철이기는 하였다. 가돌이는 말랑 허리에 매달린 콩밭에서 도사리 줍듯 풀을 뜯고 있었다.

"얘 가돌아아, 잿간 말랑에 따비밭을 일굴 작정이니께루다 꽹잇자루 좀 새루 맞추구, 톱날에 줄질 좀 하구, 이런저런 준비 좀 해 놔야겠다!"

무슨 소리가 들렸거나 말거나 가돌이의 머리는 콩 잎사귀 위로 솟아오르지 않았다. 끝례 아버지는 틀림없이 밤나무 그늘 밑에 서서 소리치고 있을 것이었다. 벌써 여러 번 뗸 운이었기 때문에 가돌은 영감의 말뜻을 이미 알아듣고 있었다.

"가돌아아…아 가돌아아, 대답 줌 히야 이눔아."

바람 한 점 없는 한낮의 햇볕이 콩밭을 무겁게 내리누르고 있다. 굼벵이 기어가는 소리, 여치 뛰는 것 하나도 드러날 듯싶었다.

"…야아."

콩밭 속 어디선가 크지도 작지도 않은 대답이 느릿하게 떠올랐다. 콩섶이 하도 실하게 우거져 있어 소리 낸 사람이 모습을 드러내지 않는 한, 있는 곳을 짐작하기란 어려웠다. 고대는 밭고랑 끝 어디선가 콩잎이 흔들리는 것 같더니만 막상 대답이 나온 뒤에는 아닌 보살인 체 몸을 늘어뜨린 콩 잎사귀들뿐이다. 대답을 들은 이상 끝례 아버지는 기다리지 않았다. 수많은 콩 잎사귀들이 말 잘 듣는 인총이나 되듯이 무턱대고 연설을 시작했다.

"말랑에다가설랑은 뺑낭구 밭이나 맹길어보까아 하능기여. 우리 미웅주실얼 박중이 대통령 각하 뇌력으루다가 외국에 수출을 하게 됐디야. 이참에 밭두 늘구구, 뺑낭구두 심어서르매 목돈 좀 만져 볼란다 얘. 아 그래야 끝례 혼수 준비두 할 거 아닌가베. 뺑낭구만 심는다구 하면 넝협(農協)에서루다 융자꺼정 해준다니께 심들 건 움씰 게다!"

일단 말을 마친 끝례 아버지는 다시한번 콩 잎사귀들을 휘돌아보았다.

"…갈참낭구는 어뜩하구유우?"

고개는 내놓지 않고 말소리만 길게 뽑혀 올라왔다. 하지만 느려터진 녀석의 평소 행동에 비하면 제법 빠르게 나타난 반응이다.

"아 거야 벼내믄 되지이. 그래서루다 벼내라는 거 아녀? 낼버터엄, 콩밭얼랑 내비두구 갈참낭구든 오리낭구든 도려내거라."

"…"

대답도 없고 머리통도 솟아오르지 않는다.

"…이눔이?"

영감은 녀석의 더딘 명령 준행에 언제나 불만이다. 고개를 쑥 빼들고 오백 평짜리 콩밭을 다시 휘둘러보았다. 녀석이 어디쯤에 있는지를 알 수 없기는 마찬가지였다.

"가돌아!"

이 고함엔 울화가 실려 있다.

"…"

"애, 가돌아 이 못된 눔아!"

더 크게 터진 울화였다. 뒷짐을 진 영감의 눈이 고리눈으로 구부러지며 콩잎사귀들을 노려보았다.

이때 끝례 아버지가 서있는 밭둑 아래 콩고랑에서 불쑥 솟아오르는 게 있었다.

"이, 이크머니나! 애 임마, 그게 머냐? 응?"

눈 고리에 실었던 독기와 위엄을 헤까닥 팽개치고 영감은 그 자리에 털썩 주저앉았다. 콩밭에서 일어선 가돌이의 손에는 흑백으로 알록달록한 무늬의 까치독사 한 마리가 들려 있었다. 엄지와 검지에 의하여 모가지를 꼭 눌러 쥐인 독사는 몸통을 꾸불렁꾸불렁 하였다. 가돌이가 커 나오면서 녀석 대문에 그런 일로 놀란 적이 여러번 있었는데도 끝례 아버지는 또 주저앉고 말았다.

"아 왜 그르키 몸달게 부르세유 그래? 아 이눔이 호주님얼 몰러보구 설랑 콩대궁 밑에서 대갈빼기를 초싹초싹 하잖어유. 우티기 좀 멕혀주구싶어 못견디겄다아 그거였겠지유 머!"

늘짱늘짱 느물거리며 끝례 아버지가 주저앉아 있는 밭둑으로 가돌이 성큼 올라섰다.

"이눔아, 당장 치우덜 못햐?"

잔뜩 겁에 질린 끝례 아버지가 소리를 벌컥 질렀다.

"헛, 치우긴유. 이 보약을 우티기 치워유. 이게 사람 몸에 굉장히 존 거래유우."

가돌은 팔을 뻗어 움켜쥔 뱀을 내들고는 오른쪽 손톱으로 딱작거려 먹통에 틈을 내었다. 뜯겨진 꺼풀이 손가락 끝에 잡히자 국궁사 영신으로 오른손을 잡아당겼다. 그리고는 내장까지 붙어 나온 껍질을 말랑 갈참나무 숲으로 핑 내던졌다. 바알간 속 몸으로 포를 뜨여 드러낸 고깃살이 꾸불렁꾸불렁하기는 마찬가지였다. 흘개눈을 하고 놀란 가슴을 쓸어내리는 끝례 아버지는 가돌의 하는 짓거리를 놓치지 않고 보았다.

"이거 한 토막 뚝 짤러먹구 싶어두 아자씨 까물어칠까바 관둘래유."

가돌이가 엿치기 하는 놈마냥 뱀 중도막을 손으로 자르는 시늉을 해 보였다.

"저, 저눔 말버릇하구는…이눔아 그걸 징그러워서 우티기 처먹어?"

"금방 잡어서 벳겨낸 건데 이거보다 더 싱싱한 괴기가 워딨슈!"

"아 그만둬 이눔아. 저눔이 사람넘여?"

끝례 아버지는 아직도 뒤로 무춤거리며 호통만 쳐댔다. 가돌이 마지못한 듯 한옆으로 돌아서며 둑 밑에서 댕댕이넝쿨을 끊어들었다. 이빨까지 동원해가며 올가미를 만들어 가지고는 뱀의 목에 걸고 바짝 조였다.

"날 좋으니께루 여기 밤나무 가쟁이에다 기냥 걸어두지유 머. 한 댓새 말리면 푸실푸실할 규. 그때 가져다가 다듬잇돌에 올려놓고 방맹이루다가 디립다 투드리지유 머. 그 가루를 보리술에 타 먹어봐유. 아자씨 땐심 솟을 거구먼유."

가돌은 밭을 보고 내뻗은 밤나무 안 가지에 껍질 벗겨진 뱀을 달아 맸다. 그리고 아무 일도 없었다는 듯 그 밑엣 그늘로 들어앉으며 맥고 모자를 벗어 설렁설렁 부채질을 한다. 끝례 아버지가 비로소 가슴을 진정시켰는지 땅 짚었던 손을 떼고 바로 앉았다. 그러자 가돌이 영감 의 반대편으로 고개를 외오빼고 시룽거렸다.

"밭이 즉은 것두 아닌데 따비는 왜 하는 거구, 갈참낭굴 벼내믄 가알 게 도토리묵은 안잡술 작정유?"

"그눔 참! 이눔아 큰 산에 가믄 하늘꺼정 쭉쭉 뻗쳐있는 굴참낭구가 쫘악 백혀있는데 도토리묵 못 쳐먹을까봐서 지레 안달이냐?"

"암케두 가도토리묵 맛이 헐낏 낫지유. 뜲은 맛도 덜하구유."

할일 없이 부채질만 하며 가돌은 딴청을 부렸다.

"쟤 임마, 낫긴 머가 나? 때깔만 해두 굴참낭구 도토리묵은 볼그레 하니 좀 뵈기 좋아. 여러 소리 하덜 말구 낼 대번 장둥(등성이)서버텀 벗겨내려!"

끝례 아버지가 휙 일어서서 마을로 들어간 뒤에도 가돌은 까드락까 드락 부채질만 했다.

다음 날 새벽, 끝례 아버지는 미리부터 도끼, 톱, 낫, 괭이 등을 챙겨 놓고 가돌을 채근했다.

"삼보익이 지났다지만 뜨거입기는 매한가지여. 한낮은 피하구 새벽 이나 해거름에 해라. 밑에 가생이서 버텀 치올러가믄 또 일이 심든 법 여. 아무리 내 말랑이래두 남 보기가 그런 거구. 하니깐두루 대번 장바 구리(정수리)루 올러가설랑 까 내리두룩 햐. 잔뿌리 걸리적대는 거 있 시믄 괭이루다가 직신거려 추슬러내구."

가돌은 아무 대꾸도 없다. 그 대신 외양간 안의 황배기 주둥이에다 바랭이 풀전을 한아름 집어던졌다. 돼지우리 속으로 쇠스랑을 넣어, 똥덩이가 들어있는 통나무 밥통을 뒤집어 엎었다가 다시 젖혀놓기도 하였다. 담 춤에 매달린 토끼장 문을 열고 씀바귀 다발도 넣어주었다.

이렇듯 마당 끝을 돌아가며 가축 잡도리만 하는 가돌의 지르퉁한 모습을 끝례 아버지의 시선이 답답한듯 따라다녔다.

"쟤! 일찌감치 말랑으로 가서 일 시작해여. 때에 집에 올 것두 읎다. 밥 먹으러 왔다갔다 하다가 한나절 되구 머. 끝례더러 아침밥 내 가라구 할티니께."

이 말에 가돌은 저도 모르게 움직임을 흠칫했다. 이 순간을 눈여겨본 시선은 어디에도 없었다. 가돌은 연장 소쿠리가 얹힌 지게를 걸머지고 사립문을 나섰다.

나무들이 쓰러져갔다. 아름드리가 찬 큰 산이 아니었으므로 금방 널찍하게 훤해졌다. 아까워서 선뜻 베어내지 못한 갈참나무가 드문드문 서 있기만 하였다.

새벽 숲을 쑤셔댄 까닭으로 온몸이 이슬에 흠씬 젖었다. 하긴 이슬 때문이라고 만은 할 수 없었다. 아침나절이라고는 하지만 한여름의 가운데 철이다. 땀이 비오듯 흘러내려 이슬과 함께 어우러져 가슴과 등떠리에 홑적삼이 척 달라붙었다.

조각조각 갈라진 햇살이 숲 전체로 찌르고 들었을 때쯤 시장기가 들었다. 좀 쉴까 하다가 아침 참으로 미루고 일에 열중했다. 사악삭 하는 톱질 사이로 사브락사브락 풀숲 헤집는 소리가 들려왔다. 가돌은 그쪽을 돌아볼까하다가 집히는 데가 있어 모르는 척 톱질을 계속했다.

"어엉? 어빠 왜 갈참낭구는 내비두는 겨?"

한여름 아침 숲 속의 정적을 깨뜨린 음성은 가야금 소리보다도 더 싱그러웠다. 비 온 뒤의 무지갯빛보다도 훨씬 더 아름다웠다. 오리나무 밑둥 하나를 베어 넘긴 가돌이 젖은 소매로 이마의 땀을 훑으며 비로소 몸을 돌렸다. 그녀의 두 팔이 머리 위로 올려져 있었다. 도도록한 앞가슴이 포플린 블라우스를 떠받든 채였다. 꼭 찌르면 톡 터질 것 같은 탱탱히 영근 종아리가 반 치마 아래로 드러나 있었다. 개울이라도 건너온 것처럼 물기가 조르르 흘렀다. 치마 속 그 안쪽까지도 젖어있음이 확연했다. 치마를 훌렁 걷어붙여 팬티 속에 여미고 이슬 길을 헤치고 온 모양이었다. 가돌이 그 큰 눈을 둥그렇게 뜨며 놀라워했다.

"애 너 뱀 물리면 어쩔라구 맨다리 바람에 오니?"

가돌은 마른침을 꿀꺽 삼켰다. 끝례는 눈을 내리깔아 제 종아리를 보는 척했으나 고개를 숙이지 않고는 볼 수 없음을 알았다.

"어빠는? 이 이슬 참에 먼 뱀이 있을라구?"

"저런, 야 바보야. 원래 독사는 해가 뜨고 질 때 더 나댕기는 겨. 니가 그런 거 알어? 칠월 뱀은 불치라구 해서르매 독이 오를대루 올러 있능 겨. 널 모레가 칠 월여. 한번 물렸다 하면 직행여!"

가돌은 끝례의 물기 흐르는 종아리에서 눈을 떼지 못했다. 끝례는 가돌에게로 가까이 다가갔다.

"근데 어빠, 왜 갈참낭구는 안벼?"

싱그러운 살 냄새가 향기처럼 확 풍겼다.

"으응, 젤 낭중에 빌겨, 끄윽…"

숨이 칵 막혀 더 이상 말이 되어 나오지 않았다. 아침 식사시간을 끝례와 단둘이 보내게 되었다는 것만으로도 즐거워 새벽일을 마다하지 않았다. 젖은 몸으로 마주 서서 그녀가 인 밥 동구미를 받아 내릴 땐 가슴이 꽈당꽈당 뛰기까지 하였다. 곧 이어 머리가 띠잉 하고 눈앞이 어질어질하였다. 수건으로 만든 또아리를 끝례가 머리에서 내려놓기가 무서웠다.

별안간, 가돌이 황배기 뜸배질하듯 끝례의 앙가슴에 머리통을 박으며 엎어졌다.

"어? 어? 어, 어 어…!"

사내를 받아 안은 채 억새풀 포기 위로 벌렁 나동그라졌다. 끝례의 하얀 두 허벅지가 서기처럼 빛났다. 마침내 치마 밑의 홑겹 속옷이, 가돌의 중의 적삼이 벗겨져 나갔다. 으헝 으으헝, 가돌의 목젖에선 여전히 황배기 울음소리 같은 게 터져 나왔다. 그 동안에도 끝례의 목구멍에선 어어어 소리만이 높고 낮게 울렸다.

엉겁결에 눈뜨게 된 교접의 신선함은 생각 같지 않게 끝례의 가슴을 짤짤 끓여놓았다.

"어어엉, 어빠아. 우리덜 인저 우티기 되능겨 응? 우리덜 인저 우티기 되능 거지 으응?"

두 사람이 풀 고물 묻은 상반신을 일으켜 세울 때까지도 가돌이의 겨드랑이 속에 들어가 있는 끝례의 두 팔은 풀리지 않았다.

말랑의 벌채 작업은 예상보다 빨랐다. 벌레 씹은 놈처럼 볼퉁이가 잔뜩 부어있었던 것을 생각하면 신기한 일이었다. 말랑을 오르내리는 끝례 아버지의 발길이 잦아졌다. 처음에는 이슬이 걷힌 다음에야 나타나더니 반질반질 길이 날 정도가 되고 나서는 새벽에도 담배를 빨며 나타났다.

아버지 때문에 가돌이와 오붓한 시간을 갖지 못하게 된 끝례는 밤마다 사내를 지분거렸다. 컴컴한 외양간 안으로 풀전을 던져주고 있는 가돌이에게 팔짱을 지른 끝례가 살그머니 다가갔다.

"어빠, 우리 말랑에 가 볼까?"

그녀는 속삭이듯, 그러나 숨 가쁘게 말했다. 그녀의 입김이 가돌의 턱 밑에서 후끈거렸다.

"말랑? 이 밤에 거긴 왜?"

가돌은 눈을 씀벅거리며 끝례를 돌아보았다. 끝례는 얼른 가돌의 한쪽 팔을 감아쥐며 안채 쪽을 힐끗거렸다. 안채는 모두 잠자리에 들었는지 조용하기만 했다.

"벼논 낭구 누가 안가져가나 나가봐얄 거 아녀?"

"앤, 그깐 걸 누가 멀라구 가져가니. 거긴 재목 쓸 게 있는 것두 아니구 전부 화목들 뿐인데!"

그렇게 말하면서도 고삐 잡힌 황소처럼 끝례에게 이끌려 사립문 밖으로 나섰다. 말랑 초입에 들어섰다. 에덴동산의 입구처럼 이들 청춘 남녀 둘만이 움직이는 세상 같았다. 끝례의 두 팔은 아예 사내의 허리를 휘감고 매달렸다. 송아지 젖 먹듯 머리통을 사내의 겨드랑이 밑으로 자꾸만 치지르며 뒤뚱뒤뚱 발자욱을 놓았다. 끝례가 왜 말랑 쪽으로 고삐를 당겼는지 이미 가돌이도 눈치 채고 있었다.

두 사람은 처음 그 일이 있었던 곳으로 가려고 사브락사브락 풀숲을 헤쳤다. 목적지에 거의 당도했을 무렵, 담배 냄새 같은 것이 코를 스치고 지나갔다.

"담배 냄새가 난다?"

가돌이 발을 멈췄다. 끝례도 따라 섰다.

"그치? 거 봐. 낭구 도둑인 개벼!"

둘은 예기치 않은 침입자로 하여 말소리를 낮춰 어둠 속을 휘둘러보

왔다. 그런데 대여섯 걸음 앞, 베어진 나무둥치 사이로 빠끔빠끔하는 담뱃불 빛이 보였다. 가돌이 한발 나서며 조심스레 외쳤다.

"거 누구유?"

진한 담배 냄새가 확 풍겨온다고 느꼈을 때 잠시 담배 불빛이 사라지는 것이었다. 가돌이 다시 한 번 물으려고 얼굴을 내밀었다.

"…이잉, 내다."

그 소리가 들리자마자, 산토끼 튀듯 호도톡 달아나는 게 있었다. 끝례였다. 그 사품에 가돌은 함께 두어 발짝 놓다말고 돌아섰다.

"야아…벼논 낭구 누가 안근드리나 해서 올러와 봤구먼유. 저 먼점 내려 가께유!"

그리고는 끝례의 뒤를 따라 줄행랑을 쳤다. 거 앞에 뛴 것이 뭐냐?는 시답잖은 물음이 등 적삼에 붙었던 것 같기도 했다.

끝례를 따라잡은 가돌은 스무남은 발짝을 북으로 돌다가 잿간 안으로 헐레벌떡 들어갔다. 매콤하고 지릿한 냄새가 확 안겨왔다.

"헉 허억, 끝례야 일루 들어와!"

나직하면서도 한껏 떨리는 소리였다.

"흑 허윽, 알었어!"

가쁜 숨 때문인지 둘은 정신없이 헉헉거렸다. 칠흑같이 어두운 잿간 안에서 더듬더듬 끝례는 가돌의 가슴팍을 쓰다듬었다.

"허 허으, 아부지가 거기 웬일이랴?"

"하긴 시도 때도 읎이 나와보시잖남? 밭뙈기가 환하게 생겼시니 안 그렇었어?"

끈끈이주걱처럼 척척 엉겨 붙는 두 젊음의 숨결은 마냥 거칠어졌다.

끝례의 배는 어쩔 수 없이 불러왔다. 아버지의 눈에도 그것은 확연

했다.

"이년, 이녀언. 이 철딱서니 읎넌 년아. 해필이면 비암 비늘같이 징그러운 그눔하구배끼 못붙어? 죽어라, 너 죽어라 이녀언!"

가돌이와 끝례가 이곳 잿간에서 소근댔던 것과 같이, 영감의 울부짖음도 남이 들을세라 심장 박동 소리를 넘지 못했다.

아버지는 딸의 머리통을 몇 번이고 잿더미에 쑤셔 박았다. 서너 번 쿡쿡거리던 끝례가 사지를 주욱 늘어뜨렸는데도 끝례 아버지는 그 짓을 계속했다.

"성, 참 안됐다! 나보고는 아깝다고들 말하지만 성 일은 참 슬프다."

매번 들을 때마다 슬픈 이야기였다. 애송이가 그렇게 진단하지 않았더라도 돌남이는 진작부터 눈물을 글썽였다.

"난 울엄마를 존경햐. 그 화끈한 성격이 좋아. 그 따뜻했던 품안이 그리워. 엄마의 얼굴을 증말 알구 싶어 흐윽…"

돌남이가 꺽꺽 울었다. 애송이는 돌남의 무릎을 가만히 흔들었다. 왜 사람의 종자는 지난 일을 회상하면서도 눈물을 쏟아내는지 아리송하였다. 언제나 구박을 일삼고 퉁명스럽기만 한 돌남이가 이처럼 나약하게 눈물짓는 모습은 희한한 일이었다.

"성, 울지 마라. 숨이 칵 막히던 날 성의 고통이 어땠는지 알 것 같어. 하지만 울어봐야 먼 소용여? 울지 말구 성 아부지 얘기나 해봐라 웅?"

돌남이의 울음은 흐느낌으로 내려앉았다. 한동안이나 더 그랬다.

"…울아부지는 엄마하구 나하구 죽기 전에, 그 전에 외할아부지네 집에서 쫓겨난 겨. 흐윽…더 있을 수도 없었을 거구."

돌남이의 말이 이해되지 않는 듯 애송이의 눈이 반짝반짝 빛났다.

"결국 할아부지두 아부지두 아무것두 얻은 게 읎넌 꼴이네?"

"그 뿐이냐. 모든 걸 다 잃은 거지!"

"왜 사람들은 그렇게 바보짓을 할까?"

애송이는 자꾸만 고개를 갸웃거렸다. 그러면서도 뭔가 모르게 가슴이 벅차오르고 있음을 느꼈다. 마침내 그 근원이 무엇인가를 깨달았다.

"아 기분 좋다!"

"뭐가?"

"인저 내가 성보구 성이라구 해두 화 안낸다. 인저 성은 내 성이 되구 만 거다? 할아부지네 소는 울엄마 될 뻔했구, 울아부지는 성 아부지네 소구. 것 봐! 성하구 나하군 한 집안여. 우린 한 집안이여."

그토록 절절히 한 가족이기를 원했던가. 애송이는 펄펄 뛸 듯이 기뻐하였다. 그 모습을 본 돌남이도 빈 가슴 한 구석이 차츰 기쁨으로 변해왔다. 아울러 멸시하고 지청구를 일삼았던 지난날이 부끄러워졌다.

돌남이와 애송이는 보지 못했다. 이때 잿간 천장 서까래에 언제부터 있었는지 모를 구렁이 한 마리가 거미줄을 뭉개며 스르르 지나갔다.

민족문학작가회의 11인 신작소설집 '방'(1992년)

미꾸라지

천지간이 하얗다. 세상을 완전히 싸 덮을 듯이 퍼붓는 눈송이로 하여 앞서 가는 놈의 뒷모습만 거뭇할 뿐, 그 밖엣 것은 분별하기가 어렵다. 이때 옆길로 살짝 빠져서 도망칠까 했으나 그건 후유증만 남길 것 같아 그냥 따라가기로 했다. 팔보당에서 본 티브이 기상예보에 의하면 강설량이 일 미터 이상 될 것이라고 했다. 삼 미터가 내렸다는 미국 동부지역에 비하면 아무것도 아니긴 하다. 방글라데시에서는 대홍수가 나서 수백 명이 숨졌고 남미 어느 나라에선가는 화산이 폭발하여 큰 피해를 입었단다. 지구덩이가 뭉그러져 내리는 게 아닌지 모를 일이다.

도로 양 켠에는 상점 주인들이 함박눈을 맞으며 너까래로 눈을 치우는데, 왜 그런지 그 모습이 해감 속에서 꾸물렁대는 미꾸라지들 같다고 생각되었다. 나는 연신 얼굴을 때리는 눈송이를 훑어내느라 두 손이 바빴다. 놈도 낯짝의 눈을 털어내기는 마찬가지였다. 다만 그 틈틈이 내가 따라오는가를 확인하기 위해 힐끔힐끔 뒤돌아보는 것이 달랐다. '개새키, 어서 가기나 히야 이누무 새키야. 음, 이 똥 같은 새키야.' 나는 신음처럼 투덜댔다. '에이 더러워, 해필 눈까지 쏟아질 게 뭐랴' 다 된 밥에 재 뿌리는 격이었다. 흥정이고 지랄이고 할 게 없었다. 흠이 있느니 없느니, 고급품이니 저급품이니 하는 따위의 물건이 아니잖은가. 들여다보나마나 전문가라면 한번 척 보아 순금 굴레(반지)임을 알 것이다. 달아보고 자시고 할 것도 없었다. 근량(斤量)차이가 나면 얼마나 나겠는가. 공전 빼고 에누리 좀 해서 후리주(이십 만원)라는데 자기로서야 큰 이득이 될 게 아니던가. '빤한 거 아니우? 닷 돈 짜리유!' 남의 말을 듣는 둥 마는 둥 주인 놈은 계집애 같은 말간 손가락 끝으로 굴레를 두 손 접시저울에 댕그랑 올려놨다 들어내기도 하고 눈 위까지 쳐들어 올려 살피며 날짱거렸다. 요새 금값이 돈 당 데브 후리셍 (오만 이천 원)이라니까 닷 돈이면 후리 미쓰 망(이십육만원)이다. 얼마가 됐든 미쓰 망 이상은 너 처먹고 후리 주만 달랬던 것이 아니더냐. 놈도 고개를 끄덕끄덕했었다. 그만하면 누이도 좋고 매부까지 좋다는 뜻이었을 게다. 나는 손을 내밀었다. 좌수우봉(左授右捧)하면 일이 끝나는 것인데 놈이 약약거리는 것이다. 하긴 주인 놈은 허리를 구부려 무릎 높이의 탁상 위에 있던 전자 금고에서 돈까지 꺼내들었었다.

　좋아. 나는 계산하고 있었다. 좀 늦은 아침이니 시장기도 들었고 하여 후련하게 속을 풀고 싶었다. 영춘이와 함께 미꾸리 탕으로 아침 시다이(끼니-밥)를 잴(먹을. 재다-먹다) 작정이었다. 미꾸리 탕 한 상에 데브 셍(오천 원)이니까 해장술 한 잔 걸쳐도 후리 망이면 충분하다. 그 다음에는 왕궁 다방으로 달려갈 참이었다. 어제 낮에 시간을 까먹기 위해 그곳에 가 묵새길 때 김양이라는 푼(이성 접촉대상의 여성)이 제법 꼬리를 쳤었다. 오목오목하고 하늘하늘한 게 그렁그렁 감칠맛도 있어보였다. 미니스커트 안쪽으로 손을 밀어 넣어 더터 올라가자 눈을 게슴츠레 내리깔며 흘겨보는 척했었다. 고까짓 것도 후리 망만 투자하면 삽상하게 마무리 지을 수 있었다. 뚜럭(잠 자는 곳-보통 여관을 이름)비 야리 망, 찻값 데브 셍에다 과자 값(목욕 값) 데브 셍이면 깨끔스레 생각할 것이다. 미리 달궈놓았으니 일단 뚜럭을 잡고 전화를 걸어 차를 시킨 다음 ,그녀가 나타나기만 하면 된다. 그러고 나면 야리미쓰(십육만 원)가 남는데 그걸로 모도(밑천)삼아 일(노름) 들어갈 요량이었다.

나는 들떠 있었다. 오랜만에 자력으로 일판을 벌일 수 있게 된 것이다. 상대가 강호구(보편적인 속임수에도 속아 넘어가는 사람)냐, 씽(돈)은 채였냐(잔뜩 가지고 있느냐), 카리(노름해서 딴 돈을 분배한 몫)는 몇 할이냐, 식구(노름을 하게 되기까지의 동원된 같은 패거리)는 몇이냐, 등 되게 까탈스럽게 구는 짐짝(밑천을 제공하는 사람)을 따로 물색하는 번거로움을 덜게 되었다. 잘하면 이제 만년 방랑에 종지부를 찍을지도 모른다.

"주민등록증 있어유?"

뜬금없이 주인 놈이 이렇게 말할 때 나는 무춤했지만

"아 물론이쥬."

하고 희떱게 딱지(주민등록증)를 꺼내들었다. 당연히 그걸 제시하여야 굴레를 땡길(땡기다-팔거나 전당 잡히다) 수 있다는 것쯤은 상식적으로 알고 있었다. 문제는 그 말투가 덴덕스럽게 들렸던 것이다.

내가 딱지를 제시했는데도 주인 놈은 돈을 냉큼 건네지 않고 꾸물거렸다. 무얼 찾는지 구부렸다 일어섰다 하고 내실 쪽으로 들어갔다가

한 참 있다가 나오고, 티브이 채널을 드르륵 드르륵 대중없이 돌려대며 두릿거렸다. 나는 불안해지기 시작했다. 견디다 못해 얼른 돈을 달라고 독촉할 양으로 주인 놈을 쳐다보는데, 하필 그때 삐그덕하고 문이 열리며 낯선 사나이 하나가 들어섰다. 주인 놈이 힐끗 그를 쳐다보고 대수롭잖이 말했다.

"아 어쩐 일이여. 오랜만인 걸?"

어쩌고 하며 실미적지근하게 중얼거렸다. 그의 말투는 결코 오랜만에 만난 사람 같지가 않았다. 사나이는 대가리에 하얗게 덮인 눈을 툭툭 털어내면서

"그저 지나다…"

하고 역시 시큰둥하게 대꾸했다. 비교적 손님이 없는 한가한 오전을 택하여 잽싸게 땡겨 챙기려던 나의 작전은 예상치 않은 장해에 부딪치고 만 것이다. 퍼뜩 어떤 느낌이 왔다. 괜히 왔다 갔다 하며 미적거리던 주인 놈이 내실 쪽으로 들어갔을 때 전화 한 통화했음직한 시간이 지난 후에 나왔던 상황을 떠올렸다. 아차 싶었다. 약빠른 고양이 밤눈을 못 본다고 깜빡했던 것이다. 야무락져 보이지도 않고 느작거리기만 하던 호구새끼에게 당하나 생각하니 주인 놈이 괘씸하고 미웠다. 미련한 게 갈롱맞고 숙맥이 사람 잡는다는 속담을 왜 상기하지 못했던가.

이때 나는 문 쪽을 바라보았는데 머리에 눈을 함빡 뒤집어 쓴 영춘이가 이 보석상으로 들어오려다 말고 놀란 토끼처럼 후닥닥 되돌아 뛰어갔다. 동춘이를 데려다주고 오던 길이라 짐작되었다. 그 모습을 본 나는 '어, 어?' 당황해 하며 주인 놈에게 재촉했다.

"여보쇼, 빨리 주슈. 안 살라면 모르까 살티면 빨리 돈 달란 말유."

톡 까놓고 말해버렸다. 별 수 없는 수작이었다. 어쩌면 이것이 허허

실실의 방법일 수도 있다. 여기까지 온 것, 당당하고 떳떳하게 행동하는 것만이 외길 수순이라고 믿었다. 남 급한 사정이야 아랑곳없이 주인 놈은 되우 질기게 놀았다. 놈은 돈을 내놓는 대신 내 딱지를 방금 들어선 사나이 앞으로 슬그머니 밀어놓았다. 사나이가 내 등 뒤에서 나를 쓰윽 쓱 훑어보고 있음을 느꼈다.

사나이는 내 딱지와 주인 놈의 손안에 있는 굴레를 번갈아 살펴보았다. 이럴 수도 저럴 수도 없는 나는 약만 올랐다. 어떻게든 이곳을 빠져나가야 할 듯싶었지만 그러기에는 늦어있었다.

"아니, 댁네 집이 여기가 아니라 괴산이우?"

사나이가 내 뒤통수에 대고 말했다. 자꾸만 얽죄어 늪으로 빠져드는 느낌이었다. 나는 그를 향해 고개를 돌렸다. 그리고 네 하며 고개를 끄덕였다.

"근데 금반지를 여까지 와서 팔라구 할 게 뭐 있어유?"

이놈이 말 되는 소리를 지껄여서 내 가슴을 찔렀다.

"그렇게 됐시다."

한 마디 퉁명스럽게 내던질 수밖에 없었다. 사나이는 한동안 더 굴레와 딱지를 들여다보았다.

"어떻겄어, 갠잖겄어?"

아직도 돈을 움켜쥔 채로 있는 주인 놈이 사나이에게 말했다. 망할 자식이었다. 제 일 제가 알아서 할 일이지 왜 남에게 묻는가 말이다. 이들끼리는 어떤 종류의 내밀한 정보 교환이 있었던 것이다.

"괴산은 금은방이 없던가요?"

사나이가 또 걸고 들었다.

"왜유, 있쥬. 있겄지유?"

행렬에서 떨어진 겨울 기러기처럼 자꾸 허전하고 불안해졌다. 영춘이가 사라진 길 저쪽 희미한 눈발 속을 멍하니 쳐다보았다. 영춘이는 자유로운 기러기다. 그래도 난 사나이를 향해 씨익 멋쩍게 웃었다. 그건 스스로 약점이 있음을 드러내는 표정이었다. 사나이는 웃지 않았다. 그 대신 나를 뚫어져라 쳐다보았다.

"이 반지 당신 꺼유?"

좀 전엔 '댁네'라고 하더니 금방 '당신'으로 바뀌었다.

"네…?"

"여기 청주엔 은제 왔시유?"

완전히 신문이었다. 나는 범죄 혐의가 있는 자로 지목되어 신문을 당하고 있음을 부정할 수 없었다.

"엊저녁에 왔슈."

죄 없음을 보이기 위하여 약간 뻣버듬하게 대답했다.

"워디서 잤시유?"

그는 내 주변을 슬슬 맴돌며 질문을 퍼부었다. 나는 잠깐 망설였다. 엉뚱한 곳을 댔다가 확인하자고 들면 더 곤란할 뿐이다.

"남주동 방랑여인숙에서유."

사나이는 확인하자고 들 것 같지는 않아 보였다. 그렇다면 허짜로 댔대도 상관없을 일이었다. 내가 실큼해 하거나 말거나 그는 물을 것은 다 묻고 있었다.

"혼자 잤시우?"

또 망설이지 않을 수 없었다. 영춘이와 그의 동생 동춘이를 떠올렸지만 삼수갑산을 갈 때 가더라도 그건 말할 게 못되었다.

"…네."

주인과 눈 맞춤을 한 번 하고 난 사나이는 내 딱지와 굴레를 제 바지 주머니에 질러 넣었다.

"좀 갈까유?"

결국 갈 데까지 가고야 마는 모양이었다. 그러나 뻗대보는 체하지 않을 수 없었다.

"아니 왜 그래유. 남의 껄 왜 집어 넣어유. 그라구 워딜 가자는 규?"

"아 참 맞았군유. 나 이런…경찰이우."

놈은 뒷주머니에서 가죽지갑을 꺼내 덜컥 펼쳤다가 달칵 접더니 다시 제 주머니에 집어넣었다. 그게 뭔지 똑똑히 확인하지는 않았지만 그게 뭘 거라는 건 알고 있었다.

"하아니 기응찰이믄 남의 물건 집어넣는 규?"

"아니아니, 뭐 좀 조사해 보려구유. 당신이 떳떳하다면 못 갈 것두 없잖소 엉?"

허, 새끼 봐라. 별 해괴한 논리를 다 편다? 내가 떳떳하다고 해서 저를 따라가야 한다면 세상의 모든 떳떳하고 당당한 사람들이 장사진을 이루어 제 놈을 따라다녀야 한다는 이치와 같은 이야기다. 병신 같은 놈, 그게 말이나 되는가. 놈은 내 팔까지 지그시 당기며 눈알마저 부라렸다.

'조사할 거 다 했잖어 뭘 또 조사한다는 겨?'라는 말을 하고 싶었지만 그건 부질없는 짓임을 알았다. 이놈이 가짜 경찰일 리도 없고 보면 말이다. 에이 더러워. 재수 옴 붙었다. 방랑여인숙이라고 뚜럭까지 가르쳐주었으므로 한바탕 드잡이라도 하고 도망치는 건 영리한 처신이 못되었다.

"허 참. 그래 갑시다? 가긴 가는 데에, 가서 말여. 내가 죄 없는 걸로 밝혀지면 당신 안 좋아. 알겠어?"

놈은 내 또래 쯤 돼 보였지만 이왕이면 내가 형님 행세하는 게 좋지 않겠는가. 그 또한 내가 형님뻘이고 싶어 한다는 걸 알아차리고 있는 모양이었다. 내 반말에 별로 개의하지 않았다.

"그렇게 되면 나도 좋겠수."

맘대로 해보라는 듯이 놈은 고개를 커다랗게 꺼덕거렸다. 그 모습이 뇌꼴스럽기 그지없다.

"근데 거 주민등록증하고 반지는 주시야지이."

그러자 놈은 고개를 더욱 크게 끄덕였다.

"아, 물론입니다. 서에 가서 드리겠습니다."

이 강도 놈의 새끼, 나는 놈의 멱통을 한대 쳐 갈기고 싶었다. 하지만 꾸욱 꾹 눌러 참았다. 주민등록증도 놈의 주머니에 들어있지 않은가.

놈이 팔보당 문을 밖으로 밀었다. 눈송이가 사정없이 쳐들어왔다. 어쨌거나 나는 끈에 매인 노예처럼 놈을 따라나섰다.

"갔다 오세유 그럼."

경찰과 내가 하는 수작을 숨죽이고 지켜보던 주인 놈이 던진 소리다. 미안해서 뒈지겠다는 투로 두 손까지 비벼댔다. 분명히 나에게 하는 소리였다. 경찰서에 가서 그 물건이 네 것으로 확인이 되고 나면 그때에 와라, 그러면 군 말없이 사 주겠다, 이런 뜻이 분명했다. 야비한 놈의 새끼, 개새끼, 싸가지 없는 새끼, 나는 눈 퍼붓는 회색 빛깔의 거리로 발을 내디뎠다.

내가 경찰서 형사계에 도착했을 때 북쪽 벽에 높다랗게 걸린 시계는 아홉 시 삼십 분을 가리켰다. 창 너머에 있는 침엽 상록수들은 쌓이는 눈을 잔뜩 받아 안고 무겁게 아래로 쳐져있다.

형사계 사무실은 휑하니 넓었다. 나란히 잇대어진 테이블은 열대도 넘게 놓여있는데 사람들을 잡으러 나갔는지 대부분 비어있다. 서너 명의 형사들만 난로 가에 둘러서서 잡담 같은 걸 늘어놓고 있었다. 창으로 벽면을 이룬 남쪽을 등에 지고 단독 좌석에 앉아있는 사람은 오른쪽 새끼손가락을 콧구멍에 집어넣어 힘차게 쑤석질을 하고 있다. 그가 계장이나 반장쯤 되리라는 건 직감으로 알 수 있었다.

나는 '조사 대기실'이라 쓴 철창 살 문 옆의 나무 소파에 앉았다. 그 옆 구석으로 또 다른 소파가 내가 앉아있는 소파와 'ㄴ'자를 이루고 놓여있었다. 그 자리에는 고등학교 중퇴 생 쯤으로 보이는 머슴애 하나가 무스를 잔뜩 발라 곧추세운 머리를 한댕거리고 앉아있다. 그 애 곁엔 역시 그 또래의 앳된 계집애가 앉아서 두 무릎 속에 머리를 들이밀었다 발딱 추켜세웠다 하는 짓을 반복하고 있었다. 제 딴엔 애를 삭이기 힘들었던 모양이다.

그 계집아이는 가죽으로 된 미니스커트를 입고 있었는데 쑥 치올려져 드러난 허벅지가 그 나이답게 뽀얗고 발그레하고 탱탱했다. 그에 비하면 발모가지는 두텁지 않았다. 저런 아이는 성적(性的)으로 어른 못지않게 개발되고 발달되어 있는 법이다. 나는 뭘 굉장히 알고 있는 사람처럼 그렇게 단정했다. 내 짐작대로라면 아마도 고것이 벌써 고걸 헤프게 내돌리다 문제가 생겨 들어왔을 것이 틀림없다.

나를 연행해 온 형사 놈은 어디로 갔는지 보이지 않고 난로 가에서 잡담하던 한 놈이 한 테이블에 가 앉아 전화 보턴을 눌렀다. 기상 악화로 전화가 혼선을 빚는지 놈은 사무실 안이 떠나가는 게 문제가 아니라는 듯 소리를 꽥꽥 질러댔다.

"…아, 아 여보쇼. 거 괴산이우 응? 괴산이지?…엉 방금 말한 대로

이 사람의 가출 일시와 아, 아 여보소오, 가출 당시의 소지품을 긴급 조회 바랍니다아 응? 어."

머릿속에 뭔가 한 가닥 번개처럼 지나가는 게 있었다. 나는 엉거주춤 일어섰다. 막 전화를 끝낸 형사 놈에게 말을 걸었다.

"저어, 뭣 좀 하나 물어보겠는데유. 긴급 조회라면, 괴산읍에서 거기 우리 집까정 댕겨와야 하는 것 아닌가유?"

형사 놈은 아니꼽다는 듯이 나를 쓰윽하니 훑어보다가 퉁명스레 말했다.

"그래요."

그러니 어쩌겠다는 거냐 하는 표정이 역력했다. 빤히 쳐다보는 것이 그렇다.

"그라면 오래 걸릴 텐데유. 괴산읍서 우리 집까정은 삼십 리가 넘거덩유. 이 눈 속에 그 산길을… 어려울 긴데에…"

놈은 한 번 더 나를 쓱 훑어보고선 책상 위의 서류만 뒤적이는 등 제 볼일만 보았다. 별 전국구 걱정을 다 하는 놈이라고 비웃는 모양이었다. 철딱서니 없고 맹탕 같은 놈이다.

괴산 경찰서에서 내 집으로 조회를 나간다, 이 눈 속에 그 험한 산길을 걸어서 간다, 전화가 없으니 사람이 가야 한다, 날 좋을 때 같으면 경운기 정도는 간신히 고개를 넘을 수 있다고 하지만 이 눈발 속엔 어림도 없는 일이다. 내방(형사-경찰)들은 딸따리(오토바이)가 있겠지만 더구나 그따위 두 바퀴짜리는 맥을 못 출 것이다. 천상 걸어서 가야 하는데 한두 시간으론 안 된다. 십리에 한 시간을 잡는대도 가는 데 세 시간 돌아오는 데 세 시간, 우리 집에서 미적거리는데 반시간, 아무리 적게 잡아도 여섯 시간 안쪽으론 계산되지 않는다. 열 시간이 걸릴지도 모른다. 아니 그 어둠속 눈구덩이에 빠져죽기가 십상이다. 쥐뿔도 모르는 저 새끼는 시방 제풀에 제 일만 쳐 나가자고 하는 꼴이다. 그게 훤히 보인다. 웃기는 놈이다. 여기 있는 형사 새끼들은 하나같이 병신 같은 놈들인가 보다. 어쨌거나 지금부터 나는 그 여섯 시간 반, 아니 넉넉 잡고 일곱 시간이 넘는 시간을 이곳에 이렇게 멍청하게 앉아있지 않을 도리가 없게 되었다. 쌍, 등신 같은 경찰 놈들 때문에 그리되는 것이다. 지금이 열 시이니 일곱 시간 후면 오후 다섯 시 이후이다.

나는 화가 치밀어 오르기 시작했다. 집으로 조회 차 간 괴산 경찰서 순경에게 밥쟁이(동거하며 살림하는 여자)는 말할 것이다. 집을 나간 지가 옛날이라고 울면서 말할 것이다. 금반지는커녕 구리반지도 갖고 나간 게 없다고 똑똑한 체 말할 것이다. 하긴 내 살던 집이 아직 그대로 서 있는지 어쩐지도 모를 일이다.

오후 다섯 시, 그 때까지 기다려보았자 뻔할 뻔자다. 저 조사대기실의 철책 문이 덜커덩 열리고 나는 들어가게 된다. 들어가서 별(전과 기록)을 달게 되는 절차를 밟은 후에 일 년인지 이 년인지 모를 세월을 징역살다 나와야 한다. 그렇게 하여 오늘 오후 다섯 시까지의 지루한 기다림은 더 엄청나게 긴 시간으로 늘어나게 될 것이다. 억울한 일이다.

"걔는 차원이 달러. 지명수배 해제만 돼봐라, 꼭 한자리 할 거여. 거 머더라? 서울 거 뭐 응 대핵교 있잖어. 거기 총학생회장 하던 응? 김, 김…김 누구 있잖어. 전국 민족 응? 거 투쟁위원회 의장 하던 애 말여. 그 애 말여, 야당 공천 받어서 국회의원 나왔었잖니. 그런 애덜 다 그렇게 하잖어. 보안법 옭힌 것만 풀어져봐라. 지금은 숨어 댕기지만 동춘이도 은젠간 한자리 할 거란 말여. 큰일을 할 거란 말여. 총학생회장 하던 애덜 얼추 그런 거 너 알어?"

아니 난 모른다. 세상이 뭐 어떻게 바뀌어야하는 건지도 난 모른다. '문민'이란 이야기를 들은 듯싶은데 아직도 보안법 위반으로 숨어 다니는 경우라니 솔직히 난 뭐가 뭔지 모른다. 하여튼 그런 건 어려워서 잘 모르겠다. 그렇다니 그럴 수도 있으리라. 영춘이는 틈만 나면 노상 동춘이에 대한 자랑으로 바빴다. 그러나 내 알 바 아니었다.

어젯밤 판을 끝내고 뚜럭으로 돌아갔을 때 스물에닐곱 살쯤 되어 보이는 젊은 청년 하나가 벽에 등을 대고 젖버듬하게 누워 눈만 껌벅거리고 있었다. 그가 동춘이었다. 영춘이와 내가 낙싱(노름해서 밑천 제하고 난 순 이익금)된 금품을 털어놓을 때에도 동춘이는 이런 일에는 전혀 관심이 없는 듯 입을 꾹 다물고 딴전을 보며 눈을 꿈벅꿈벅하고 있었다. 장래에 크게 될, 차원이 다른 사람이라 그런지 되게 무게를 잡고 있었다.

낙싱액은 닷 돈짜리 굴레 하나와 찰(현금) 아따주(팔십 만원)였다. 호구가 떨어뜨린(잃은) 것은 굴레 이외에 찰 야리 백(백만 원)이었는데 뚜럭샘(노름방 주인)이 놈이 데라(판을 진행하는 사람-딜러)를 보면서 후리 주나 챙겼던 것이다. 난 대충 굴레는 별도로 제해 놓고 아따 주를 반으로 나눈 다마 주(사십 만원)를 머릿속에 그리며 우선 찰부터 카리(몫)를 틀자(틀다-분배하다)고 영춘이에게 말했다. 그런데 이 녀석이 연득없는 소리를 뱉는 것이었다.

"얘 남준아, 내 부탁 좀 들어주라?"

뭔지도 모르고 나는 고개부터 끄덕였다. 부탁? 그래 좋다. 나한테 부탁이라는 거 해봤자 살을 도리고 뼈를 깎는 일이 있을 리 없고 끽하고 힘겨워봤자 제 아우와 할 말이 있으니 잠시 나가달라는 정도로 알았다. 좋다 그래. 그렇다고 나한테 사기 칠 일이 있을 듯싶지도 않았다.

하긴 어젯밤 이후 나는 영춘이에 대하여 믿을만한 인물이라고 안쫑잡았다. 이 세계에서 누굴 믿는다는 것 자체가 호구 짓이긴 하지만 그런 걱정은 내가 뭔가를 풍성하게 누리고 있을 때 이야기일 것 같다. 어젯밤에 호구는 제 입으로 야리백이 떨어졌다고 했다. 보통 그걸 액면대로 들을 사람은 없다. 통빽(계산 짜임)을 맞춰보면 십 중 팔구 데브 주(오십 만원) 정도 잃고서도 그렇게 불려 말하기가 일쑤다. 그건 이렇게 많이 잃었으니 똥(개평) 좀 줄 수 있지 않느냐 하여 얼마쯤이라도 회수하자는 얄팍한 수작이다. 어느 땐 돈 딴 놈들이 팬티 속이나 구두창 밑에 감아 들여(숨겨) 혼란을 빚기도 한다. 그런데 이번 경우는 달랐다. 호구가 워낙 순둥이라 곧이곧대로 말했고, 아니면 진짜 오대통(큰 판에서 노름하는 사람)이라 쩨쩨하게 헛소리 뿌릴 필요가 없었는지도 모를 일이긴 하다. 그렇거나 말거나 뚜럭샘이가 후리 주 챙겼다니 아따 주가 남는다는 건 다섯 살짜리도 해낼 수 있는 계산이다. 털어 내놓은 낙싱액이 계산과 딱 맞았다는 것은 감은(숨긴) 식구(한 동아리)가 없었다는 이야기다. 내가 감은 게 없고 돈의 액수는 맞으니 영춘이도 한 푼 감지 않았음이 드러났다. 어쨌든 이 정도면 간만에(오랜만에) 제법 실속 있는 소득이었다.

"뭔데?"

비로소 나는 흘러가는 말로 반문했다. 그러자 영춘이가 목소리를 깔아 내리며 다시 말했다.

"오늘 낙싱된 거 말여."

"응!"

듣고 보니 기분이 찜찜했다. 그래도 이야기는 다 들어보자.

"내일 일해서 벌충해 줄 테니 이번 건 내가 다 쓰자."

"뭐?"

하마터면 나는 손부터 내저을 뻗했다. 이건 줄은 정말 몰랐다. 어느 놈은 돈 필요 없는 놈 있냐 하고 소리칠 뻔했다. 나도 건달인데 이건 너무하다. 하지만 건달이기 때문에 한번 고개로 응낙한 사실을 상기하지 않을 수 없었다. 더구나 그 잘난 사람이라는 동춘이가 앞에 앉아있는 마당에 되느니 안 되느니 하고 짜드등대는 건 자존심도 상하는 일일 뿐더러 졸장부 냄새밖에 더 풍길 게 없다.

"넬 아침 일찍 굴레 먼저 땡겨라(현금으로 바꿈). 그걸루다 넬 또 일하면 그 때 그거 채워주께."

영춘이는 그렇게 날 위로하였지만 내일은 내일이고 오늘은 오늘이다. 아무리 약조된 일이라 하더라도 내일이 닥치면 상황은 또 달라질 수 있다. 애시당초 내일의 보상을 믿거라 하는 건달 놈은 어디에도 없다.

"그건 그거고 엇따 쓸려구 그러니?"

이미 결정 난 일이지만 나는 그렇게라도 물어봐야 했다.

"얘가 말여, 동춘이 얘가 말이다. 좀 써야겠다는 거여. 아직 애처럼 숨어 댕기는 동지들도 있고, 걔들의 생활이 말이 아니랜다. 쟤 얘길 들으면 눈물이 난다. 집에 맘대로 연락을 할 수가 있니, 방 따순데 찾어서 잠을 제대로 자니. 씨발 우리덜 마냥 되나캐나 아무 년하고나 맘대로 몸뗭일 풀 수가 있니. 얘덜 뭐 유인물 찍는 종이값도 움따는 거여. 그래서 말인데 오늘 껀 얠 다 줘 보내자. 민주화 운동하는 셈치고 한 부조 단단히 해보자. 이제버텀 우리도 민주화 인사여 임마!"

민주화운동인가 하는 것도 지금쯤은 한 물 가지 않았나 하는 말로 들렸다. 왜냐하면 요즘 방송에서는 그런 소리 별로 안 하기 때문이다. 그런데도 그 말이 나오는 걸 보면 아직도 어디선가는 그런 일이 진행되고 있는 모양이었다. 알게 뭐냐, 그렇다는 이야기지, 언제는 그런 일에 신경 썼던가. 젠장할 것, 호구가 따로 없구나 하는 생각이 들었지만 한번 끄덕인 짱구통(머리통) 책임감 때문에 영춘이가 말하고 있는 동안 두 번 더 고개를 끄덕여주었다.

오 년 전이다. 하필이면 내 귀여운 봄비에게 그 못된 것이 찍혔었다. 아이가 감기 기운이 있는걸 보고 일단 등강이 너머에 있는 반장네 집에 가서 금계랍을 한 봉 얻어다 먹였다. 그리고 나는 얼기미와 삽을 들고 뒷산 다랑 논으로 치달아 올라갔다. 뿌연 하늘에는 기러기들이 떼를 지어 끼룩끼룩 날아가고 있었다. 뒷 도구 해감을 파헤쳤다. 겉은 얼어서 썰경썰경했지만 속살은 물렀다. 손가락 굵기 만한 미꾸라지가 꾸물렁꾸물렁 드러났다. 두어 사발이나 실히 잡았다. 그걸 폭 고아 봄비의 입에 국물을 떠 넣었지만 그 애는 도리질만 쳤다. 걱정은 됐으나 그러다가 일어나겠거니 하고 밥쟁이와 나는 땀을 쭉 흘리며 그 미꾸라지 탕을 다 먹었다. 이부자리를 펴자 사타구니에 힘이 뻗쳐올랐다. 저주스럽게도 여자와 나는 그걸 참지 못하고 그 짓을 했다. 밥쟁이는 유난히 호들갑을 떨었다. 짤짤 끓는 몸에 깡깡 신음소릴 내는 봄비를 옆자리에 누인 채였다. 밥쟁이의 앙가슴에 얼굴을 묻은 채로 나는 땀을 식히고 있었다. 봄비 쪽에서 꼬르르꼬르르 하는 소리가 났다. 퍼뜩 불길한 예감이 방안을 휘감았다. 용수철 튀듯 밥쟁이가 나를 밀쳐냈다.

아이를 둘쳐 업은 우리 남녀는 가슴에 수북이 눈발을 받아 쌓으며 미끌미끌 산길을 달렸다. 읍내에 당도하니 부여 터 오는 먼동이 눈 덮인 대지를 희부옇게 밝혀왔다.

의사는 청진기를 떼면서 나를 빤히 쳐다보았다. 그때 나는 일식 날의 어둠처럼 머릿속이 희미해져옴을 느꼈다. 그 속에서 밥쟁이가 털썩 주저앉는 것을 보았다. 잔뜩 부풀어 떠올랐던 풍선이 돌을 달고 허공에서 터져 버리는 형국이었다.

"홍콩 독감이었을 겁니다. 경끼까지 겹쳤던 것 같애요."

돌아오다 산자락 눈 덮인 푸석 땅에 그 애를 묻었다. 하얀 아침, 아무도 없는 산 계곡에 우리들의 울음소리가 눈발이 되어 메아리 져 날았다. 무리에서 떨어져 자꾸만 멀어져 가는 어린 기러기 한 마리가 보였다.

"너 가라. 아니 내가 떠날 게!"

이때 난 평생 아무것도 이룰 수 없을 것이라고 자가진단하고 있었다. 나는 밥쟁이가 잠든 틈에 몰래 집을 나왔다.

추워서 몸이 떨렸다. 댓 발짝 앞에 있는 난로께로 가기 위하여 몸을 슬그머니 일으켰다. 형사 놈이 머리를 삐딱하게 꺾어들고 나를 흘겨보았다.

"왜 일어나? 그냥 앉아있어 그냥."

놈이 지랄을 한다. 좀 일어나는 게 뭐가 나빠, 나는 할 수 없이 도로 주저앉았다. 대기실 철책 문 앞에 바짝 붙어있는 작은 책상 위에는 전화기 세 대가 올라앉아 있다. 따르릉 따르릉 연신 벨이 울려대는데 어느 게 우는 건지를 분간하기 어렵다. 벨이 울린다고 하여 전화기가 흔들거리는 것도 아니기 때문이다. 그런데도 새끼(형사)들은 용하게 우는 놈의 수화기를 쏙 쏙 뽑아든다.

나는 눈 퍼붓는 창밖을 바라보기도 하고, 울어대는 전화기가 세 대 중에서 어느 것일까 하고 노려보기도 하였다. 어느 것이 되었든 나와 관련되는 울음은 적어도 다섯 시가 넘어야 될 것이다.

몹시 담배를 피고 싶어졌다. 입안이 깔깔했다. 옆 소파에 앉은 머슴애가 대가리를 푹 숙이고 담배를 피운다. 그 연기는 구수한 냄새로 되어 내 몸을 휘감고 돌며 근지럽혔다. 나는 담배를 찾느라고 점퍼와 바지 주머니를 투덕거리며 뒤졌다. 담배 한 개비 꽁초 한 도막 나오지 않았다. 고린전도 없었다. 영춘이란 녀석도 엔간하다. 아무리 굴레를 땡겨 쓰자 하였기로 담배 한 갑 살 돈 유렴하지 않고 닥 닥 긁어 제 동생을 줘 보내니 말이다. 실은 내 주변머리에 문제가 있는 것도 같았다.

치사하게도 나는 옆엣 머슴애에게 고개를 쑤욱 내밀었다. 녀석은 같은 사내로서 지감지정(知感之情)이 통했던지 암 말없이 입센 로랑 한 개비를 뽑아 내밀었다. 담배를 받아 입에 꼬나 문 나는 다시 한 번 그 애를 쳐다보았다. 녀석이 잽싸게 성냥불을 그 대어 두 손으로 받쳐 디밀었다. 오옳치. 나 같은 형님, 아니 선생님에게 그만한 예절은 갖출 줄 알아야 그만한 계집애를 엮을(설득할) 수 있는 거다. 그렇지? 나는 기분 좋게 담배 연기를 뿜어내며 그 머슴애 옆에 좀 떨어져 앉아있는 허벅지 팡팡한 계집애를 곁눈질해 보았다.

어럽쇼. 계집애가 핼금핼금 맞받아 나를 쳐다보고 있었다. 감기가 걸린 것 같진 않았는데 흠흠 하고 바튼 기침을 토해냈다. 아니꼬워 웃음이 날 지경이었다. 이 곤경 속에서도 다른 사내를 살피는 그 애가 앙증맞지 아니한가. 집에 서방 놔두고 밖에 나가 화냥질하는 여편네나, 약혼 날짜 받아놓고 옛 애인 찾아가 하룻밤 진탕치는 앙큼한 규수나, 지금 함께 온 머슴애 옆에 둔 채, 내게 한 눈 팔고 있는 계집애나 그게 바로 음행이다. 아니 간통이다. 계집애가 또 헛기침을 하며 나를 훔쳐 보았다. 그건 나의 남성을 살피는 눈빛임이 분명했다. 내 남성이야 언젠들 건강하지 아니한가. 그 애도 그걸 간파했을 것이다. 나는 그 애의 머슴애로부터 담배 보시(布施)를 입었음에도 의리 없게시리 이 순간을 기다리고 있었다. 그 애와 나의 눈길은 번갯불처럼 허공에서 번쩍,

광택을 발하며 쩍 붙었다가 떨어졌다. 그건 합궁한 것과 같은 의미의 눈 맞춤이었다. 머슴애는 이대로 붙잡혀 있고 그 애와 내가 경찰서를 함께 나가게 된다면 바로 그 순간부터 연인처럼 가까워지게 될 것이다. 나는 던적스럽게 빙긋이 웃었다.

뭘 기다리는지 왕궁의 김양은 허벅지에 얹힌 내 손을 치우지도 않고 앉아만 있었다. 손님이 뜸하긴 했지만 차 한 잔 얻어 마신 값치고는 너무 느즈러져 있었다. 나는 그녀의 궁둥이를 툭 쳤다.

"인저 가봐, 내가 내일 뚜럭으로 부를 때까지 한 눈 팔지 말고 조신하게 기다려!"

김양이 일어나며 흘개눈을 했다. 이때 영춘이가 내 쪽으로 고개를 숙여왔다.

"너, 자신 있니?"

내가 티 푼(다방 여종업원) 하나 다룰 줄 모른다? 어떻게 들어도 그건 썩 기분 좋은 말이 아니었다. 나는 척 가라앉은 음성으로 되받았다.

"머 말여어?"

"오늘밤 일 말여어."

응 그 일? 그제서야 나는 정색을 하고 허리를 곧추세웠다.

"새삼스레 내 기술을 못 믿는다는 거여?"

"아니 그게 아니라 오늘 일은 꼭, 무슨 일이 있어도 성공해야 되기 땜에 그랴아."

언제는 성공 못해도 되는 일 있었던가. 저나 나나 일거리가 없어 씽(돈)이 뚝(한푼도 없는)된 판에 이 날 일이 성사되지 않으면 거지 되는 상황이었다. 영춘이와 내가 어떤 노름방에서 만나 함께 일하게 되었는지 정확히 기억할 수는 없다. 노상 이놈 저놈, 이 곳 저 곳에서 만나고 헤어지고 하는 일이 허다분하므로 그걸 기억하려고 애를 쓰는 녀석도 없으리라. 다만 영춘이는 실무 기술을 갖고 있다기보다 일머리를 제법 짜는 편으로 내 한 쪽 머리 속에 자리 잡고 있었다. 어디 가서 누굴 엮어대는지 곧잘 노름판을 마련한다. 막상 일이 시작되면 그는 바지(조역) 서는 역할이 전부다. 그와 내가 장기간 붙어 다닐 수 있는 것은 서로 삥(몰래 감추어 챙기는 돈)을 감지 않는데 있다. 하기야 뭐 삥을 치고 자시고 할 만큼 오대를 떠본 주제도 못되는 원인은 있다. 그와 내가 일하고 난 뒤에는 여느 경우처럼 누가 얼마 감았나 하고 피곤하게 머리 돌리지 않아도 되었다.

"너 모르니? 그건 상대적이여."

"응, 상대적이라구?"

언젠가는 크게 한 껀(件) 해서 둘이 뚜럭(여관) 하나 씩 마련하자고 약조가 있었던 사이니 내 말을 진지하게 듣지 않을 수 없었을 것이다. 그간 약속이야 등 돌리면 깨진다는 것쯤 모르지 않았지만 함께 지내는 동안은 찰떡으로 아는 체 하지 않으면 안 된다.

"씨애끼, 빈 구멍이 뭐냐 그거만 알면 된다 이거여. 니가 할 일이 그거 아니겠어?"

"빈 구멍?"

갑자기 나는 야비다리를 부리고 싶어졌다. 너보다 더 연조가 깊고 이 세계에서의 위상이 한 수 위라는 것을 틈틈이 보여줘야 함부로 기어 붙지 못하는 거니까. 짐짓 핀잔을 주었다.

"이거 인저 보니 먹통일쎄에. 빈 구멍이란…"

빈 구멍이란, 말 그대로 허점을 이름이다. 아흔 아홉 가지 기술이나 백 일곱 가지 이목에 밝더라도 한 가지를 모르면 그 한 가지가 바로 빈 구멍이다. 나는 더 말하지 않았다.

미식(밑장 빼는 방법), 헛떼기(손바닥에 화투 한 장을 붙이고 팔을 뻗어 화투 목에서 떼 내는 것처럼 보이는 방법), 덮장(손바닥에 화투 한 장을 붙이고 팔을 뻗어 화투 목에다 흔적 없이 얹어놓는 방법), 환목(엮음사리 화투 목을 쥐고 있다가 바닥 목과 바꿔치기 함) 등 많은 기술에 익어있다 해도 캉(몸짓 기침 목소리 등으로 동패끼리 암호를 교환하는 것) 하나를 모르면 바로 그것에 당하게 마련이다. 모름지기 말 행동 손놀림 등으로 상대의 허점을 찾아내는 게 급선무다. 시간과 정보가 없어 상대를 미리 파악해두지 못했다면 볼따구니 내놓고라도 이것저것 기술을 시도하여야 한다. 이때 상대의 반응을 면밀히 살펴야 하는데 반응이 없다고 마음을 놓아서도 안 된다. 어떤 경우엔 속는 체하며 되치기를 하는 놈이 있기 때문이다. 어떻든 상대가 속는다고 확신했을 땐 계속 써먹는다. 그게 바로 빈 구멍이니까.

영춘이는 빙긋이 웃었다. 하긴 모사꾼인 그가 빈 구멍 여부를 모를 리가 없었다.

증평 장에서 뚝바리(소) 팔아 가지고 늦게 도착한 호구는 찰 야리백을 팔리고(잃고) 더 내놓지 않았다. 자꾸 팔리게 되자 가리(외상) 가리하였다. 뚝바리 세 마리 팔았으면 적어도 가찌백이나 다마백은 실려 있을(들어있을) 것이다. 그러니까 무엇에 가는(속는)지는 몰라도 가긴 가고 있다는 걸 알게 되었다는 뜻이다. 그러다가 언턱거리를 잡으면 주먹가보(주먹질을 하여 판돈을 뺏는 짓)를 써보거나 그 짓이 여의치 않으면 이 정도에서 판을 끝내겠다는 의도였다. 밑 밥(가끔 씩 잃어주는 방법)을 떨어뜨리며 하면 다 따먹을 수도 있겠지만 그렇게 하기엔 나나 영춘이가 처한 형편이 여유롭지 못하다. 계속 짜뜰름거리던 호구는 이쪽 식구가 둘인 걸 눈치 채고 주먹가보도 안되겠다 싶었던지 손가락에 끼고 있던 금반지를 빼놓았다. 그것으로 셈을 끝내자는 것이었다. 그는 다음 날 또 만나자는 말을 남기고 바쁘다며 나가버렸다. 다음 번엔 제 나름의 대비책을 강구해올 것이 틀림없다.

"빨리 일어나, 굴레 땡겨와야지! 밖에는 지금 씨발 눈이 좆나게 퍼붓는다. 게찌꾼(아는 체 하며 일만 귀찮게 하는 사람) 붙기 전에 빨랑 땡겨오는 게 상책이여. 청주에선 그래도 그 팔보당이 젤루 일찍 문 여는 집이다."

언제 밖에 나갔다 들어왔는지 찬 기운이 묻은 육신을 가까이 붙여오며 나를 흔들어 깨웠다. 동춘이도 그 사품에 잠을 깬 모양이었지만 일어나진 않고 엎드린 채 담배에 성냥불을 그대고 있었다. 세상 고민을 다 짊어져서인지, 거만해서인지 언제나 눈을 내리 깔고 말이 없다. 나는 그가 탐탁치 않았다. 민주화니 역사니 민족이니 통일이니 뭐 그런 걸 위해 대단한 운동을 하고 있다지만 예절도 감정도 없어 보이는 그 태도가 마음에 들지 않았다.

"굴레는 니가 땡겨와 임마. 기사가 그런 일꺼정 하냐?"

"엉, 근데 동춘이 데려다 줘야 되여. 위험하게 혼자 보낼 수는 없잖니, 내방들이 따라붙기 땜에 내가 캄보이(경호)를 해야 되여."

그러면서 영춘이는 그레꼬 로망 형 레슬링 선수나 되는 것처럼 어깨를 쩍 쩍 벌려 보였다. 어디로 데려가는 거냐고 물어볼까 하다가 그만두었다. 보나마나 그 똥패들이 숨어있는 어디거나, 이모 고모 매형네 하는 따위의 부스러기 집으로 갈 것이 아니던가. '니가 팔보당에 가 있어. 얘 데려다 주고 내 금방 그리로 갈께, 하는 영춘이었다.

와자지껄, 머리와 옷에 묻은 눈을 털어 내며 형사들이 모여들었다.

'그나저나 웬 놈의 눈이 이렇게 온디아? 눈으로 세상 다 요절내는 거 아녀? 차고 사람이고 도통 움직일 수가 있어야지, 미끄럽고 푹푹 빠져서!' 형사실 안이 어수선하기 짝이 없다. 예닐곱 명의 남녀가 새로 붙들려오는 등 예비 철창신세 감들이 붙어났다.

"야 임마, 너 왜 거짓말 해. 너 맛 좀 볼래?"

처음 보는 형사 하나가 내게 담배를 주었던 머슴애에게 따귀를 내려붙이며 그렇게 홀닦았다.

"니가 임마, 애 꼬셔서 다른 애들 돈 같이 따먹자고 한 거라며? 결국 네 똥패한데 애 돈을 다 잃게 한 거잖어, 그건 임마 사기도박인 거여. 사기도박은 가중처벌 감여!"

머슴애가 무슨 말을 할 듯 말 듯하면서 볼을 쓸었다. 형사가 머슴애의 허리춤을 잡아 대기실 쪽으로 확 밀쳤다. 대기실 앞에 앉아있던 다른 형사가 그 머슴애를 철창 안으로 밀어 넣었다. 그리고 머슴애를 다루던 형사가 여자 애 쪽으로 얼굴을 돌렸다.

"그리고 너, 넌 머슴애 눔덜이 같이 하잔다고 줄렁줄렁 따라가니? 니네 엄마 지금 죽는다고 야단 났어, 서문시장에서 좌판 떡 장사로 마련한 공납금이라던데… 너 저놈하고 잠도 잤지? 한번만 더 걸리면 상습으로 너도 처넣을 껴."

나와 눈 맞춤을 했던 그 계집애는 돌려보내졌다. 추하게도 아쉽고 서운했다. 이제 그 계집애와 내가 밖에서 단 둘이 만나 홍홍하며 옹알거릴 기회는 없어졌다.

불현 듯, 내가 만나지 못했던 세상이, 문밖으로 사라지는 그 계집애의 궁둥이에 함지박 만하게 매달려 있었다. 와아 그놈들 맹랑하다. 나도 미처 깨우치지 못했던 술법, 바로 퍼 넘기기 숫법이긴 하다. 저 새까만 어린애들이 나보다도 한 수 위였을 거라는 생각이 밀려온다. 아니 세상이 온통 나보다 한 수, 그보다도 몇 수 더 위의 땅 뜸도 못할 재주들을 부리며 내 머리위에 철판을 눌러놓고 있음직하다. 어느 천 년에 저 두꺼운 철판을 뚫고 올라가 자리할 수 있을 것인가.

십칠 시, 오후 다섯 시가 넘었다. 아니 다섯 시 반도 넘고 여섯 시로 들어간다. 내방들의 퇴근 시간이 다 되어가고 있음을 말해주는 것이다. 그래, 시간이여 어서 내게로 오라.

"저 사람은 어드케 되는 거이여. 조회됐어? 확인 독촉을 하던지 말야."

언제 나갔다 들어왔는지 낮 시간동안 안보이던 그 반장인가 계장인가 하는 사람이었다. 여전히 콧구멍을 후비고 있었다. 그의 콧구멍은 튼튼하기도 하다.

"예 최 형사가 들어오면 처리될 겁니다."

누군가 그렇게 대답했다. 아마 최 형사라는 자가 나를 붙들고 온 놈인 모양이었다. 최 형사가 괴산에 간 것도 아닐 테고 뭘 그리 새로운 걸 알아 갖고 오기에 그가 와야 처리된단 말인가. 어느 놈이건 내 신상을 조회한답시고 길 나섰다간 마지막이 됐을 것이다. 온통 하얗기만 한 세상에서 높은지 낮은지, 동서남북 어디인지 향배를 못하고 눈에 홀려 어질비실하다 쓰러져 눈 속에 묻히고 말 것이다. 우리 봄비는 푸석땅에나 묻혔지, 너희들은 산짐승의 밥으로 노출되고 말리라. 어리석기 짝이 없는 자들이다.

또 전화벨이 울렸다. 수화기를 든 형사 놈이 말을 하다말고 내 쪽으로 고개를 돌렸다.

"김남준요? 예 여있습니다. 예? 교통 두절이라구요? 조회 불가능이라구요? 아 예…예? 오 년 전에 가출한 사람이라구. 그 부인이 찾는 걸 괴산 사람들은 다 안다구요? 아 하여튼 그건 모르겠고 예, 알았습니다!"

놈은 귀창이라도 떨어뜨릴 것처럼 소리를 고래고래 질렀다. 잔뜩 긴장해서 귀를 바짝 세웠던 나는 맥이 탁 풀렸다. 그 어줍잖은 조회라는 걸 하기 위해 하루 종일 사람을 붙잡아 두었단 말인가. 어쨌든 가출 사실이 드러났고 밥쟁이가 찾는단다. 그 여자는 무슨 미련이 남아 아직도 그곳에 있는가. 이건 굴레를 집에서 가지고 나왔느냐 그렇지 않으냐의 문제가 아니다. 무슨 말인가 해 보려고 궁둥이를 의자에서 떼었다.

"어이, 가만히 앉아 있어, 가만히!"

저 쪽에서 어떤 놈이 뭘 안다고 잡아 움킬 듯이 눈알을 부라렸다. 이 놈들은 주둥이만 벌리면 반말이다. 아주 못돼먹은 호로새끼들이다. 그 말을 듣고 보니 울화가 치밀었다.

"나 말여, 아침도 안 먹은 사람이여. 점심도 안 먹은 거 당신들 자알 알지? 낼 모레까지도 조회 안 되면 그 때까지도 굶어야 디어? 멕여 가면서 붙잡어두라구 응, 알겠어?"

뭐가 그리도 당당한 지, 나도 뭉때려서 반말로 으르며 그랬다. 형사계 안엔 십수 명의 형사들이 있었다. 처음에는 고개를 돌려 모두 내게로 눈길을 주다가 내 말이 워낙 간간하게 들렸던지 제법 숙지막해지는 것이었다. 게다가 저희 하는 짓이 비인간적이라는 걸 뒤늦게나마 깨달았을 것이다.

어지간히도 콧구멍을 후벼대던 단독 테이블이 마침내 '에취'하고 크게 재채기를 토해냈다. 그리고 화장지로 콧물을 훑어내며 맹맹한 소리를 냈다.

"엠병헐, 감기여 모야. 흠 흠, 저 사람 온종일 굶었다누만…"

그는 이미 방안 사람들이 다 들어 알고 있는 말을 자기 혼자 아는 것처럼 웅얼거렸다.

"…사람도 진실해 보이고 흠 흠, 전산조회로는 전과기록도 없다며?"

그는 어느 한 지방의 말씨에 젖어 있지 않았다. 어쩌면 조선 팔도 사투리를 다 섞어 쓰는지도 모른다. 세상 잡것들을 다 상대하다 보니 저도 모르게 그렇게 되었는지 모른다. 그가 이 형사계 안에서 왕초일 거라는 건 알고 있었지만 그의 말이 기막힌 효과를 발휘한다는 것은 미처 알지 못했다. 내게 반말 찌거리를 하던 형사 녀석이 다가왔다. 금방 부드러워진 표정이다.

"미안하게 됐습니다. 눈이 너무 와서 오늘 중으로 확인이 안 되나봅니다. 일단 집으로 돌아가세요. 다시 부르게 되면, 그런 일은 없어야 되겠습니다만 다시 부르게 되면 그때는 협조 좀 해주세요. 돌아가십시오."

딱지와 굴레까지 내밀며 그랬다. 나를 데려온 놈한테서 어느 틈엔가 인수해두었던 모양이다. 주민등록증으로 이미 신원을 확인해 두었으니 뛰어봐야 벼룩이라는 뜻인지, 조사해봐야 별 껀이 될 것 같지도 않으니 아주 내보낸다는 뜻인지, 얼른 분간키는 어려웠다. 그는 인자한 척 말하며 사람 좋게 웃어 보였다. 그는 내 생각을 전혀 짐작하지 못하고 있었다. 집으로? 내 집이 어딘데? 나는 고개를 외오뺐다가 그 형사를 다시 쳐다보았다. 이제 나가서 영춘이 놈을 어디에 가 만나며 그런다고 해도 어느 겨를에 어젯밤의 그 뚝바리 샘을 찾아내어 일을 할 수 있을까 하는 회의 때문이 아니었다.

"나 말유, 이 굴레 있잖어유. 어젯밤 구씨(호구)한테 땡긴 거거등유.

장물이유. 내 털어놓는 건데 사기도박으로 땡긴 거유."

형사의 얼굴엔 아직도 사과의 잔소(殘笑)가 남아 있었는데 나를 빤히 바라보던 눈동자가 빙글빙글 돌기 시작했다.

"못 알아들겠수? 나는 말유, 죄가 크거등유. 사기도박, 그거 가중처벌 깜이잖어유."

가중처벌, 아까 조사대기실로 끌려들어간 어린 애에게 하던 형사에게서 들은 말이다. 당장 배가 고파서 하는 청원이 아니었다. 나가봤자 갈 데가 없어서만도 아니다. 눈을 내리 깐 채 말수가 없던 동춘이의 모습을 떠올렸다. 그 애가 희한한 놈이라는 의문을 떨쳐버릴 수가 없었다. 그가 역사적인 일을 하는 것도 좋지만 그게 훌륭한 일이라면, 암만 생각해도 호구 잡은 오까네(돈)를 가져가는 건 도리가 아닐 듯싶었다. 아니 아무래도 그들은 사촌지간이 아니고 내 낙성액을 보기 좋게 삼켜먹는 몇 수 위의 사기꾼 짝꿍인지도 모른다. 무진장한 의문은 텁텁한 하늘 색깔만큼이나 답답하고 깊기만 했다. 세상은 무겁고 맑지 못하다. 어디론가 쿵 하고 내려앉는 것도 같다. 네 갠지 여덟 갠지 팔백 갠진 모르지만 지구를 떠받치고 있는 기둥이 몽땅 와르르 무너지는 것만 같았다. 내 비록 노름질 계집질로 떠돌이 지랄을 하고 다녔지만, 어딘가 이 땅덩일 받치고 있는 기둥은 끄떡없이 버티고 있으리라 믿었다. 근데 그게 결코 남의 몫만은 아니었던가보다.

오늘 종일 형사들과 숫법을 놓고 머리싸움을 한 셈이다. 저들을 넘어뜨릴 나의 수는 무엇이었나. 문득, 과연 세상은 숫법의 문제일까라는 의문이 일기 시작했다. 이곳에서 나가든 남아 있든 그것은 숫법의 결과가 아니다. 어느덧 형사들이 불 쬐고 있는 난로 속에 내 자신이 확 던져져 열꽃으로 타오르고 있음을 보았다. 색다른 분노가 가슴을 찌른다.

나는 지지리도 못난 놈이다. 아니 더러운 놈이다. 제 새끼 하나 건사 못해 황천에 보내고, 이렇게 망나니 허릅숭이로 세월을 까먹었다. 그래, 난 부족하다. 못났다. 더럽다. 지저분한 해감 속에서 꾸물렁대는 미꾸라지도 못된다. 언뜻 밥쟁이를 향하여 내닫고 싶은 충동이 사타구니 속의 그것처럼 불끈 솟구치기도 했지만 그간의 어리석음과 행악에 대한 어떤 대가도 치르지 못한 채라면 그것은 영원히 별 볼 일없는 사람일 뿐이다. 눈송이야 쏟아져라. 더 팍팍 쏟아져라. 얼음 속 미꾸라지처럼 이 안에 묻혀 있다가 세상의 자그마한 정력제로 거듭나고 싶었다.

내일을 여는 작가 제4호(1996년)

도토리 줍기

　묵어 쌓인 낙엽을 헤집어대는 일도 쉽지만은 않았다. 단순히 낙엽만 헤집는다면야 그리 어려울 게 없겠지만 야틈한 아카시아 나무와 얼크러진 억새풀까지 젖혀내며 후벼내야 하기 때문이다. 도토리란 놈은 사람 눈에 잘 띄도록 낙엽 위에 나볏이, 경비실 탁자 위의 인터폰처럼 단정한 모습으로 올라앉아 있는 게 아니다. 아파트 키만큼이나 주욱 죽 뻗어 올라 간 참나무 가지에서 톡 하고 떨어지면 그까짓 썩은 낙엽쯤은 허당 인양 퍽 뚫고 들어가 숨어버린다.

　그 한 알을 찾아 줍기 위해서는 온통 참나무로 가득한 이 공원에 넓고 두텁게 깔려있는 불특정 낙엽을 바르집어야만 한다. 어디 그 뿐일까. 가시나무와 잡초를 꺾어내고 밟아 젖히는 일이 번거롭고 까다롭다. 나무를 잘못 꺾다 보면 손에 가시가 박힌다. 풀을 잘못 젖히면 찾아내야 할 도토리가 오히려 발길 아래 깊이 숨어버리기 일쑤다. 결코 초조해 하거나 서둘러서 될 일이 아니다.

저 위쪽에서 들려오는 따앙 땅 참나무 둥치 패대는 소리와 앵앵거리는 라디오 소리가 새벽의 신선한 공기를 발기발기 흩뜨려 놓았다. 복영감은 그 소리들이 신경에 걸렸던지 양미간을 찡긋거렸다. 그러면서도 차분히 가시덤불 속을 헤집어 나갔다. 아직도 시야는 어둑어둑했다. 왼손에 들린 비닐봉지는 젖먹이 송아지 불알만 했다. 한말은 주워야 방앗간에서도 한 확 거리로 받아줄 거란 생각이었다. 아무래도 한 이레는 이 짓을 해야 한 말이 될 듯싶었다. 영감은 코를 땅에 박다시피 하고 삭정이로 득적득적 낙엽을 헤집어 나갔다.

읍(邑)에서 몇 해 전 아파트 단지를 조성하면서 뒷 산자락 끝을 다듬어 공원 모양을 만들었는데 관리가 제대로 되지 않아 공원인지 유휴지인 지 얼른 분간이 되지 않았다. 대형 '자연보호' 선전판이 솟아있는 잡초 속 한 가운데엔 인공 연못도 있고, 그 주변을 중심으로 모과나무 단풍나무 목련나무 개나리나무 철쭉나무 감나무에다 정원수 용 소나무까지도 듬성듬성 서 있다. 나뭇결 색칠을 한 시멘트 벤치도 여기저기 마련되어 있긴 하다. 그 모든 나무들과 시설물을 압도할 만큼 많이 서 있는 상수리나무는 따로 심은 것이 아니고 원래 그 자리에 있는 것이었다. 소재지 인구가 얼마 되지 않아선 지 이 곳을 휴식처로 이용하는 주민은 흔치 않았다. 그 대신 날이 어두워지면 주로 스무 살 전후의 청소년들이 드나드는 게 전부다. 그들은 꼭 껴안고 벤치를 차지하고 있거나 소나무 상수리나무를 맞잡아 껴안고 돌며 소근거린다. 그네들은 으레 담배를 피거나 쩍쩍 껌을 씹다가 아무 데나 퉤 뱉어내고 음료수 병을 깨뜨려 놓는 예가 허다했다. 어떻게 된 일인지 심지어는 계집애 팬티가 나무 등걸 밑에서 짓밟히기도 한다. 정말 좀 쉬고 싶은 이들이 가끔 들르고 싶어도 그 같은 정경 앞에서 발길을 돌리는 경우가 대부분이다. 공원 아래 찻길 건너에 파출소가 있었지만 이 공원에 관하여 관심을 두고 있는 것 같진 않았다. 사람들은 이곳을 '공원'이라고도 하고 그냥 고갯짓으로 '뒷산'임을 지칭하기도 한다.

가을이 무르익어서야 인근 사람들, 특히 아파트 주민들이 모여들기 시작했는데 이들은 모두 도토리를 줍는 무리였다. 그러다 보니 먼동이 트자마자 안 노인네들을 주축으로 나잇살이나 먹고 할일 없는 사람들은 다 모여들다시피 해 북적대는 것이었다. 안쪽 펀덩에는 사람들이 워낙 많이 꼬여 들어서 낙엽은커녕 잔디까지도 반질반질 닳아 마치 멍석을 펴놓은 것 같았다. 그곳에서야 물론 도토리가 떨어지자마자 금방 눈에 띄게 되어 누군가의 손안으로 낼름 집어 삼켜지게 마련이다.

복 영감도 도토리가 잘 보이는 그 안쪽으로 들어가고 싶었지만 수많은 사람들의 발길에 짓빠대진 그곳에서 자기 차지가 될 도토리는 없을 것 같았다. 도리 없이 공원 뒤쪽 후미진 곳에서 한갓지게 가시덤불 턱을 차지하고 헤집을 뿐이었다. 그런데 타작마당의 검불 걷어내듯 모조리 긁어내기 전엔 그 놈의 도토리가 있는 위치를 제대로 잡아낼 수가 없었다. 벅벅 헤집다 보면 우연스럽다 싶게 툭툭 불거지는 도토리가 더러 더러 나온다. 그걸 찾아 엎드려 기자니 손등에 가시가 찔려 따끔거리기도 하고 허리도 아프다. 비닐봉지는 분한 없이 노상 그 모양이라 부아도 났다.

'따앙 따앙을 앙을…'

부아가 치미는 진짜 이유는 저 소리 때문인지도 모른다. 대포알 나가는 소리 같기도 하고 바위 깨지는 소리 같기도 하다. 거기에 웬 라디오까지 갖고 다니는지 모를 일이다. 어지럽게 돌아가는 세상 물정을 놓치고 싶지 않아설까, 아니면 흐르는 노래에 때 묻은 머릿속을 씻어 내기 위함일까. 아까부터 허리를 펴 그쪽을 넘겨다보았다. 무슨 말인 가를 해 던지고 싶었지만 그러기에는 거리가 좀 멀었다. 그렇다고 쫓아가 뭐라자니 늘그막에 체통도 없는 노릇이다. 하긴 그 소리가 점 점 가까워져왔다. 복 영감은 속으로 은근히 별렀다. 허리를 펴 넌지시 넘겨다보니 희끄무레한 점퍼에 검은 바지를 입은 오십대 초반의 장한 하나가 이만기 한쪽 궁덩짝 만한 철 곰배를 들고 아름드리 참나무 중턱을 냅다냅다 패대는 것이었다. 그 때마다 그 주변을 맴돌던 너댓 명의 안늙은이들이 궁둥이로 풀밭을 쓸고 다니며 도토리 줍기에 정신이 없었다. 따앙 땅 소리가 저러는 소린 줄은 알고 있었다. 사람의 손이 닿는 이 땅의 상수리나무는 모두 저렇게 찍히고 짓찧어져 우그럭 바가지 상처투성이로 자라왔다. 그 참혹한 핍박의 역사가 수 십 년인지 수백 년인지 수천 년인지는 알 길이 없다. 다만 이곳의 상수리나무들은 당 백 년이 넘지 않는 살아있는 현대사인 것이다. 식전 내내, 줄창 그 짓거리를 해온 장본인이 바로 저 작대기로구나 하고 확인하니 분기증이 훅 솟구쳐 올랐다. 어림짐작으로 영감보다 열 살은 아래로 보였다. 벼르던 말을 할 듯 튀길 듯 입술을 씰룩였지만 어떤 말도 새어나오지 않았다. 앞에 우뚝 선 참나무의 짓이겨진 상처가 형언할 수 없는 고통을 담은 채 내려다보았다.

만들다 잘못되어 우그려버린 못생긴 인간의 탈바가지 같은 그 상처는 에누리 없이 보통사람 키만한 높이에 위치한다. 대통령 하다 기업인들로부터 엄청난 돈 긁어먹고 감옥 간 어떤 사람의 넓적한 낯짝을 닮기도 했다. 하늘을 찌를 듯이 쭈욱 쭉 뻗어 올라간 참나무는 중간 둥치의 상흔만 아니면 참으로 깃깃한 모양새를 갖추었을 것이다.

어쩔 수 없이 그런 꼴사나운 상수리나무 아래서 도토리를 주울 수밖에 없는 복 영감이었다. 곧 터질 것 같은 홧증을 용케 잘도 참아 나갔다. 따앙 하는 곰배질 소리 다음엔 화르르 후두둑 소리를 내며 도토리가 떨어진다. 그 덕분에 안늙은이들의 보따리는 제각각 두어 됫박 이상씩이 실했다. 그네들은 분명 곰배 질하는 장한의 가족과 이웃들일 것이다. 그 무리는 곰배 질과 함께 도토리가 쏟아질 때마다 환성을 질렀고 반대로 복 영감은 자신이 얻어맞는 듯 온몸이 뜨끔뜨끔 저려왔다. 좀 더 빠른 시간 안에, 또 편리하게 더 많은 도토리를 취할 수만 있다면 참나무 둥치를 베어 넘기고도 남을 위인들이었다.

　복 영감은 어떻게든 그 아파트 경비직을 천직으로 여기고 배겨날 작정이었다. 본디 별로 모아놓은 것, 배운 것 없는 주제이기도 했거니와 변변한 직장이나 호기 있는 사업에 한번 몸 담아본 적 없이 환갑의 나이를 살아왔다. 지금에 와서 특별히 갈만한 마땅한 자리가 있을 리 없다. 그건 엄청나게 오래 살만한 세월이 자기 인생 앞에 끝 간데 없이 뻗어 있는 게 아니라는 논리도 되었다.

　일이 묘하게 꼬일래선지 취직해서 첫 근무한 다음날이 대전에 사는 형님의 칠순이었다. 안 가볼 수는 없고 그렇다고 취직하는 날 대번에 '내일은 집안에 일이 있어 출근하기 어렵겠노라'고 통보하기는 체면이 안서는 일이었다. 하기야 그날이 마침 비번이었다. 시간 조절만 잘하면 탈 없이 다녀올 수 있었다. 그런데 그 시간이 요리 조리, 삐그닥빼그닥 잘 맞아떨어지지가 않았다. 이십사 시간의 근무를 마치고 다음 사람과 교대하는 시간이 아침 여덟 시 삼십 분이다. 물론 교대자가 그 시간에 딱 맞춰 들어오지는 않는다. 보통은 그보다 십 분이나 이십 분쯤 미리 교대가 이루어진다. 사실 이런 내용은 복 영감의 교대 근무하는 류 영감이 첫날 퇴근하면서 일러준 말이다. 어떻든 여덟 시 삼십 분이면 일반 가정의 아침 식사는 끝나 있는 상태다. 그 아침을 함께 먹자고 취직한 첫날 근무를 빼먹을 형편은 못되었다. 근무를 다 마치고 가자니 아침다운 아침을 먹을 수가 없다.

경비실 벽에 걸린 시계를 보니 시 분침이 여덟 시 십 분으로 돌아내리고 있었다. 많이 잡아 십분만 더 있으면 류 씨가 올 것이었다. 영감은 머릿속으로 어름어름 시간 계산을 해보았다. 큰집에서는 동생이 도착한 후에 아침 들 작정을 댈 것이었다. 대단한 취직을 한 것도 아니고 또 시간이 신축성 있게 조절될 지도 모른다 싶었다. 따라서 사정이 이러이러하여 늦을 거라고 기별하기도 썸썽그른 일이었다. 복 영감은 아까부터 밖을 내다보았지만 류 씨의 모습은 나타나지 않았다.

고속도로로 가는 직행버스를 탄다면 대전 종합 터미널까지 사십 분이 걸릴 테고 다시 그곳에서 시내버스를 타면 반시간은 걸릴 것이다. 택시를 타면 그 시간이 조금은 줄어들겠지만 최저 생계비 수준을 밑도는 하발치 월급쟁이로서는 할 일이 아니었다. 푸지게 무슨 선물을 한 아름 싸갈 것도 아니면서 조카들더러 마중 나오라고 큰소리 칠 처지도 못되었다. 녀석들이 미리 '마중 나가드리겠습니다'하는 배려가 있던 것도 아니니, 천상 직행버스 사십 분에 시내버스 삼십 분하고, 기다리고 갈아타고 하는 시간을 합하여 두 시간쯤 잡아먹고 도착하는 수밖에 없었다. 그러면 지금 당장 떠난대도 열 시가 넘어야 도착될 것이다. 아침을 함께 들기는 틀린 일이었다. 그런 결론을 내고 보니 더욱 조급하고 초조해진다. 형님은 사정도 모르고 오해할 것이다.

이때 201 동 경비가 싱긋 웃으며 들어섰다. 그가 201 동 경비인지 몇

동 경비인지도 실상은 알지 못했다. 이제 겨우 만 하루 근무한 처지라서 누가 누군지 얼굴도 제대로 파악하지 못하고 있는 형편이다. 또 근무라고는 하지만 서로 얼굴을 맞대고 이야기하는 시간이 있었던 것도 아니고 자기 초소만 지키고 앉아있다시피 했으니 더욱 그러했다.

"어제 첫 근무 하셨시유? 저는 이백일 동 경비유. 어제 낮엔 집안에 일이 있어서 근무 못했구 밤에서야 출근 했시유."

그는 묻지도 않은 말을 줏어 섬겼다.

"아 그류? 나 복 근일이라구 하오."

하고 손을 내밀어 비로소 인사를 나누었다.

"근데 왜 퇴근 안해유?"

201동은 그렇게 말했다. 복 영감은 아직 교대 근무자가 출근하지 않아 그런다고 대답했다. 그러자 그는 피시시 웃었다.

"뭘유. 가셔유. 인자, 금방 쫌 있으면 나올 건 데유 뭘. 난두 지끔 갈라구 나오는 규. 일지 갖다 주러 사무실에 가다가 어제 새로 오셨다길래 들려 본 거유. 가두 돼유. 가셔유 그냥!"

아무렇지도 않게 그랬다. 여긴 원래 이런 식으로 돌아가는구나 하고 생각하기 십상이었다. 그 말은 또 새로 들어온 사람에게 그 나름의 질서를 심어주는 것으로도 들렸다. 복 영감은 그렇더라도 그건 도리가 아닐 거란 생각을 품어보았다. 201동이 무슨 소리를 했든 그 날이 특별하지만 않았다면 교대자인 류 씨가 올 때까지 기다리고 있었을 것이다. 어쨌든 복 영감의 마음은 흔들렸다.

"그류? 쫌 있시면, 미구에 류 씨가 오실 거니께루, 하긴 머 요 정도 시간이야 누구란대도 이해하겠지유!"

육십여 평생을 칼날처럼 분명하게 살아 온 것으로 자부해 왔다. 과

단성 있는 행동과 어정쩡한 처신의 구획선이 어디인가 새삼 보이는 것 같았지만 영감은 후자를 선택하고 말았다.

"…그럼 그래야 겠네!"

영감은 뒤가 미진한 채로 경비실 문을 열고 밖으로 나섰다.

대전의 큰댁을 다녀오고 다음 날 아침 출근했다.

아파트 입구의 차량 속도제한 콘크리트 턱을 넘는 복 영감의 발길이 경쾌하진 못했다. 여덟 시 십오 분, 교대 근무자 류 씨도 어제 아침의 자신처럼 미리 퇴근했을 거란 예상은 빗나갔다. 저만치 눈에 들어온 경비 초소 안에는 돋보기를 콧등에 얹고 평화롭게 아침 신문을 보는 류 씨의 모습이 있었다. 첫날 인사 나눌 때 나이를 견주어보니 두 사람은 동갑이었다. 그는 미리 복 영감을 보고 있었던 듯 복 씨가 문을 열고 들어서도 눈에서 얼른 신문을 떼어내지 않았다. 그런 류 씨에게 복 영감은 무턱대고 허리를 굽실했다. 비로소 류 씨가 돋보기 너머로 복 영감을 이윽히 바라보았다. 그리고는

"아아니 어제 아척엔 워트기 된 거이유?"

하며 씁쓰름하게 웃었다. 각오가 안 돼 있었던 건 아니지만 막상 그 말을 듣고 보니 가슴속이 저르르 하도록 부끄러웠다.

"…어…이예, 참 죄송해이유. 저는…금방 오실 줄 알고 그만…"

얼굴까지 붉히며 머리를 긁적였다. 드디어 류씨가 신문을 책상 위로 내려놓으며 턱을 안으로 당겼다.

"으이 그래먼 안되지! 출발보 입발보(出發報 入發報)라고, 들고 나는 일을 분명히 고해이야 되는 거이고오 도리이지! 더군다나 암만 보잘 것 읎넌 직장으로 여겨진다 하더락도 깔끗하게 인수인계를 하고 뎅겨야 거주민들한테나아 사무소장한테나 할 말이 있는 거이 아니겠

소?"

영락없이 부모나, 학교 담임선생한테 훈계 듣는 옛날로 돌아간 느낌이었다. 복 영감의 심정은 참담하게 가라앉았다. 백 번 천 번 지당한 충고에 달리 변명할 궁리를 해볼 수도 없었다. 아니 이렇듯 옳게 말해주는 사람을 흔히 만나오지 못했다. 세상을 너무 비뚤게만 보았거나 옹색하게 살아오지 않았나 싶었다.

"증말 죄송합니다. 제가 고만 깜빡…"

다시 한 번 허리를 굽혔다. 그리고 상황을 설명할까 말까 머리를 굴려 보았다. 이 실수의 책임을 고스란히 떠안기엔 자신만 너무 불합격점 인격체로 낙인 찍혀버릴지 모른다. 진지하게 사과의 뜻도 나타낸 터, 선은 이렇고 후는 이러하며 여차 여차 했노라고 실정을 말하면 이 몰락해 가는 기분이 좀 나아질 것도 같았다. 하지만 그런다고 해서 무너진 인격이 금방 회복되리라는 보장도 없고 오히려 구차스럽게만 보이리라 여겨졌다.

동갑 나이에 훈계조로 잔뜩 선임자 행세를 한 류 씨가 미안했던지 이번에는 벌쭉이 웃음을 먹었다.

"아 뭐 하긴 그럴 때도 저럴 때도 있는 기 사람 아니우? 그렇다는 게지 뭐 너무 마음 두지 마유."

빙긋이 따라 웃던 복 영감은 인터폰 기계 위에 얹혀 있는 자기 몫의 경비모를 내려 머리에 눌러 썼다.

"류씨, 인자 고만 들어가유. 수고 많으셨시유."

더 함께 앉아서 거북한 이야기에 매달려 있기보단 얼른 혼자 있고 싶은 욕심도 앞선 게 사실이다. 게다가 류 씨의 퇴근시간이 꽉 찬 여덟 시 삼십 분이 넘어서고 있었다.

"…예 가야지유. 근데…"

의자에서 일어설 듯 궁둥이를 들썩하던 류 씨는 도로 주저앉으며 다시 말을 꺼냈다. 복 영감은 다시 긴장해지지 않을 수 없었다.

"…근데 우쨌던 간에 반장한테꺼정은 얘기가 돼야 될 기유. 또 해이야 하는 거이고…"

이것으로 끝나는 게 아니었던가. 따지고 보면 그럴 일이었다. 이것도 직장이라고 절차가 여러 층일 거란 생각 때문만은 아니다. 당연한 순서일 것이다. 복 영감은 단단히 다짐했다. 한번 엎지른 물은 깨끗하게 씻어내야 한다고.

"아 그러믄유. 그래야하구 말구유. 내 바루 삼초소루 전화해서, 삼초소지유? 우리 조(組) 반장님이?"

마침내 류 씨가 의자에서 일어서며 천천히 고개를 주억였다. 복 영감은 류 씨가 미진해하는 것 같아 한마디 덧붙였다.

"반장님한테 전화 해서르매 사죄하고 용서를 구할 기유."

이 말을 끝으로 그 문제에 관한 류 씨와의 찜찜한 대화는 마무리되었다는 의미가 담겨 있었다. 그가 얼른 퇴근해주길 바라는 마음이기도 했다. 그런데 류 씨는 복 영감의 입장쯤은 안중에도 없었다.

"으이, 그르키만 해서는 안되지이. 일단 출근하셨나아 인터폰으루 다가설랑은 확인을 하고오, 삼초소루 찾아가 뵙구설랑 말씸 드리는 게 도리지이!"

첩첩 산중이었다. 그 한번 실수의 흠을 씻어내는데 이렇듯 여러 고개를 넘어야 하다니. 그러나 복 영감도 세상 살만큼 산 사람이다. 듣고 보니 그 말이 또 옳은 것을 어쩌랴.

"암만유. 그래야지유. 그르키 하구말구유. 반장님이 출근하셨나 모르겠네에, 워디…"

얼른 삼초소를 부르는 보턴을 눌렀다. 류 씨는 그러는 복 영감의 모습을 보며 느럭느럭 모자를 벗어 벽에 걸고, 그 옆에 걸린 사복을 끌어내리고, 경비복 점퍼를 벗어 그 자리에 바꿔 걸었다. 시간은 여덟 시 오십 분이나 되었다. 교대 시간도 채 못 채우고 경비실 문을 열었던 201동 경비나 복 영감 자신의 행위와는 정반대였다. 옛말에, '집에 가 봐야 뭐 여우같은 계집이 있나 토끼 같은 자식이 있나 몸 달 일이 아무 것도 없다'고 푸념하는 홀아비 격언이 있지만 류 씨야말로 갈 데 없는 홀아비 영신이었다. 그는 오로지 이 아파트 경비원 노릇만을 위해 한 세상 살고 있는 사람으로 보였다.

출근한 3초소의 반장과 통화하며 곧 가 뵙겠노라는 복 영감의 말을 귀로 들어 확인하고 나서야 류 씨는 두 손으로 윗저고리 앞섶을 툭툭 털며 경비실 문을 밀고 나갔다. 자식들이야 장성해서 모두 출가했다고 해도 집에는 밥 해놓고 기다릴 마누라가 있을 것이 아니던가. 복 영감은 또 그의 뒤에 대고 꾸뻑 절을 했다. 남에게 이처럼 애써서 머리 숙여 본 기억이 없다.

대전 터미널에 도착하여 혹시나 하고 주위를 두리번거렸었다. 조카 녀석 중 누군가는 마중을 나왔을지도 모른다는 기대감에서였다. 즐비하게 늘어서 있는 공중전화 부스 오른쪽으로는 버스 승하객을 위한 택시들이 연신 줄을 이었다. 길 건너편 식당가 앞엔 몇 대의 승용차가 서 있었지만 복 영감을 기다리는 조카들의 모습은 눈에 띄지 않았다. 은근히 부아가 났다. 자신이 올 것을 번히 알고 있으면서도 장성한 오 남매 놈 중 한 놈도 안 나오다니 괘씸하기도 했다. 아이들은 그렇다 치고 사실은 형님에게 문제가 있었다. '느이 작은아버지가 오실 텐데 시간 가늠해서 나가 모시고 들어오도록 해라' 했어야 옳지 않았느냐 말이다. 그런 말 한마디 갖출 줄 모르는 형님에 대해 항상 시쁜 마음이었다.

시내버스로 형님 댁에 도착하니 열 시가 다 되어 있었다. 딸 사위 아들 며느리 손주 외손주 등이 모였으니 오죽 시끄러울까. 와자한 소리가 동아줄 감기듯 현관문을 들어서는 복 영감의 두 귀를 죄고 들었다. 거실에 있던 세 개의 교자상이 막 치워지는 중이었다. '작은 아버님'이 도착되시는 대로 함께 식사하겠다던 형수던가 조카 며느리던가의 전화 속 울림은 헛말이었다. '작은아버지, 작은 아버님!' 어쩌고 하며 계집 사내놈 몇이 에워싼다. '얘 이눔덜아, 나이가 삼사십이 넘은 것들이 철이 읎넌 것두 아닐 테고 늙은 작은 애비 마중 좀 나오머는 워디 근본 떨어진다디?' 하고 싶었지만 그런 말을 가장 싫어할 사람은 조카들이 아닌 정작 형님일 것이다. 언제나 아우를 다복솔 밑에 끼인 가시나무 정도로 여기고 있는 그였다. 평생 번쩍번쩍하게 한번 살아보지 못하는 아우가 안쓰러워서라면 고맙기나 할 일이다. '손아랫사람들의 예의 문제나 타내고 성미 곧은 척 살아봤자 간 데마다 밉상만 받치지 득 될 게 뭐 있느냐'는 게 평소 형님의 지론이다. 그 속에서 자라난 조카들의 의식이 어떠하리라는 건 불을 보듯 뻔하다. 그런 문제로 한두 번 언쟁한 게 아니지만 아우의 주장이 먹혀들 기미는 털끝만큼도 보이지 않았다. 해결 방법은 아우가 형님보다 더 번족하고 더 윤택한 위치에 서 있을 때에만 가능할 일인데 현실은 그렇게 돌아가 주지 않았다. 형님은 언제나 이 아우를 보기만 하면 혀를 끌끌 찬다. 아우는 그러한 이 형님만 보면 머리가 뻐개질 듯 아프다. 명치가 딱딱하게 굳어들기도 한다. 형님 주사 속에서 자신은 이미 이 집 족벌의 반열 밖의 인물로 취급당하고 있음을 안지 오래였다.

뒤늦은 아침상이 독상으로 술 주전자와 함께 앞에 놓여졌다. 형님은 엇비슷이 돌아앉아서 또 혀를 끌끌 찬다. 아버지 형제간의 분위기를 제법 알고 있는 장조카가 짐짓 무릎을 꿇고 앉아 술잔에 술을 따른다. 한쪽에선 다른 조카와 조카사위들이 어울려 시국 토론을 벌인다. 아마 복 영감이 도착하기 그 이전부터 진행되던 이야기인 듯싶다. '성공한 쿠데타는 기소할 수 없다'는 검찰의 방침이 옳으냐 그르냐 하는 논쟁이었다. 오 남매 중 가장 못산다는 조카사위 하나가 밀리고 있었다.'성공한 쿠데타라 해서 기소하지 못한다는 건 법 논리에 안 맞는 거이여. 그럼 사회정의나 역사의식은 어디 가서 찾어?' 하며 얼굴을 붉혔다. '정의니 역사의식이니 뭐 끄떡하면 덜 그러는 데에 아 역사의식 지껄이는 자들 뭐 즈덜만 역사의식 있나, 나라가 있고 역사가 있는 거지, 다 망해버리고 나면 개 콧구멍이나 무슨 역사여? 노바닥 묵은 따비 햇따비 일궈봤자아 종당엔 옛날마냥 머 그 손(孫)을 끊구 삼족이래두 멸하자는 거밖에 더 되는 겨? 지가 서 있는 자리를 요령껏 지키는 게 보신 입지하는 기여!' 공직 계통과 일반 회사에서 꽤 지위를 누리고 있는 다른 조카들의 주장은 한결같았다. 누군가는 '글쎄 말여, 쥐 꼬랑지에 쥐 꼬랑지 매달리듯 맨 날 그것만 헤집다가 국제 경쟁력 상실하는 게 역사 의식여? 좌우당간 일단 성공했시니께 그 체제루 뭉쳐나가야지 안 그러면 맨날 사회 혼란 속에서 살아야 한다는 거 밖에 더 되여?' 더 반박할 말을 찾지 못한 조카사위는 입만 따악 벌리고 있다. 형님이 그 사위를 가장 못마땅해 한다는 것도 집안에선 다 알려진 이야기다.

복 영감은 숟갈을 국그릇에 담가보지도 않고 술만 몇 잔 목구멍에 넘겼다. 알싸한 기운이 빈속을 한 바퀴 돌아 삼십육 방향 육신 끝을 향해 퍼져나갔다.

　3초소의 문을 열었다. 반장은 옆에 텔레비전과 전기난로를 켜놓고 의자 등을 뒤로 활딱 젖혀 그 위에 누워 있었다. 두 발을 꼬아 책상 위에 걸치고 경비모는 이마 위에 얹었다. 오십대 중반쯤으로 짐작되는 경비반장은 몸집이 헌걸스럽고 콧덩이가 큼지막하니 힘깨나 씀직해 보이는 사람이었다. 출근하자마자 잠을 자는 것도 아닐 테고 더구나 복 영감이 온다는 사실을 알고 있을 것이 아니던가. 복 영감은 반장이 보거나 말거나 허리를 굽신했다.

　"반장님 저어, 오 초소 경빕니다. 어제 아침엔 증말 죄송했시유. 이 미욱한 것이 그만 깜빡, 사리 판단을 못하구설랑은 그르키 됐네유"

　반장이 이마에 얹힌 경비모를 끌어내리며 슬그머니 고개를 틀어 복 영감을 쳐다보았다. 영감은 다시 허리를 꾸뻑해 절을 했다. 비로소 반장은 끙 하며 의자를 바로 세워 몸을 일으켜 앉는다.

　"마 우야 된 기라예?"

　진한 경상도 사투리를 썼다. 첫 근무하던 날 대강 인사는 나눴지만 그 때는 그걸 별로 느끼지 못하고 넘어갔다.

　"용서하세유. 입이 열이래두 디릴 말씀이 읎네유."

　다시 허리를 굽실거리는 복 영감을 바라보던 반장은 두 손으로 마른 얼굴을 쓰윽쓱 문질렀다.

　"마 용서야 무슨…내 모, 모, 내야 모 우짜겠습니꺼? 같은 처진데…"

　보기보다 말은 겸손했다. 그토록 확실하게 사과했으니 하긴 더 할 말이 마땅찮기도 했을 것이다. 이것으로 이제 지리하게 자신을 괴롭혀 오던 이 문제는 끝났구나 싶었다.

"…다만."

반장이 또 입을 떼었다. 복 영감은 다시 긴장하지 않을 수 없었다.

"…캐도, 말은 짚고 넘어가야 되겠지예? 마 오해 마시고 내 별말 하자는 게 아이라, 세상 물정 영 모르는 철부지는 아이잖소? 내, 내보다도 위, 위지라예? 이력서 보이까네 내보담도 다섯 살이나 위시던 데 거머 우야 그랬실까 하는 의문은 남습디다."

"죄송합니다. 반장님이 그저 너그럽게 봐 주시유. 앞으룬 당최 그런 일 읎실 겝니다."

참으로 괴로운 심정이었지만 덮어놓고 굽실굽실했다. 결코 이 같은 굽실거림에 익숙할 수 없는 몸짓이었다. 침이 말라 연신 혀끝으로 입술을 문질렀다.

"마 됐심더. 앞으로 그런 일 없을 기라 카셨고 또, 그런 일이 생기이면 안 되지예. 누, 누가 관리소장한테 보고했나? 아이 앙이 아직 보고는 안 됐실 기요. 내, 내는 안 했으이까. 마 가 일 보소 잉?"

고마운 말이었다. 복 영감은 또 한 번 굽실거렸다. 아니 두 번 그랬다. 실수라는 걸 별로 해 본 기억도 없지만 그럴 경우에 대비하여 사죄하는 훈련을 받아두었더라면 덜 불편했을 거라는 아쉬움이 남았다.

영감의 순하고 진솔한 태도에 감복했던지 반장은 '마 이야기 쫌 하다 가소'하고는 의자를 내밀어 앉게 했다. 여기서 영감은 새로운 사실을 하나 들을 수 있었다. 201동 경비가 교대하지 않고 미리 귀가하는 일이 잦아 어제 해임시켰다는 것이다. 아하 그렇구나 하는 탄식이 한숨이 되어 흘러나왔다. 사람을 잘 만나야 화를 면한다는 옛말이 조금도 그르지 않다는 생각을 해본다.

"너무 그래 쌓이까는 경비들 간에도 말이 생기고, 낼로 반장이라 이래 따악 해놨으이 마 내 책임도 있는 기고, 그렇다꼬 같은 경비 처지에 소장한테 꼬아 바칠 수도 없는 일이고 마 골 쌔린 기라예.”

그는 머리를 썰레썰레 흔들어 넌더리내는 시늉까지 해 보이며 말을 이어갔다.

“알지예? 여게 소장도 예 온지 이틀밖에 안 되는 거?”

복 영감은 고개를 옆으로 흔들었다.

“하긴 모 그런 이야길 들을만한 시간도 없었고마. 우리 소장 여 새로 온 기라예. 영감보다 하루? 아이 같은 날 왔지예. 오자마자 사람 탁 짤라아 삐렸으이, 거 사람 구하기도 쉽지 않고마. 그도 보통이 아인모양이라예. 강한 이매이지를 칵 심어놓겠다 카는 거 같은데 마 그 날 그제 거 영감께 하는 거 보소. 그기 거 머이꼬. 씨부랄, 당분간은 쫌 피곤할 것 같소.”

그런 말로 한 번 더 복 영감에게 경종을 울려 주는 것 같기도 했다. 복 영감은 계속되는 반장의 이야기에 연신 고개를 끄떡여댔다.

“모 사람을 대뜸 짤라았대서 이야기가 아이라 소장 거 여엉 우째 여엉…”

복 영감은 고개를 크게 주억였다.

첫 출근한 날 오전이었다. 인터폰이 울려 받으니 관리사무실로 올라오라는 지시였다. 처음 취직한 사람이라 혼자에게만 당부할 말이 있나 보다고 올라갔다. 가보니 그곳엔 이미 다섯 개 동 경비가 다 와 있었다. 그들이 자리 잡고 있는 곳은 사무실 서쪽 구석에 놓여있는 오인용 응접 소파였다. 사무실 앞쪽에는 경리인 여직원의 책상과 잇대어 전기기사 보일러 기사 등의 책상이 있었는데 별 할 일이 없는지 난로를 둘러싸고 두런거렸다. 그들 뒤로, 그러니까 남쪽 끝 창가에 커다란 테이블과 우람한 회전의자가 있는 곳에 한 벌 정장을 쪽 뽑아 입은 스물일여덟 쯤 될 듯한 젊은이가 서 있었다. 그는 손에 서류 같은 걸 들고 막 들어서는 복 영감을 쓰윽 곁눈질해 보았다. 아직 젊어서 대머리는 아니었지만 머리 꼭두배기가 삼각형 꼭지점처럼 치솟아 있고 양 눈꼬리는 아래로 처졌으며 입을 꽉 다물어 위엄을 과시하려는 모습이 전두환 전 대통령'각하'를 연상케 했다. 아주 비슷했다. 그는 손가락을 들어 복 영감을 향했다가 다른 경비들이 앉아있는 소파 쪽으로 휙 뿌렸다. 그의 얼굴은 그 자신이 들고 있는 서류를 향해 있었으므로 그의 손가락질이 무엇을 뜻하는지 얼른 파악할 수가 없었다. 이력서를 제출 받고 '낼 아침부터 출근하세요' 하던 사람이 아니었으므로 그가 소장인지 평직원인지를 알 수가 없었다. 경비들이 앉아있는 소파 쪽으로 복 영감이 엉거주춤 다가갔다. 두 쪽의 의자엔 한 사람 씩 들어앉아 있고 한 덩어리로 된 삼인용 소파엔 두 사람의 경비가 다리를 떡 벌리고 앉아 있어 선뜻 궁둥이를 들이밀 데가 없었다. 진작부터 지분(知分)이 있었던 관계라면 두 사람을 한쪽으로 밀어붙이며 앉는달 수도 있는 일이겠으나 모두 처음 보다시피 하는 서먹서먹한 얼굴들이니 그러는 것도 살뚱스러운 일이었다. 또 선뜻 자리를 내주는 사람도 없고 보니 멈칫거리고 서 있기만 했다.

"거 앉아요 아여씨!"

그런 소리가 들려왔다. 분명 그 젊은이에게서 나온 소리였다. 그 말이 자기를 지목하고 있음을 깨달은 것은 사무실 안에 서 있는 사람은 그 젊은이 외에 복 영감 자신뿐이라는 것을 발견하고 나서였다. 주로 정년퇴직한 연령층으로 짜여진 경비들은 그 나이만큼이나 몸도 마음도 굼뜨다. 더구나 그들 신경의 초점은 신임 소장의 첫 교시?가 어떤 것일까에만 집착해 있는 듯 몸을 욱여 자리를 내는 데는 마음이 닿아 있지 않았던 것 같다.

"안 들려요 아여씨? 거기 앉으란 말예요."

신경질적인 목소리였다. 목구멍에 걸린 생선가시처럼 귓속이 답답했다. 이때에야 비로소 삼인용 소파에 자리가 났다. 앉아있던 경비들이 비비적거리며 몸을 당겨 주었다. 모두 두터운 옷들을 입어 비둔하다 보니 아무래도 자리가 쩨였다. 복 영감은 엉덩이를 문대고 들이밀며 빽 하니 그 젊은이를 바라보았다. 그는 여전히 서류를 넘겼다 덮었다 하며 딴전을 부렸다. 가만히 보니 그의 시선 끝은 서류에 머물러 있는 게 아니라 길다랗게 휠대로 휘어서 이 쪽 경비들이 앉아 있는 곳에 와 꽂혀 있었다. 복 영감이 자리에 앉는 것을 확인한 젊은이는 그제서야 이쪽으로 다가왔다. 손에는 여전히 서류종이가 들려진 채였다. 아마도 그 종이엔 지금부터 할 말의 요지가 적혀 있나보다고 짐작되었다. 근무 중인 사람들을 불러 모았으니 나름대로 필요한 지침이 하달되리라 믿었다. 복 영감이야 업무에 생소하니 그렇다 치고 다른 이들은 손에 익은 일들이어서 굳이 새롭게 특별한 임무가 주어질 것 같지도 않았다. 그런데 소장은 한참 동안 서있기만 했다. 무슨 말인가는 있겠지 하며 모두 침묵 속으로 빠졌다.

"어느 분이라도 좋으니 저한테 합동으로 인사를 드리도록 구령을 불러줘야 하는 거 아닙니까?"

대뜸 이랬다. 다섯 명의 경비들은 서로 은근하게 눈길을 주고받았다.

"저어기, 반장님! 반장님이 하세요."

소장은 3초소 경비인 반장에게 대고 그렇게 말했다. 덩치가 크고 보니 그가 반장임은 쉽게 알았던 모양이다. 3경비가 잠시 꾸물거리더니 소장의 지시를 따랐다. 뻑세 보이는 그의 허우대와는 달리 사뭇 고분고분했다.

"자아, 다 함께 우리 소장님을 향하여 인사아 드리입시다. 경례!"

구령에 맞춰 다섯 명의 머리통은 구부렸다가 올려졌다. 순식간이라면 순식간의 일이다. 구부렸던 머릿속에 만 가지 생각들이 얽히고 설켰겠지만 그렇게 순식간에 소장의 훈령에 적응한 것이다. 경비들은 별다른 표정을 나타내지 않았다. 복 영감도 마찬가지였다.

"예, 저어 편한 자세로들 앉으세요."

일단 자신의 권위가 세워진 것에 대해서 흡족했던 듯 말씨도 얼굴도 부드러워졌다. 경비들은 새삼 몸을 비비적거렸다. 소장의 말대로 편히 앉아보려는 의도였겠지만 달리 어떤 자세를 취할 만큼 자리가 넓어지지는 않았다.

"저어, 저기요. 여러분들을 이렇게 오시라고 한 건, 오시라고 한 건 말이죠. 여기 처음 보는 얼굴도 있죠? 네 하여튼 여러분을 모이게 한 건 저어 다름 아니고…"

합동 경례를 요구할 만큼 소장의 권위를 내세우는 태도에 비해서는 말투가 오종종하고 두서가 없었다.

"…저어 다름 아니고, 제가 먼저 있던 곳에서는 말이죠, 주민들과 경비들 간에 안 좋은 일도 있었고 그런 일이 있을 수 있거든요. 거기, 좀 바로 앉아요 아여씨!"

무슨 뜻인지 종잡을 수 없는 말을 하다 말고 소장은 느닷없이 싸늘한 눈길과 함께 복 영감에게 손가락질을 했다. 순간 사무실 안의 모든 시선들이 복 영감에게로 쏠렸다. 턱을 당겨 자신의 자세를 확인했는데 자리가 비좁아서 다리를 꼬고 앉아 있을 뿐이었다. 편히 앉으라 해놓고선 늙은이가 다리 꼬고 앉은 걸 탓하다니 어폐가 있었다. 아무리 말직 경비라지만 초등학교 학생이 선생 앞에서 벌 받고 있는 것도 아닌데 이 같은 면박을 당할 줄은 상상도 못했다. 무참하고 분했던지 복 영감의 얼굴이 붉게 달아올랐다. 꼬아 얹었던 다리를 풀어내리니 앞으로 쏠린 두 무릎이 건궁에 매달린 듯 부자유스러웠다.

"저어 여러분들 잘 들 하시기 바랍니다. 이상입니다. 저어 반장님, 인사!"

"차렷, 경례!"

반장의 구령이 끝나자 바짝 긴장했던 좌석이 푸시시 무너졌다. 머리가 띠잉하도록 멍멍했다. 소장은 아무렇지도 않게 회전의자가 있는 제자리로 휘적휘적 걸어갔다. 손에 들고 있던 서류는 뭔지 모르지만 장식물로만 존재하다 그대로 묻어갔다. 결국 알맹이도 없는 말을 앞 뒤 없이 주접주접 혼자 지껄이고 분위기만 구겨놓았다. 아무리 한물 간 영감태기들이라지만 이 회의에서 소장이 의도한 게 자기 과시라는 것쯤 모를 사람은 없었다. 사무실 계단을 내려온 경비들은 입들을 꾸욱 다물고 각자의 초소로 흩어져갔다.

"여보슈, 거 듣자 보자 하니 못참겠구려! 거 참낭구럴 그렇게 후려찍으면 그게 워티기 되겠수?"

허리를 쭈욱 펴 올린 복 영감이 오뉴월 풋쐬기처럼 호되게 쏘아댔다. 몸집이 장대한 사내는 막 치켜 든 곰배를 내리지도 않고 부리부리한 눈알을 뚜릿뚜릿했다. 졸개들만 거느려본 도둑놈 두목마냥 안하무

인의 눈빛이었다.

"뭘, 머이가 잘못됐어?"

조금도 양심의 가책을 느끼지 않는 듯 그는 너무나 당당했다. 아니 누군가는 자신의 행위에 불평할 거라는 걸 알고 대응책을 준비했던 사람처럼 거침이 없었다. 나이로 보나 자신이 하던 짓으로 보나 그가 먼저 말 놓고 덤벼들 경우는 아니었다. 그가 믿는 건 오직 자신의 힘일 것이었다. 뿐새로 보아 이러쿵저러쿵하는 논리가 먹혀들 여지가 없는 사람이었다. 그러나 우선은 사람 대하는 절차를 밟지 않을 수 없었다.

"여보슈, 이 공원은 우리네 읍민이 다아 이용하는 장소 아니겠소? 낭구를 그르키 패대서 상처를 입히면은, 그 낭구가 월매나 아프겠소…"

"…하이고 여기 자연보호 혼자만 하는 영감 하나 있네. 아 참낭구 이르키 된 거 하루 이틀여? 한두 해여? 봐, 이 낭구 저 낭구!"

장한은 손가락을 뻗쳐 쭈그러진 탈바가지 모양새로 썩어들고 있는 사방의 참나무를 쿡쿡 지르다가 복 영감에게도 삿대질을 했다. 복 영감은 어금니를 지그시 깨물며 그의 말을 받았다.

"봐유 그래. 그러니까아 모두 이렇게 부스럼을 앓고 있잖수. 가마안 놔두면 제절루 다 떨어질 거, 아 날마다 나와 그 알암을 줏으면 될 걸 왜 낭구를 상해 가면서까지 한뻔에 털어낼라구 그라우? 그르키 혼자만 욕심 채릴래니께 모든 게 다 비영 드는 기유."

이 사람 말마따나 참나무 그렇게 된 것이 한두 해가 아니건만 이날 따라 그 모습이 싫었다. 아마 전부터 그런 문제를 두고 고민하며 살았는지도 모른다.

"아 누가 당신더러 낭구 보호하라는 면허증 줬어?"

장한은 덮어놓고 윽박질러 뭉개자는 주의였다. 그를 따라다니던 부녀자들을 비롯하여 사방에서 도토리 줍던 사람들이 모여들었다. 장한의 옆구리에 매달려 있던 라디오까지 왕왕거리고 덤벼들었다. 5.18 특별법 제정하라는 학생 및 재야 단체의 시위가 전국 주요 도시에서 벌어졌다는 뉴스였다. 원래는 노래 소리만 흘러나왔었다. 노래를 듣기 위해 라디오를 차고 나왔다가 여덟 시가 되자 뉴스가 나오고 싸움에 정신을 판 장한이 미처 라디오를 끌 사이가 없었을 것이다. '특별법 제정하여 학살자 처단하라' '특별 검사제 도입하여 국민 의혹 해소하라'는 등의 플래카드를 앞에 하고 시위하는 텔레비전 뉴스는 엊저녁에도 보았고 그 며칠 전에도 볼만큼 자주 등장한다.

"허어 여기 기맥힌 인사 또 하나 있네? 대관절 자네 몇 살인데 말을 놓나 엉? 너는 형두 없구 아재비두 없구우 응? 몇 살 먹었어 너?"

작지만 당차게 달려드는 복 영감이었다. 드디어 장한이 철 곰배를 땅에 탁 내려놓고 주먹만한 코를 영감의 눈앞으로 바짝 들이밀었다.

"나? 멥쌀도 먹고 찹쌀도 먹었다. 왜 뜳어?"

가릴 수 없는 불한당임이 틀림없었다. 젊음으로나 덩치로나 와랑와랑하는 목소리로나 해 넘길 성싶지 않은 상대였다. 정수리가 세모꼴로 솟은 것하며 희한하게도 아파트 관리소장을 빼 닮았다.

토요일 오후의 한낮이었다. 205동 앞 지상 주차장은 이미 꽤 많은 승용차가 주차해 있었다. 5초소 옆에선 몇 호에 사는 사람인지 양동이에 물을 떠다 놓고 차를 닦고 있다. 복 영감은 마냥 경비실에 앉아있기도 불편하여 문밖 추녀 밑에 서서 그 사람과 이런 저런 이야기를 나눴다. 그 사람의 승용차 옆으로도 몇 대의 차량들이 더 주차해 있었다. 드문드문 귀가 차량이 주차선으로 들어오기도 하고 때론 주차해 있던 차량이 외부로 빠져나가기도 했다. 그런 모습이야 별다를 게 없는 일이어서 특별히 주의를 기울이지 않았다. 나중에 기억해 낸 일이지만 이때 한 대의 흰색 승용차가 세차하고 있는 승용차의 다섯 번짼가 여섯 번짼가의 차선으로 들어섰다. 차에서 내린 운전자는 한동안 경비실 쪽을 바라보았다. 바로 앞에선 차를 닦는 사람이 앉았다 일어섰다 하여 새로 주차시키는 사람의 신분을 확인하기가 어려웠다. 또 굳이 확인할 의무도 없었다.

십 분쯤 후에 경비실 인터폰이 따르릉 울렸다. 황급히 뛰어 들어가 수화기를 드니 관리사무실로 올라오라는 여직원의 호출이었다. 혹시 경비실을 비워 두는 동안 기물 집기가 손이라도 탈까 저어하여 화재경보기 및 세대 간의 인터폰 연결기를 훑어보고 밖에 나와 문을 잠근 다음 사무실로 올라갔다. 어느 결에 왔는지 다른 경비들도 다 모여 있었다. 경비들은 먼젓번처럼 무언가를 기다리듯 눈만 꺼먹거리며 앉아있다. 먼저와 다른 게 있다면 복 영감이 앉을 수 있도록 자리가 비워져 있다는 점이다. 영감은 그 빈자리에 가 앉았다.

젊은 소장은 역시 '쓸모가 없는'(?) 몇 장의 서류 종이를 손에 쥐고 경비들 앞으로 왔다. 지난 번에 경험이 있었던지라 이번에는 반장이 먼저 알아서 '차렷 경례'를 붙였다. 잘도 길이 들어가고 있었다.

"저어, 네 편히들 앉으세요."

언제나 그런 식의 말이었다. 복 영감은 이번엔 불편할망정 다리를 꼬지 않았다.

"저어, 여러 분들을 이렇게 오시라고 한 건, 오시라고 한 건 말이죠. 어 잘들 아시겠지만 저어, 저는 상하가 분명해야 한다고 생각합니다. 인사해서 뺨 맞는 법 없죠?"

종잡을 수 없는 그의 말은 짜증이 날 정도였다. 경비들은 역시 그 밥에 그 국이다 싶게 초점 없는 눈만 껌뻑거렸다. 알아듣지 못할 소장의 훈시는 계속되었다.

"물론 저보다 훨씬 나이 드신 어르신들이지만 뭐 인사 먼저 해서 인격 깎일 일 없겠죠?"

아직도 경비들은 그게 무슨 말인지 알아듣는 사람이 없었다. 오직 복 영감만이 고개를 갸우뚱히 하고 어떤 생각에 빠져들어 갔다.

"저어, 쫌 전에도 제가 차를 대고 들어오는데, 누구라고는 말하지 않겠지만, 어느 경비실 앞에 차를 대놓고 나오는데도 인사를 안 하는 분이 있었어요. 이런 점은 고쳐져야 합니다. 또 어 내가 반드시 고쳐 놓고 말 거구요."

복 영감의 얼굴이 붉어지기 시작했다. 가마안히 생각해 보니 그 흰색 승용차를 주차시키던 사람의 모습이 머리에 떠올랐다.

"거 참 사람의 귀를 하고는 못 듣겠소. 아무리 소쟁이지만 손자뻘이 될 지이 아들 뻘이 될지 모를 사램이 우째 말얼 그르키 하우? 원래 인사는 선후가 읎다 했시다. 아무나 먼저 본 사램이 하는 거이지 말 안 듣는 애덜 매질을 해두 이르킨 안하겠소. 여기두 질서가 있시야 할티니께 어떤 규칙이 있어야 할거라는 건 이해가 디여. 일이 잘못돼서 그란다먼 천 번이래두 머리 숙여 내가……"

"……아니 아여씨 말요. 아여씨 왜 그래요? 내가 얘기하면 저어, 가만히 듣고만 있지 왜 아여씨가 나서요. 아여씨 뭐 찔리는 거 있어요?"

"뭐라구?"

복 영감의 눈이 처음으로 번쩍 빛났다. 사무실 안의 모든 시선은 두 사람에게로 쏠렸다.

"뭐라구라니요? 내 모르는 척하고 넘어 갈려구 했는데 저어, 사실은 복씨 아여씨! 며칠 전 아침 교대 어떻게 했어요. 저어 아여씨가 뭘 큰소리 칠 자격이 있습니까?"

진작부터 어떤 각오를 해두지 않은 건 아니었다. 하지만 막상 그 말을 듣고 나니 세상이 와르르 무너지는 기분이었다. 그 실수를 씻기 위하여 얼마나 많이 사죄하고 허리를 굽혔던가. 복 영감의 시선은 고개를 떨구고 있는 덩치 큰 반장의 뒤통수에 잠시 머물다가 다시 소장에게로 옮겨졌다.

"허헝! 그거였구머언. 그럼 그 책임을 물을 것이지 왜 비열하게 사람 같잖은 짓거리루다가 늙은이를 고문하나, 이것이 조직의 질서인가?!"

사람이 사는 도의가 뒤틀린 곳에 붙어 으깨어져버린 생명의 진을 빨아먹는 빈대가 될 순 없었다. 이마에 있는 늙은 주름살보다도 더 큰마음의 주름을 가슴속에 접어 넣긴 싫었다. 손바닥으로 탁자를 탁 치고 벌떡 일어나서 허청허청 걸어나왔다.

복 영감이 지금까지 아쉬워하는 것은 그때 그냥 그렇게 말로만 끝낸 일이었다. 멱살을 틀어잡고 귀때기라도 한대 올려붙이지 못한 게 영 미진했었다. 영감은 잽싸게 파출소로 건너가 이 덩치 큰 녀석을 임목(林木) 훼손 혐의로 고발해버릴까 하는 생각이 있었지만 지금은 그렇게 하기엔 사정이 급했다. 놈이 토끼를 앞에 둔 살쾡이처럼 아르릉거리고 있었기 때문이다. 놈은 이미 영감의 멱살을 바짝 추켜들고 흔들어댔다. 그 바람에 도토리가 든 비닐봉지는 영감의 손에서 튀어나가 덤불 속에 가 꽂혔다. 더 이상 엎드려 기어 다니며 도토리를 주울 수 없게 됐음을 깨달았다.

놈에게 들린 채, 복 영감은 오른쪽 다리를 뒤로 뺐다가 무릎을 접어

올리며 냅다 치받았다. 순간, 욱! 하면서 놈이 삽을 싸안고 앞으로 고꾸라졌다. 오랜 세월동안 곰배와 돌덩이에 찍혀 회복할 수 없는 지경에 이른 참나무들의 우글쭈글한 상처가 사방에서 놈을 에워싸고 내려다보았다.

창작과 비평 제92호(1996년 여름)

디어 미스터 프레지던트

　벌써 열 번도 더 나갔다 들어온 경상 네는 드디어 좌절과 원망 섞인 눈초리로 남편을 냉갈령하게 쏘아봤다.

　"이래, 이래만 앉아있지 말고 당신도 좀 나가보이소 그래. 우야믄 글소. 이기 다 누우때문인기라예?"

　그녀의 눈에는 이제 정말 아무 것도 보이지 않았다. 개신개신 붙잡고 온 한 가닥 희망마저 잘려져 나가고 있었다.

　호남 씨는 어쩔 수가 없었다. 아내가 동무네 집으로 어디로 쑤시고 다니며 수소문한 것은 한 것이고 아버지라는 작대기가 이 판국에 방안에만 처박혀 있다면 보살님인들 입 닫고 있겠는가. 막막하긴 그도 한 가지였다. 밖에 나가 휘둘러 찾아보고 싶은 마음이야 아내 못지않았다. 너무도 허망해선 지 꼼짝할 수가 없었다. 두 다리가 굳어 붙은 듯이, 쇠꼬치에 꿰져버린 듯이 내리 눌리면서도 받치는 힘이 없었다. 그는 아둔패기처럼 입을 따악 벌리고 아내를 올려다보았다.

애를 삭이지 못한 경상 네는 어스무레한 저 건너 학교 쪽을 바라보며 눈물을 피잉 돌린다. 뒤에서 그 모습을 바라보는 호남 씨의 가슴은 일천 간장이 녹아들 듯 안타깝기만 했다. 그렇다고 정녕 속수무책인 것처럼 한 마디 말도 안하고만 있을 수는 없었다. 하여

"아 내버려 두드라고 잉? 제집도 못 찾아오는 팔푼이 같은 놈, 나가 뒈지던지 말던지 말여라우."

가만히 있으면 중간에나 든다는 말도 몰랐던 듯하다. 이 말이 떨어지기가 무섭게 몸을 홱 돌린 경상 네의 눈엔 불덩이 같은 눈물이 번쩍번쩍 빛을 냈다.

"죽든지 말든지 예? 낸 그리 몬하겠심더. 내 집에서 죽은 사람은 아직 없심더. 앞으로도 없을 깁니더. 내 절대로 그리 안만들 깁니더."

갖가지 설움과 분노로 뒤범벅이 된 듯한 눈물을 손등으로 쓰윽 문지르며 그녀는, 드르륵 유리문을 열고 또다시 밖으로 뛰어나갔다.

어디로 가는 것일까. 가게 앞에 받쳐놓은 짐받이 자전거의 바큇살 사이로 부지런히 흔들리던 경상 네의 둔부가 희미해져 간다. 호남 씨는 때 맞지 않게 실없는 웃음을 흘렸다. 남편에 대한 경상 네의 주문은 언제나 건강하라는 것이다. 다시 살아나야 한다는 주문이었다.

간밤에 잠자리에 들어서다. 그녀는 일을 끝내고 오른 쪽 다리를 들어 뒤처리를 하면서도 그 소리였다.

"몸도 안 좋으면서 그거는⋯배 안 고프요?"

물렛줄에서 자아져 나오는 실낱처럼 비죽이 웃음기를 뽑아냈다. 그녀의 육체엔 아직도 정사의 후욕이 아련히 이어져 있었다.

"아아니⋯"

괜히 배고플 턱이 없는 호남 씨는 반듯이 누운 채로 천장만 멀뚱멀뚱 바라보았다.

"과자나 뭐 우유 같은 거 갖다 디리까예?"

호남 씨는 피식 웃었다. 그리고 말했다.

"먹으라는 대로 몽땅 다 훑어먹다가는 가겔 홀라당 다 들어먹겠다 잉!"

"먹는 게 남는 거라 안하등기요, 머라도 잡숫고 힘이나 내시라예"

호남 씨는 더 이상 말하지 않고 눈만 감았다 떴다 하였다. 그가 숙정이란 이름으로 해직된 이후 경상 네는 어린애 보살피듯 남편을 갈무리하고자 한다. 몇 번 위태위태하게 앓고 난 후에는 그 치성이 더욱 지극했다. 그 때 그 바람으로 물러난 사람들 중 누구누구가 타계했다는 소식을 간헐적으로 들어온 터다. 그들의 사망은 대개 암에 의해서였다. 물론 여러 가지의 암이었지만 이상한 일이 아닐 수 없다. 다른 병 다 놔두고 왜 암이던가.

그러고 보면 암이라는 게 한으로 똘똘 말린 응어리일 수도 있다. 그 응어리의 발단은 의학적으로 어떻게 규명되어졌는가. 석가모니 부처님을 비롯한 도가 높은 불자들로부터는 적지 않은 사리가 추출되었다. 득도를 위한 금욕생활로부터 얻어지는 체내 결정체라고 한다. 그와는 다른 상황이지만 세속적 한을 풀어내지 못하는 사람들에게도 그와 걸맞는 결정물이 생성될 것이라고 가정해보기는 어렵지 않다.

육신에 발생하는 종양이나 염증은, 그렇다면 정신적 옭매듭에서 비롯되는가. 그러므로 이 같은 질환의 올바른 진료방법은 정신과로부터 시작해서 해당 전문 분야로 더터 나와야만 하는 것인지도 모른다. 이에 관해 전문적 연구가 있었든 없었든, 그것과는 상관없이 암이 정신적 압박에서 비롯될 것이라는 추측은 일반에 널리 퍼져있는 게 사실이기도 하다.

호남 씨의 위염 진단이 나온 뒤에 보호자로 몇 번 더 병원을 다녀온 경상 네는 차츰 입이 다물려져갔다. 신문에서 본 외신에 의하면, 특히 위암의 초기 단계는 염증으로 진단되는 게 통례라고 한다. 경상 네는 이 같은 상황들이 오진이거나 잘못된 연구 결과이기를 막연히 바라는 수밖에 다른 도리가 없었다. 정말 그랬다.

그런데 남편이 근자에 입맛이 제법 돌아나고 더불어 몸도 나는 듯하며 얼굴에 화색이 도는 것 같다. 지성으로 거둔 효과 같아 이 삶이 정녕 포기되어서는 안 된다는 오기로 발바닥이 근지러웠다.

남자들이나 타는, 그것도 녹이 바알갛게 슨 고물 짐받이 자전거로 새벽 농수산 시장엘 다녀오는 경상 네다. 그걸 염두에 둘 때마다. 호남 씨는 민망스러워 했다. 무언가 거들고 싶어 혹시 자전거라도 손볼까 하고 핸들이라도 꺾고 들여다볼라치면 이 여자, 펄쩍 뛰는 것이다. 누가 당신더러 그것 봐 달랬느냐, 내 할 일은 내 알아서 할 터이니 몸 챙길 궁리나 하라는 거였다.

새벽 세시 반이면 부득이 경상 네를 깨우게 된다. 가시지 않은 피로와 시쁜 잠에 한참동안이나 헛 입맛을 다시며 몸을 뒤채다 천근의 무게로 되어 그녀는 깨어난다. 아내를 깨울 때면 꼭 축죄(蓄罪)하는 심정이었으면서도 일어나는 걸 확인하고 나선 이불을 머리 위로 뒤집어쓴다. 이때부턴 누군가를 깨워야 할 부담으로, 선잠을 자지 않아도 되는 것이다.

그렇듯 잠에 끌려가면서 아내의 움직임을 기계처럼 계산해낸다. 경상 네는 '편케 한숨 주무시라예'하며 남편의 이불자락을 다독여주곤 부스럭대며 옷을 입는다. 그 뒤 방문을 열고 가게로 나갔으며 거기서 목장갑 두 켤레를 덧끼었을 것이다. 새벽바람에 손이 시렵기도 해서지만 넘어져 손이 까질 것에 대비함이기도 하다. 그 다음, 가게 문을 열고 나가서 자전거의 짐받이 위에 대나무 소쿠리를 얹어 매고 고개를 돌려 가게를 한번 휘 둘러보았을 것이다. 그리곤 자전거 받침쇠를 뒤로 탁 밀어 제치고 안장에 올라탔을 것이다. 그녀는 자전거 본체보다도 더 육중한 받침쇠가, 떨꺼덕 떨꺼덕 땅에 끌리는 소리를 멜로디처럼 들으며 농수산시장을 향해 달려갈 것이다. 호남 씨는 이와 같은 과정들을 꿈결인 양 의식하다 잠의 나락으로 떨어진다.

"죽었다아 카고 사입시더. 캐도 마 목구맹에 검줄 치겠능기요. 저 아래 은사이네가 가겔 놓겠다카기에 낼 달라캤소."

보증금에 물건 값 합해 삼백 오십만 원이라는데 '우선 삼백 만 주고 오십은 차차 건네기로 약조가 됐다'면서 이사를 한지가 세 해째다. 삼백만 원이란 돈은 방 한 칸짜리 전세 들어 살던 것이다. 시작하고 보니 발짝 뗄 적마다 수퍼마킷 등 대형 상점이 있다는 걸 비로소 깨닫게 되었다. 그곳들에선 호남 씨네 구멍가게에서 백 원 소매하는 상품을 구십삼 원 이하 수준으로 판매하기가 일쑤다. 도매업자로부터 물건을 받는 가격이 다르기 때문이다. 경상 네는 업자로부터 구십 원이나 구십이, 삼 원에 들여놓는데 반하여 수퍼마킷에서는 그 이하 가격으로 놓고 있음이 분명한 일이다. 그들은 대량 구매여서 공장과 직거래하거나, 공무원 연금매장 같은 상거래 질서 파괴 업소와 연관되어 있기 때문이라는 이야기들이 오가기도 한다. 경상 네도 그러한 구매선을 갖고 싶었지만 어찌된 영문인지 그런 기회가 닿지 않았다. 이거 발을 잘못 들여놓았다 싶어 가게를 되 내놓으려 하자 그게 또 뜻대로 되지 않았

다. 그러자,

이틀 후인가, 무슨 생각을 했는지 경상 네는 고물 짐자전거를 한대 구해다 놓고 다짜고짜 농수산물 도매시장을 다녀오마고 했다. 호남 씨는 눈을 멀뚱거리며 그녀의 거동만 바라보았다.

"주택가는 채소 같은 반찬거릴 취급하야 된다캅디다."

그녀는 혼잣소리처럼 중얼거리더니 덜커덕덜커덕 가게 앞 비탈길을 내려갔다. 한참 후 그녀가 돌아왔을 땐 자전거 뒤에 가득 짐이 실려 있었다. 영세 장사꾼들이 애용하는 네모난 대소쿠리까지 새로 사서 달고, 그 안에 배추, 무우, 파 등 채소류에다 동태 고등어 등 생선류까지 담겨 있었다. 아내가 대소쿠리를 얽어 맨 고무 밧줄 푸는 모습을 고개를 빼고 넘겨다보던 호남 씨는 가슴이 두근두근 뛰었다. 그 짐의 중량은 못 되어도 일백 킬로그램이 넘을 듯싶었다. 더구나 그것은 생물이다.

"아따 이 여인이 정신 나갔능가 잉? 그 짐을 싣고 짧은 신호 대기라도 받게 되면 어쩔 작정이당가? 삐뚤삐뚤하다가 넘어닥치면…하이고오 환장하겠고만이라우."

아찔, 현기증이 나는 듯 호남 씨는 한 손으로 이마를 짚었다.

"무슨, 한 낮이라 그런지 차도 벨로 없습디다. 빨간 불이 들어와도 마 기냥 달려 왔심더. 교통이 보고 비익하니 웃습디다."

그날 저녁, 호남 씨와는 달리 경상 네는 싱글벙글 매상액을 셈하였다.

"찬거리가 낫긴 낫네예. 스물두 마리짜리 동태 한 짝을 오천 원에 가왔는데 바로 팔리는 기라예. 마리당 팽균 삼백오십 원 턱은 받았는데 것만 해도 이천칠백 원 안 남았능기요. 배추도 포기당 백 원씩은 남았고예…하로에 두 행보만 하모 그럭저럭 유지 안 되겠십니까?"

과자 나부랭이 등 잡동사니 얼마 갖다 놓고 팔리네 안 팔리네, 남네 안 남네 하고 노심초사하던 일을 생각하면 부자 되는 길도 사뭇 어렵지만은 않은 성싶었다. 호남 씨는 입을 벌린 채 말을 못했다. 여자가 남자보다 강한 면이 많다는 말은 들어본 터였지만 이토록 맹랑할 줄은 몰랐다. 더구나 그 여자가 자신의 아내라니, 하지만 이것은 절대로 흥감해 할 일이 못되었다. 저 여자에게도 나름대로 맺힌 응어리가 있다. 그것은 남편인 자신으로 하여 비롯되었다. 어찌해야 그 응어리를 용해시켜 줄 것인가. 무슨 방법으로 전과 같은 상냥함과, 약간은 어리석은 듯한 수줍음을 되찾게 할 수 있을 것인가. 병을 핑계로 이 모든 일을 눈 멀뚱히 뜬 채 바라보고만 있어야 하다니,

"공연히 씰데 없는 짓거리 하는 거 아이요? 유난히 넘의 눈에 띄게 살지 마입시더."

전에도 그런 적이 있긴 했지만, 그런 말엔 단연코 저항을 보이는 호남 씨였다. 남이 보기에 돌올하게 살아야 한다는 뜻은 물론 아니었다.

"이 여성이 시방 무슨 소리당가? 왜 얼래의 하고 잡은 일을 매칼없이 이 꺾자 하는가 말여?"

티브이를 막 끄고 난 아이는 가방을 둘러메다 말고 제 부모의 대화에 슬쩍 귀를 기울였다.

"이 보소. 야? 옛 조상님 네들은 시국이 어지러블 땐 베슬도 사양했다 안 카요. 낙향해 가 조요옹히 살았답디더. 점잖게스리 가마안히…"

"에이 시끄러바, 밥통 같은 소리! 야 충아 너 학교 갔다와서 너 하고 싶은 일 하거라 잉? 니가 쓰고자브면 아따 쓰랑께로. 하고자븐 일 모다 게 하면 애를 직이는 일인 게라우."

죽인다? 호남 씨는 또 한 번 피식 웃었다. 그 날 아침 그렇게 자신이 했던 말을, 오늘 저녁 아내가 써먹고 있는 것이다.

초겨울의 어슴 저녁은 곧장 컴컴한 밤으로 이어진다. 저 건너 학교 동네는 불빛으로 차올랐고 그 빛으로 더욱 거뭇해진 이 동네의 골목 어디에도 경상 네의 둔부는 흔들리고 있지 않았다.

서너 시간 전에서야 아이가 가출했음을 알았다. 학교에서 돌아올 시간이 지났는데도 돌아오지 않자, 경상 네는 사 학년 오반 학생 집에 연락해 물어보았다. 반 아이들 몇몇은 한 결 같이 충이를 못 보았다는 대답이 나왔다. 이게 무슨 소린가. 경상 네는 다급하게 담임에게 전화하였다. 그런데 거기서 나온 대답은 그녀를 가슴 떨리게 하였다. 오늘은 물론 어제도 결석한 관계로 지금 막 집에 알아보려던 참이었다는 것이다.

그 나라 대통령이 떠나던 날 아침, 밥상을 앞에 놓고 티브이 화면에 몰입해있는 사람은, 아니 하나가 아니었다. 밥도 안 먹고 웬 텔레비죤에만 팔려 있느냐고 타내면 비로소 부자는 마지못해 한 숟갈 씩 뜨는 시늉을 하였다.

"저는 만화를 무척 좋아하는데 대통령 할아버지께서도 만화를 보십니까?"

와 하고 모든 아이들은 웃었다. 대통령도 따라 웃었다. 영화배우 출신이라는 그는 몸짓 하나하나에도 멋을 살리려 애쓰는 것 같았다.

"나는 매일 아침 신문을 보게 되는데 가장 먼저 만화를 봅니다."

아이들은 또 와그르르 웃음을 쏟았다. 충이도 따라 껄끄덕껄끄덕 웃었다. 호남 씨는 웃지 않았지만 매우 흥미진진해했다. 어린이들은 대통령 영감과 식사도 함께 했으며 차도 함께 마시고 산업체 관람의 특전도 누렸다. 대통령과의 만남이 끝나고 헤어질 때는 한 아름씩의 선

물도 받아들었다.

우리나라의 방송국에서는 그 대통령의 방문과 출국에 맞춰 그에 관한 프로그램을 내놓고 있는 것이었다. 인자하고 멋있고 존경스런, 선망어린 대국의 대통령이 떠나는 오늘 그에 관한 녹화 필름을 구해놓았던 모양이다.

이 프로그램을 방영한 이유는 단지 그를 환송한다는 뜻만은 아닐 것이었다. 그 노(老)대통령이 우리나라에 오고 그를 오도록 초청한 우리나라의 대통령은 그 나라와 우리나라가 여러 가지 면에서 친화적이고 발전적인 관계를 맺어가자는 데 목적을 두고 있었을 것이다. 그 나라와는 동반자이며 그 대통령과 같이 우리의 대통령도 어린이들과 함께 즐기며 웃을 수 있는 자상하고 인자한 어른이라는 걸 국민에게, 특히 어린이에게 은근히 선전하고 싶었을 것이다. 또 그 나라가 세계에 선전되고 있는 것과 같이, 표본적 민주국가의 발전을 우리나라도 지향합네 하는 걸 알리고자 했을 것이다. 거기엔 대국에 아첨하는 흉물스런 속가슴도 드러나 있지 않았고, 수틀리면 무엇이든 집어삼킬 수 있는 공룡의 아가리 같은 것도 아이의 눈엔 보이지 않았다.

그래선가, 아이는 어떤 확신을 가졌던 모양이다.

"내도 대통령을 만나고 잡당께로!"

프로그램이 끝나갈 즈음, 아이는 불쑥 그렇게 말했다. 충이는 대통령과 함께 먹는 음식과 받아든 선물들을 염두에 두고 있었는지도 모른다. 경상 네도 호남 씨도 적당한 대답을 찾지 못했다. 충이는 순간적으로 부모의 반응을 살폈다. 경상 네가 입을 열었다.

"테레비에 나온 거는 우리나라가 아인기라. 그카고 그 아아들은 대통령을 만나고 싶다꼬 펜지 안했다카이?"

경상 네가 가로막고 나섰지만 아이는 정작 그 말에서 어떤 실마리를 찾아낸 듯하였다.

"내도 편지 씀 되잖겠으라우…그란디 주소를 으데로 하제?"

충이의 말투는 경상도와 전라도의 혼합형이다. 아이는 근심스러운 듯 눈까풀을 까막까막하였다. 등교시간은 지체되고 있었다. 이런 문제에 있어서 결과가 중요한 건 아니었다. 편지 쓰는 게 탓이 될 일은 아니다.

"건 이 애비가 갈쳐줄 수 있당께로, 번지꺼정은 잘 몰라라우. 그치만 이 나라에 대통령 관저가 하나밖에 더 있당가. 구 꺼정만 써놓음시롱 우편 배달부가 다 전해줄끼다 잉?"

경상 네의 눈 꼬리가 마땅찮게 남편의 얼굴에 가 꽂혔다.

학교에서 돌아온 충이는 아침에 있었던 제 아버지의 말에 용기를 얻었는지 편지를 쓰겠다며 부산이었다. 가게의 삼단 진열대를 다람쥐처럼 밟고 올라서서 맨 윗단에 얹혀져 있던 편지지와 봉투를 끄집어냈다.

충이가 편지를 쓰는 동안에도 경상 네는 꾸덜꾸덜하며 들락거렸다. 왜 남이 안 하는 짓만 골라 하는 것이며, 아버지라는 사람은 그런 일을 말리기는커녕 되레 부추기고 있느냐는 것이었다. 아닌 게 아니라 호남 씨는 비죽비죽 웃기까지 하며 아들의 하는 일을 대견스럽게 바라보았다. 적어도 새롭고 도전적인 경험이 쌓여지기를 바라는 것처럼.

아마도 아이는 '디어 미스터 프레지던트'라는 프로그램의, 할아버지 같고 친구 같은 대통령 상을 가슴속에 그리며 그 편지를 썼을 것이다. 그리고 학교 앞에 있는 문구점에서 우표를 사 붙인 다음, 문구점 앞에 서있는 빨간 우체통에 편지를 집어넣었을 것이다. 그 다음 그 아이는 대통령에게 편지 보냈다는 사실을 자랑스러운 비밀로 간직한 채, 학교생활을 보냈을 것이다. 아니 누군가에겐 슬쩍 자랑을 했는지도 모른다. 이러구러 호남 씨 내외는 아들의 편지 건은 한동안 잊어버리고 있었다.

호남 씨는 자주 분깃증까지 겹쳐 시달리고 있음을 어쩌지 못했다. 이런 증세는 간헐적으로 발작적으로 일어난다. 아주 미세한 자극과 공허한 상상위에서도 이 분노는 활개를 친다.

정년이 팔 개월 밖에 남지 않았던 김국장이나, 더 이상 승진을 못하고 과장에 머물러 있던 박종명 씨도 불평군(不評群)에서 벗어나지 못하였다. 각 시.군에서 여러 해 동안 '부(副)'자를 달고 머물러 있던 이들이 또한 잘려 나갔다. 그 모든 사람들에게 별다른 이유가 있었던 건 아니다. 단지 상부의 지시에 의한 숫자를 채우기에 머리를 짰다는 이야기들이 나돌고 있었을 뿐이다.

하기 좋은 말로야 '무사안일'한 사람이거나 '불만'이 있는 자를 골라내라고 했다지만 그거야말로 엉터리 기준이었다. 솔직히 말해 공직사회에선 무사안일한 자를 골라내기보다는 유능한 사람을 식별해 내기가 더 어려웠다. 월급 타먹고 지침대로만 일하는 형편에 안일함과 유능함을 어느 누가 어떻게 구별할 수 있단 말인가. 끄떡하면 이런 식의 크고 작은 바람이 자주 불어대서 잘난 척하면 '망치로 대가리 맞고' 못난 척하면 '발 뒷굼치 얻어맞는' 게 상례다. 재수 있으면 남아나고 재수 없으면 걸려든다. 구조가 이렇거늘 재수 없는 축에 끼면 불만 있는 무리로 찍힐 뿐인데 몇 명, 하고 딱 숫자에 못을 박아 징계하려 한다면 그 발상 자체가 잘못이 아닐 수 없다. 한 마디로 힘 있는 자의 장난에 놀아나는 죄 밖에 더 있겠는가. 호남 씨야 주사보에 지나지 않는 급수였지만 그 재수 없는 대상에 올랐다기에 처음엔 반신반의하였다. 원인이 무엇인가를 생각해보려 했던 것이다. 내가 왜? 얼른 생각해볼 때 선뜻 집히는 게 없었다. 가슴 한 구석에 께끄름한 것이 가느다란 연기처럼 한댕거리고 있긴 하였다.

호남 씨가 한 말은 별 게 아니었다. 직원들이 모이면 쉬쉬하면서도 어쩔 수 없이 수근거리기 마련이다.

"보은 수해 지구에 그 대머리가 왔다 갔다는데 경비 경호가 엄청나더라네!"

그렇게, 누군가가 말했다.

"그럼 이번엔 누구? 그 사램이 이거 해먹는 케이슨가베?"

다른 누군가가 엄지손가락을 세워 보이며 그렇게 받았다.

"그 말이 맞겄고만이라우. 두 달도 안 되어서 두개의 별이 네 개로 새끼 치는 걸 봉께로."

호남 씨는 이랬을 뿐이다. 그리고 그 중 누군가가 이렇게 말을 맺었다.

"난도 이 짓 하지 말고 즘버텀 그쪽 동네 가서 어정거려 볼 걸!"

이거였다. 호남 씨로선 별이 네 개로 새끼 쳤다고 말한 것이 전부였다.

두어 삭 후에 계장이 그를 불렀다.

"이런 말을 하게 돼서 미안하이. 하지만 내 입장을 이해하여 주시게."

여기까지 들었을 땐 그래도 점잖은 표현을 쓰는구나 생각되었다. 그런데 다음 말을 듣는 순간엔 모골이 송연할 정도였다.

"별이 네 개로 새끼를 쳤다는 등 윗분에 대한 모욕적인 발언을 한 건 사실 같으니 어쩌겠나. 최악의 경우 증인도 대질시킬 수 있으니 변명할 생각은 마시게."

같은 사무실에서 여러 해 함께 근무해 온 사람의 말이 아니었다. 계장은 이미 호남 씨를 반역의 반열 위에 놓고 눈을 흘기는 것이다. 호남 씨는 순간적으로 징계의 한계가 어디까지 일까를 생각해보았다. 분기충천했지만 그건 이미 암벽을 향해 던져지는 메추리알의 신세만도 못하다는 계산이 머릿속에 자리 잡힌 뒤였다. 최악의 경우란 말할 나위 없이 파면이리라. 그렇게까지 가야 하는지 어쩐지 판단이 서지 않았다. 터널 속에 들어선 것처럼 머릿속이 띠잉하고 멍멍해졌다.

　"사직서를 쓰는 게 유리할 거예요. 복 주사는 어리석지 않으니까 더 자세한 설명을 드리지 않아도 잘 알아서 하시리라 사려되오."

　계장은 마치 최고 권력을 휘두르는 최종 인사권자처럼 말했다. 호남 씨 정도는 그가 책임지고 처리하도록 권력층과의 사이에 설계가 되어 있어 보였다. 파면된 자에겐 복직 기회는 말할 것도 없고 다른 직장에 취직을 하려한다 해도 장애요인이 된다. 호남 씨는 자신의 허약감을 이때처럼 느껴본 적이 없었다. 사직서를 요구하면서도 그것이 최악의 상태가 아님을 암시하는 것으로 보아, 저항을 보일 때 돌아오는 댓가는 파면 이상의 것일 수도 있었다. 더 이상 대꾸할만한 기력을 잃고 말았다. 그렇지 않더라도 저들의 눈으로 볼 때, 이미 고삐 잃은 말뚝이요 머저리 군상으로 밖엔 취급되지 않았을 것이다.

　얼마쯤은 시대의 희생양인 양, 또 얼마쯤은 양심의 투사인 양, 그리고 얼마쯤은 다음 기회에 잘 봐달라는 투의 비굴한 웃음을 배꼽까지 꺾어 내리며 호남 씨는 청(廳)을 나섰다. 몇 달 동안을 집에서 쉬어도 머리가 정리되지 않고 몽롱하기만 했다. 혹시나 하고 기대했던 복직 통지는 날아들 조짐이 보이지 않았다. 이렇게 되고 마는 결과라면 쫓겨나는 마당에 살뚱스레 한번 들이대지 못한 것이 분했다. 못난 자신이 무척이나 미웠고 자신을 이렇게 밀어낸 자들이 해코지하고 싶도록 원망스러웠다. 그렇다고 그 증오의 대상은 구체적인 것도 아니었고 한정지어 있지도 않았다.

날이 갈수록 어둠 속을 헤매듯 갑갑증이 생기고 더불어 소화불량에 시달렸다. 괜한 피로와 함께 설사가 잦았다. 마침내는 명치끝이 무직하게 매달리는 증세에까지 이르렀다. 담배나 술을 마시는 것도 아니다. 병원엘 가야 했다. 위에 염증이 생긴 것 같다고 진단하면서도 아무렇지 않은 의사의 표정에서 대단한 병으로는 해득하고 싶지 않았다.

의사의 지시에 따라, 몸이 개운찮다 싶으면 가끔 병원에 가 약을 타다 먹곤 하였다. 그렇게 하는 문 밖 출입에서, 같은 시기에 해직된 김 국장과 박 종명 과장이 각각 간암 폐암으로 타계했다는 소식을 들었다. 또 얼마 뒤에는 00군 부 군수였던 조영식 씨가 후두암으로 고생하다 역시 타계했다는 이야기도 들었다. 이들은 모두 기이한 우연처럼 암으로 죽어간 것이다. 해직되기 이전부터 암을 앓다가 해직과 더불어 악화되어 변을 당한 것인지, 아니면 해직의 충격으로 급성 암이 발병하여 그 화를 당한 것인지는 알 수 없다. 하지만 그들 모두가 암을 앓고 있었다는 말을 이전에 들어본 적은 없었다. 다만 해직과 암이 깊은 함수관계를 갖고 있는 것으로 느껴져 호남 씨 자신은 늘 불안했다.

경상 네는 해직자들의 부음을 들을 때마다 이미 마련해 놓은 건강지침의 준수를 남편에게 강조하였다. 새벽 여섯 시면 일어나서, 그리 멀지 않은 앞산 우회도로 입구까지 산책할 것, 매일 오전 오후로 한 차례씩 낮잠을 조금 자둘 것, 그리고 무엇보다도 중요한 것은 될 수 있는 대로 문 밖 출입을 삼가고 마음을 편히 가질 것 등이었다.

호남 씨에게 있어 가장 지키기 어려운 지침은 외출 금지였다. 며칠 들어앉아 있으면 좀이 쑤셨다. 외출이라야 날짜 맞춰 병원 가는 날로 되어있는데도 어쩔 수 없이 그 날이 몹시 기다려졌다. 하긴 꿍꿍잇속이 아주 없는 건 아니었다. 병원 진료를 받고 나서, 그 다음이 문제였다. 곧장 집으로 가는 게 아니라 슬슬 걸어서 시내 관광을 하는 것이다. 얼마쯤 거닐다 보면 다리에 피로가 온다. 전날에 드나들던 버릇은 완전히 사라지지 않아 선뜻 다방으로 들어선다. 그렇게 들어간 다방이 어딘가 하면 도청 부근이다. 처음부터 그 주변을 목적지로 시내 관광을 시작했는지도 모른다. 한동안 그곳에 앉아있다 보면 누가 되었든 도청에 관련 있는 사람과 조우하게 마련이다. 호남 씨는 여기서 이런 저런 소식을 추려 듣게 된다. 아무개는 어떤 사업소장으로, 또 아무개 계장은 서기관이 되었다는 등의 이야기였다.

그는 그런 참새먹이 같은 바깥소식을 물고 들어와 아내를 향해 토해낸다. 그리고 자신도 아직 남았으면 사무관이 되었을 거라는 아쉬움을 한탄조로 토하곤 했다.

"것 보시라예. 낼로 나가지 말라 안카요. 이 이는 밸도 없나보오. 뭔 미련이 남아서리 그 쪽에 가 얼찐거리는 기요. 누가 복직이라도 씨기 준다요?"

경상 네는 또바기 사막스레 핀잔을 퍼붓는다. 이런 일이 있고 나면 또 병이 악화되었다. 명치끝이 매달리고 불면증까지 겹친다. 통원일(通院日)은 발병 당시처럼 촘촘해진다.

해가 뜨는 무렵, 여섯 시면 한 짐 가득 싣고 들어오던 경상 네가 오늘은 여덟 시가 다 돼서야 돌아왔다. 사람도 짐도 바스라기 모습을 하고서였다. 입을 굳게 다문 채 짐을 부리는 경상 네의 눈에선 땀처럼 눈물이 온통 얼굴 가득했다. 커진 궁금증에 눈을 둥그렇게 떴지만 이 가정의 유일한 실력자인 아내의 눈물을 향해 감히 말을 걸지 못했다. 아내가 풀어놓는 짐을 보니 성한 물건이 없었다. 왜 그렇다냐 하고 겁먹은 아이처럼 가녀린 물음을 흘려보았지만 다물려진 경상 네의 입술은 금방 떨어지지 않았다.

도매 시장에서 생물을 잔뜩 싣고 출발한 경상 네는 단숨에 도청 앞까지 내달았다. 그러나 다음 로터리인 상성공원 앞 네거리서 붉은 신호등에 막혔다. 이날 따라 푸성귀와 생선 이외에도 토마토 한 짝을 더 얹어서인지 자전거 뒤가 뒤뚱뒤뚱하였다. 토마토 때문에 청과전까지 훑다보니 다른 날보다는 근 한 시간이나 지체되기도 하였다. 출근과 등교시간이 맞물리게 되면서 인파와 차량이 쏟아져 나왔다. 전면의 신호등이 막히자, 잔뜩 대기해 있던 좌우의 차량들이 경상 네의 앞뒤를 인정사정없이 가로질러 질주했다. 자전거를 멈출 수밖에 없었다.

그녀가 자전거 브레이크를 잡으며 한쪽 발을 땅에 딛는 순간, 뒤가 휘청하는 듯싶더니 쿵 하고 짐이 넘어 닥쳤다. 짐 소쿠리 속의 장짐들이 후루루 흩어져 나갔다. 붉은 토마토가 사방으로 구르다 달리는 자동차 바퀴에 부딪쳐 터지면서 옆 차에 튀겼다. 풋고추와 당근이 흩뿌려졌으며 배추 무가 데굴데굴 굴러가다 으스러졌다. 생선 고등어가 이곳저곳에 널부러졌다. 달리는 차 속에선 몇몇의 승객들은 낄낄거리며 이 모습을 내다보기도 했다. 어느 택시기사는 사람 죽일 듯한 험한 얼굴을 하며 차를 몰았다.

어이가 없어진 경상 네는 좌절의 끝에 선 사람처럼 두 손을 양 허리에 따악 얹고 그냥 서있기만 했다. 이때 다시 파란 불의 직진 신호로 바뀌었다. 자전거 뒤쪽으로 늘어서 있던 많은 차량들이 삐삐 빵빵 요란

시끌하게 경적을 울려댔다. 반대쪽에서 오는 차량들은 경상 네 쪽을 보고 쌩쌩 달려들었다. 저 차들에 치여 죽을지 모른다는 생각이 들면서도 추호의 두려움이 없었다. 물건들이 차바퀴에 깔려 으지직 으깨질 때마다 그녀는 심장이 망가지는 듯한 통증을 느꼈다. 뒤쪽의 차량들이 곡예를 부리듯, 그녀를 갈 짓자 형으로 피해 전진하면서 결딴나는 물건은 더욱 늘어났다.

경상 네는 발가벗겨진 채, 이 도로에서 신체 구조가 하나씩 잘려져 나간다고 생각되었다. 이 광경을 본 이 도시의 사람들이 그 증인이었다.

미구에 호루라기 소리를 내며 마침내 교통경찰관이 달려왔다. 이때부터 이 곳 네거리의 교통은 그에 의하여 정리되었다. 경찰관은 잠시 짬을 이용하여 자전거를 부축해 일으켜 세워주었다. 그는 또 대가리가 바스라진 고등어를 주워다 짐 소쿠리 안에 넣어주며, 이런 것은 반값에라도 팔 수 있겠네요 하고 위로의 말을 곁들였다. 이 세상에 태어나 처음 맛 보는듯한 따스함이 슬픔으로 되어 가슴에 저며 들었다.

경상 네는 풀 죽은 짐을 다 부려놓고 가게 안 진열대 위에 걸터앉은 채로 연신 눈물을 닦아냈다. 젊디젊은 삼십대 초반의 여자로서 어쨌거나 수치스럽기도 했을 것이다. 이 장사 밑천이 어떻게 돌아가는 돈이던가. 집세 전기세 수도세 오물세 주민세 등 '세'자 붙은 돈을 납부하기에만도 적자가 난다. 먹고 입고 아이 어른 뒷바라지 하는 것은 당일 매상 돈으로 하여튼 좇춰 먹고 있는 실정이다. 희망이 보여서가 아니라 삶을 포기할 결단을 내릴 수 없어 나날을 살고 있을 뿐이다. 이판에 한 행보의 물건을 통째로 버려놨것다, 바르집지 않으려고 접어두었던 일까지 소올솔 피어올라 파근하게 두 다리의 맥이 빠져나갔다.

한동안을 그토록 허탈하게 앉아있던 경상 네는 어떻게 마음을 추슬

렀는지, 드디어 남편 쪽을 돌아보았다.

"충이는 예?"

절대권자의 슬픔 앞에서 몸 둘 바를 몰라 전전긍긍해하던 호남 씨는
화들짝 놀라 대답했다.

"엉 내가 밥 멕여서 핵교 보냈지라우."

이때 그는 근래 드물게 가정에 한 부조 했다는 자긍심으로 으쓱할
수 있었다. 만약 지금까지 아내가 돌아오기만을 기다리며 아이를 붙잡
고 있었다면 아내의 낙망은 그 크기를 더했을 것이다. 경상 네는 지금
이 병자 남편이 있어 한 구석 마음이 놓일 것이다.

"당시인은 이예?"

"엉 아직 안 먹었으라우. 근데 생각 없당께로."

경상 네는 남편을 한번 힐끗 쳐다보고는 궁둥이를 들어 올려 부엌으
로 들어갔다. 그녀는 덜그럭대며 찌개를 끓이는 등 늦은 아침을 준비
했다. 이 여자에게 행복을 안겨주기 전엔 이 세상과 결별할 수 없다는
오기가 호남 씨의 가슴을 산적꼬치처럼 꿰뚫었다.

아침밥을 먹고 난 경상 네는 저간의 사정을 남편한테 설명할 짬도
갖지 않고 기어이 또 청과시장을 다녀왔다. 다음날도 그 다음날도 그
일은 중지되지 않았다. 그 동안에도, 그 다음에도 몇 차례인가 붉은 신
호등에 걸렸다. 심심찮게 자전거 짐은 넘어갔고 참외 복숭아가 길바닥
에 데굴데굴 굴렀지만, 그녀는 허리에 양손을 얹고 전처럼 바라보지는
않았다. 또한 집에 돌아와서도 눈물을 흘린다거나 허탈해하지 않았다.

학교에서 돌아와 숙제도 하고 과자도 집어먹고 한참 동안 제 할 일
을 하던 충이가 지나가는 말로 이렇게 중얼거렸다.

"낼로 보낸 편지 대통령이 받아보신갑더라!"

아이는 노트를 펴놓고 글씨를 쓰며 고개도 들지 않은 채였다. 그 애가 고개를 들지 않는 것은 글씨 쓰는 일 때문만은 아닌 것 같았다. 대통령과 연결되었다는 성취감에 지배당하고 있는 것만도 아님이 분명했다. 그 아이는 왜 부모를 똑바로 보고 말하지 못했을까. 호남 씨는 귀를 삐쭉 세웠다. 이제서야, 두어 주일 전에 그 애가 대통령에게 편지 보냈다는 사실을 기억해냈다. 예상한 바이지만 이런 식의 긴장이 막상 앞에 닥치자 조금은 가슴이 뛰었다. 가게서 물건을 팔고 손님을 막 돌려보낸 경상 네도 움직임을 멈추었다.

"아 야 머라꼬? 말해 보그래이. 혹 니 한테 답장 왔나, 대통령 각하한테서리?"

그러면서 경상 네는 억지웃음을 지어 보였다. 충이는 역시 고개를 들지 않았다. 머리만 저었다. 뭔가 알맹이를 선뜻 말하기가 꺼려지는 모습이다. 경상 네는 여린 불안과 호기심으로 뒤섞인 눈을 하고 아이를 채근했다.

"충이야 바봐라. 니 주소는 으델 썼노. 집으로 했노, 핵교로 했노. 사학년 오반 누구, 이리 말이다?"

"학교로 했당께!"

아이가 소리를 빽 질렀다. 그러나 여전히 고개는 들지 않았다.

"하모 답장도 안왔다카민서리 펜지 들어간 걸 우야 아노?"

이들 부부는 심상치 않은 사태가 아이를 감싸고 있었음을 감지하였다.

"인자 끝났다 안하나."

아이가 뿌루퉁하니 내뱉었다.

"머이라, 끝나야?"

경상 네도 호남 씨도 신발을 벗고 아주 방안으로 들어섰다. 좌우로 아이를 포위하다시피 하고는 본격적으로 궁금한 점을 물어댔다. 충이는 비로소 어떤 겁에 잠긴 듯 흰 눈망울을 굴리면서 떠듬떠듬 말해갔다.

오늘, 두 시간째의 수업이 시작됐을 때였다. 소란스럽던 교실에 담임선생님이 들어섰다. 어수선하던 실내가 뽀얀 먼지를 가라앉히며 조용해졌다. 차렷 경례가 끝나고 수업을 받기 위하여 모두 자세를 바로 잡을 무렵, 확성기를 타고 교감 선생님의 목소리가 전 교내로 퍼져나갔다. 이 확성기 소리는 일천팔백 명의 이 학교 모든 어린이와 육십여 명의 교직원들이 다 듣게 되어있다.

"아 아 호 호, 마이크 시험 중, 사학 년 오반의 최 영남 선생님, 사 학 년 오반의 최 영남 선생니임, 지금 곧 교장실로 와주시기 바랍니다. 지금 고온, 교장실로 와 주시기 바랍니다. 다시 한 번 말씀드립니다. 사학년 오반의 최 영남 선생님께서는 지금 고온 교장실로 와주시기 바랍니다. 빨리 와 주세요. 삐이 끅."

막 교탁 위의 책을 펴들던 담임선생님은 책을 그 자리에 고스란히 엎어놓고 교실을 나섰다. 의외의 보너스로 얻어진 자유시간이 아까운 듯 아이들은 금세 떠들어대기 시작했다. 충이도 어디선가 킥킥거리며 날아드는 손찌검에 대거리를 하고 있었다. 그러나 그런 소란스런 시간은 길지 않았다. 다시 교실이 조용해지는가 싶더니 잠시 전에 나갔던 담임이 들어섰고, 그는 곧장 충이를 향하여 손가락 끝을 까딱까딱하였다. 충이는 반 아이들의 시선을 일제히 받으며 담임을 따라 교실을 나갔다. 이번엔 아이들도 쉽게 떠들기보다는 옆자리 동무의 얼굴과 마주하며 수근거렸다.

교장실의 커다란 책상을 가운데에 두고 아이는 교장 선생님 앞에 섰다. 옆에는 담임인 최 영남 선생님이 두 손을 앞으로 모으고 공손한 자세로 서 있으며, 책상 모서리 왼쪽으로는 교감 선생님이 역시 그렇게 서 있었다. 이 방의 분위기는 사학년짜리 숫기 없는 아이를 주눅 들게 하기에 충분하였다.

"아가 네 이름이 그 뭣이냐, 음?"

"복충인데요."

또렷이 대답했다.

"뭐, 북충?"

교감 선생님이 다시 물어왔다.

충이는 교감이 '복충?' 그러는 줄로 알고 고개를 끄덕였다. 복이나 북이나 그게 그거로 들려서다.

교장 선생님은 목청까지 가다듬어 한껏 부드럽게 물었지만 아이의 긴장을 단박에 풀기엔 미흡하였다. 아이는 괜히 두 손을 앞으로 모으고 고개마저 어긋하게 숙인 채 입술만 달싹하였다.

"크게 대답해 이 녀석아!"

책상 모서리에 서있던 교감 선생님이 아이를 향해 눈을 부라렸다. 아이는 찔끔했다. 그러면서 무슨 큰 잘못을 저질렀는가를 찾아내기 위해 지난 일들을 자꾸 새김질해 보았다.

집에서는 밥 대신 군것질을 더 즐긴다는 게 마음에 걸렸다. 자주는 아니지만 한두 번 있었던 엄마 아빠의 말다툼에 말리지 않고 보고만 있었던 게 잘못이었나를 꼬나보았다. 한 번도 학업 상을 타지 못했던 것도 걸리는 대목이었다.

학교서는 어땠을까. 뒷자리의 두환이와 가끔 머리통을 지분거리는 장난을 친 적이 있다. 앞자리 건너편에 있는 종필이나 대중이와도 그랬다. 코피가 터지도록 싸워본 적도 있긴 하다. 엄마가 네거리에서 장짐을 넘어뜨렸다는 날 아침, 아빠가 밥을 늦게 챙겨주시는 바람에 학교에 조금 늦을 뻔한 일도 있다. 또 화장실에서 오줌을 누며 고추를 세워 오줌 줄기를 창문 밖으로 갈겨댄 적도 있었다.

"아아 교감 선생님 기냥 두세요. 아가야? 네가 어떤 일을 크게 잘못했다고 해서 부른 건 아니다. 그러니 묻는 말에 소올찍히 대답해야 한다아?"

잘못이 있어 부른 일이 아니라니 다행스럽긴 하였다. 그러나 왠지 교장 선생님의 그 말이 정말 같지가 않았다. 아이는 고개만 끄떡했다. 교감 선생님이 무슨 꾸지람을 할 듯, 한 발짝 옆으로 나섰지만 교장 선생님과 눈이 마주치자 처음 자세로 들어섰다. 교장 선생님은 책상 위에 있는 편지지만한 문서를 자주 들여다보았다.

"너 혹시 대통령 각하께 펜지 써 올린 적 있니?"

충이가 흠칫했다. 가슴이 갑자기 활랑활랑 뛰기 시작했다. 그건 아무에게도 말하고 싶지 않았던 비밀이었다. 아빠가 알고 계시기는 했지만 편지 써 보낸 이후, 한 번도 그 이야기를 꺼내 주시지 않아 고마웠다. 대머리가 번질번질한 대통령 할아버지와 단둘이만 알고 있기를 바랬다. 대통령께서는 이 작은 가슴속의 비밀을 들여다보실 줄 알며, 또한 그것을 인자한 마음씨로 지켜 주시리라 믿었다. 이러한 비밀을 교장 선생님이 어떻게 알고 계시는 것이며, 그 옆에 계시는 교감 선생님과 담임선생님까지도 아시게 된 것은 바람직하지 못한 일이었다. 온통 세상이 자신에게 등을 돌린 듯한 배반감을 느꼈다. 대통령은 나쁜 사람인 걸까? 충이는 실망과 부끄러움으로 몸 둘 바를 몰라 했다. 아이는 역시 고개만 끄떡여 대답했다.

"그게 언제 쯤이지잇?"

교장 선생님은 매우 중대한 일인 듯, 이 문제에 온 정신을 쏟고 있는 듯이 보였다. 날짜를 기억해두지 않은 아이는, 그게 열흘쯤 되니 하고 물어왔을 때 또 고개만 끄덕했다.

"왜 편지를 보내게 되었지잇?"

왜 물어오는지 그것을, 그것을 아이는 잠시 분별해보고자 애썼다. 아무래도 자신이 기대했던 기쁜 일은 다가오지 않을 듯싶었다. 대통령에게 편지 한 일이 왜 그토록 중요하며 교장 선생님이 그것에 왜 깊은 관심을 갖고 있을까. 이런 상태라면 우리나라 대통령과의 만남이 티브이에서 본 것처럼 편안하고 명랑하게 보내질 것 같진 않았다. 아버지가 도청에서 쫓겨났듯, 이번 편지 문제로 자신이 퇴학당하지나 않을까 좀 불안해지기도 했다. 그렇게 되면 큰일이다. 아이는 변명하듯 거짓말하듯 말문을 열었다.

"테레비에요, 나왔었당게요. 애들하고 저어기 다른 나라 대통령이 노는 거요. 만화도 보고…"

그래도 진짜 속내는 말하지 않았다.

"…아아 떼레비 쁘로그라무를 보았단 말이지?"

'텔레비 프로그램'이란 말인가본데 '떼레비 뿌로그라무', 그런다. 좀 특이하게 들렸다. 충이의 이야기를 떠듬떠듬 듣고 난 교장은 나름대로 사연을 파악했는지 오히려 그가 고개를 주억였다. 그러나 충이는 교장선생님이 지금 자신에게 도움이 되는 쪽으로 이 일을 이해하고 있다고는 안쫑잡히지 않았다. 그것을 증명하기라도 하듯, 교장선생님은 대답하기 싫은 것들만 골라 연속적인 질문을 퍼부어 대기 시작했다.

"주소는 어떻게 알고 보냈니잇?"

교장선생님의 꾸며댄 듯한 부드러운 말씨와 얼굴 가죽위에 계속 머물러 있는 웃음기가 어쩐지 진짜 같아 보이지 않았다. 그 모습의 알짜는 화가 잔뜩 나 있거나 어떤 잘못을 캐내어 아프게 꽉 움켜쥐려는 것 같았다. 그런 모습에 아이는 싫증을 느꼈다. 그리고 미웠다. 들러리처럼 서 있는 교감 선생님과 담임선생님도 그랬다. 바보처럼 보였다.

"아빠가 가르쳐 주셨당께요."

갑자기 아이의 말투가 당당하고 씩씩해졌다는 걸 세 사람의 선생들은 얼른 깨닫지 못했다.

"아빠께서는 뭐 하시는 분이니잇?"

"집에 계시지라우 예!"

어디서 그 같은 용기가 솟았는지 모른다.

"전에는 뭐 하셨니잇?"

"공무원이었당께요."

묻는 대로 척척이었다. 세 선생들은 비로소 아이의 대답하는 태도에 변화가 생겼다는 걸 알 수 있었다. 그 말투가 기형적이긴 했지만 지루한 답답함에 시달리던 끝이라 시원해서 좋았다. 그런데 어쩐지 저항성의 냄새가 풍겨와 위협적인 분위기를 조성해볼까 했으나 그렇게 해야만 할 꼬투리가 당장은 없었으며, 또 아이의 기세가 쉬 꺾일 것 같지도 않아 시도하지 않았다.

"공무원이라면…동사무소나 어디, 구청에 나가셨더냐앗?"

충이는 힐끗, 교장을 쏘아보았다. 그러면서 큰 소리로 말했다.

"도청이랑께요. 도청 아이요."

구청이나 동사무소, 이런 일선 단위의 공무원이 아니라 높은 위치의 관청에 있었음을 말하고 싶었다.

세 선생들의 입가에 엷은 웃음기가 서렸다. 그것은 아이의 눈에 띄지 않았다.

"왜 그만두셨니잇?"

이번엔 아이가 실큼하여 대답을 늦췄다. 선생들의 눈길은 아이의 입술을 빤히 쏘아봤다. 마침내 아이가 입을 열었다.

"해직 안 되셨능게라우?"

자랑스레 대꾸했다. 세 선생들이 일제히 고개를 끄덕였다. 쫓겨난 공무원이 그 억울함을 대통령에게 탄원하는데 자식을 이용하고 있구나 하는 그런 답을 얻은 것일까. 그러나 충이의 마음속에 그들의 얼굴은, 피 튀기는 의로운 전장에서 도망쳐 나온 얍삽한 배반자이거나, 시궁창에서 쏙 빠져 나온 어줍잖은 자들로 무늬지기 시작했다.

"너의 아버지가 대통령 각하께 편지 쓰라고 시키시더냐앗? 이를테면 아버지의 어려운 사정을 호소해보라고 하셨다든지이?"

충이가 정면으로 교장을 노려보았다. 교장 선생님의 머리가 이처럼 나쁜 줄은 몰랐다. 편지 쓴 이유를 이미 설명했음에도 엉뚱한 질문을 해오고 있기 때문이다.

"아니라요, 앙이요!"

충이의 음성엔 골이 들어있었다. 교장실 공간이 짜랑하고 메아리 져 울렸다.

"됐다. 다시 말하지만 네가 대통령 각하께 편지 올렸다는 것이 나쁘다는 건 아니다. 다만 각하께서는 나라 일로 워낙 바쁘신 분이란다. 전국의 모든 어린이가 너처럼 편지를 보낸다면 그것만 읽으시재도 다른 일은 못하시게 돼. 게다가 그 많은 어린이를 다 만나실 수 있겠니이? 이제 알겠지? 앞으론 그런 편지 하덜 말거라 응?"

충이는 어떤 대꾸도 몸짓도 반응을 보이지 않았다. 대통령 당사자도 아닌데 대통령의 처지를 어찌 그리 잘 알고 있다는 것인지 이상했다. 교장선생님의 말은 그럴 듯하면서도 솜사탕인 양 씹혀지는 게 없었다. 이때, 교감선생님이 발로 마룻바닥을 탁 굴렀다.

"임마! 하라는 공부는 안하고 쓸 데 없이 편지질이나 해서 말썽을 빚어? 간도 터무니없이 큰 녀석이지."

그리고 너는 모든 게 아주 별나구나, 니가 쓰는 말이 어딧말이냐, 경상도 같기도 하고 어떻게 들으면 전라도 같기도 하고 발음은 또 강원도나 느려 터진 충청도 같기도 하다, 덜 돼먹은 말 짬뽕이다, 이름은 그게 또 뭐냐, 난 북이라는 글자의 성씨를 처음 본다, 느이 아부지가 아마 니네 성씨의 시조 쯤 되나보다, 네 이름이 '북충'이라면 북한 김일성이에게 충성하자는 거이나 뭐냐, 세상이 마땅찮아서 아마 창씨를 한 모양이구나, 라는 해괴한 소리를 지껄였다.

"헛 헛…"

"흐흐흐…"

세 사람의 선생들은 애완동물을 갖고 옹아리하는 것처럼 꺼르르 낄낄 합동으로 웃어댔다. 충이는 분명 '복'씨라 말했는데 교감 선생님은 남이냐 북이냐의 두 가지 갈래로만 파악하여 알아듣고 있었다. 교장선생님은 충이의 이름이 적힌 반송 편지를 앞에 놓고서도 교감의 '북씨 놀이'에 아무 말도 안 하고 있다.

"힛, 북은 아니고 복씨입니다."

담임선생님이 뒤늦게서야 매우 양심적이라는 듯 고쳐 말했다.

충이는 입을 꽉 다문 채 교장실 문을 나섰다.

"내 여깄노라 카고 광고 냅니꺼? 와 얼라한테까지 유별난 걸 갈치능

교. 남들처럼 좀 조요옹히 사입시더. 이 꼬락지 머이 자랑할 게 있다꼬 자꾸만 소문내키요 야?"

경상 네는 치밀어 오르는 울화를 남편에게 쏟았다. 이 울화는 낭패감에서 비롯되는 것이었다. 아이에게만은 어떠한 일이 있어도 남편이 겪는 것 같은 아픔을 맛보게 하고 싶지 않았다.

"이 사람이 왜 가끔 속 뒤집는 소리를 해 쌓는당가. 애 편지 쓰는 자유마저도 박탈해야 하는가 잉?"

경상 네는 또 남편의 눈에서 불똥이 튀고 있음을 보았다. 보통 때처럼 숙져들 것 같지 않은 눈빛이었다. 그 모습에 경상 네는 찔끔해지면서도 벌어진 말자루가 얼른 여며지지 않았다.

"자유고 머고 얼라아가 멀 안다꼬 그카요. 천진한 아가 뭘 아요?"

"천진하고 순진무구한 아잉께로 잘못하는 일 아니면 내버려 둬야지라우."

호남 씨의 목청은 한층 높아졌다. 이 정도로 나올 때는 결코 고집을 양보하지 않았다. 부모의 싸움질 틈바귀에서 지질려 버린 아이는 슬그머니 일어나 가게로 나갔다. 그 애는 진열장을 만지작거리며 서성였다.

"하이고마 누아 그걸 몰라서 하는 소리라예? 자기가 당한 일 어린 자슥 씨기서 탄원한다꼬 남들이 그리 말할 것 아이요. 와 남한테 고마 안큼 밖에 안보일라캅니꺼?"

"믓이당가? 누가 뭘 시켜서 탄원해 야? 놈들이 뭘 알아서 주절거리 쁜다냐?"

정말 엉뚱한 소리였다. 그 상상을 누가 막을 것인가. 듣고 보니 남들이 안다면 그렇게 여길만도 한 일이었다. 그러나 지금 그를 둘러싸고 있는 '남'들은 어떤 옳은 가치나 위로도 제공해주고 있지 못하다.

"모르요? 발 없는 말 굴러가멘서리 눈덩이처럼 뿔어난다카데이."

호남 씨는 이제 그만, 아내가 말을 시켜오지 않기를 바랐다. 어떤 경우라도 이번 일만은 마누라의 주장을 수긍할 생각이 없었다.

"떠들 것 없당께로, 쥑인대도 내 새끼 무다안히 기 꺾는 일은 모다굿단 말이다. 알긋능가 잉?"

"기는 지금 당시인이 꺾고 있는 기라예. 아 꼴을 좀 보소. 온통 사색이 안돼 있심껴. 와 이 모양을 만드요. 두 번 다시 아 직이는 일 꺼정은 몬하겠소."

잔뜩 자신의 감정을 절제하고 있던 호남 씨의 눈알에 순간적으로 빛이 번쩍 일었다.

"씨끄럽다 이, 이 오살을 할 예펜네야! 시방 니가 우리 식구 밥 뿔어멕인다꼬 뭇이나 다 니 말이 맞는 줄 안다냐?"

있는 목청을 다 돋구어 아닥치듯 소리쳤다. 경상 네는 정말 기가 꺾이고 말았다. 병치레에 시달리는 남편의 어디에서 그런 힘이 솟아나는지 놀랄만한 일이었다. 더 이상 물러서지 않을 마지막 생명음(生命音)으로 들렸다. 할 말이 아주 없는 건 아니지만 경상 네는 입을 다물었다.

왈카닥 성미를 쏟아낸 호남 씨는 참으로 오랜만에 머리가 맑아지고 있음을 느꼈다. 체내의 온갖 잡균이 말끔히 씻겨져 나간 듯 개운하고 후련하였다. 답답할 때 마음껏 소리쳐보는 것도 건강을 돋구는 한 방편일 수 있는가. 그는 속으로 빙그레 웃었다.

경상 네가 눈물을 훔치며 어둠 속으로 아들을 찾아 나선 지, 반시간이 채 안되었을 무렵이다. 가게 문이 치르르 열리며 초췌한 모습의 충이 녀석이 들어섰다. 녀석을 보자, 호남 씨의 가슴이 이상하게도 철렁

내려앉는듯한 느낌이 들었다. 그 동안 모아 쥐고 있던 초조 긴장감이 홀산되는 해방감 때문이었을까. 그는 아직도 무력감에서 헤어나지 못한 근력으로 간신히 두 팔을 뻗어 아들을 가슴에 안아 들였다.

"아니 임마, 너 으디 갔다 왔다냐 잉? 핵교에도 안갔었담시롱?"

무슨 생각을 하는지 아이는 물음에 대한 답변대신 이렇게 입을 열었다.

"아빠, 인자 생각해 냈어라우!"

큰 도(道)라도 터득한 양 두 눈을 껌뻑이며 아이는 의젓한 표정이었다.

"뭐다냐?"

가슴이 저리도록 반갑기만 하여 호남 씨는 아이를 감은 두 팔을 자꾸만 당겨 죄었다.

"낸 대통령은 안하긋소. 대통령은 거짓말쟁인갑디다 예. 캐도 아빠의 암은 고쳐부리고 말겠능기라예."

"므라고 라우?"

호남 씨는 아이를 감았던 팔을 스르르 풀었다. 자신이 앓고 있던 아픔이 암이었더란 말인가. 그보다도 대통령을 만나면 아빠의 암을 고쳐달라고 말하고 싶었던 것일까. 어느 틈에 와있었는지, 벌겋게 충혈된 눈의 경상 네가 문지방을 짚고 서서 물끄러미 방안 풍경을 들여다보고 있었다.

한민족문학 제2집(1991년 10월)

유기준 교장의 개안기행

몸이 찌뿌드드하니 무거웠지만 유 교장은 새벽 첫 차를 타야 했다. 그렇지 않고서는 오늘 볼일을 하루해 안에 마무리하기 힘들 것이란 계산에서다. 이날 중으로 교육청에 들어오라는 지시만도 한숨 놓는 일이었다. 다행히 공판이 오전이어서 양쪽으로 시간을 쪼갤 수 있었다. 아내의 죽음이다, 장례다, 사고사실 확인이다 해서 학교를 비운 날이 많아 직원들 보기가 민망하였다. 가뜩이나 학교의 내부문제가 시끄러운 판이어서 핑계 김에 피해 다닌다는 오해를 살 것 같기도 하였다.

몸이 나른했다. 안전띠를 맨 다음 머리를 창 쪽으로 돌렸다. 하늘은 어느 한곳 빤한 구석 없이 회색 짐을 지고 눌려있다. 비는 온종일 내릴 모양이었다. 유 교장은 차창에 부옇게 서린 김을 손바닥으로 쓰윽 쓱 문질러냈다. 손바닥에 전달되는 차가운 기운이 몸 전체로 시원하게 번지고 있음을 느끼며 창밖을 투시하였다. 바깥쪽의 때 낀 유리면에 빗물이 흘러내려서인지 산야의 풍광이 선명하게 눈에 들어오진 못했다. 엑스축 선상에 그려진 그래프처럼 주욱 죽 뻗어 내린 산비탈에 불그레한 진달래 빛 물감들이 막 살아나고 있음을 알 정도였다. 좋은 날 한가롭게 저 꽃을 감상할 수만 있다면 방싯 피어나는 청초한 꽃 살들을 품에 안아볼 듯싶었다. 지난번 행보 때만 해도 저 같은 빛깔은 아니었다. 봄이란 계절의 회전이 참으로 언뜻 지나가고 있음이 실감되었다. 하긴 김진수 선생 등 평교사들의 일만 아니었다면, 그 이후 두어 행보하여 아내의 묘소라도 살펴보고 싶었었다. 그리고 보면 그들이 이래저래 밉기만 하다.

김 선생은 그 일을 야니 차게 항의하고 나섰었다. 유교장의 부인이 변을 당하기 하루 전이다. 그러니까 교장 임용과 함께 산남 중학교로 첫 발령을 받아 부임해온 지 한 달 정도 되는 날이었다. 휴게실로 쓰는 여분의 교실에 교사들이 모여 있었다.

"교장선생님이 공개 사과하십쇼. 그렇지 않으면 농성을 풀 수 없습니다."

그렇게 대놓고 말하더니 주먹 쥔 팔을 하늘로 향하고 팔뚝질을 하며 구호를 외쳐댔다. '사과 하라 사과하라.' 그러자 성인배 등 다른 다섯 명의 교사들이 따라서 그 짓을 했다. 꼭 북쪽 자료 화면을 보았을 때와 같은 느낌으로 외경과 두려움이 휩싸여왔다. 유 교장은 턱을 덜덜 떨었다. 자신이 여럿의 지탄을 받는 과녁이라니 어이가 없었다.

"사괄 하다니? 다, 당신들이 할 일은 하지 않고 금지되어 있는 서명운동이나 벌이고 댕기니께 학부형들이 그러는 건데, 당연한 것인데 내가 사괄 해?"

얼굴빛마저 새하얘졌다. 저들이 벌이는 동료직원 해직 반대 서명운동이란 것이 문제였다. 그들은 몇 해 전에 정부 여당의 반대를 무릅쓰고 전국 교직원 노동조합이라는 교원 단체를 만들었다. 교직원의 지위 향상과 권리획득 및 교육여건을 개선하겠다는 취지라는데 그 목적은 정부의 교육정책을 비판하고 오랫동안 이어져온 교육계의 이런저런 관행을 비리라는 이름으로 들추어내는 게 주 사업 과제다. 그들은 더러 교육 정책 개선안이란 걸 내놓기도 하지만 대부분 현실과 맞지 않아 정부와 충돌을 빚고 있다. 그로 인하여 최근 교육계가 편안치 못하고 늘 폭풍 속에서 헤매는 꼴이다. 그러다보니 이 사태는 단지 교육계의 폭풍만으로 한정지어지지 않고 국가 전체의 혼란으로 비춰지는 경우가 태반이었다. 보다 못한 정부에서 그 주동자들 몇 명을 해직 조치한 바 있는데 그에 대한 반발이 또한 이처럼 시끄럽게 일고 있는 것이다.

"교장선생님, 원천적 동기를 간과하지 마십쇼. 우리의 동료들이 부당하게 쫓겨나는 현실을 보면서 방관하고 있으란 말씀인가요?"

유교장이 뭐라고 대꾸할 겨를도 없이 성인배 선생이 목 줄기에 핏심줄을 세우며 나선다.

"교장선생님은 미망한 학부형들을 현혹시켜 우리 평교사들을 빨갱이로 몬 일을 어떻게 설명하시겠습니까. 그건 제 삼의 올가미를 씌우는 작태입니다."

모두들 얼굴빛이 벌겋게 달아올라 있었다. 꼭 어떤 혼이 씐 사람들로 보였다. 그들은 조금의 주저함도 없었다. 죽기 살기 그대로였다. 그게 매우 조직적이었다. 이런 경우를 바로 사면초가라고 하는구나 생각하며 교장 된 액땜이겠거니 하고 참아보려 애썼다.

"올개미를 씌워? 누가? 금강에서 비단 후지르고 한탄강에 가 땅을 치는 격이지, 당신들, 학부형들 입장을 생각해봤나? 아전인수의 편견을 갖고 행동하는 건 교육자의 자세가 아니라는 걸 모르나?"

하지만 그들의 눈초리는 싸늘하기만 했다. 유 교장의 손가락이 수치감으로 파르르 떨렸다.

"낸 당신들을 빨갱이루 말한 적이 없어요. 엉뚱하게 덤테기를 씌우지 마세요."

자신이 뒤로 밀리고 있음을 어렴풋이 짐작하게 된 유 교장은 이 같은 입씨름에 좌절감이 안겨왔다. 왜 이런 꼴이 벌어져야 하는지 스스로에게 울화가 치밀어 올랐다.

"교장선생님, 변명하시는 건 모양이 안 좋으십니다. 저희는 누구에게도 덤터기를 씌우려진 않습니다. 협잡꾼이 아니니까요."

그들은 계속 울근불근할 참이었다. 힘들도 참 대단하다 싶었다.

"어쨌든 빨리들 해산하세요. 안 그러면 이번엔 별 수 없이 교육청에 보고할 거요. 그 결과가 어떻든 그 다음은 난 모르는 문제요. 서명운동을 벌이는 행위만도 묵과되지 않을 일인데 어쩌자고 들 이러는 겁니까. 당장 들 해산하세요."

생전 큰소리라곤 쳐 본 적이 없던 유교장의 목소리가 벌겋게 익은 석류 알 튀듯 흩어져나갔다. 그러나 그 말에 평교사들의 기세가 꺾일 것이라고는 유 교장 자신도 기대하지 않았다. 그들은 정말 그랬다.

"예상하고 있는 중징계도 거부하지만 저희는 그런 걸 두려워하지 않습니다. 교장선생님께선 해직교사들이 억울해 보이지도 않으십니까?"

유 교장은 짐짓 그들을 하나하나 노려보았다. 살갗의 숨구멍이 소름으로 되어 모두 솔아 올라있었다. 그네들은 투쟁을 위하여만 존재할 뿐 사리 판단능력이 사라져 보였다. 영락없는 인성마비의 군상이었다.

그러면서도 자신들이 마치 영웅이라도 된다는 듯이 착각하고 있는 게 아닌가 싶었다.

교육감과 인척이 된다고 소문이 난 교무주임이 유 교장을 싸안고 돌아서지 않았더라면 졸도사태가 일어났을지도 모를 일이다.

그 날 아침 등교시간이었다. 학부형들 오십여 명이 운동장 안으로 몰려들어와 교문을 막고 웅성댔다. 그들은 등교하는 학생들을 모두 되돌려 보내고 있었다.

"갈치라는 공부는 뒷전치기고, 머여 거 스명운동이나 벌이고 있다니 이거 불안해서 워디 애덜얼 맡길 수가 있십니까유."

사십대 중반쯤 되는 패다리적게 생긴 사내 하나가 입술을 부들부들 떨며 장도감쳤다. 당장 유교장의 멱살이라도 드잡을 듯한 기세다. 유교장은 실색하여 무춤무춤 뒷걸음질을 쳤다.

"아 그렇습니까, 그렇다고 부형님 네가 일방적으로 우리 학생들을 귀가시키면 어쩌자는 거입니까. 학적을 가진 학생들인데요. 일단 저와 상의하신 후에 결정하시는 게 순서이고 순리이지요."

어깨를 구부정히 한 유 교장은 아무래도 굽죄는 듯하였다. 그러면서도 말은 몰강스러웠다. 상대는 막무가내였다.

"순서도 좋고오, 순리도 좋시다. 이 핵교에 전교존가 하는 못된 짓하다 쫓겨온 선생들이 있다는데 촌 핵교에 댕기는 자녀질덜언 그런 빨갱이덜한티 배워도 된다는 건지 말 좀 해보시오."

"뭐라구요?"

전교조가 빨갱이란 말은 유 교장으로서도 놀랍기만 하였다. 그래서 어처구니가 없기도 하였다. 김진수 성인배 선생 등이 서남 시와 남부 지역 학교에서 전교조 활동을 하다가 이 오지로 좌천돼왔다는 것쯤은 알고 있던 터였다. 그들이 벌였다는 전교조활동이 그 자신들의 신념에서 비롯된 것이라면 자신들을 좌천시킨 인사에 대하여 내심 승복하지 않을 것임이 분명한 일이다. 그들은 이 학교로 좌천됐다는 의미만으로도 벅찬 댓가를 치르고 있는 셈이다. 반면에 의지 없이 불온세력에 뇌화부동하다 지금의 결과를 가져왔다면 그건 순전히 자신들의 책임이니 누굴 탓할 일이 못된다.

그런데 전교조는 곧 빨갱이라는 등식 앞에선 단순히 잘잘못의 문제로 심판되어지는 게 아니잖은가. 빨갱이를 배척하는 게 국시의 제 일의(一義)로 규정되어온 이 나라에서 전교조를 빨갱이라고 서슴없이 내뱉는 애국적 증오심엔 객관성이나 그 나름의 논리성이 분명히 결여되어 있었다. 그들이 설령 빨갱이라 하더라도 거기엔 그럴만한 과학적 근거가 뒷받침되어야 했다. 유 교장은 자신의 사회 현실인식이 학부형들의 그것에 미치지 못할 수도 있다고 생각했다. 그렇다면 전교조 교사들에 대한 객관적 애정을 갖기보다는 학부형들의 주장을 아뭇소리 없이 받아들이는 게 처신 상 현명한 노릇 같기도 하다.

"저어 부형님들 진정하세요. 그 교사들이 빨갱이라면 저도 부형님들의 협조를 새롭게 구해서 조치하도록 할 겁니다. 그러나 아직 그렇다는 확실한 단서는 잡힌바가 없거든요. 또 그 선생님들이 빨갱이인지 여부는 뒤로 미루더라도 물의를 일게 한 원인은 차츰 도려낼 작정입니다."

유 교장은 사죄하듯 애걸하듯, 두 손바닥을 펴들고 흔들어댔다. 자신은 지금 이 사태에 임하여 최선의 조치를 위한 발판을 구축하고 있다는 확신을 가졌다.

"머요? 차츰이라니요, 애덜 고등핵교도 보내기 전에 몽짱 다 빨갱이로 맹글 게 생겼는데 차츰이 멉니까요."

사내는 그렇게 말하고 쓰윽 등을 돌려 보이며 다음과 같이 중얼거렸다. '교장 놈들 대갈빼기에 머가 들어 있겄어. 원래 사타구니가 뽀오얄 때부터 사범학교 들어가설랑 이날꺼정 세상모르고 높은 놈한테 오직 아첨만 하며 살아온 것들이!'. 그들에게 있어서 교직자에 대한 총체적 정의는 그런 것인가 보았다. 그 말을 들은 유 교장은 뜨거운 피가 쇠꼬챙이로 되어 훅 하고 머리를 거꾸로 찍는 느낌이었다. 사지가 뻣뻣해 왔다. 그러나 어쩌랴. 아첨이 몸에 배었기 때문이든 어떻든, 가장 어려운 고비를 참아내는 슬기와 인내심으로 한 세상 이날까지 버텨온 게 아니던가.

"이예 이예, 잘 알아듣겄십니다. 우, 우선으은, 그 선생님들이 추진하는 서명운동을 당장 중지시키도록 하겄십니다. 그게 빨갱이 활동을 막는 길도 될 듯싶구요."

'빨갱이 활동을 막는 길도 될 듯싶구요' 이 말이 와전되어 교사들을 빨갱이로 몰았다는 오해를 준 모양이었다.

그 날은 밤에까지도 바쁘게 움직였다. 평교사들과 개별 면담을 하면서 반성문을 써 제출하도록 하였다. 물론 교사들은 한 결 같이 거부하였고 유 교장은 일방적인 지시를 내렸을 뿐이다. 그 시한을 한 달로 늦춰 잡아주긴 하였다. 실은 유 교장 자신이 전교조 활동 및 그 원인과 배경에 대하여 학구적 자세를 가지고 파악해둘 참이었다.

교사들과 면담해본 결과 자신이 뭔가 좁아터진 틀 속에서 허우적거리고 있다는 회의 같은 걸 진하게 받았던 터였다. 교사들은 서명활동 중지에 관해선 고려조차 하지 않는 것 같았고, 단지 학생들의 수업에 지장이 없도록 방과 후나 공휴일을 이용하여 활동하겠다고 말했다. 그것은 그들의 입지를 넓혀주는 강점이 될 것이다. 다시 말하면 유 교장에게는 약점으로 작용되는 것이기도 했다.

유 교장은 일단 교사들에게 인간적 애정을 감추기로 마음먹었다. 그렇더라도 겉으로는 그 반대의 자세를 취해 보여야만 효과가 있을 것임은 뻔한 일이다. 또 그들의 고향집이나 가정을 방문하는 등으로 부모나 부인을 설득하는 방법이었다. 지금 귀댁의 자식인 아무개 선생이, 남편이 못된 붉은 물에 들어가고 있어 큰일이다, 당장에 막지 못한다면 패가망신하게 되어있다고 경고를 주는 것이다. 바로 그 가족들로 하여금 평교사들의 활동을 제어케 하는 방법이다. 이 숫법은 기업의 사용자가 노조 요원 가족을 대상으로 흔히 써먹는다고 어디선가 들은 바 있었다. 그 방법이 그럴듯하다는 생각에 다음 날인 삼월 삼일부터 실행에 들어갈 작정이었다.

그런데, 다음 날 오전 열 시경 아내의 참변 소식을 들음으로써 그 일은 장례기간만큼 유보될 수밖에 없었다.

어쨌거나 장례식 때는 의외로 평교사들의 수고가 대단했었다. 그들의 책임감은 표면적으로는 흠잡을만한 데가 없었다. 먼 길을 저녁에 왔다가 새벽에 다시 가는 행동은 학교 수업에 지장을 주지 않겠다는 오기처럼 보였다. 유 교장은 특별히 이렇다 저렇다 감정을 나타내지 않았다. 저들이 전 날에 한 간이 있어 이 기회에 어물쩍 점수를 따 두자는 비열한 계산이 작용할 수도 있다는 판단에서였다.

그 와중에도 유 교장은 틈틈이 그네들을 노려보았다. 마치 부인의 참변이 그들 교사들의 책임이기라도 한 것처럼 말이다. 그것을 아는지 모르는지 교사들은 묵묵히 일만 했다. 조객 접대와 너절하리만큼 잡다한 일들을, 친인척이 번족하지 못한 유 교장으로선 지내놓고 보니 그들이 아니었다면 그 번다한 장의 행사를 어찌 치러냈을까 하여 아찔하기까지 했다.

 열 시에 개정 예정인 법정 안은 발 디딜 틈 없이 사람들이 밀려들었
다. 열시 십분 전쯤 해서 푸른 수의에 결박이 질린 한 떼의 피의자들이
교도관의 인도로 방청석 뒤로부터 몰려나왔다. 그들이 앞자리에 줄지
어 나란히 앉기까지 법정 안이 술렁거렸음은 물론이다. 피의자들과 친
지들은 서로 손을 흔들어 아는 체를 한다든지, 눈을 찡긋대며 웃음 짓
는다든지, 나지막이 건네는 속삭임들로 제법 어수선하였다. 모처럼 반
가운 얼굴들을 만나서인지 피의자들은 대부분 명랑한 표정들이었다.
그 속에는 예외 없이 백 성칠도 끼여 있었다. 그는 다른 피의자들에 비
해 유난히 기쁜 일이 있는 모양이었다. 어깨까지 들썩이며 옆 사람과
키들거렸다. 유 교장은 가슴이 먹먹해져왔다. 백이 구속되어 경찰서
유치장에 있을 때 면회를 한 적이 있었다. 그때는 지금처럼 난만 방자
하지는 않았다. 연신 불안해하며 혀로 입술을 핥았었다.
 한동안 북적거리던 장내가 빠르게 숙져들기 시작하였다. 시간은 열
시 십분, 예정된 개정 시간보다 십 분이 늦은 시각이다. 정시보다 늦게
시작하는 이유에 대해 특별히 아는 바는 없었다.
 검은 법복을 입은 판사가 방청석 맞은 편 법대(法臺)를 향해 유유히
걸어 나왔다. 이때까지 방청석 앞에서 서성이던 정리가 '모두들 일어서
세요'하며 방청객들을 훑어보았다. 사람들은 그 명령에 따라 앉았던 자
리에서 일어났다. 유 교장도 사람들 틈에서 엉거주춤 일어섰다. 운동장
에서 조회 때에, 국기에 대한 경례를 하기 위하여 일어설 때나 방학 중
연수를 받으러 갔을 때를 제외하고는 이런 식으로 통제되어 일어서 본
기억이 없다. 법정이란 데가 이런 절차를 필요로 하는 곳인 줄은 상상

도 해보지 못했다. '제 자리에 들 앉으세요' 구령처럼 정리의 명령이 다시 떨어졌다. 사람들은 헛기침도 하는 등 의자를 덜그럭거리며 앉았다. 지루한 시간이었다. 판사는 우선 쉽게 알아들을 수 없는 낮은 목소리로 지난번 공판과 관련한 사건의 형량을 읽어 내려갔다. 아무개는 징역 일 년, 거시기는 벌금 팔십만원, 이런 식이었다. 그때마다 방청석에서 몇 사람 씩 빠져나갔다. 빽빽하던 장내가 금방 허부렁해졌다.

형량 부르기를 마친 판사가 서기로부터 다른 사건 철을 넘겨받았다. 그리고는 여러 사람의 이름을 한꺼번에 주욱 불렀다. 푸른 옷을 입은 건장한 피의자 여럿이 나가 일렬횡대로 늘어섰다. 여전히 판사의 목소리는 방청석에 제대로 전달되지 않았다. 마이크의 음량을 높여주었으면 싶었지만 그럴만한 기미가 보이지 않았다. 또 누구도 그것을 요구하지 않았다. 방청객들의 상체가 모두 판사 쪽으로 쏠려있었다. 중학교 3학년의 여학생 하나를 저 장한들이 윤간했다는 것 같았다. 대화는 판사와 피의자들, 또 방청석에서 볼 때 왼쪽에 앉아있는 검사, 오른 쪽에 있는 변호사 등 사각으로 뒤죽박죽 연결되었다. 유교장의 머리에 왠지 작은 파문처럼 야릇한 불안이 밀려왔다.

앞자리에 앉아있던 피의자들이 한사람만을 남기고 차례로 자리를 떴다. 방청석에도 빈자리가 더 많이 드러났다. 수의를 입은 사람으로서는 마지막으로 백 성칠이 불려나갔다. 이제 방청석엔 불구속 또는 민사재판과 관련된 사람들만이 남아있는 것이다. 유 교장은 질렀던 팔짱을 풀고 앞 의자 등을 당겨 잡으며 허리를 폈다. 그리고 청력을 모으기 위하여 고개를 약간 옆으로 틀었다.

"다음은 구십이 고단 사백사 호 백성칠!"

판사가 외쳤다. 백은 두 손을 앞으로 모아 쥐고 판사에게 공손히 절했다. 입정 직후의 야조함과는 사뭇 달랐다. 갖은 겸손과 예절을 다 차리는 모습이다. 그 소중사나움에 유 교장은 쓴 입맛을 한 번 다셨다.

"본적이 어디죠?"

판사의 물음에 백은 역시 한껏 공손한 말씨로 본적지를 우물거렸다.

"주소는? 현 주소 말이요."

기록철을 뒤적이느라 판사는 백성칠을 보지 않은 채 물었다.

"저…서남시 교도동 사번지 서남교도소…"

"뭐…?"

판사가 고개를 들었다. 찰나적으로 정적이 깔리는가 싶더니 별안간 법정 안에 웃음소리가 폭발하고 있었다.

"와핫핫핫…"

"후훗훗훗…"

판사도 검사도 변호사들도, 서기들도 흰 이를 내놓고 한동안 낄낄거렸다. 어느 순간 판사가 장내를 일별하였다.

"아니 구속되기 전, 가족들과 함께 살던 집 주소 말이요."

백은 멋 적은 체 고개를 외로 꼬며 주소를 말했다. 이때 유 교장은 백이 어깨를 씰룩이며 웃음을 삼키고 있는 모습을 보았다. 그리고 그가 많은 것들을 희롱하고 있음을 알았다.

"피의자는 일천구백구십이 년 삼월 삼일 새벽 다섯 시경 서남시 운창동 네거리 건널목에서 육십일세 여, 연 음전을 치어 숨지게 한 사실이 있습니까?"

환갑이 된 남의 부인인데다 지금은 이승에 있지 않은 사람의 이름을 어린아이를 부르듯, 악질 범죄자를 호칭하듯 경칭을 끊어먹고 있었다. 판사의 장황한 물음에 백은 네 하고 짧게 대답하였다.

"그 때 피의자의 전방에는 직진 신호인 파란 등불이 켜져 있었죠?"

유 교장은 판사의 신문 방법이 기이하다는 생각이 들었다. '있었죠?'는 진실을 밝혀내려 한다기보다 이미 정해진 틀 속으로 답변을 유도해 가는 것에 가깝기 때문이다. 유 교장은 옆으로 틀었던 고개를 바로 하고 앞으로 쑥 내밀었다.

"네."

백은 역시 간단히 대답했다.

"그것은 즉, 숨진 연 음전이 건널목에서 빨간 신호등을 무시하고 횡단했다는 뜻인가요?"

"네 그렇습니다."

백은 지체없이, 자신 있게 큰 소리로 대답했다. 유 교장은 얼른 고개를 돌려 좌우를 돌아보았다. 아무도 자신에게 동조하는 눈빛은 없어 보였다. 이게 아니다, 유 교장은 누군가에게 소리치고 싶었다.

판사는 곧 오른쪽 아래로 눈길을 돌려 검사를 내려다보았다. 검사의 질문을 촉구하는 것이다. 반짝반짝하는 금테 안경을 낀 삼십대 초반쯤 되어 보이는 젊은 검사가 백에게 말했다.

"사고 당시 비가 내렸었죠?"

백이 또 네 하고 공손히 대답했다.

"시속 몇 킬로로 달렸습니까?"

"사십 킬로 정도입니다."

손가락 끝으로 안경테를 살짝 밀어 올리며 검사는 다음과 같이 말했다.

"피고는 당시 헤드라이트를 켜고 있었지만 날이 미처 밝지 않은데다 비가 오는 중이어서 곤란을 겪었죠?"

"네 그렇습니다."

"몇 미터 정도를 남겨놓고 전방의 무단 횡단자를 발견했습니까?"

검사는 아예 숨진 이를 무단 횡단자로 규정하고 있었다. 백은 신이 났다.

"십 미터 이내라고 생각합니다."

"물체를 발견한 순간, 즉시 브레키를 밟았지만 차가 미끄러져 나갔죠?"

"네 그렇습니다."

"피고는 사고 후 곧장 경찰에 신고했나요?"

"네 그렇습니다."

"이상입니다."

다시 손가락 끝으로 안경테를 밀어 올리며 검사는 자세를 바로 하였다. 유 교장은 진작부터 양미간이 오므라들어 있었다. 누가 보아도 검사는 피의자의 변호역을 담당하는 모습이었다. 뿐만 아니라 판검사는 한결같이, 마땅히 던져야 할 질문들을 빼먹고 있는 것이었다. 본적과 주소지 등을 묻고, 사고 사실을 확인한 다음에는 무엇 때문에 그 현장을 그 시간에 지나게 되었으며 누구와 함께였는가를 파악하는 것이 진실을 밝히는 열쇠로 보이거늘, 그에 대한 추궁은 전혀 없었다.

백이 낸 사고 차는 승용이었으니 그 이른 시각에 그 장소를 왜 통과해야 했는가, 그걸 알아야만 사건 상황이 보다 확연하게 드러날 것이란 점은 비수사관의 추리로도 얼마든지 가능하다. 사건 자체가 중요한 것이지 그 이전에 무엇을 했는지는 별개라고 말할지 모른다. 그러나 그 사건을 유발케 한 요인을 묵과하게 된다면 억울한 사람을 양산하는 법정이 될 수밖에 없을 것이다. 피의자가 마약을 복용했다거나 만취음

주 운전에 의하여 사고가 발생했다면 그것도 별개로 취급되어야 한다는 이야기다.

나름대로 경위를 파악해보기 위해 유치장으로 백을 면회 갔을 때 들려주던 그의 말이 생생히 되살아났다.

"형사계장님과 밤새도록 술을 마셨어요. 아마 일곱 군데는 족히 들렀을 거예요."

그는 자랑스럽게 말했었다. 권력자와 같은 반열에 있음을 자랑하는 듯하기도 했고, 그러므로 어줍잖게 도전하지 말라는 뜻으로도 들렸으며 술 때문이었으니 너그럽게 이해해 주십사 하는 바보 같은 애원으로도 들렸다. 변명할 여지없는 음주운전 행위였다.

경찰은 가해자가 경찰에 자진 신고했다는 이유만으로 일단 풀어놓기까지 했었다. 유 교장이 장례식 등 번다한 일을 치르고 나서 항의했었다. 사람을 죽였는데 이럴 수 있느냐며 되우 따지고 들었었다. 경찰은 몇 번 납득할 수 없는 변명을 하다가 마지못한 듯 구속 조치했었다. 그래도 운전자의 음주 사실 등은 사건 기록에 누락되어 있었다. 어떻게 사고 발생자에 대한 음주측정도 하지 않고 조사를 마무리할 수 있단 말인가. '본인이 술 먹었다고 그래요? 그런 소리 안 하던데' 담당 조사 경찰관은 그렇게 말했다. 피의자의 진술에만 의존하는 수사라니, 기가 막혔다. 아마 술을 마셨다고 실토했더라면 '당신 죽으려고 환장했어? 우리 형사계장님까지 같이 죽일 일 있어? 무작정 술은 안 마셨다고 그래' 하는 꼬드김을 넘어 협박을 했을지도 모른다는 추리가 뇌리를 휘감았다.

증인은 없고 죽은 사람은 말이 없다. 피해자의 무단 횡단 혐의를 벗긴다는 건 불가능하게 되었다. 그들이 왜 술을 먹고 다녔는지는 그들만의 일이니 궁금할 게 없다.

　차가 종합보험에 가입되어 있어 사망 보상은 적법하게 이루어질 것
이라고 담당 형사는 친절하게 일러주었었다.

　판사는 눈을 거두어 왼쪽 아래에 앉은 백 성칠의 변호사를 내려다보
았다. 변호사가 엉거주춤 일어서서 기록부를 들척이며 백에게 말 걸
준비를 하였다. 그러다 더듬거리며 이렇게 말했다.

　"피해자 가족과 합의는 봤나요?"

　거두절미 그랬다.

　"아직 안본 것으로 압니다."

　"당신이 신호를 위반했다고 말해야 합의해주겠다고 말한다죠?"

　"예."

　"이상입니다."

　유 교장은 양미간을 더욱 찡그리며 눈을 씀벅거렸다. 아무리 돌이켜
생각해보아도 그렇게 말한 기억은 없었다.

　면회 갔을 때다. 백은 유 교장을 보고 고개를 들지 못하였다.

　"난 당신을 탓하기 위해 면회 온 게 아니요. 내 집 식구를 미워하거
나 해서 죽인 건 아닐 거 아니오? 그렇지만 죽은 사람에게 누명까지 씌
워 놀 순 없잖겠소. 진실을 말해준다면 당신을 선처해달라는 탄원서를
낼 작정이요."

　백은 아무 대답도 하지 않고 입만 뚜 하니 내밀고 있었다. 사고 당시
비가 내렸다는 핑계로 현장 보존도 해놓지 못한 상태였다. 이 사건은
가해자 백 성칠의 주장대로만 조서가 꾸며졌다, 형사계장의 감호 아래
경찰의 입맛대로 조작되었다, 유 교장은 그렇게 확신했다.

　그 날은 토요일이다. 임지인 이백오십 리 거리의 학교로부터 집에

돌아오는 날이기도 하다. 연 음전 여사는 토요일마다 새벽 장을 봐왔다. 다른 날에도 물론 시장엔 가겠지만 유독 토요일엔 빠질 수가 없었다. 남편이 좋아하는 낙지볶음을 상에 올리려면 새벽 장에 나오는 물 좋은 놈을 골라야 했다. 부인이 왜 새벽 건널목을 건너야 했는지, 유 교장은 이렇듯 알고 있었다. 그 네거리 건널목까지는 집에서 약 이백 미터 쯤 된다. 집 앞에서도 바로 시장 쪽을 보고 큰길을 건널 수 있었지만 연 여사는 이백 미터나 걸어 내려간다. 신호등이 있는 건널목을 이용하기 위해서다.

언젠가 여름 방학이었다. 유 교장이 아내와 함께 시장에 다녀오던 중이었다. 갈 때는 멀쩡하던 하늘이 돌아올 땐 달랐다. 집 앞 길 건너 부근에 이르러 시내 쪽에서 까맣게 소나기가 들어왔다. 콩알 만한 빗방울이 후두둑 뚝뚝 떨어지기 시작했다. 행인들이 마구 차도를 건너 뛰어가는 등 아수라장이 벌어졌다. 유 교장도 덩달아 부인의 손을 잡아끌고 덤벼들었다. 그러자 부인이 몸을 뻗대며 남편을 되잡아 끌었다. 빗방울에 맞아 눈꺼풀을 깜빡이는 속에서도 잔잔한 미소를 띠워내며 연 여사가 말했다.

"저 아래로 해서 안전하게 건너가요. 남들이 뛴다고 우리까지 뛸 게 뭐 있수. 비 좀 맞으면 뭐 대수유?"

부부가 발길을 돌리자 휘익 불어 오르는 돌풍에 연 여사의 치마 끝이 풍선처럼 부풀어 올랐다. 몸을 낮춰 앉지 않았더라면 그녀의 비경이 드러날 뻔했다.

"나 이런 여인하고는?"

멋 적어진 유 교장이 응석잡이처럼 말하고는 부인의 옆으로 붙어 섰다. 연 여사는 한번 싱끗 웃고는 나직나직 말을 이어갔다.

"육이오 때도 의연히 살아온 우린데 이까짓 비 한 줄금에 흔들립니까?"

유 기준 선생은 일천구백사십구 년 서남 사범학교를 졸업하고 고향 마을 국민 학교 교사로 부임했다. 그런지 일 년 남짓 만에 전쟁이 터져 학교고 마을이고 온통 그 화에 휘말려 들어갔다. 학교는 휴교령이 내려졌고 유 선생은 두어 고개 등강이 너머 처가로 피난을 갔다. 그곳이라고 편안한 동네일 순 없었다. 일변 피난민이 몰려드는가 하면 다른 한켠에선 보따리를 싸는 사람들이 있는 등 섯들하기는 마찬가지였다.

산길을 화급히 넘어온 피곤함에다 장모가 고추장을 듬뿍 넣어 비벼 준 보리밥을 한바가지 퍼먹고 나니 사르르 졸음이 밀려왔다. 헛간 채 겸용으로 쓰는 사랑채 문지방에 앉아 외양간에 매여 있는 중소를 물끄러미 바라보고 있자니 철 적게 졸음이 밀려왔다. 아직 열아홉 새댁인 아내가 방에 들어가 자라고 직신대자 장모까지 거들고 나섰다. 할 수 없이 팔을 뒤로 뻗어 문지방을 잡고 궁둥이를 들이밀었다. 금방 어디론가 또 떠나야 될 것 같은 불안감에 누런 농구화 끈을 풀지도 않고 문지방에 다리를 걸친 채였다. 잠이 들어 얼마가 지났을까. 잠결에도 주위가 어수선해짐을 느꼈다. 아슴한 의식 속에서도 '동무!' 하는 소리가 들려왔다. 동시에 날카로운 철제물이 발바닥을 쿡쿡 찔렀다. 유 기준은 벌떡 일어났다. 순간 싹 달아나는 잠과 함께 눈앞에 펼쳐진 광경에 그만 온몸이 분해되어 나가는 듯 가슴이 두 방망이질을 쳐댔다. 붉은 천을 주욱죽 내려 댄 군복차림의 인민군이 기다란 딱콩총에 철커덕 알을 재면서 가슴을 겨누고 들었다. 그 뒤로 십여 명이나 되는 병사들의 눈이 이쪽을 노려보고 있었다. 난생 처음으로 세상이 깜깜하게 막히며 의식이 아득해옴을 느꼈다.

어디선가 기겁을 하고 달려온 장모가 두 팔을 허우적거리며 총 든 병정에 매달렸다. '이 사람은 국방군이 아니유. 이 년의 사위라우. 아무 죄도 없고, 요 넘에서 핵교 선생질하고 있다우. 이 사람이 다치면 우리 양가 백성이 다 죽소.' 하며 아이고 땜을 해댔다. 그 광경을 이윽히 바라보던 병정 하나가 앞으로 나서더니 기준의 와이셔츠 앞자락을 확 까올려 어깨 아래로 벗겨 내렸다. 흠 하나 없이 뽀얀 살결이 드러났다. 아마도 그들은 유 기준이 국방군 낙오병쯤으로 알았던 모양이다. 어깨에 총대를 멘 흔적이 있는지를 찾는 모양이었지만 그런 것이 발견될 리 없었다. '미안하게 됐소.' 그가 약간 퉁명스레 말했고 다른 병정들은 그와 함께 그곳을 나갔다. 기준은 그때까지도 털썩 주저앉은 채로 있는 장모를 일으켜 세웠다.

해가 설핏 기울어 가는데 학교 쪽에서 국방군 부대가 진격해온다는 소문이 파다하게 나돌았다. 그들이 당도하면 이곳에 있는 인민군대와 혈전이 벌어질 게 뻔하다. 그 틈에서 이 마을의 민간인들이 어떤 일을 당하게 될지 모른다. 그 동안 이 동네 골짜기로 밀려들었던 피난민들과 이 마을 사람들이 한꺼번에 동구 밖으로 몰려나갔다. 통나무를 이어 만든 앞강의 쪽다리를 건너기 위함이었다. 기준 내외와 처가 식구들도 짐을 싸들고 그 무리 속으로 빨려 들어가는데 기준의 아낙이 남편의 팔을 뒤로 잡아당겼다.

"사람들이 다 지난 다음에 건너요. 우리까지 끼어들면 더 복잡해지잖아요."

기준은 어이가 없었다. 지금 이게 학교 운동회장 북새통으로 아느냐며 어리석음을 힐책하려다 아내의 눈빛이 하도 진지하여 그대로 따랐다. 날이 어둑해졌을 때 피난민들이 얼추 강을 건넜다. 기준의 가족들도 쪽다리를 향해 발길을 옮기는데 언제부턴가 가까워지던 총성이 바로 뒤에서 들렸다. 딱콩 딱콩 호드득 딱콩, 동시에 한 떼의 인민군들이 우루루 쪽다리께로 쫓겨들어 왔다. 기준의 가족들이 본능적으로 물러서며 길을 터 주었다. 불과 몇 분 후 국방군 떼가 몰려들었다. 기준의 아낙이 날렵하게 쪽다리에 올라서며 가족들을 끌어올렸다.

휘몰아쳐 오던 국방군 틈에서 다급한 외침이 솟아올랐다. '다리에서 빨리 내려와! 빨리 물러섯!' 장모도 기준도 황급히 몸을 돌렸다. 그런데 기준의 아낙이 남편의 꽁무니를 잡고 놓지 않았다. '안돼요, 길을 터주면 인민군들이 다 죽어요' 이런 실랑이 속에 국방군이 이들 내외를 밀어 제치고 쪽다리에 올라섰을 때 강 건너간 패주병들이 강 끝의 쪽다리를 뽑아 하류로 흘려보내며 도망쳤다. 국방군들이 텀벙텀벙 강물로 뛰어들며 쫓아가려 했지만 물걸음이 저들을 따라잡기는 벅찬 일이다. 짧은 시간에 벌어진 일들이었다. '적군이기 이전에 그들도 인간이잖아요.' 아내는 그렇게 말했었다. 기준은 가끔 아내를 대하며 천사, 또는 여걸이란 낱말을 떠올려보곤 한다.

변호사의 심문이 간단히 끝나자 판사는 다시 검사를 내려다보았다.

"구형하세요."

영화나 티브이 드라마에서 보듯 유창한 논조로 재판이 진행되지 않는데 유 교장은 의아해했다. 변호사도 검사도 모두 꿍얼꿍얼 뭔가에 쩔쩔 매듯 우물우물하였다. 목소리가 낮기로는 판사도 마찬가지였다. 실제 재판과 드라마상의 모습이 왜 이렇게 다른가 의문이 갔다. 앞앞이 마이크는 한대씩 설치돼 있건만 그걸 제대로 이용하고 있지 않았다. 검사가 판사를 힐끗 보며 궁둥이를 들었다 놓았다.

"벌금 일백오십만 원."

움직임도 말소리도 졸장부로 보였다. 유교장의 이마에서 땀이 솟았다. 아무리 형사재판이라지만 피해자 측이 제기한 의문점들은 전혀 반영되지 않았다.

"저건 무죄라는 뜻이네? 구형이 백오십만 원잉께 판결 때는 곧장 석방이겠구먼? 뻔한 거지 뭐."

방청석 틈에서 그런 말이 나지막하게, 그러나 또렷하게 들려왔다. 콱 숨이 막혀왔다. 눈물이 쏟아질 듯, 억울한 분노가 복받쳐 올랐다. 백성칠에 대한 가벼운 구형량은 연 음전 여사를 죽음에 이르게 한 엄청나게 무거운 책임이 바로 피해 당사자에게 있다는 뜻이었다.

유 교장이 법원 문을 나선 시각은 오후 한시 십 분이었다. 여전히 비가 뿌려지고 있었다. 식당에 들어가 국수 같은 것으로라도 간단히 점심 요기를 해둘까 했으나 입에 당길 것 같지 않았다. 큰길 건너 시내버스 정류장으로 가려다 택시를 잡아탔다. 빗줄기가 몸을 철떡거리게 하는 데다 다리가 허청거려서였다.

교육감은 자리에 없었다. 도지사 검사장 및 군 정보기관장 등과 갖는 월례 방호협의회에 참석키 위해 시내에 나갔다고 했다. 오후 두 시 이후에나 만나게 될 수 있을 것이라는 비서실 여직원의 설명이었다. 오랜 교직 생활 동안 각 지방 학교로 수차례 전근을 다니다 보면 도내 교육관계자들은 대부분 서로 아는 처지가 된다. 교육감도 그렇게 아는 사이이기도 하다. 유 교장은 아래층에 있는 중등교육과로 들어갔다. 장학 지도 차 출장 중이라는 말대로 대부분 자리가 비어 있었다. 몇몇 안면 있는 내근자들만이 엉거주춤 일어서며 새삼 뒤늦은 조의를 나타냈다. 그들 중 하나가 산남 중학교의 사태에 대해서 운을 뗴었다.

"집단행동이 있다는데 왜 보고만 계십니까?"

면박으로 들리기도 한 그 동정이 서린 말에 뭔가 대구를 해야 했으나 굶은 배에 힘이 실려지지 않아 입을 다물었다. 그러나 이미 교육청 내에선 자신에 관한 정서가 껄끄럽게 돌아가고 있다는 것을 확인하는 계기는 되었다. 억지로라도 점심을 먹고 들어올 걸 그랬나보다고 후회가 되었다.

두 시가 되길 기다려 이층 감 실로 올라갔다. 비서실에서 이십 분 가량을 더 기다린 뒤에야 외부에서 들어오는 교육감과 비로소 조우하였다. 얼굴에 불쾌한 주기를 수놓은 그는 가볍게 손을 내밀면서 손을 까딱하였다. 지시대로 유 교장이 감을 따라 들어갔다. 그러나 감과 미처 대화를 나누기도 전에, 결재를 받으려는 관계자들의 출입으로 한동안 멍청히 앉아있어야만 했다. 그동안 부속실 여직원이 내 온 차를 마셨다. 결재서류에 사인을 하던 감이 '어떻게 사모님 장례는 잘 치르셨나요? 못 가봐서 미안합니다.' 라는 등의 인사치레가 있기는 하였다.

유교장의 머리엔 오전의 재판 상황이 머물러 있었다. 바위에 계란 던지기라는 말이 있지만 자신의 의지가 지금처럼 거대한 절벽 앞에 둘러싸여 보기는 처음이었다. 인민군의 총부리를 정면으로 받아본 적도 있긴 하였지만 그 상황은 진짜 절벽이 아닌 것으로 마무리되었다. 변호사는 더 볼 것 없고, 판검사가 모두 죽은 이를 적진의 과녁으로 삼아 한 동아리로 똘똘 뭉쳐있지 않은가. 만일 유 교장 측에서 계란으로나마 공격하려 한다면 저 동아리는 더 크고 단단한 절벽으로 부풀어 올라 등 뒤에까지 막아두를 지 모른다. 팔팔 년 말 국회 청문회를 통하여, 팔십 년도에 억울하게 피해를 당한 적지 않은 사람들이 되술레 잡힌 까닭이 왜였는지 드러났던 것과 같이.

"유 교장, 앞으론 오지 중해익교도 국민해익교의 경우처럼 분교가 생겨날 거요."

퍼뜩, 유 교장은 정신을 가다듬었다. 서류 결재를 마쳤는지 감이 응접 소파로 내려앉으며 말했다.

"도내 북부 지역이 우선 대상에 들겠지요. 다시 말해이면 면 단위에 있는 중해익교가 분교로 될 수밖에 없는 실정이다 그 말이예요. 국민 해익교 분교 현상이 중해익교까지도 파급된다는 뜻이예요."

유 교장은 가슴속이 딱딱하게 굳어드는 느낌이었다.

"…교장, 아무나 하는 게 아닙니다. 학생 관리보다도 더, 젤루 중요한 거이 선생 관리입니다."

여기까지 말하지 않아도 교육감의 속내가 무엇인지 알아듣고 있었다.

"교장 임명장 발부해준 사람의 체면도 좀 감안해 주서야지요. 산남 중해익교라는 외딴 산골 평교사놈들이 집단행동을 벌였다는 지가 발 싸 한 달입니다. 유 교장은 그 사실을 공식으로 보고한 적도 없지 않소? 그간 가정에 난사가 있었으니 망정이지 그게 지금껏 미적거리고 있을 일인가요."

감은 노골적으로 화를 내며 질책하고 나섰다. 딴엔 오랫동안 다듬어 쟁여두었던 것들을 쏟아내는 듯하였다.

도내 북부지역은 큰 산맥의 한 자락을 움켜잡고 있어 알다시피 산세가 험하다. 한두 집씩 띄엄띄엄 있던 화전촌은 마을이라 부르기에도 어울리지 않는다. 그나마도 여러해 전 정부의 화전민 정리 시책에 따라 없어진 곳이 태반이다. 몇 개의 급류를 건너고 산 고개를 넘어야 있는 국민학교는 대부분 분교가 된지 오래다. 그 틈새에 제법 큰 면 소재지라고 하여 존속시키고 있는 곳이 유 기준 씨가 근무하는 산남중학교다. 이곳이라고 해마다 인구가 줄어들지 않을 리 없다. 생계 문제 자녀의 진학 문제 등으로 짐을 싸들고 빠져나간다.

산남중학교의 역대 학생 수를 보면 전성기에는 이백 명이 넘은 적도 있었다. 지금은 팔십 명도 채 안 된다. 한 학년 평균 서른 명도 안 되는 꼴이다. 분교가 되면 유 교장은 분교장으로 전락되거나 대기발령자로 밀려날 가능성이 가장 크다.

전쟁이 난 다 다음 해에 징집영장을 받고 군에 입대했었다. 복무기간은 삼 년이라고 선전하였지만 실제는 오륙 년이나 칠팔 년을 썩히기가 일쑤였다. 여러 해 전에 고인이 되셨지만 늙은 어머니 한 분 계신 조건으로 이년 만에 의가사 제대가 되었다. 천품이 근면해서 군대에 있을 동안에도 틈틈이 공부를 게을리 하지 않았다. 그 실력으로 아예 중등교원 자격증을 획득하였다.

교장 임용 기본 호수인 삼십오 호를 넘기고 나서도 교원 만료 호봉인 사십 호에 이른지가 올해로 십 년이나 되었다. 이 숫자는 봉급 산정의 기초가 되기도 하지만 마땅히 승진에도 작용한다. 표창 연구실적 근무성적 등이 복합되어 최다 점수자를 우선 임용하는 기준이 있다. 그러나 실제론 그렇지만도 않았다. 후배도 한참 후배요, 연구실적도 근무성적도 내실하지 못한 것으로 알고 있는데 삼십오 호가 차자마자 기다렸다는 듯 교장에 임용되는 예가 한 둘이 아니다. 사십년 교직생활을 통하여 그것이 왜 그렇게 되는지를 모르는 유 교장이 아니었다. 교육청의 실력자나 그 이상의 영향력을 가진 인사와 얼마만큼 친분이 있느냐에 따라 변수가 생겨나는 것이라고 보았다. 그래서인지 많은 교직자들은 어떻게든 교육청 관계자들과 선을 이어보려고 애들을 쓰게 된다. 꼭 교장 임용만을 위해서라기보다 평소 실적과 성적을 올려놓는 데도 유리하기 때문이다. 그것이 직간접으로 정실 인사를 도모하는 포석임을 모를 바보는 없다. 그렇다고 무작정 친분관계를 맺기 위하여 뛰어다닌다는 것은 남 보기에 낯간지러운 일이 아닐 수 없다. 해마다 인사이동이 있는데 그때마다 새 장학사 새 교육감과 친분을 얽기 위해 나탈거리고 다닌다면 뇌꼴스럽기 그지없는 일이고, 평생토록 그 구차한 짓거리에 정열을 쏟다 말 것이다.

그저 인생 만사 새옹지마라 생각하고 주어진 일만 성실히 해낼 뿐, 다른 쪽으론 별로 머리 쓰지 않고 살아온 유 교장이다. 자신의 교장 임용이 늦어진 이유 중의 하나가 그런 점도 작용했을 것이란 생각을 품어보지 않았다면 거짓말이다. 사람은 수양을 거듭 쌓아가며 살아가야 되는 법, 약간 들쭉날쭉한 건 자연의 이치이니 어연간하면 이해하고 양보하며 두루뭉수리, 무해무득하게 넘어가야 수양된 이의 자세라고 여겨왔다.

유 교장은 직행버스를 한 시간 반, 덜덜거리는 완행버스로 삼십 분이나 걸려 자신의 근무처인 산남 중학교에 당도하였다. 갤 것 같지 않던 비는 운동장 바닥을 질척하게 만들어놓고 해거름에 맞춰 조금 전부터 그쳐있었다. 어느 틈에 보았는지 교무주임이 헐레벌떡 달려 나와 유 교장을 맞았다.

"교장선생님, 오늘이 교사들에게 지시하신 반성문 제출의 마지막 날인데요…"

사모님의 가해자에 대한 재판은 어찌 돌아가고 있습니까, 그래 교육감님은 만나보셨습니까, 뭐라고 하시던가요, 얼마나 피곤하시겠습니까 등 인사치레를 끝낸 교무주임이 연신 유교장의 기분을 살폈다. 유교장은 아무 대꾸도 하지 않았다. 교감이 없는 이 학교에서의 교무주임은 교감 업무까지 다 해내고 있는 형편이다. 때로는 호미 삽을 들고 잡역도 마다하지 않는다. 학교가 분교로 강등되느냐 하는 판국에 교감이 따로 부임돼올 리 없다. 그렇다고 현지 승진시킬 턱도 없다. 얼마 안 되는 기간이지만 그간 겪어본 교무주임은 성실하고 착하디착한 사람이었다. 상사를 존경하고 지시에 잘 따르는 것을 신조로 여기고 사는 사람이었다. 꼭 과거 유 교장 자신의 복사본을 보는 듯하였다.

"근데요…지금까지 아무도 제출한 자가 없습니다."

마치 그 책임이 그 자신에게 있는 듯이 송구스러워하였다.

"…"

아 그날이 오늘이던가. 유 교장은 잠시 되새겨보았을 뿐이다.

"그리고도 이 뻔뻔한 작대기들은 교장선생님께 뭔가 항의할 일이 남아있는지 여적 휴게실에 모여 웅성거리고들 있습니다. 방과 후 시간이 다가오는 게 겁이 나고 지겹습니다."

진종일 여러 형제들로부터 지청구 바가지노릇을 하다가 저녁 늦어 집에 들어온 부모에게 응석부리는 아둔패기의 모습이었다.

"알았습니다!"

교사(校舍) 현관에 다다라 유 교장은 실내화로 갈아 신었다. 흙 묻은 구두를 양손에 한 짝씩 쥐고 몇 번 탁탁 털어 신발장에 넣었다. 교장실로 들어가 전용의자에 몸을 푹 묻었다. 전신이 파근해왔다.

"교장선생님 뭐 마실 거라도 좀 가져오게 할까요?"

교무주임은 두 손을 앞으로 모아 쥐고 유교장의 표정을 살핀다. 유교장이 손을 절레절레 흔들었다.

"아닙니다. 그냥 잠깐 혼자 있고 싶어요."

교무주임이 유교장의 뜻을 알았다는 듯 황망히 방을 나갔다. 갑자기 방안이 허우룩해졌다. 교육감의 말을 되새겨보았다.

"그것들 빨갱이루 밀어붙이세요. 정부에서 북쪽과 교류하는 것은 하는 거이고, 이 인모 늙은이를 북으로 보내는 건 보내는 거이고, 임 모라는 여자아이를 내놓는 건 내놓는 거요. 그것들은 빨갱입니다."

그리고 오늘 점심자리에 지사님 검사 등과 함께 자리했다는 것, 그 자리에서 검사장의 말이 지난 대선 때 특정 후보를 향해 색깔 공세를 펴서 상대를 패퇴시켰다는 것, 그러므로 힘든 일은 공안관련 사안으로 묶어야 한다, 우리가 할 수 있는 방법은 뭐니뭐니해도 그게 가장 빠른 해결책이라고 말했다는 것이다. 공직자는 지도자가 뜻하는 바를 알아서 받들어드리는 게 도리이고 할 일이라고도 말했다.

"정식 보고서만 올리세요. 내가 즉각 처리해버릴 테니까."

유 교장은 두려웠다. 교육감이 겁났다. 도저히 함께 할 수 없는, 까맣게 높고 저 멀리 있는 사람으로 확인되었다. 그 자신이 이 지방의 교육계에서 영웅 행세를 하고 싶은 것인지도 모른다. 참으로 되디 된 사람이었다. '선생 똥은 개도 안 먹는다'는 속언이 이런 경지가 아닐까 싶다. 지배자의 생리가 어떤 차원인가를 육십 평생에 비로소 깨닫는 순간이기도 했다. 지배자는 대상자를 피지배로 두기 위해 악랄한 도상전략도 아무렇지 않게 세운다는 걸 보았다. '불경이와 닿아있다는 확증도 없이 그럴 수 있겠느냐'고 어눌히 반문해 보았었다. 교육감은 경멸 기가 서린 눈빛으로 유 교장을 건너다보았었다. 그걸 모르겠느냐는 눈총이었다. 하지만 유 교장은 그들이 빨갱이와 끈이 닿아있다는 확증을 갖고 있지 않았다.

"답답도 허슈, 국가의 이익을 위해서 그 정도의 증거쯤 확보하는 게 머이 그리 힘들겠소. 하고자 하면 얼마든지 만들어내는 겁니다. 거기 학부형들 있지요? 그들을 활용하세요."

학부형들은 알고 있는가? 반추해보면 교육감의 그 말은 결국 잔인한 살의(殺意), 그것에 다름 아니다.

'교장 놈들 대갈빼기에 머가 들어 있겠어, 평생 입지보신을 위해 아첨을 떨어내지 못하고 이날까지 살아온 것들이', 얼마 전 학교로 쳐들어와 공격하던 어느 학부형의 말이 머릿속에서 앵앵거린다. 결국 아내의 죽음이란, 이 사회 곳곳에 깔려있는 엄청난 불의구조를 외면했거나 무지하게 넘긴 데 대한 당연한 과벌(課罰)인지도 모른다.

유 교장은 고개를 크게 앞뒤로 흔들었다. 자리를 털고 일어섰다. 교장실 밖으로 나서자, 문밖에서 사뭇 서성이고 있던 교무주임이 다가섰다. 유 교장은 그를 쏘아보며 지나쳤다. 교육감은 학교 내의 모든 일을 그와 상론하여 처리하면 무리가 없을 거라고 했다. 유 교장은 휘적휘적 걸어서 일, 이, 삼 학년 교실과 과학실을 지나쳐 복도 끝에 있는 교사 휴게실의 문을 드르륵 열어 젖혔다.

그는 자신이 들어온 문을 뒤로하고 우뚝 선 채, 사열하듯 평교사들을 훑어보았다. 이제 이들에게 해주어야할 말은 분명해졌다. 아니 자신을 향해 던져야한다. 오늘 겪었던 법정에서의 모순을 통해, 또 교육감에게서 들은 범죄적 책략을 통해 이 사회의 구조와 진실을 명확히 보게 된 마당이다. 이제 망설일 것은 아무 것도 없다. 저 교사들의 영롱한 눈빛이 한없이 자랑스럽기만 했다

교장이 모습을 드러내자 평교사들의 눈빛이 휴게실 안의 커다란 긴장을 뭉쳐 달려들었다. 자신들을 궤멸시키기 위하여 교육청으로부터

화력 좋은 무기를 보급 받아왔을 적장에 대한 경계 같은 것이었을까. 침묵 속에서 십여 개의 눈빛이 반짝반짝 빛났다.

"다들 잘 들으세요. 나는 지금 새로운 각오로 여러 선생님들 앞에 섰습니다. 결코 오해가 없기를 바랍니다. 참고 끝까지 들어주시기를 바래요."

결연한 유 교장의 표정에 휴게실 안이 물을 끼얹은 듯 조용해졌다. 숨소리만 새액새액 정적 위로 흘렀다.

"나는 오늘부터 여러분을 이해하기로 다짐했습니다."

평교사들은 여기까지도 의문을 떨쳐내지 못한 듯 유 교장의 입술을 향한 몸동작과 눈동자들이 고정되어 있다. 다음 말이 기대되었다. 유 교장의 말은 이렇게 이어졌다. '여러분도 아시다시피 내겐 힘이 없다, 정년이 코앞으로 다가온 상태에서 사직서를 낸다는 것은 개인적으로 억울하고 심히 손해를 보는 일이다, 그러나 내 손으로 사표를 내는 일은 없을 것이다,' 교사들이 다시 긴장했다. 철저히 빨갱이로 몰아 짓밟아 뭉개겠다는 준비가 돼 있나보다. 이런 식으로 협박을 하고 있는 것인가. 한 마디만 더 들어보자. 이것이 평교사들의 분위기였다.

"나는 오늘 여행을 통해 부끄럽지만 새롭게 눈을 떴습니다. 평생의 가치를 뒤집는 진실을 보았소이다. 여러분은 필요에 따라 빨갱이로 조작되고 있다는 사실도 확인했습니다. 여러분의 뒤편에서 뿌리 깊은 모함이 춤추고 있음을 보았습니다."

교사들이 서로 얼굴을 돌려대며 수근거리기 시작했다. 아까부터 햇빛에 얼비치는 복도 창문으로 안을 들여다보는 교무주임의 얼굴이 시계불알처럼 좌우로 흔들리고 있었다.

"눈을 떴으니 행동하겠습니다. 선생님들이 절대선(絕對善)인지에 관해서는 차치하고요. 다만 오늘의 교육계가 일부일지라도 권력이익에 따라 휘둘리고 양심이 변질돼가는 마당에선 누군가는 그걸 막고 나서야 할 겝니다. 지금 여러 선생님들이 그걸 담당하고 계신 거라면 제가 동참하지 않을 이유가 없습니다. 선생님들이 쫓겨나면 저도 함께 쫓겨나고 여러분이 살아남으면 저도 따라 살아남고자 해유."

갑자기 와아, 하는 평교사들의 본능적인 함성이 교실 천장을 치받았다. '교장 선생님, 대웅변가이십니다.' 누군가 그렇게 외치는 격정적 목소리도 있었다. 그 위로 다시 유교장의 한 마디가 크게 울렸다.

"물론 반성문 제출 지시는 철회합니다. 그리고 선생님들의 서명운동에 저도 동참합니다."

막 넘어가고 있는, 비 그친 뒤의 햇살 받은 저녁노을이 휴게실 창문을 발갛게 물들이고 있었다.

끝.

인터넷 지리산 글방(1993년 여름)

연보정

토요일, 모처럼 초청 강의가 없는 날이기도 하네요. 게다가 오늘 십이인 이사회에서 내게 회장직을 맡기기 위하여 회의를 열자는 날이어서 얼른 피했습니다. 굳이 그 같은 직함이 탐탁하지도 않거니와 그런 논의 가운데에 물망에 오른 당사자로서 얼굴을 두고 있기는 적절치 않아서요.

차를 담안밭 아래 주차장에 대고 연보정(蓮寶井) 쪽으로 발길을 떼면서 호오 하는 감탄사가 절로 나왔어요. 한 눈에 들어온 풍치가 너무 아름답군요.

가만 있어봅시다. 그러니까 그 무렵 이곳에 왔을 때가 발랄하기 맑은 하늘의 새와 같던 스물일곱 살이라고 기억됩니다. 내 나이가 지금 오십이 훨씬 넘어 환갑을 바라보니까, 정확히 말하면 삼십년이 되었어요. 아니 내가 지금 뭘 하고 있는지 모르겠네요. 혼잣몸인 여자가 나이를 발랑 드러낸 셈이 되었군요. 내 나이를 계절로 비유하면 딱 지금처럼 화려한 가을일 터인데 비슷한 연배의 어떤 짓궂은 홀아비가 있어 내게 집적거리고 싶어 한다면 어떻게 되는 거지요? 아이구 주책스러워라.

이곳이 이처럼 말끔하게 바뀌어 있다니 놀랍기만 하군요. 이 일대는 그 뒤, 문화재 전문위원에 의해 대체적 고증절차를 마쳤고 그에 따라 당국에선 예산을 세워 복원 정비하게 됐다는 신문 보도를 본 적이 있습니다. 그 내용에 이곳의 총체적인 구획도도 그려져 있더군요. 아 그렇구나, 언제 한번 다시 가봐야겠다, 아니 한 번쯤은 반드시 가봐야지 하는 생각을 머릿속에 담고는 있었습니다. 그 옛날의 너덜 경 잡초 밭은 자취 없이 사라졌고, 새로 판을 짜박은 듯한 색색의 보도블록은 모자이크 그림 위를 밟고 서있는 기분이 들만큼 오밀조밀하게 다듬어져 있군요. 지나치다 싶으리만큼 인위적인 냄새가 깔리긴 했으나 담안밭으로 일컬어지는 주변에 동헌 모양의 고루 거각과 정자도 지어놓고 음수대도 설치되어 있네요.

정비한지 오래되지도 않았고 아직 크게 손꼽히는 관광지가 못되어서인지 관광객이 많지는 않았습니다. 드문드문 몇 사람의 관광객이, 더러는 짝을 지어 서성거리고 있네요.

나는 동헌 형태의 건물 뒤로 돌아 연보정 푯말이 있는 둔덕을 향해 올라섰습니다. 물론 태령산 정상을 향해 가는 길목이기도 하죠. 또 다른 길이 있는지는 모르겠어요. 낙엽 진 오솔길을 따라 걷다가 오른쪽 맨 위 다랑 논에 닿으니 푸설은 옛날 그대로였습니다. 그냥 푸설밭이라 여겨서인지 관광객의 발길이 이곳까진 이르지 않은 듯 보였습니다. 옛날에 와본 기억을 더듬을 것도 없이 낮익은 연보정이 금방 눈앞에 앉아있었어요. 다행히 된서리가 몇 번 누르고 지난 뒤라 사방의 푸설이 축 늘어져 있어 쉽게 지형 가늠이 되었습니다.

연보정 축석 틈에 얽혀 있던 나무뿌리는 없어졌고 대신 아직 물때가 끼지 않은 깨끗한 석벽이 쌓여져 있는 것으로 보아 새로이 정비된 것은 분명해 보입니다. 옛날에 논바닥이었던 샘 앞이 얕은 연못 모양으로 바뀌어 꾸며지긴 했지만 샘 바닥의 수면과 연못 바닥의 수면이 같아 오히려 연못물이 샘으로 흘러드는 듯하였어요.

사적적(史跡的) 가치로야 생가 터 못지않은 의미가 있을 것이나 물에 잠겨있는 특성으로 하여 그 둘의 정비 결과가 이처럼 차이를 나타내는 건지, 예산상 정비를 연차적으로 하다 보니 이곳에 대한 보강정비가 미뤄진 상태여선지는 모르겠어요. 단지 엎드려서라도 물 한 모금 제대로 움켜 마실 수 있는 형편이 되었으면 어땠을까 싶네요. 이 샘은 이제 식수용으로서의 운명은 다하고 이름만 남는 게 아닌가 하는 서글픈 생각이 들었습니다. 그러나 까맣게 올려다 보이는 태령산 자락과 그와 마주하고 있는 계곡 건너 투구바위를 비롯, 은밀한 세계에로의 진입구인 양 깊어만 보이는 보련골 쪽으로 현란한 오색 단풍이 짜아하게 펼쳐져있어 짐짓 무릉도원에 들어선 느낌이긴 합니다.

내가 왜 오늘 이곳을 찾아 이러한 정황들에 관심을 갖는 지에 대해서 깨끔스레 설명하기란 곤란합니다. 오랜 객지생활 속에서도 늘 머릿속을 언뜻언뜻 치받고 올라와 향유하지도, 버리지도 못하게 만들곤 했지요. 아련한 추억과 희미한 미련을 더듬기 위해서라면 속된 표현이 될 듯도 싶고, 아마도 전생과 인연이 닿아 다시 와 보게 된 것이라고 해둠이 어떨까 싶습니다.

여성운동이니 뭐니 하면서 주제넘게 몇 십 년 뛰어다니다 보니 사적

지든 명승지든 관광 같은 것 하는데 대하여 짬을 낼 겨를이 없었어요. 여성운동이란 말이 나왔으니까 말인데 실상 처음부터 내가 뭐 그 방면에 크게 관심을 가지고 있었던 건 아닙니다. 혼자 사는 여자라는 게 그쪽에서 활동하던 여자들로 하여금 나를 가만 내버려 두지 않았다고 해야 할까요. 가정이란 것에 얽매여 있지 않다보니 비교적 자유로이 활동할 수 있는 형편이었으니까요.

수많은 여성운동 단체들이 있었지만 제 나름대로 각기 다른 성격을 지니고 있긴 했습니다. 어떻든 사회운동이란 정의구현을 전제로 할 밖에 없지요. 당시에 이러한 단체들은 적지아니 장기간 계속되는 군사독재정권에 대항하기 위한 민주화 세력으로 승화시키고자 하는 경우가 있었습니다. 뭐 여성단체라 하여 여성만의 피해보상 및 권익 향상을 위한 단순 이기집단으로 존재하는 것은 사회정의를 말하는 것으로는 미흡한 점이 있지요. 부조리를 태동시키는 요인이 불의한 정권에 있든, 부정한 기업에 있든 반사회적 행태에 대하여는 단연 기치를 내걸고 나서야 하는 게 정의가 아니겠어요.

어떻든 그들을 따라다니게 되며 모이고 듣다 보니 우리네 여자들이 안고 있는 문제점이나 과제들이 어떤 것인지 대강 파악하게 되었습니다. 거기엔 곧 여성들 만에게 다가오는 피해를 넘어 사회 전체의 구조적 문제로부터 파생되고 있음도 알게 되었습니다. 그렇게, 그럭저럭 연륜이 늘어가면서 그런 쪽의 지식은 물론 그를 위한 보조 지식도 나름 쌓여갔다고 할 수 있지요. 새롭게 국내외 역사공부를 해야 했고 인문 사회과학에도 눈을 주어야 했습니다. 그러나 재주와 능력이 모자라 제대로 공부했노라는 소리는 못하겠군요. 그 때 그 때 활동에 필요로 하는 공부 정도였겠지요. 무슨 부장이니 산별 단체의 부회장이니 하는 직함도 자연스레 가질 수 있었던 것은 그 결과일 것입니다. 그러면서 이런 저런 사회문제에 대한 강연회도 다니게 되었구요.

이러는 동안 격렬한 몸짓이 필요한 때가 있기도 했습니다. 남녀 간의 불평등한 취업조건이라든지 많은 사업장에서 자행되는 현격한 임금 차등문제, 해고 우선순위, 또는 도저히 그냥 넘어갈 수 없는 성희롱에 관한 청원 등 독선적 반인권적 사안들이 그것이었습니다. 이런 때는 현장에서의 항의나 시위가 불가피한 경우도 있었고 그러다 보면 육탄전이 벌어지기도 했습니다. 그런 과정을 밟다 보면 법적 대응 등 가능한 갖가지 방법을 동원하여 싸워야 했습니다. 그래요. 싸움이었지요. 싸움하지 않으면 얻을 수 없는 현실을 나는 슬퍼하지 않을 수 없었습니다. '적이 쓰러져야 싸움은 끝난다'는 *오비디우스-의 말을 떠올리면 전율하지 않을 수 없습니다. 지금도 별 수는 없지만 처음엔 솔직히 그런 모든 일들에 적극적이지 못했습니다. 그 방면에 연륜이 부족한 원인도 있었겠지요. 성격 탓일 수도 있습니다. 철없이 결혼하여 세상모르고 희열만이 전부인 생활에 침잠했던 삶의 결과였겠지요. 내게는 싸움이라는 게 체질적으로 맞지 않는다고도 생각했습니다. 따라서 그냥 끌려 다녔다고 볼 수도 있을 것입니다.

어둠에 휘감겨있을 것으로 예상했던 극장 밖의 세상은 아직도 환한 대낮이었습니다. 김 소령이 황급히 택시를 세우더군요. 나름대로 익숙해 보이는 그 절차가 오히려 불결한 모습으로 보이긴 했습니다. 두 사람을 태운 택시는 싱그러운 바람 속으로 쏜살같이 내달렸습니다. 차창을 통해 들어온 그 바람이 신선하게 느껴진 것부터가 문제였을 수 있습니다.

그로부터 전화를 받고서야 부시시 일어났었습니다. 그의 청에 또 응해야 할 것인가로 망설여지면서도 머리를 감는 등 매무시를 다듬었습니다. 그는 남편이 가 있는 현지에 전령 하나를 다녀오게 했다고 생색을 냈지요. 워낙 착실한 사람이라 임무를 충실히 보고 있으며 개인 신변에도 이상이 있을 수 없다고 강조했습니다. 그러나 그러한 내용은 새로운 뉴스가 되지 못했어요. 임무 수행 명령을 받고 출장한 것이라면 그 일에 매달리는 것은 당연한 일입니다. 과장이 그 말을 입에 올리는 것은 통화의 목적과는 달리 성격을 그 문제로 규정지어 보려는 자기합리화였겠지요. 조심성 있게 말은 하고 있었지만 오후 두 시에 터미널 쪽으로 나와 달라는 것이나, 간편한 차림이면 더욱 좋겠다는 오지랖 넓은 지시성 요구로 미루어 그것을 입증하는 셈이었습니다.

택시는 도시 중심의 산을 끼고 돌다가 오래된 기와집이 듬성듬성 박혀있는 야외 수영장 앞에 멎었습니다. 수영 철이 아니어서인지 수영장은 물 한 방울 없이 뽀얗게 먼지가 날리는 콘크릿 바닥을 홀랑 까 내놓고 있었지요. 차에서 내린 과장이 몇 발짝 앞서 갔습니다. 내가 따라가고 있는지를 확인하듯 뒤를 돌아본 그는 머뭇거리고 있는 나를 향해 어서 오라는 시늉으로 턱을 꿈적꿈적해 보였습니다. 골목 입구에 있는 작은 구멍가게 앞엔 부녀자들 너댓이 젖먹이 아이들을 데리고 들마루에 앉아서 한가로이 잡담을 하고 있었어요. 나는 그녀들을 뒤로하고 과장이 가고 있는 골목 막바지를 보았습니다. '모텔'이라고 썬팅 된 오층 건물의 현관문이 여인의 알몸처럼 모로 서 있었지요. 그러고 보니 좌우가 온통 모텔 간판으로 차 있었습니다. 하나 둘이 아니었어요. 발목에 돌덩이라도 달린 것처럼 발 자욱이 무거워졌습니다. 등 뒤에서 동네 여인들의 시선이 잔인스러울 만큼 따라붙었습니다. 그녀들의 시선을 정면으로 안고 되돌아 나올 용기는 솟아나지 않았어요. 휘청거리는 다리를 딴엔 잽싸게 모텔문 안으로 걸어 들이고 말았지요.

가슴이 두 방망이질 치는 내 심정은 아랑곳도 하지 않고 과장은 나를 가볍게 안아 올려 침대에 내던졌습니다. 피지배자와 같던 지금까지의 태도는 어느새 폭군처럼 변해 있었습니다. 이 순간을 위하여 모든 장애물을 제거해온 독재자인 양 주저함이 없었습니다

그 단체에 몸담게 된 뒤에도 꽤 오랫동안 도무지 내게 맞는 세상일이 무엇일까 생각해보곤 했지요. 흔히들 자기 자신이 세상에 맞춰 살아야 한다고들 하지요. 사실 그래 온 부분이 적지는 않지만 정말 그렇게 살아야 하는 건가요. 나이 오십이면 천명을 안다는 데 육십이 코앞인 난 아직도 장담할 만한 게 없습니다. 여자라, 못난 약자 취급받는 여자라서 그런 겁니까. 그래 좋아요. 하긴 늘 채워지지 않는 가슴 한구석의 허전함은 있지요. 내가 이처럼 허약한 여자인가에 대해 남들이 인정하든 안하든 그렇습니다. 남자도 그런 건지에 대해선 잘 모르겠어요. 남자의 마음을 모르겠다는 건 남자들은 그렇지 않을 것이란 전제 아래 경쟁심이 작용했을 수도 있습니다. 그것은 나아가서 세상에 대한 불만으로 커갈 수도 있다는 의미가 될 것입니다. 여자에 대하여 유난히 오만한 남자의 성분을 정말 정의하기가 힘들어요. 남자들을 타도의 대상으로 보는 여성들이 있다는 것을 남성들이 알고는 있는지도 궁금합니다. 어머나, 결국 나는 남자 이야기를 하고 있군요.

사실 내 가슴 한 구석엔 언제나 남자가 자리해 있었거든요. 혼자 사는 것을 고집하는 대부분 여자들의 속내는 남자에게 신물을 내기 때문이라던 어느 동료의 진부한 지적은 나에게 해당되는 것이 아닙니다. 후택 씨와의 결혼생활, 활활 태우면서도 나름대로 절제를 지키고자 했

던 그 기간은 내게 있어 어느 추억과도 바꾸기 싫어요. 적어도 추억으로서는 최고라 말할 수 있지요.

산행이라야 토요일 오후에 출발하고 일요일에 귀가하는 일박 이일의 여행이었습니다. 나는 월요일부터 금요일까지 등산에 관한 일로 대부분의 시간을 소비합니다. 더러는 방구석에 뒹구는 시집이나 채근담 역사책 같은 걸 읽곤 하지만 어떤 목적을 갖고 지식을 쌓아두려 하지는 않았어요. 그것도 모르고 남편은 내게 제법 유식하다고 말한 때도 있었습니다. 아직도 까불까불하는 젊은 여자인 내가 유식하다는 말을 듣는다거나 유식한 체 한다는 건 좀 어울리지 않았습니다. 그래서인지 내 생활에서 책 읽는 일을 특별히 중요하게 생각해본 적은 없었지요. 지난주에 버려왔던 장비들을 빨거나 닦아서 말려두어야 하고 흠이 생긴 것은 수선을 해 놓아야 합니다. 또 산에서 섭취해야 할 음식 준비는 다른 어느 것보다도 시간과 공을 들여야 해요. 가능한 한 무게를 줄이며 부패 방지를 위해 온갖 조치를 취해야 하구요. 그 닷새 동안 내내 그 일들에 전념하다시피하면서 조금도 지루하다거나 따분하다는 느낌을 가져본 적이 없습니다. 우리는 사람들이 붐비는 이름 있는 명산은 피하였습니다. 주로 잘 알려지지 않은 사적지 중심으로 한가한 곳을 물색했지요. 그저 호젓한 곳이면 되었지요. 남편은 미혼 시절에 전국의 고산 명산은 거의 섭렵했다고 했습니다.

나는 언제나 내가 오른 정상에 만족했습니다. 남편과 함께 오르는 산은 항상 새로운 맛을 주었거든요. 설혹 지난날에 올랐던 곳을 재등정하는 경우에도 나에겐 새로운 감각으로 다가왔습니다. 오르는 코스라든가 그날의 계절 기후, 정상 정복의 시간, 텐트가 앉는 장소 등이 언제나 같을 수가 없었지요. 또 좌우 계곡으로부터 넘나드는 안개의 움직임이라든지, 달 아래 펼쳐지는 교교한 적막감, 여명 속에서 새날의 탄생을 조망하는 신선함 등은 차라리 케케 묵은 감흥에 불과했습니다. 밤, 산정에서의 정사는 나를 열락의 극치로 몰아넣었습니다. 정사가 반드시 중세 일부 청교도들처럼 출산을 전제로 이루어지는 것은 아니었지만 잉태를 배제해서도 안 되었습니다.

남편은 정사와 관련하여 칠 계명의 수칙을 지니고 있었습니다. 남편이 만든 거지만 나도 물론 동의한 내용이지요.

일, 허공을 앞에 하고 두 팔을 벌려 심호흡을 한다. 이는 폐와 심장을 튼튼히 하기 위해서다.

이, 청정한 천하의 기를 모아들여야 한다. 담을 키우고 집중력을 함양하기 위해서다.

삼, 내분비의 충분한 비축이 있어야 한다. 이세의 단단한 골격을 형성시키기 위해서다.

사, 장소의 방해를 받아선 안 된다. 안정은 새 생명의 신중성과 판단력을 키운다.

오, 교접 시간은 밤이어야 한다. 부끄러움을 알게 하기 위함이다.

육, 어떤 의류도 걸쳐선 안 된다. 솔직함을 심어주기 위함이다.

칠, 칠일 이내의 관계를 금한다. 인내심을 함양하기 위함이다.

이런 조건들이 구비되지 않은 상태에서 이루어진 정사로 잉태되고 탄생되고 성장하는 아이는 제아무리 유능한 교수법으로 태교나 유아교육이 이루어진다 하더라도 어딘지 갈급해 한다, 더불어 용기가 부족하다거나 단단해지기 어렵다는 논리였습니다. 아기 교육은 수정 단계에서부터 착수하는 게 원리라는 것입니다. 나로서는 그 수칙과 이야기들을 긍정도 부정도 할 수 있는 처지에 있지 않았습니다. 그것이 의학적으로, 또는 생리학적으로 증명된 것이라는 이야기도 아니고 보면 그럴 듯하기도 하고 황당하게 들리기도 했습니다. 그와 같은 교접론과 이세 교육론은 정훈 교육시간에 재치 깨나 있는 교관이 교육의 집중 효과를 얻기 위하여 임의로 만든 각본인 듯했습니다. 그렇지만 남편은 매우 진지하게 받아들인 듯싶었어요. 어쨌든 남편의 정사론에 따르다 보면 그 이야기를 듣는 것만으로도 내 몸은 거의 젖어있기가 일쑤였습니다. 너무 그걸 밝히는 타입이었을까요?

우리는 구름 위에서 노니는 신선이 아닐까 싶었습니다. 그곳은 우리들만의 세상이었습니다. 거기선 달리 중량 있는 세속의 장식품을 용인하지 않았습니다. 에덴동산의 아담과 이브가 그랬겠지요. 남편과 나는 단 한 가닥의 천 조각도 걸치지 않은 채 그 밤을 보냅니다. 숲 속을 누비고 다니며 포효하기도 하고 뜀배질 하는 맹수처럼 격렬하게 몸을 부딪치며 신음소리가 터져 나오기도 합니다. 우리의 부부행위는 그렇듯 주말에만 이루어지는 편이었습니다. 칠 계명 중 일곱 번째 규칙이 있으므로 평일에는 잠자리를 가질 수 없었지요. 칠일의 규정에 부합하지 못하기 때문입니다. 물론 끊임없이 발동하는 욕정은 주말을 위하여 억제되고 저장되어야 했습니다. 그게 계명이었으니까요. 사실 스물일곱의 알암 밤톨같이 짜르르 윤기 오른 여자와 혈기 방장한 서른 살의 남자가 엿새 동안이라는 긴 날들을 송두리째 참아낸다는 것이 여간 일은 아니었습니다.

언젠가 나는 끓어오르는 강한 욕정으로 우리들의 계명이 향유하고자 하는 절대 보존가치에 대하여 반기를 든 적이 있었습니다. 남편의 침대로 칭얼대며 기어 들어가자 남편은 순간 멈칫했지만 의외로 암말 없이 나를 받아주었는데 파계한 댓가였을까, 그 기분이 그렇게 허망할 수 없었습니다. 산정에서의 그것 같은 해방감이나 구름 위에서 노니는 듯한 아름다운 선율은 울리지 않았습니다. 이내 깊은 잠으로 빨려 들어가는 남편의 침묵을 내려다보며 나는, 생명에 버금가는 값진 보물 하나를 도적맞은 듯한 공허감에 빠졌지요. 그 감정은 주말이 되어 더욱 확실하게 형상을 드러냈습니다.

　모든 준비를 마친 나는 텐트 밖의 거목에 나신(裸身)을 기대고 남편을 기다렸습니다. 서늘한 밤바람은 내 피부를 움츠러들게 했지만 곧 남편의 우람한 열기가 예비 되어 있을 것임에 체내에선 뜨거운 허기가 등줄기를 타고 흘러내렸습니다. 갈급한 나의 기다림과는 상관없이 남편은 텐트 밖으로 나와 주지 않았어요. 한참을 더 기다리던 나는 은근한 배신감과 부아를 씹으며 텐트 안으로 슬며시 머리를 디밀었습니다. 순간 내 입에선 헛 하고 기묘한 탄식이 터져 나왔지요. 남편이 옷을 입은 채로 코를 곯아대고 있었던 겁니다. 다음부터 나는 속죄하는 마음으로 타오르는 정염을 주말까지 참아내는 훈련을 쌓아 가려 노력했지요.

　하지만 응징은 그것으로 끝맺음된 것이 아닌 모양이었습니다. 지난 달 산행 때 하필 그것이 터져 버린 것입니다. 남편이 텐트 밖에서 '어이 아직 멀었어, 응 응?' 하며 자꾸만 보채고 있었어요. 그러다가 낌새를 알아챘는지 볼이 잔뜩 부은 얼굴을 하고 텐트 안으로 들어와 뒤척이다 잠이 들었습니다. 이 생리현상에 대한 준비는 우리에게 훈련되어 있지 않았던 거지요. 그 다음 주의 산행은 한 주일을 건너뛴 몫까지 보상받으려는 듯 아주 현란하게 장식되었습니다. 그 밤, 몇 차례의 열락이 거듭되었지요. 그로부터 삼 주까지는 다시 본래대로의 율조를 찾아가는 듯했습니다.

　그 후 삼주일쯤 되었을까, 산행 전에 그것이 또 터지네요. 산행 준비 과정에서 예감이 있긴 하였지만 산행을 그만둘 순 없었지요. 한 차례씩 서로를 실망시킨 경험을 주고받아서일까, 그 날, 산정에서 우리는 가지고 간 피리랑 기타로 맑은 음률을 어둠 속에 흘려보냈습니다. 큰 문제를 발생시키지 않더라도 가벼운 사랑의 몸짓이 있길 기대했지만 남편은 반응을 나타내지 않았습니다. 마치 득도(得道)를 위한 구도자의 참선행위를 연상케 할 만큼 경건하고 엄숙한 분위기를 자아냈습니다.

　다음날 하산 길엔 너덜경을 지나면서 한 마리의 뱀을 잡았어요. 전쟁 발발 시 군인은 어떤 기아의 상황에 처할지 모르므로 뱀이든 개구리든 닥치는 대로 잡아먹어야 할 상황에 대비하는 차원의 훈련일 수 있다고 했습니다. 또 그 동물이 남자들의 보신 정력용으로 탐식되고 있다는 말을 남편으로부터 들은 적이 있어 남편의 그 짓거리를 굳이 만류하지 않았습니다. 몹시 징그럽고 섬찟한 감이 없지 않았지만 태연하기 이를 데 없는 남편의 모습은 그런 대로 나를 안도하게 하였지요. 남편은 한쪽 다리의 등산 양말을 홀떡 벗어 그 안에 그것을 밀어 넣은 뒤, 배낭 한 귀퉁이에 달아매고 덜렁덜렁 걸었습니다. 그 뱀 양말은 옆서서 걷는 내 맨팔을 간헐적으로 스적스적 스쳐댔습니다. 물컹한 감촉에 그때마다 나는 깜짝깜짝 가벼운 비명을 질러야 했구요. 그러면서도 남편의 팬티 속에 튼실하게 뭉쳐져 있을 성기가 연상되어 야릇한 쾌감과 함께 기묘한 미소를 흘리기도 하였습니다.

　그 산행을 끝으로, 나는 우리들 사이에 가로놓여 있는 계명을 깨버릴 것이냐 하는 문제로 고심하였습니다. 파계한다는 것은 산행을 영원히 포기하는 것과 같은 의미였기 때문입니다. 그건 우리 생활의 결이 근본적으로 바뀐다는 것을 말하는 거였지요. 그렇게 될 경우 어떠한 준비도 마련되어 있지 않았습니다. 앞으로도 생리는 주말에 맞춰 괴롭힐 수 있는 것이고 그렇게 되면 부부간에 공허한 틈을 확대시킬 가능성이 위협으로 다가올 것입니다. 그러나 그 틈은 내가 감지하지 못하는 사이에 이미 가까이 와 있었습니다.

나는 밑에 깔린 채로 과장의 가슴을 한사코 떠밀어댔습니다. 그러면서도 미지의 세계에 대한 답사욕 같은 것이 감겨들어 아슴한 쾌감이 전신에 쏴 번져왔지요. 조금만 더 시간이 간다면 스스로를 갈무리하지 못할 듯도 싶었습니다. 과장은 내 몸을 찢어발기려는 듯 씩씩거리고 있었습니다.

남편이 출장지로 떠났을 때 가장 우려된 점이 다시는 산에 갈 수 없을 것이라는 절망적 예감이었습니다. 지난 주 산행에서 돌아온 다음 날, 즉 월요일에 남편은 예고되지 않은 출장을 떠났습니다. 군(軍)의 하는 일이라는 게 으레 그런 식이긴 하였지요. 느닷없이 사람의 가슴을 푹푹 찌르고 들어 깜짝깜짝 놀라고 아프게 하기도 합니다. 군대의 속성이 그렇거나 말거나 그 오만하고 독선적인 업무 집행방식으로 가족에게는 여간한 상처를 입히는 게 아니었습니다. 남편의 출장이 불가피한 것인지, 그렇지 않은 것인지에 관해서는 나로선 가늠할 수 없는 일이었습니다. 남편은 부대로 출근한지 한 시간여 만에 '오늘부터 작전명령에 따라 열흘간 출장을 가게 되었다'는 딱딱하기 이를 데 없는 투로 전화만 해 왔을 뿐이었죠. 미처 무슨 말을 꺼내기도 전에 전화는 끊어졌고 우두망찰, 나는 한동안 허공을 응시할 수밖에 없었습니다. 이건 어처구니없는 폭력이다. 불가피성으로 위장되었을 수도 있는 이야만적 독선 앞에서 가슴은 처참하리만큼 찢겨져 나가고 있었습니다.

부부는 분명 공동체입니다. 어느 한쪽이 독선의 줄을 타고 한번 미끄러져 나간대서 이쪽도 다른 줄을 타고 반대 방향으로 홀짝 달아나는 일은 어리석은 일일 수도 있지요. 그렇다고 초장부터 그 공동체를 빠개버리고자 하는 용맹함도 나에겐 없었던 듯싶습니다. 출장지에 안좌하는 대로 남편에게서 전화가 온다면 내가 지니고 있는 상냥함을 다 동원한 말씨로 그가 가슴속에 매달고 있을 수 있는, 나로부터 비롯된 응어리를 풀어줄 작정이었습니다.

남편으로부터 아무런 소식을 받지 못한 채로 그 날이 지났을 때 방성호곡이라도 하고 싶었지요. 화요일을 넘기고는 정녕 미워지기 시작했습니다. 부대로 전화하여 어떤 상황에 처해 있는가를 짐작이라도 해보고 싶었지요. 하지만 사살 맞은 젊은 여편네 촉 바른 짓거리 한달 것 같아 아금니를 누르며 참아냈습니다. 수요일이 되면서는 죽고 싶었으며 목요일에 이르러서는 결판을 내야겠다는 각오였습니다. 전화 보턴을 눌렀습니다.

"아 정 대위님요? 그 작전지는 오 일간 통신 두절입니다. 독립 전술 훈련에 들어갔거든요. 아마 토요일에나…"

이 때 툭 하고 누군가가 전화기를 나꿔채고 있음을 감지하였습니다. 아니나 다를까,

"…여, 여보이소 부인? 저 과장임더. 김 소령 아잉기요."

저 쪽에서 들려오는 목소리에 하마터면 수화기를 놓칠 뻔 했습니다. 아니 놓아버릴까 하였지요. 그러나 그렇게 할 수 없었습니다. 그가 남편의 직속상관이 아니더라도 일방적으로 전화를 끊는, 체신머리 없는 짓으로 거북한 옛일을 간직하고 있었던 것처럼 상기시킬 필요는 없었

거든요.

"…그것 참 잘못 됐심더. 정말 사과 드립더. 바로 마 연락을 드렸으야 안합니까. 죄송함데이."

유난스레 전전긍긍 너스레를 떨었다.

"정 대위도 마 그렇지예, 출장을 자원한 사람이 가족에게 자세한 이해도 안시키고서 마 그대로 떠나는 사람이 으데 있능기요. 귀대하몬 지가 마 기합 주겠심더. 핫핫핫…"

전화한 것이 후회되었어요. 출장을 자원했다는 것도 금시초문이거니와 그보다도 우리 내외사이가 벌어져있다는 틈을 드러내 보인 꼴에 지나지 않았거든요. 하지만 마냥 후회스런 것만은 아니었습니다. 이 숨 막힐 듯한 시간 속에서 걱실걱실한 김 소령의 음성을 들은 것만으로도 냉랭하던 가슴에 훈기가 돌아드는 기분이었습니다.

내가 그 모임에 더 이상 참석하지 않은 이유가 저 목소리사건 때문이었다면 지금 나 자신의 마음가짐은 이율배반적이라고 비난받아도 쌀 것입니다. 그 모임의 내력에 관해선 잘 알지 못했습니다. 과원들의 부부동반 모임이었던 만큼, 나로선 결혼 다음의 일이었고 남편도 나도 그 모임엔 처음일 수밖에 없었습니다. 신입회원에 대한 규칙이라기에 우리는 그대로 따랐을 뿐입니다.

우리 내외는 준비된 수건으로 눈을 가리운 채 소리도 내지 않고 포옹하도록 지정되어 있었습니다. 그게 쉬운 일이 아님은 더 말할 필요도 없지요. 전혀 앞을 분간할 수 없기도 했지만 다섯 쌍의 부부, 열 사람의 기존 회원들이 우리 내외의 앞길을 막고 박수를 치며 '여기' '여기' '이쪽, 아니 이 쪽이라니까' 하면서 방향 측정을 교란시키고 있었습니다. 거기에다 까르르 깔깔 웃어대는 소음까지 섞여 그 상태로는 남편을 찾아내 포옹한다는 건 불가능한 거지요. 칠흑처럼 깜깜한 어둠 속에서도 숨결만으로 적과 아군을 분별한다는 이 암색작전(暗索作戰) 놀이가 탐탁스럽지 않았지만 거부할 수도 없는 형편이었습니다. 그들은 재미있어 미칠 지경이라는 듯 까르락거렸어요. 나는 진땀을 바작바작 솟구며 두 팔을 벌려 휘젓고 다니는데, 이때 은근하고 살찐 목소리가 귓전을 잡아당겼습니다. '바로 고쪽이라예 닿을락 말락 하네예. 고, 고게' 하는 것이었습니다. 그 목소리는 이 곤혹스런 장난을 끝맺으라는 지휘관의 엄숙한 명령과 같은 신뢰감으로 다가왔습니다. 나는 더 망설임 없이 그가 뿌려낸 목소리의 끝을 향하여 남편이거니 하고 몸을 던져 실었지요. 그리고 해방의 기쁨과 남편에 대한 안식을 동시에 얻으려 하였습니다.

분명 내 실수는 아니었습니다. 무엇엔가 발목이 걸리는가 싶었을 때 몸이 빙글 허공으로 뜨는 걸 느꼈습니다. 그때 천지가 진동하는 듯한 (내 귀엔 그렇게 들렸지요.) 떼 웃음소리가 머릿속을 바글바글 파고들었습니다. 눈을 가렸던 수건이 풀어져나가고, 나는 내가 처해 있는 몰골에 아연하지 않을 수 없었지요. 뒤로 널부러져 있는 과장의 비곗살 덩치 위에 내 몸뚱이가 천연덕스럽게 엎어져 있었던 것입니다. 과장은 키득거리고만 있을 뿐 그대로의 자세를 바꾸려 할 기미를 보이려하지 않았습니다. 어처구니가 없었지요. 나는 남편이 어떤 표정을 짓고 있는지 확인하지 못하였습니다. 남편의 눈길과 마주치는 것이 두려웠거든요. 최선의 방법은 나 혼자의 힘으로 번갯불보다도 더 빠르게 이 상황을 벗어나는 일이었습니다. 과장의 몸으로부터 떨어져 나오려면 순간적이긴 하겠지만 지금 실려 있는 중량보다 더한 힘을 가해야 하는 것입니다. 그 일은 내 육신의 어느 부분인가가 과장의 그곳과 심각한 압력을 필요로 하게 되어 있었습니다. 필시 과장은 그 찰나를 즐기기 위해 기다리고 있는 눈치였어요. 엉큼한 그 의도에 말려들지 않기 위해선 나를 가볍게 허공으로 들어 올릴 수 있는 제 삼의 힘이 작용해야만 가능했지요. 하지만 어디에도 그 같은 힘이 나를 위해 작동하고 있진 않았습니다. 보다 못한 남편이라도 달려들어 나를 반짝 들어 올리면 될 일이겠지만 이 판에, 그런 짓은 저능아나 할 몫이라는 걸 모르고 있을 리 없겠지요.

나는 어금니를 질끈 깨물었습니다. 몸을 세우기 위하여 그의 몸에 얹혀있던 손바닥에 냅다 힘을 가했습니다. 물컹하면서도 맹렬한 공격력으로 받쳐 오르는 강한 생명력이 감촉되었음은 물론입니다. 나는 실한 뱀 자루에 스쳤을 때와 같은 꿈틀거림에 야릇한 쾌감을 느끼면서 그의 몸으로부터 굴러 내려왔습니다. 번개처럼 마주쳤을 뿐이지만 타는 듯 이글거리던 그의 눈빛을 지금까지도 털어내지 못하고 있는 형편입니다. 그 눈빛은 '바로 고쪽이라예' 하던 점잖은 기만의 목소리와 더불어 나의 내부에서 거부감을 형성한 채 남아있습니다. 그 날 이후 그 모임에 다시는 참석하지 않았지요.

예감하고 있던 대로 저녁 여섯 시쯤 되자 그로부터 전화가 걸려왔습니다.

"저 김 소령임더. 퇴근하는 길인데예, 정대위 문제 사과도 드릴 겸, 저녁이나 함께 하입시더. 아, 마 압니더. 아 어 나오실 수 있겠지예?"

얼핏, 이 같은 제의는 무례하달 수도 있는 일이겠지만 낮에 있었던 통화의 후속 수단으로서 자연스런 절차로 간주될 수도 있을 것입니다. 저녁을 들자는 것은 친밀도를 높이자는 부차적인 내용이고 주제는 남편 출장에 관한 것이라고 설정한 셈이 될 것입니다. 애로점이 노출된 부하의 가족에게 위로의 뜻을 나타내는 것이 어찌 보면 흠 될 일은 아니지요.

당연한 일처럼 받아들였습니다. 머뭇거리는 처신은 오히려 오해를 선사하는 꼴이라 여겨졌습니다. 야유회 때보다도 그는 더욱 건강해 보이더군요. 벌벌한 얼굴에 한껏 실려진 웃음은 이 세상의 모든 즐거움을 다 끌어안고 있는 듯했습니다. 가슴을 짓누르고 있던 맷돌 짝을 누군가 들어낸 듯 심호흡을 길게 해보았습니다.

"꽈의 가족들을 쫌 자주 모실 수 있어야 안합니꺼, 죄송하게 댔심더. 마 이것저것 국가 방위 복무에 쫓기다보이 이리 된 기라예."

그는 십년지기이거나, 어제도 그저께도 만나던 사람을 대하듯 격의 없는 말투였습니다. 그것이 그의 화술 덕이건 사람 다루는 통솔력 때문이건 간에 일단은 서먹하지 않아서 좋았지요.

"오늘 정 대위의 출장지로 연락병을 보냈심더. 토요일에나 정규 연락이 있겠지만도 마 특별히 배려 안했능기요. 가족이 섭섭해 하더란 소식도 쫌 전하라 일렀고예…마 군인 가족노릇하기 참 힘든 기라예. 핫핫핫, 어려운 점이 있으시믄 마 혼자 꽈악 가슴에 품고 있지 말고예, 은제든지 연락 주씨이소. 힘껏 도와드리겠심더. 그것도 내 할 일이 아니겠능기요. 참 부부 계에도 꼭 참석하시고예?"

대단히 서글서글하게 말했습니다. 역시 씩씩하고 사내다워 보였어요. 이 사람과 조금만 더 함께 시간을 갖는다면, 천년보다도 더 길게 느껴지던 요즈막의 칙칙한 기운이 말끔히 씻겨질 것만 같았습니다. 나는 믿음직한 오빠와 함께 있는 듯한 안도감에 젖어갔지요.

"사람이 이십 개월 생이라니 비과학적인 얘기예요."

허황하고 무가치한 것으로 치부해버리려는 나의 항변에 남편은 고개를 흔들었습니다.

"그건 말야, 그건 삼국사기 권 사십일 열전 편 제 일장에 나오는 내용이라구. 김부식이가 어용 사기를 편찬했다고 비난받지만 그건 민중성을 도외시한 관점을 말하는 거고오."

내용의 진위와는 별개의 차원에서 다루어져야 한다는 이야기였습니다. 고고학적으로 우리 민족사에 그만큼 기여한 사람을 찾기 힘들 것이랍니다. 어쨌든 그 기록을 뒤집을 발굴 자료가 없는 마당에 무작정 황당한 얘기라고 외면해버릴 순 없다는 설명입니다.

남편은 제법 장황하게 말했지만 듣는 나는 별로 흥미를 느끼지 않았습니다. 그날, 우리는 태령 산 주봉위에 자리를 폈습니다. 임금 된 이의 태를 묻은 산을, 태봉 산, 태장 산, 장태 산 또는 태령 산이라 한다는 말을 이미 들은 바 있었던지라 이곳도 전대 어느 임금의 태가 묻혔다는 산이겠구나 하는 정도는 알고 있었습니다. 따라서 전국엔 이 같은 이름들의 산이 여럿 있는 모양이고 우리가 갔던 곳은 해발 436미터인 충청북도 진천 상계리 뒷산이었어요. 이곳은 사후에 흥무 왕으로 추서된 김유신 장군의 태가 묻힌 곳이라고 여행 중에 남편이 알려주었습니다.

남편은 이 산에 올라서자 경주가 있는 남쪽을 향하여 우선 합장 배례하였습니다. 무슨 코미디 장면을 연상할 수 있겠지만 이미 이 같은 일에 익숙해져있는 우리는 이 날의 당연한 절차였지요. 삼국을 통일한 위대한 인물이어서 더욱 경건해진다고 했습니다.

"하지만 자기야, 그는 외세를 끌어들였다는 비난을 받고 있잖아요. 그 뿐인가 뭐, 당나라에선 통일 신라를 자기네 속국으로 여기고 있었다는데?"

어디선가 주위들은 이야기로 한번 항변해보았을 뿐, 나는 더 이상 논증할 수 있는 역사적 지식을 갖고 있지 못했습니다. 더구나 이런 외경스런 대화로 오랜 시간을 허비하고 싶지 않았습니다.

"이것 봐! 역사는 원래 소유의 기록에 지나지 않는 거야. 차지한 자들이 자기들 중심으로 만들어 가거든. 전쟁은 승리하는데 목적을 둔다구. 뙤군아니라 쪽바리 군대라도 필요하다면 끌어들이는 거야."

신라가 미적거렸으면 백제가 먼저 그 방법을 썼을 수도 있었답니다. 감상적인 민족주의 논리에 빠져들지 말라네요.

"우리 과장이 노상 알량한 역사지식을 내세워 으스대는데 결국 어떤 의미에선 나도 그와 전쟁을 치르고 있는 셈이야. 그가 고만한 지식으로 진급을 거듭한다면 나는 그를 훨씬 능가하는 역사지식을 쌓아두지 않으면 안돼. 그의 영원한 부하군인이 되지 않기 위해선 말야."

이런 대화들이 분위기를 딱딱하게 만들었다고 생각했음인지, 남편은 다음과 같은 일화를 들려주었습니다.

'서라벌의 젊은 장수 김서현(金舒玄)은 왕족인 만명(萬明)처녀와 열애(熱愛)중이었다. 만명이 임신한 것을 알게 된 왕가는 벌집이 되었다. 족위(族位)가 아래인 서현을 당장 잡아들이려 하였으나 출중한 무예를 지닌, 장래가 촉망되는 아까운 장수였던지라 숙고 끝에 고구려 백제 신라의 삼국 접경인 만노군(萬弩郡-현 충북 진천지방) 태수로 명하여 멀리 쫓아냈다. 처녀 만명은 뒤늦게 이 사실을 알았다. 그녀는 꾀를 내어 초당 연못가에 신발을 벗어놓아 투신자살을 위장하고 만노군을 향하여 줄달음을 놓았다. 왕가는 난리가 났고 연못을 샅샅이 훑어냈으나 허사가 아닐 수 없었다. 이윽고 만명의 술수를 알아챈 왕가는 곧 기마 추격대를 보냈다. 만명은 중도에서 잡히고 말았다. 이때 날이 저물어 모두 숙영에 들었는데 천우신조, 천둥 번개를 동반한 비바람이 몰아쳐 숙소가 날아가는 등의 소동이 일어났다. 이 틈을 놓칠세라 만명은 다시 뛰었다. 몇 날 며칠인지 천신만고 끝에 만노군에 이르러 그리던 낭군 서현의 품에 안긴다. 얼마 뒤 금동자를 낳으니 그가 곧 김유신이요, 수태 스무 달 만이었다. 만명부인은 전래 믿음대로 후산을 위하여 유신의 태를 항아리에 넣어 담안밭 뒷산 정상에 묻었다.'

재미있는 옛날 이야기였습니다. 만명부인의 억센 열정이 가슴에 닿더군요. 그러나 남편이 이 이야기를 재미있게 하기 위해 허구가 조금 삽입되었는지는 모르겠습니다.

저녁을 마친 과장은 헤어지는 순간까지도 예상과는 달리 매우 정중했습니다. 잠시나마 그에게 미지의 기대에 대한 야릇한 감정을 노출시킬 뻔했던 자신이 부끄러워졌습니다.

집에 돌아오고서야 남편을 향한 억제되었던 분기가 충천하였습니다. 남편 '정후택'이란 인간은 도대체 어떻게 돼먹은 작대기입니까. 이건 아내인 나에 대한 분명한 배신이고 폭력이며 자기기만입니다. 출장 기간의 한 가운데에 주말이 끼어있음에도 산행에 관한 어떤 예비책도 말하지 않았던 것입니다. 그것은 부부관계의 결별 및 포기를 선언하는 행위로 해석되는 게 아니던가요. 이제 우리의 부부관계는 무의미한 것이겠지요.

등산화 등산양말 등산조끼 오버 트라우저 배낭 등산이부자리 텐트 랜턴 등 등산과 관련한 모든 장비들을 끄집어냈습니다. 어느 산의 축약도 같은 붕싯한 산이 마당에 생겨났습니다. 나는 거기에 골고루 석유를 뿌렸습니다. 성냥불을 그대면서 지금까지의 결혼생활이 활활 타

없어지기를 기원하였습니다. 타오르는 불길 저 쪽 멀리에 산 정상이 희미하게 보였습니다. 안개 어둠 적막 숨가쁨, 다음에 얏호 하는 외침이 그곳에 있었습니다.

"제발 이러지 말아줘요."

나는 울부짖듯 소리쳤습니다. 무작정 순종할 것으로 믿었던지 그는 내 말의 의미를 새겨보려는 듯 언뜻언뜻 멈칫거리긴 했습니다. 자신의 계획이 빗나가고 있는지를 가늠하는 눈치였습니다. 그러나 그의 눈길엔 명백한 결의가 번득였지요.

"와글지 엉? 지끔 와가 정조를 지키겠다는 거꼬 머꼬오……"

정조? 그래 나는 정조가 무너져버렸는지 모릅니다. 아니 정조가 무너진 것은 또 뭐란 말인가요. 도무지 정조니 타락이니 하는 낱말들에 대하여 새김질해본 적이 없거든요.

"제발……저, 지금 뭐가 뭔지 모르겠어요."

나는 어제 하루를 사뭇 잠만 잤습니다. 아니 침대 속에서 뒹굴고 있었다는 표현이 어울릴 것입니다. 식사를 했는지 어쨌는지도 기억에 없습니다. 오늘 아침까지도 그 상태로 있었으므로 어쩌면 굶어죽을지도 모른다는 우려가 마음 한 구석에 둥지를 틀고 있을 정도였습니다.

김 소령이 만나자고 한다거나, 내가 그 제의에 응한다고 하는 것은 남편 정 후택에 관한 소식, 정보 교환 및 지식 논의가 전제되는 것이 상식이겠지요. 그런데 현재 성실히 임무를 수행중이라는 정황 파악이 됐다 치고 보면 그와 내가 만나는 모습은 삐딱한 명분이 아닐 수 없습니다. 그게 아니면 그와 나와의 사이에 내밀한 끈이 연결되어 있을 때에만 가능한 일입니다. 김 소령은 아마도 목요일 밤의 저녁식사 자리를 그 끈으로 간주하고 있는 게 아닌가 싶었어요. 그런데 이상한 것은 내가 그 끈에 매달려있다는 느낌이었습니다. 간사스러운 게 여자의 마음이라더니 정말 그런 것인가요.

지정된 장소에 나갔을 때 그는 미리 나와 기다리고 있었습니다. 그가 등산화를 신고 등산모를 썼으며 스틱까지 쥐고 있는 것으로 미루어 산행을 예비한 모양이었습니다.

"어디로 등산 가시나부죠?"

나는 초롱한 눈망울을 까막거리며 그의 얼굴을 살폈습니다.

"낼로 다 암더. 주말마다 부부동반 등산 안하요? 마 계룡산도 좋고오, 어디 가까운 산에 휘이 바람이나 쐬고 오입시더!"

유들유들하게 번들거리는 그의 눈알이 내 얼굴 가죽을 간지럽혔습니다.

"저하구요?"

나는 생청스럽게 말하며 우정 그를 빤히 쳐다보았습니다.

"하모요."

약간 장난기 섞인 표정으로 그는 턱을 크게 주억였습니다. 엄밀히 말해서 그가 하는 모든 제의는 공격적 의미를 지니고있는 것이지요. 부부계에 다시 참석해달라는 것이나 저녁 식사를 함께 하자는 것 등은 하릴없는 소중사나운 짓일 밖에요. 나는 여기쯤서 그가 쥐고 있는 끈을 톡 잘라버릴까 생각해보았습니다.

"저는 산에 가고싶지 않은데요?"

이제 어떤 두려움이나 그에 대한 빚도 남아있지 않았습니다. 그는 잠시 머쓱한 표정으로 눈을 껌벅거리더군요. 낭패감이 그의 얼굴을 휩쓸고 지나갔습니다. 팔 할 이상을 축조한 건축물이 무너지는 허망함에 빠졌다고 생각했을까요. 하지만 그는 생각보다 질긴 듯했습니다.

"아 그렇습니까. 마아⋯나로선 머랄까예 부인이 쭈욱 이어오던 리듬이 팍 깨질까봐 걱정이 안되는 기요. 정대위 출장을 승인한 죄책감도 있고오. 마 오해 마시소. 정서 건강의 파괴를 막자는 뜻이니까네 핫핫핫⋯"

갑작스런 그의 웃음은 공소하게 들렸지만 내가 짐작했던 것보다 더 굵은 끈을 준비하고 있었거나 지금 당장 그걸 마련하고 있는 것 같은 자신감이 들어있다고 여겨졌습니다.

토요일 등산, 그렇습니다. 이전대로라면 오늘 등산을 가게 될 겁니다. 통제되고 축적된 정염을 분출하기 위하여 남편과 함께 산에 갈 것입니다.

지난 일주일은 근원적으로 내 생활을 뒤흔들어 놓은 날들이었습니다. 산정에서의 허탈감, 도피처를 찾듯이 출장길에 나선 남편, 나는 산정에서가 아닌 식사 자리에서 김 소령에게 잠시나마 믿음직한 이성을 느꼈고, 등산 준비는커녕 장비마저 모두 불태워버렸습니다. 내 몸에 배어있던 관습들이 갈갈이 쪼개져나갔습니다. 그것은 산정에서 취했던 나신의 형태보다도 더 발가벗겨진 모습으로 이리떼가 우글거리는 황야에 내동댕이쳐진 꼴이었습니다.

이제 나는 무엇을 입고 어디로 갈 것인가. 그러자 어느 순간 내 마음 저 아래로부터 미지의 세계를 향한 모험심이 불륜으로, 정상 정복의 의지로 꿈틀거리기 시작했습니다. 문득 이 사내를 향하여 도전해보고 싶은 충동이 솟구쳤습니다. 그가 준비한 끈을 역으로 잡아보는 일도 신나는 일일 것입니다. 나는 연득없이 그를 보며 새실새실 웃어보였습니다.

"과장님? 제가 어딜 가고 싶어 하는지 알아 맞춰 보실래요?"

요부 같아 보였을까. 예기치 않게 나탈거리는 나의 태도에 그는 병추같이 어벙벙해 하면서도 얼굴이 흐물거리기 시작했습니다. 분명 남편의 상관이라는 의미 따위는 서려있지 않았어요.

"힛힛, 내가 마 우째 걸 알겠심꺼. 하지만도 말씀하시소. 으데에든 모실끼라예!"

이 순간부터 그는 나를 위해 여러 가지를 봉사할 수 있을 것이라고 확신하였습니다. 어디까지일 진 모릅니다. 그러나 꽤 큰 희생도 가능할 것이라고 보였습니다.

"지금요, 지끔 영화가 보고 싶거든요. 아 진짜 영화본지 참 오래 됐네요."

왜 그렇게 말했는지 모릅니다. 단지 그에게 도전해보고 싶었을 뿐, 어디로 가고 싶다든가 무엇을 하고 싶다든가 하는 복안이 실상은 마련되어있던 것이 아니었습니다.

어처구니가 없었을까. 김 소령은 쇠양배양거리는 나를 잠시 물끄러미 바라보았습니다. 덤벼본다는 게 고작 그것뿐이더냐 하는 듯이. 갑자기 부끄러워졌습니다. 나는 도저히 그를 지배할 수 있는 위인이 못되는 모양이었습니다. 오히려 그가 맘대로 주무를 수 있는 애희(愛姬)의 범주를 벗어나지 못하고 말 것 같았어요. 종아리에서 힘이 빠져나가고 있음을 어쩌지 못했습니다. 나에겐 이미 그가 이끄는 힘을 뿌리칠만한 밑천도 없었습니다.

소극장이라는 데엘 들어갔습니다. 빈자리를 찾느라 깜깜한 미로를 헤매면서 그가 거침없이 내 몸을 싸안았습니다. 자리를 찾아 앉고 차츰 시야가 분별되어진 어둠 속에 쌍쌍의 군상들이 입을 맞추는 등 문란한 행위를 벌이는 광경이 생소한 모습으로 펼쳐지고 있더군요. 결코 한가롭지 않게 욕정을 삼키는 한숨소리와 애무로 비롯되는 신음들이 딴엔 절제를 싸안고 춤추고 있었습니다. 마치 그러기 위하여 이곳을 찾은 사람들처럼 말입니다. 가만히 스크린에 눈을 주니 객석의 풍경을 부추기는 장면으로 꽉 차 있었습니다. 별천지에 와 있음을 비로소 깨달았습니다. 그 동안 이 시대의 현실 뒷 장면을 한 번도 돌아보지 않고 살아왔음을 실감하게 되었어요. 학창 시절에 영화관 문턱을 전혀 넘어보지 않은 것은 아닙니다. 그 무렵에도 물론 소극장이라는 게 있긴 했던 것 같으나 그리 흔치도 않았고 입시준비에 짜들리느라 영화관에 갈 생각은 딴기적은 애들이나 하는 짓으로 알고 있었지요. 여고 삼년 동안에 한번 갔을까 말까한 기억이 희미한데 그건 학교에서 알선한 단체 관람의 반공 영화였지요.

상영되고 있는 영화는 외국인의 도색영화로서나 상상해봄직한 정사 장면입니다. 시종일관이라고 할 만큼 그 같은 장면의 연속이었어요. 아, 여자의 알몸뚱이 위에 건장한 사내의 날 궁둥이가 엎어진 채로 정말 율동질을 해대고 있었어요. 영화 설정 자체도 불륜을 다룬 것이어서 얼굴이 이래저래 화끈화끈 달아올랐습니다. 은밀한 행위로 숨겨져 있던 일들이 어느 틈에 이처럼 금기 타파되어 공개적으로 노정되어 있었던가. 내가 꿈을 꾸고 있는 게 아니라면 이 영화 또한 이 세상 삶에서 빚어지는 한 추상성 내지 단면성을 말하고 싶은 것임에 틀림없겠지요. 나는 현실과 비현실을 극장안의 어둠 속 만큼도 분별하기 힘들었습니다.

과장이 한 팔로 내 어깨를 지그시 당겼을 때 나는 그만 그의 가슴으로 몸을 기대고 말았습니다. 누가 나에게 또라이라고 말하랴. 이 순간 나는 그가 오빠이고 연인이라는 의식에 잠겨있었던 것 같습니다. 진작부터 그의 손길은 내 가슴을 쓸고 있었으며 그것도 시답잖았던지 나를 가볍게 들어 자신의 무릎에 앉히고 꼭 껴안았습니다. 이 극장 안에선 이렇게 하는 것이 하나의 관행인 것처럼 보였습니다. 그는 아랫배 밑에 있는 것을 우악스레 내 몸에 전달시켜 왔어요. 화면과 관람객이 참으로 훌륭한 조화를 이루어내고 있었습니다. 좋은 연극과 수준 맞는 관객도 이와 같이 되기는 어려울 거예요. 그렇듯 시간이 얼마나 지났을까.

"나갈까?"

가쁜 숨을 삼켜대며 내 몸을 애무하기도 하고 귓불에 입술을 문지르기도 하던 과장이 속삭였습니다. 느닷없이 존대어가 잘려져 있더군요. 그는 몹시 급하게 나를 추켜세우려 하였습니다. 좀 더, 진행 중인 영화를 보고 싶었지만 그의 채근을 뿌리친다는 건 주변의 눈길을 모아들일 것만 같아 마지못해 일어섰습니다.

남편은 평소처럼 나를 텐트 밖으로 불러냈었지요. 여장부 만명의 열정적 이야기를 들은 뒤여서 곧장 정사행위로 들어가기에는 좀 숙진 기분이었습니다. 날더러 도타운 겉옷을 입으라고 주문했어요. 어떤 형태로 시작되는 프로그램일까 하며 삼림복을 걸친 후 따라나섰지요. 남편은 길쭉한 몽둥이를 꺾어들고 앞서 걸었습니다. 산이 내리막이 되면서 남쪽 기슭을 훑으며 뛰어 내려갔어요. 아무리 낯설고 어둠이 눌려 있다지만 산 표면이란 울퉁불퉁 미끌미끌함이 어디나 비슷하여 관성화한 우리들의 발바닥 중심을 튕겨내진 못하였습니다. 산 날망의 중턱쯤 될까 하는 지점에 이르렀습니다. 사막 속의 오아시스 같다고나 할까요. 오묵한 곳에 버들 숲이 소복이 에워싸고 있었습니다. 남편은 랜턴으로 그 안을 파헤치듯 휘저어 비추며 다른 한 손으론 몽둥이로 잔가지들을 쳐 내렸습니다.

"자기야, 뭘 찾아요?"

어딘가로 더 내리뛸 것 같은 자세를 멈추지 않고 나는 남편이 돌아서길 재촉했습니다.

"응, 가만있어봐. 안벽이 돌로 되어있는지 살펴보라구!"

그러면서 남편은 연속적으로 버들가지들을 탁탁 후려냈습니다. 나는 실망감 같은 것에 휩싸이며 남편이 원하는 게 뭣인가를 짐작해보느라 머릿속이 멍멍해졌습니다.

"돌을 보라구요?"

비로소 자세를 바꿔 남편이 내리치는 몽둥이 끝을 향하여 허리를 굽혀 봤어요. 그러나 이미, 싫컷 매를 맞고 가지를 부러트린 채 헤풀어진 버드나무 등걸사이로 석축을 확인하고 난 뒤였습니다. 그것들은 성벽처럼 큰 바위덩이로 되어있지도 않았고 아무데서나 볼 수 있는 돌담의 형태가 아니었습니다. 푸른 이끼를 두껍게 뒤집어 쓴 돌들은 마치 틀니를 해 박은 듯이 가지런하고 정교한 모습이었습니다. 얼른 보았지만 그것은 신비감을 갖게 될 만큼 고풍스럽고 고도의 건축술에 의한 것임을 짐작하게 하였습니다. 산을 등지고 원통형을 단칼로 엇삐쳐 자른 듯한 형상이었는데 남쪽을 향한 낮은 턱으로 쫄쫄 물이 넘쳐흐르고 있었습니다.

"자기야, 샘 같아요!"

오랜만에 남편이 반색하는 말로 받았습니다.

"샘이지? 야 기막히다! 저 아름다운 돌의 짜임새 좀 봐, 좀 일찍 왔어야 하는 건데!"

남편은 목소리가 건조하게 들릴 정도로 흥분해 있었습니다.

"자기야, 목말라? 지금 마셔요. 내가 불을 비추고 있을 테니까."

랜턴을 뺏으려하자 남편은 내 손을 툭 쳐내며 자기 손으로 샘 안을 어지럽게 비춰댔습니다.

"맞아, 이거야. 아까 저쪽 날망으로 올라갈 때 먼발치로 짐작은 했었지. 영주 부석사에 선묘정이란 샘이 있어. 신라 삼십대 임금 문무왕 때 축조된 것인데 이 샘이 그것과 똑같은 형태란 말야. 규모는 이것이 작지만 그 당시의 샘임을 입증해주는 것이라구!"

"그럼 자기가 첫 발견자야?"

정염과는 다른 묘한 흥미를 느끼며 남편의 말을 반신반의했습니다.

"아니, 엉 그럴 수도 있고 아닐 수도 있지."

"자기야, 그게 무슨 말이예요?"

나는 남편을 힐끗 쳐다보았습니다.

"이 지방의 고호가 상산이거든, 지금부터 팔십 년 전에 발간된 상산지(常山誌)라는 데에 보면 태령산 남록에 연보정이 있다고 되어있어요."

군사학에서 고대 격전지나 유명한 장수의 생애를 연구하게 되는데 그때에 이 상산지를 구해보았다는 겁니다. 연보정 아래 만노군 치소(郡治所)가 있었으니 틀림없이 이 물을 길어다 먹었을 거라는 거예요. 동국여지승람이나 사기에서 발견되는 내용은 아니지만 김유신의 출생과 연보정의 형태는 같은 시대의 탄생을 말하는데 주저할 수 없는 수확물이라고 흥분했습니다.

"그러니까아 자기가 첫 발견자냐구요?"

나는 약간 짜증 섞어 말했습니다. 그러자 남편이 되레 힐책하듯 나를 노려보더군요.

"사람 참 답답하긴…발견과 고증을 구분하지 못하다니, 팔십 년 전 상산지에 기록이 돼 있다는 것은 옛 부터 존재해왔다는 사실이야. 이 아무도 살지 않는 산 속에서 이것이 연보정이다 하고 말할 수 있는 사람이 있다면 그게 뭐겠어?"

"그럼 자기가 첫 고증자가 되는 거예요?"

"꼭 그렇다고 말할 순 없지."

남편의 목소리는 여태까지와는 다르게 침울하게 울렸습니다. 그리고 말을 이어갔습니다.

"문제는 나의 이 확신을 학계나 사회에서 인정해주느냐 하는데 있어. 또 이 근처에 이 샘보다 더 확실한 형태나 큰 규모의 샘이 있는지에 대해서도 나는 모르고 있거든. 만일 과장이 이 근처에서 더 명백하게 주장할만한 샘을 발견한다면 오늘 나의 노력은 물거품이 되고 마는 거야."

반드시 과장을 패배자로 만들겠다는 의지 같은 게 있지 않나 싶었어요. 확신에 차있는 듯한 남편은 흥분된 상태였지만 나는 그 기분을 체감할 수 없었습니다.

"자기야, 이제 그만 올라가자!"

한 팔로 남편의 허리를 끌어안아 당겨 샘으로부터 벗어나게 하려 했습니다. 모를 일이었습니다. 과장과의 겨룸이 왜 그토록 중요한 것인지 나로서는 납득하기 어려웠습니다. 다만 이제 생각해보니 우리가 등정했던 산들이 진천의 대모산성 도당산성, 청주의 상당산성, 보은의 삼년산성 등 경주를 향해 이어지는 제라(濟羅)접경의 산성이 대부분이었음을 돌아보게 되었어요.

"이봐, 이보라구. 이 물은 흥무왕 김유신장군이 어렸을 때 마시던 샘물이야. 천년이 넘는 기와 맥이 깃든 물이야."

말을 마친 남편은 개구리처럼 납작 엎드려 굴컥굴컥 물을 마셔댔습니다. 그리곤 나더러도 마시라고 권해 왔어요. 그 권유에 나는 뜬금없이 갈증을 느꼈고 남편이 하던 것처럼 엉덩이를 하늘로 쳐들어 올리고 몇 모금 마셨습니다. 상큼하고 아릿한 물맛이었죠. 아주 개운하더군요.

그 밤, 한 주일만의 정사는 잘 달구어진 용광로 속의 불꽃과도 같았어요

떠밀린 상체를 일으키며 김 소령이 화가 차오르는 얼굴로 어금니를 질근질근 씹더군요. 목적 달성이 더뎌지는 초조함 때문이었는지 마음속에 어떤 결단을 내려놓고 있음이 분명해 보였어요. 마지막 전장에 선 장수의 각오일까.

"와글루? 니야 마 누우가 됐든 근실한 남성만 상대하믄 되는 거 아이가. 정 대원 아들을 원하고 있는 기라. 내가 마 김유신장군 같은 훤한 아들을 니케 잉태시킬 자신이 있는 기라예."

두 손으로 내 어깨를 투덕투덕 두들기더니 옷을 활활 벗어 내던졌습니다. 아무렇게나 툭툭 불거진 그의 알몸이 흉칙스럽게 덜렁 드러났어요. 나는 눈을 질끈 감고 고개를 폭 숙였습니다. 그가 서너 발짝 절벅절벅 걸어서 욕실 안으로 쑥 들어갔습니다. 일부러 그렇게 해 놓았는지 아귀가 맞지 않아서인지 욕실문은 완전히 닫히지 않았고 한 뼘 너비의 틈이 벌어져있었습니다. 이내 쏴아 하고 샤워 하는 소리가 들려왔어요. 문틈으론 뜨거운 김이 안개처럼 훅훅 넘어 들어왔습니다.

"마 늬도 벗고 이리 들오래이. 더 생각할 게 머 있노. 정 대위한테도 니는 이미 할 말이 없게 돼 있는기라. 극장 안에서 우리가 우야 했노

엉?"

　그는 자기 소유가 다 된 사람에게 하듯 당당하게 말했습니다. 좌악 좌악 쏴아 하는 물소리를 이겨내려는 듯 고래고래 질러대는 그의 목소리는 욕실은 물론 방안 전체를 쩡쩡 울렸습니다. 나는 풀어졌던 웃옷의 단추를 차근차근 끼웠습니다. 그의 가슴에 얼굴을 부비고 무릎에 앉았던 것을 변명하고 싶진 않았습니다. 그 이상의 단계에 가 있었대도 마찬가지였을 겁니다.

　"이제 와가 머얼 지키보겠다는 기꼬? 그건 자기 유희라. 앞을 보고 뒤를 봐도 시방 니캉내캉은 한 가지 할일 밖에 음떼이."

　족쇄를 채워놓은 노예 앞에서 부리는 지배자의 자만일까. 결코 나 하나가 아닌, 또 다른 부하 장교의 아내들이 과장의 그 같은 독선과 자만 앞에서 족쇄에 채워졌을 수도 있는 비열함이 보였습니다. 그는 내가 천리 밖으로 달아난대도 자기 손아귀를 벗어나지 못할 것이라는 확신을 갖고 있었을까요? 또한 나를 육욕(肉慾)만으로 꽉 채워져 있는 동물로만 보았던 것일까요. 하긴 이와 같이 된 결과에 대해서 내게도 그만한 책임이 있을 것입니다. 무작정 안주하고 의지하고자 하는 게으름이나 비독창성이 그 하나의 이유이기도 했을 것입니다. 이런 식으로 살아선 안 된다는 의식이 나의 머리와 가슴에 꽉 차 올랐어요. 남편에게 나의 정당성을 변명하려 한다든가 상황의 불가피성을 주장할 뜻은 전혀 갖고 있지 않았습니다. 아들을 얻지 못한 열등감에 사로잡혀있는 건 더욱 아니었습니다. 누구도 나를 닮으려 하거나 내가 누군가를 닮을 수 없다는 사실이 이 때 나를 지배하고 있을 뿐이었어요.

　웃옷의 단추가 다 끼워졌습니다. 욕실 안에서는 여전히 자신감으로 가득 찬 김 소령의 목소리가 꽝꽝 울려나왔습니다. 나는 일어서서 그것들을 뒤로하고 방 밖으로 나왔습니다.

출장에서 돌아온 남편 후택 씨는 자신이 무엇엔가 좀 우울하고 화가 나 있었다며 출장 당시의 상황을 설명해 왔어요. 그게 사과였는지는 모르겠어요. 그러면서 아무렇지 않은 듯 전처럼 생활을 이어가려 하였지요. 충분히 납득할 만한 이야기였어요. 그러나 그건 그의 생각일 뿐이었습니다. 그 삶 속에는 문제의 규명도 잘잘못의 판단도 무의미한 것이었거든요. 그건 그의 탓만도 아니었고 나의 탓이라고 말할 수도 없는 거였으니까요. 나는 고개를 저었지요.

이렇게 남자들로부터 벗어난 나는 남자 없는 세상에 가 살았음 직하지 않아요? 하지만 그건 불가능한 일이란 걸 깨닫게 되었지요. 이유는 간단합니다. 발끝에 채이는 게 남자들이어서? 아닙니다. 환희에 대한 그리움 때문이었는지도 모릅니다. 내 마음속엔 항상 어떤 남자가 자리하고는 있었습니다. 물론 김 소령은 아니고 그렇다하여 후택 씨라고 딱히 못 박기는 참으로 어렵습니다. 후택 씨와 살았던 어느 만큼의 기간은 분명 환희, 그것이었다 말할 수 있습니다. 그가 줄기차게 나의 뇌리 속에 다시 한 번 만났으면 싶은 사람으로 머물러 있었던 건 사실이지만 그와 다시 삶을 꾸려보고 싶은 건 아니었습니다. 그냥, 어떤, 얼굴도 모르는, 나와 나란히 서는 그런 사람을 그리고 있을 뿐이었지요. 거기다 따뜻함까지 갖추었다면 물론 금상첨화겠지요. 거기에 희열같은 게 존재하지 않을까요? 그냥 그렇게 그런 사람을 그리고 있었을 뿐이랍니다.

같이 일하는 사람들이 날더러 만명부인 못지않은 열정과 억셈을 갖췄다고 말하기도 하지요. 그들이 어찌 만명부인의 예를 들어 말하냐구요? 아 그건 내가 틈나면 이곳의 역사적 일화를 말해주곤 했거든요. 하지만 그들의 말은 단지 립 서비스일 거라고 치부해버립니다. 만명부인의 열정은 낭군이 된 김서현 장군이라는 이성을 향한 사랑의 모습에 불과했던 거죠. 내가 어떤 이성을 향해 그 같은 열정을 보인 적이 있는지는 자신할 수 없습니다.

더구나 만명이 활동하던 이 시기의 신라는 동족국가인 고구려와 백제로부터 시달림을 받은 나머지 주권이 거의 당나라에 넘어가 있었다고들 하지요. 제 이십팔 대 진덕왕은 당나라 황제를 칭송하는 태평송까지 지어 바쳤고 이십구 대 무열왕 김춘추 대에 이르러서는 사대주의가 팽배해있었다고 하잖아요. 당나라가 십삼만 대군을 몰아 백제를 멸할 때 신라는 오만의 군대로 그들과 동맹군을 만들어 협공했다지만 실제로는 당 군의 보조 군으로서 길라잡이 역할을 했다는 설을 송두리째 거짓이라고 부정할 수는 없을 것입니다. 그 증거라고 할까요? 당은 백제 정벌 후, 백제 땅 웅진에 도독부를 설치하여 이곳이 당의 영토임을 천하에 선언했지요.

후택 씨는 내게 문무왕 때의 연보정 축조형식을 고증하는 데까지 말해주었지만 그 당시의 사회적 국제 문제까지는 접근하고 있지 못했던 것 같습니다. 물론 군사 교육에서 그 당시의 역사를 간과했을 리는 없겠습니다. 그러나 한정된 용도로 조직되고 움직여지는 군에서 조상들이 살았던 국가의 역사를 '사대주의'였느니, '태평송을 지어 바쳤느니' '동족국가에 등을 돌렸느니'라는 데에 초점을 맞춰 국가나 권력이익에 반하는 진실을 합리적으로 살펴주려 하지는 않았을 것입니다. 불행히도 여기에는 낱낱 진실은 숨겨지고 사실이 왜곡되어 나타나기 일쑤라는 것이지요. 문제는 그처럼 합리성과 객관성이 배제된 교육을 받고 배출된 사람들이 가정과 사회에 나왔을 때, 더구나 그들이 국가 사회의 지도 계층에서 활동할 수 있도록 임무 받았을 때 그 사회가 어떤 방향으로 인도될 것인지는 어렵지 않게 넘겨볼 수 있지 않겠어요?

따라서 어떤 운동이 이처럼 권익을 위장한 조작된 이념과 관행의 올가미를 만드는 일인지에 관해 성찰하지 않는다면 그 근본부터 재검토되어야 할 것입니다. 생각해 보세요. 사탄이 실체인 자기의 종교가 자신의 발목을 옭아매는 족쇄인지도 모르고 포교나 선교를 빙자하여 눈에 불을 켜고 돌아다닌다면 그게 얼마나 우스꽝스런 오류이겠습니까.

만약 지금의 한국 사회에 그 같은 사람들이 대거 몰려 정치 형태를 띤 국가 조직과 사회 경제 교육 문화를 지배하고 있다면 어떻게 하시겠습니까.

앞에서도 말했지만 나는 천성적으로 싸움을 한다든가 누군가를 통솔한다든가 하는 그런 일을 체질로 여겨본 적은 없습니다. 내 젊은 결혼 시절의 삶이 그랬구요. 짝에 관한 문제도 아마 그런 이유가 있는 거겠지요. 남들은 적당한 남자와 사귀어보라고 권유해 오기도 하지만 적당한 남자가 누구인가요? 암만해도 그건 연습 같아서 그렇게 못 하겠더라구요. 인생은 연습이 아니잖아요. 칼로 무 자르듯이 탁 베어낼 수 있는 것도 아니구요. 한번 난 세상이니 이렇든 저렇든 선택을 내리고 살아야 할 거 아니냐고 말하는 이들도 있어요. 그러나 그건 틀린 말임을 나는 확신합니다. 천길 낭떠러지에 한손으로 간댕간댕 매달려 있는 사람에게 떨어져 죽어 버리라든가 하늘로 솟구쳐 오르라고 말한다면 그는 무책임하고 잔인한 사람입니다. 내 뜻과 상관없이 선택의 갈래가 이미 정해져 있는 것이라면 그 선택을 기획한 사람의 의도에 따라 노예가 될 수도 있지요. 노예를 만들 수 있는 자가 누구인지에 관해 덮어버리고 넘어가자구요?

평생을 그래왔듯이 나는 여전히 진지한 삶이 무엇인가를 찾아 헤매고 있을 뿐입니다. 아마 못난이들이 내세우는 까탈이 아닐까 두렵기는 합니다. 혼자 사는 여자이니 그게 정답이라 말하는 거라든가 뭐 세상과의 타협에 인색하다, 이런 이야기로 들으시면 큰 오해입니다. 우리의 삶은 끊임없이 고뇌하는 과정이고 그 속에서 하나하나 정당한 해결책을 모색해 가는 것이 아니겠어요?. 그 때에 싸움이 필요하면 싸울 것이고 죽음이 필연이면 죽을 것입니다. 아마 백제의 장군 계백이 그랬잖았을까요? 여기서 나는 무엇을 낭비했고 무엇을 저축했는가, 그런 것도 되돌아보게 합니다.

비단무늬 같은 단풍을 감상하던 내가 발길을 돌려 주차장 쪽 오솔길로 들어설 즈음, 낯익은 남자 하나가 저쪽 연보정 앞 논둑에 서서 나를 유심히 노려보고 있었습니다. 연보정을 찾아 논둑길을 더터 올라온 사람이 있었다니, 아 그러나 삼초도 안 되는 사이에 그가 누구인지를 알아차렸어요. 허 참, 후택 씨였어요. 그처럼 쉽게 알아볼 수 있었던 이유는 모르겠습니다. 얼른 보았어도 그는 많이 변해있었어요. 예전처럼 등산복에 등산모 차림이었는데 모자 밑으로 드러난 머리칼은 하얗게 세어있었고 몸은 비대했습니다. 꼭 김 소령의 몸집 그대로더라니까요. 어쨌든 헤아릴 수 없는 반가움에 그를 향하여 한발 내디뎠습니다. 때맞추어

"자기야, 뭐하고 있어요. 해가 넘어가잖아요."

'자기야' 마냥 낯설지만은 않은 호칭이 들렸어요. 휴대했던 스테인레스 물컵을 들고 팔을 길게 뻗어 연보정의 물을, 논물이 섞여있는 얕

은 물을 살짝 저어 떠 마신 여인이 그랬습니다. 배낭을 멘 그 중년이 넘은 여인은 후택 씨의 팔을 잡아끌고 담안밭 쪽으로 내려갔습니다. 그여자가 옛날 김 소령의 부인이었다는 사실을 안 것은 그들이 떠난 뒤였습니다. 신입회원 가입 야유회 때 한번 본 얼굴이었지만 기억이 되더군요. 그렇게 맺어진 관계라. 후택 씨가 앓고 있던 김 소령에 대한 극복의 한 방편으로 이루어진 결과인지는 모르겠습니다.

나는 문득 고개를 뒤로 젖혔습니다. 단풍 색깔과 꼭 닮은 노을이 파란 하늘을 에워싸고 있었어요. 한량없이 빨려들고 싶군요. 누군가가 다른 배낭에 내가 버린 환희를 꽉꽉 담아 짊어지고 하늘 높이 솟구치는 모습이 거기 있었습니다. 저들은 또 어떤 남다른 희생과 대가를 치르고 저렇게 가는 것인지 알 수는 없습니다. 천년이 넘도록 솟아 오르는 연보정의 샘물처럼 저들, 그리고 내 삶의 가치들이 새롭게 끊임 없이 진화해 가기를 바라는 바입니다.

이때, 진동으로 전환된 손가방속의 핸드폰이 드르르 흔들렸습니다. 플립을 열었습니다.

"회장님, 오늘 십이인 이사회에서 회장님을 동아시아 여성개발 연합회 회장님으로 추대 의결했습니다."

*오비디우스 — '비탄 의 시' '사랑의 기술' 등의 시집을 남긴 2천년 전 로마의 시인.
('적이 쓰러져야 싸움은 끝난다'는 말을 남김)

2005년 가을

쉬파리 날다

[1]

차는 어느덧 터널 안으로 빨려들고 있다. 두 귀를 도려갈 듯 확 밀려오는 조명등, 불빛으로 하여 얼굴이 화끈 달아올랐다. 그것은 한 달 이상 지속돼온 복중의 폭염이 땅위의 열기를 이미 터널 속에까지 채워넣고 있어서 더했다. 그래도 터널 밖으로 빠져나간다는 것은 더 두려웠다. 아무래도 햇볕이 심상치 않았다. 오늘 아침 비로소 미영은 수저랍시고 들었다. 여위고 창백한 살갗 위로 생선가시같은 뼈대가 앙상히 드러나 있었다. 성 국장의 목구멍에선 안도감을 동반한 자괴감이 슬픔처럼 왈칵 차 올라왔다. 팽(彭) 씨에게서 사(社)로 날아든 편지는 미영이 퇴원한 다음 날쯤 된다.

전무의 호출을 받았다. 전무 실로 성 국장이 들어서자, 작은 문으로 나가는 우 부장의 뒷모습이 보였다. 전무가 두툼한 편지 철을 내밀었다. 그것이 무엇인지 예감으로 금방 알아챌 수 있었다. 그의 입에서 무슨 말이 나올 때까지 기다린다는 것은 형벌처럼 느껴졌다. 전무의 눈길이 걷히기도 전에 터벅터벅 걸어가서 손바닥을 내밀었다.

'…이 시기에 어떤 꽃이 어디에 피어 있었느냐는 중요하지 않습니다. 문제는 강도들의 군홧발아래 으깨진 것이라는 데 있습니다…'

초점은 그 한 마디에 있었지만 여러 가지 표현 방식을 빌어 반복적으로 강조하고 있었다. 뻔한 목적에 그가 얼마나 집착하고 있는지를 잘 증명하는 대목이었다. 그럼에도 성 국장은 쇳덩이로 머리를 세게 얻어맞은 듯한 기분이었다. 참으로 놀라운 것은 삼백여리 상거한 곳에 있는 그가 이곳에서 벌어지고 있는 우리들의 논의에 아주 깊숙이 들어와 있다는 점이다. 교조적 통찰력을 지닌 그이기에 만만찮은 파도의 위협이 밀려오고 있다는 예감에 휩싸인다. 이 갑작스런 불안은 엊그제 미영이 벌인 사단이 원인일 수 있었다.

팽 씨의 그 날 방문을 끝으로 이제 그와의 관계는 영원히 정리된 것으로 치부했다. 그래야만 했다.

80년 해직자가 아니더라도 성 국장은 벌써 열 사람도 넘게 신도매일 사람을 만났다. 여기저기서 새 신문이 생겨난다니까 현재 근무 중인 신문사에 불만이 있거나 앞날을 기대하기 힘든 사람들은 자리를 옮겨 보고자 움직인다는 것이 훤히 보일 정도였다. 성 국장을 찾아오는 사람들은 반드시 편집국 사람들뿐만이 아니고 광고 영업 공무국 등 여러 직종의 사람들이 다 망라되어 있었다. 이름을 기억할 수 없는 낯선 수습기자까지 찾아와서 재직 시의 인연을 이어보려 하였다. 그들은 한결같이, 말은 안하고 있었지만 마치 진작부터 마음속으로 성 국장을 추종하고 친근해마지 않았다는 듯이 그랬다.

그들의 능력 여하를 떠나서 성 국장은 오래전부터 신도매일의 언영(言影)에서 벗어나고 싶었다. 그쪽 사람들이 자신을 언덕으로 삼아 찾아오는 것부터가 피부 위를 기어오르는 파리의 움직임만큼이나 간지럽고 거북했다. 문제는 아무리 그들이 파리 같다 할지라도 손바닥으로 탁 때려 단번에 치워버리듯 할 수 없다는데 있었다. 그들은 그들 자신이 사뭇 수족이라도 되길 자원하는 자세로 떼를 쓰고 있는 양상이었다. 내가 물에 빠져 있는데 전연(前緣)을 봐서라도 당신이 모르는 척할 수야 있겠느냐 하는 투였다.

가장 먼저 성 국장을 찾아온 사람이 우 이남 씨다. 성 국장이 이곳으로 부국장의 직함을 받아 발탁되어 온 정보를 잽싸게도 알고 있었던 것이다. 이곳은 아직 신문이 나오려면 많은 준비과정이 남아있다. 각 부서 편제도 정비해야 하고 직원 선발도 해야 하며 또 윤전기도 도입해야 하고 급여선도 정해야 하고, 할 일이 태산 같은 것이다. 우 씨는 이와 같은 사정을 누구보다 잘 꿰뚫고 그 준비과정부터 자신의 역할이 기능직 이상으로 중요하게 쓰여지기를 바라는 계산이 서있었던 것 같다.

윤전(輪轉)기사인 그는 신도매일에서 십오 년을 근무했다. 그래도 차장 자리 하나 얻지 못했다. 물론 신도매일에서 십오 년 정도를 근속한 공무국 직원은 우 씨 하나만이 아니다. 그들 대부분이 평직원 다음 상위직급인 차장 직함을 얻지 못하고 근무하는 형편이다. 원래 기능직 부서인 공무국의 기사들은 달리 빠져나갈 곳이 없으므로 그곳의 인사는 항상 정체된 채로 있다. 박정희 전두환으로 이어지는 군부 정권은 언론 통제 정책의 일환으로 철저하게 일도 일사(一道一社)원칙을 풀지 않고 있었다. 달리 풀려나갈 길이 없는 언론사의 기능직 종사원들

쉬파리 날다 285

은 승진이란 게 없다시피 했다. 그런 상황을 알면서도 기사들은 그들 나름대로 항상 압박으로 시달리며 불만에 가득 차 있었다. 왜 꼭 차장이 한사람, 아니면 둘로 한정되어 있어야 하느냐, 한 부서의 기사(技師)들 모두가 십년 넘는 경력자들이라면 그들 모두에게 차장 직함을 준다고 하여 회사가 얼굴 깎일 일 있겠느냐 하는 주장이었다.

하지만 회사는 달랐다. 그런 얕은 꾀 부리지 말라, 직위란 그만한 통솔 영역이 확립돼 있지 않으면 불필요한 것이다. 우리는 달리 분화된 부서를 둘 필요성을 느끼고 있지 않다, 그리고 차장을 주면 차장 수당을 지급해야 하는데 너희들은 그 점을 노려 명예(승진)와 실속을 다 차리자는 속셈이 아니더냐, 또 너희들 모두가 근속 연수 십오 년이 되면 그들 전부를 부장으로 승진시켜주란 말이냐, 근속 연수 이십 년이 되면 그때엔 너희 모두에게 국장을 시켜주란 말이냐, 우리는 너희들 머리 꼭대기 위에 앉아 있느니라, 무식한 놈들 티 내지 말고 말 안 되는 소리 작작해라 하는 입장이었다.

그럴듯한 그들 쌍방의 주장은 진정 그만큼 타당하고 합리적인 이유가 있는 것인가, 그에 관하여는 많은 직원들이 의문을 품고 있는 게 사실이다. 통상 인맥 지맥 학맥 친분에 따라 정실인사가 이루어져 왔다고 믿는 직원군(職員群)은 그들 나름의 냉소를 흘리게 마련이다.

그 중의 한사람이 우이남 씨였다. 자신은 신문사의 모든 업무 능력에 관하여 누구보다 뒤지지 않는다고 자만에 차 있었다. 하긴 제법 잘 알고 있는 부분이 많았다. 단조로운 윤전기술에만 머물러있지 않았다. 공무국의 전 기능인 문선 조판 사진제판 지형 주조 연판, 그리고 편집국 분야인 편집 교열까지 폭 넓은 지식을 가지고 있었다. 신문이 인쇄에 들어가기 전 각 부서를 돌며 이것저것 손가락으로 짚어가며 아는 체하고 참견하기 일쑤였다. 연판부에 가서는 이미 뜨여진 연판 글자에 오자를 짚어내어 연판을 다시 뜨게 하는가 하면 문선부에 가선 문선이 잘못됐다 하고 조판부에 가선 편집국에서 넘어온 면(面) 편집의 '레이 아웃'(기사 배치도)이 틀을 갖추지 못했다는 지적을 하며 편집부 기자 들의 무식을 탄하기도 했다. 아무개 기자의 기사는 기관에 다니며 향 응 받고 아이템만 얻어다 써서 개발기사가 보이지 않는다고도 했다. 신문제작의 모든 과정과 기술은 물론 취재활동의 이면까지도 통찰하 고 있어 보였다. 나아가서 회사의 경영 문제에 대한 복안까지도 그의 흉중에 없으란 법이 없어보였다. 그의 능력이나 시야의 한계가 어디까 지인지를 측정해본 사람은 없다. 물론 서당개 삼년에 풍월을 읊는다는 데 공무국을 비롯한 각국의 장기 근속자들이라면 거의 그 정도의 안목 은 갖추고 있다고 보아야 한다.

우 씨는 성국장과 함께 고향이 수원이라든가 경기도 어디라고 했다. 나이는 성 국장보다 한두 살 아래이고 입사 연도는 우 씨가 이 년이나 앞서 있다. 동향 사람이지만 부서가 다른 관계로 두 사람이 특별히 교 분을 나눈 적은 없다. 어떻든 신도매일이 소재하고 있는 지방으로 볼 땐 둘 다 타지방 사람이었다.

따라서 우 씨가 여기저기 참견하며 과시하고 다니는 능력이라는 것 이 대형 수족관 안에서 파닥이는 비단붕어의 반짝이는 모습처럼 비쳐 지는 것은 아니었다. 한정된 조직체 속에서 남다를 것도 없던 역량이 었지만 새로운 땅을 개척하는 마당에선 그 능력이 요긴하게 쓰일 수는 있었다. 성 국장의 가슴 한 구석을 받쳐주는 힘이 된 셈이다. 우 이남 씨는 이곳에 오면서 성 국장의 입김에 의하여 바로 '부장'이라는 직함 을 받을 수 있었다. 성 국장이든 우 이남 씨든 특별 영입 형식을 띠고 입사한 것이므로 그들은 창간을 위한 논의 과정에 적극 사전 참여하는 구성원이 된 것이다.

신입사원 입사 선발 기준은 매우 까다롭게 설정해 놓았다. 권력과 자본으로부터 독립해야 한다는 게 창간의 취지였으며 시민주를 모집하여 설립하는 회사이니만큼 운동권 출신이라면 우선순위에 놓았다. 거기엔 두 가지 의미가 내포되어 있기도 했다. 운동권 출신이니만큼 반독재 저항의식이 투철할 터이고 취재 과정에서 공권력과 몸싸움을 벌일만한 배짱과 완력이 있는지도 보아야 했다. 딴딴하고 쌩쌩한 젊은이 일수록 더 점수를 매겼다. 그럼에도 알음알음 사전 구성원들을 통하여 이런 저런 인물들이 유능력자라는 허울 아래 입사하고 있는 중이었다.

이 무렵, 성 국장은 더 이상 누구를 포용해 들일만한 마음의 여지를 갖고 있지 못했다. 그보다는 이제 사(社)의 편제가 창간 준비 멤버를 주축으로 갖추어져 가고 있어서 몇 명의 경력 및 수습사원을 공채하는 일만 남아 있었다.

[2]

터널을 빠져나오자 기다리고 있던 햇살이 사정없이 차체를 휘감았다. 성 국장은 우심해지는 더위로 현기증을 느꼈다. 차창에는 선팅이 되어 있었지만 냉방장치에 문제가 있었다. 따라서 그 장치의 교체나 아니면 냉매 보충의 필요성까지도 알고는 있었다. 덜덜거리는 윈도우 서컨 미구에 한 번 카센터에 가볼 작정이었지만 이즈음 눈 코 뜰 새 없이 돌아가는 시간 때문에 잠시도 차를 세워둘 짬이 없었다. 그런대로 차가 굴러가는 것만 믿고, 장거리 여행에 나설 것을 예상하고 있지 않은 터여서 정비를 미뤄온 것인지도 모른다. 신도매일 입사 당시인 십삼 년 전에 구입한 것이니 차가 낡긴 꽤 낡아 있었다.

계속되는 열대야로 시달린 고속도로변 산야의 수목들은 아직 오전 시간인데도 이미 축 늘어져 있었다. 바람 한 점 없이 까부라져 있는 대지가 온통 죽음처럼 보였다. 언제나 그렇듯이 아비규환 같은 교통지옥의 시내를 빠져나올 때부터 더위가 내리 눌리고 있음을 알았다. 성 국장은 에어컨의 계기(計器)를 더 높여보았다. 냉기는 더하지 않고 스위치만 헛돌았다.

팽 일평 씨가 다녀갔다는 말은 처음 우이남 부장을 통해 들어 알았다. 윤전기 도입문제로 공무국장과 함께 해외에 다녀온 다음날이었다.

"어제 팽 박사가 들렀더라고요 국장님!"

조직사회이니 직장 내에서 상호간에 경어까진 몰라도 우씨가 '국장님'이라고 하는 것은 아무래도 어색했다. 통상적으로 부국장에 대한 호칭은 예우상 '부'자를 빼고 불러주지만 우 씨가 끝에 '님'자까지 붙이는 건 더욱 그러하다. 국장이 아닌 부국장이라서는 아니다. 신도매일에서의 직위가 부장이었을 때도 우 씨는 직함 뒤에 '님'자를 넣어 불러주지 않았다. 그냥 친구에게처럼 '성 기자!' 하거나 '성 부장!' 하고 불렀었다.

팽 일평이라는 이름을 기억해내는 데 따로 시간이 필요할 리 없었다. 그 촌티가 짙으면서도 독특한 냄새가 나는 이름이 이유는 물론 아니다.

"아 그래요…어떻든가요?"

지나가는 말처럼 그렇게 던졌다. 성 국장의 눈치를 살피며 우 부장은 쌀 방개 등짝 같은 눈알을 뱅글뱅글 돌려댔다.

"예, 누굴 찾아왔는지 아래층 현관에서 그냥 봤는데, 아직도 차림새가 초라하더라구요. 얼굴도 많이 상했구, 국장님이 여기 계신 걸 팽 일평 씨는 모르는 것 같던데요?"

성 국장은 시중 일간지에 나있는 새 흰누리 신문의 창간 광고 스크랩 철을 뒤적이면서 대꾸하였다.

"입사할 의향 때문에 온 건가요?"

지극히 당연한 예상을 하면서 머릿속이 피곤해져 옴을 느꼈다. 흰누리 신문을 창간하기로 발의한 사람들이 본디 80년 해직기자들이 주축이었고 보면 그가 이제 나타난 것부터가 이상한 일이긴 하다.

"글쎄, 무슨 다른 볼 일이야 있겠어요?"

우부장도 팽 씨의 방문 목적을 굳이 입사 쪽으로 귀결시키고 있었다. 하지만 팽 씨가 반드시 그 같은 단순한 이유를 가지고 나타날 것이냐 하는데 대하여는 다시 한 번 새김질해봐야 했다.

"그래 내가 여기 와 있다는 말을 했습니까?"

우부장이 그 반들거리는 눈알을 의미 있게 돌렸다.

"그럼요, 편집의 권위자로 특별히 초빙돼 왔노라고 다 말했죠. 어차피 알게 될 일이라면 숨길 이유가 없겠더라구요."

은연중에 성 국장의 양미간이 약간 좁혀졌다가 이내 펴졌다. 우부장의 말이 불쾌해서는 아니었다.

"그래 뭐라든가요?"

그렇게 질문하면서 성 국장은 좀 멋적어 했다. '뭐라든가요?' 하고 묻기보다는 '어떤 표정을 짓던가요?'라고 하는 것이 더 적확한 표현이 아니었을까 싶었던 것이다.

"아 그러냐구, 잘 됐다구 그러더라구요. 근데 여기 왔다가는 게 처음이 아닌 것 같던데요?"

이 같은 대화들이 조잡한 숨바꼭질 공작 모의 같다고 생각하며 성국장의 머릿속은 산란해져갔다.

처음이 아니면 세 번? 네 번? 그렇다면 이 회사의 누군가와 이미 내왕소통하고 있었다는 뜻이다. 해직기자니 뭐니 하면서 창간 취지와 연대의식을 묶어보고자 다니는 것은 아닌지 모르겠다.

그렇다고 하더라도 이제 와서 자신을 흔들어 뽑아내버릴 만한 영향력이 그에겐 없으리라. 신도매일의 다른 인물들처럼 알 슬 곳을 찾는 쉬파리 떼의 부류 정도에 지나지 않겠지! 라며 자위했다.

다음날이다. 전무의 말을 듣고 성 국장은 안도할 수 있었다.

"성 국장, 팽 일평이란 사람을 혹시 아시오? 팔십 년 신도매일에서 부장으로 있다 해직됐다던데? 성 국장 오기 전부터 몇 번 찾아와서 조르던데, 그랬어도 구체적으로 성향을 파악할 수가 있어야지. 그와 알고 지내는 어떤 타지(他紙) 기자가 있는 것도 아니고."

심드렁해 하는 말투로 미루어 아직 팽 씨와 이해가 깊어가는 관계는 아님이 분명해 보였다. 75년도에 박정희 정권의 폭력에 의하여 중앙지에서 해직된 바 있는 전무는 시국인식에 대해 매우 깐깐했다. 그러나 평소에도 그의 어법은 기계적이어서 얼른 정이 가는 사람은 아니었다.

"어떤 사람인가요? 지방지 기자들에 대해선 아는 정보가 없어서… 창간 발기인 명단이 어떤 기준으로 이루어진 거냐고 추궁조로 말하기도 하던데… 마치 집단이기주의자들의 모임쯤으로 오해하는 것 같더라구."

팽 씨에겐 충분히 그런 부분이 있고도 남았으리라는 걸 짐작했다. 전무의 사무적이고도 단선적인 사고는 팽 씨를 이해하기엔 아직 미흡한 수준일 밖에 없었다. 광대뼈 쪽으로 납작하게 퍼져 있는 전무의 우둔해 보이는 코가 그걸 증명하는 거라고 엉뚱한 상상을 해보기도 했다.

"…왜 해직됐느냐, 투쟁 경력은 어떠하냐는 물음에 납득할 수 있는 대답이 나오지 않습다. 그냥 해직 됐다 이거요. 뭔가 할 말을 숨기고 있어 보이긴 하던데…더러운 시대에 밉상 받쳐 그리 된 것인데, 무슨 특별한 사유를 심사하듯 하느냐는 거예요. 아 지금 세상에 밉보인 사람이 어디 한 둘? 그걸 우리가 다 어뜩하라는 거야."

전무는 팽 씨의 처리 문제를 이미 결정해버린 듯하였다. 성 국장으로선 다행스런 일이었다. 머리가 좀 개운해져 왔다.

남은 것은 내부적인 일 뿐이었다. 요즈음의 간부회의에선 사원모집에 관한 내용이 주 의제이다시피 다루어진다. 요강을 작성하여 전국 언론에 광고하는 일은 예정대로 집행되고 있지만 원하는 인력을 원하는 만큼 확보하기가 힘들다. 그 중에서도 특히 큰 문제는 편집기자의 확보였다. 20 년이 넘게 한정된 언론사 구도에 묶여있던 언론계에 편집 기자마저 한정되어 있다는 것은 당연한 일이다. 민주화 물결을 타고 우후죽순 격으로 언론사 창간 광고가 나붙으면서 어디에서나 편집기자 기근 현상으로 몸살을 앓는다. 그나마 흰누리 신문은 입사자의 민주화 의식도(意識度)까지 검증해야 하므로 다른 언론사보다도 훨씬 더한 편집기자 기근으로 고민하고 있었다. 출판물에서 편집은 가장 큰 기본 요소가 아니던가.

해직 기자들, 그 중 특히 편집기자들은 업무에서 손을 놓은 지가 적어도 팔 년 이상 되었다. 그들을 당장 신문 편집 업무에 투입하기는 곤란하였다. 그동안 나이도 먹어 사람들이 늙어있었고 불구대천의 한을 품고 고통 속에 살아온 사람들이라 집념과 오기는 대단하지만 그것이 능률과 관계있는 건 아니었다. 현대화되어 가는 테크닉 치밀성 기억력에서도 신진들에게 미치지 못할 것이다.

　더구나 현재의 구성원 중에는 편집 기능에 능한 인원이 별로 없었다. 그러니 울며 겨자 먹기로 기존의 신문사로부터 편집 실무자들을 암암리에 뽑아가는 행태들이 주를 이루었다. 거기에는 사람에 따라 다르긴 해도 승진, 또는 급여인상이라는 대우가 전제되는 경우도 있다. 시민주 모집으로 창간되는 흰누리 신문으로선 그걸 충족시켜줄 경제적 형편이 아니었다. 우 이남 씨의 경우처럼 부장으로 승진시켜 데려다 앉힌 예도 있긴 하지만 그는 편집기자도 아닌데다 편제가 갖추어지기 전의 일이다. 스카우트하는 사람마다 승진의 자리를 마련해줄 수는 없었다. 기실 그보다도 더 어려운 것은 그처럼 가까스로 편집 기자를 데려오기로 결정했다 하더라도 관제 언론의 성향에서 어느만큼 탈속해 있는지의 여부도 보아야 하는 것이다. 그러다 보면 편집진의 구성이 창간 이전까지 갖춰지지 못할 것이라는 우려가 나왔다. 결국 편집 기자에 관한 한 의식성향 쯤은 슬쩍 눈감고 입사시켜야 하는 애로가 있었다.

　이렇게라도 편집 기자를 스카우트해야 한다고 강력히 주장한 사람은 성 국장이었다. 전통 있는 신문사에서 몇 명 데려오기도 했지만 그것으로 충분한 건 아니었다. 그로 하여 성 국장은 항상 갈증 같은 걸 느꼈다. 편집기자야말로 오랜 숙련자가 필요하다.

　그렇듯 갈증과 피로에 시달리며 일주일 쯤 보냈을 때 지하 윤전실로부터 우 부장이 올라왔다. 그의 발걸음은 언제나 빠르고 바쁘다. 신문사 사정이 어느 정도 어떻게 돌아가는가에 관한 정보는 그의 빠른 발걸음이 실어낸다. 그는 성국장의 귀로 입을 가져갔다.

　"저 아래 현관에 팽 박사가 와 있더라구요. 형님을 찾던데요."

　우 부장은 아무렇지 않게 '형님'이란 호칭을 붙였다. 엊그제는 '국장님'이라 하더니 오늘은 '형님'이란다. 그러면서 눈알은 여전히 뱅글뱅글 돌아갔다. 성 국장은 그 호칭이 좀 생경하게 들리긴 했어도 싫지는 않았다. 그로 인하여 사소하고 잡다한 일이 자신의 손에 이르기 전에 해소될 수 있다면 좋은 일이었다. 우 부장은 피식 웃다말고 눈알을 뱅그르르 돌리며 성국장의 눈치를 살폈다. 성국장의 가슴이 떨떠름해졌다. 이제 스적스적 더 이상 그를 피할 상황이 아님을 자각했다. 그가 정공법으로 나온다면 맞대응할 밖에 없다는 생각이었다.

　"나를 찾는다면 만나줄 수밖에 없지 않습니까?"

　마치 결전에 나서는 사람처럼 우 부장을 돌아보며 뱃속에 힘을 넣었다. 그런 성국장의 심중을 미리 헤아리고 있었는지 우 부장이 주석을 붙였다.

　"제가 미리 쐐기를 박아놓긴 했는데요, 여기는 다른 곳과 달라서 공채로만 사람을 뽑는다구요. 형님도 그렇게만 얘길 하시지요."

　"미리 그런 말을 했다면 오해 사지 않을까요?"

　성 국장은 도움을 청하듯 우 부장을 바라보았다. 온몸이 근질거려옴을 느꼈다. '공채'라는 말을 쓴 것이 그들로서는 좀 부끄러웠을까.

그래도 우 부장은 유신 본당임을 자처하고 나서는 어느 정치인들처럼 멀쩡한 얼굴이었다.

"아니지요, 그런 말을 해도 될 만큼 분위기를 잡았거든요. 요즘 사원 공채, 윤전기도입 문제로 바쁘시다구요."

"아 예 알겠어요. 하여튼 올려 보내세요."

성 국장은 마음을 작정하고 어금니를 꾹 눌러 비장함을 보였다. 우 부장이 자리를 뜬지 오 분도 안 되어 노크 소리가 나고 팽 일평 씨가 모습을 드러냈다.

황토에 절은 흰 농구화를 신었고 회색 바지에 허름한 여름 점퍼를 걸쳤는데 막노동 끝의 차림새가 역력하였다. 얼굴은 누랬고 햇빛에 그을은 뒷목은 꺼멨다. 몸집도 옛날보다 많이 여위어 꺼칠했다. 순간적으로 팽 씨의 온 몸을 훑어대던 성 국장의 시선은 팽 씨의 검은 눈동자와 맞닿을 때쯤 하여 약간 흔들려 내려앉았다.

"아 팽형, 어서 오세요."

외치다시피 한 그 소리가 유난히 공소하게 방안을 맴돌았다. '김형, 박형, 최형' 하는 건 비교적 대등한 인간관계를 전제로 했을 때에 부르는 이 사회의 통념적 호칭이다. 성 국장으로선 팽 씨에게 그러한 호칭을 붙여본 과거가 없다. 신도매일에서 편집부 차장이 되어 있을 무렵, 삼청교육대에서 나온 팽 씨가 지금처럼 형편없이 초췌한 몰골로 찾아왔을 때에도 깍듯이 '형님' 호칭으로 맞았었다. 그러거나 말거나 팽 씨는 피로해 보이는 얼굴에 엷은 웃음을 띤 채 손을 내밀었다. 그는 보고 싶던 지기를 오랜만에 만났다는 듯이, 어떤 흐린 추억도 깔고 있지 않은 사람처럼 반가워했다. 출입문 옆에 자리한 수조 속의 꽃붕어들이 이들의 인사를 점검하듯이 형광등 불빛을 받아 파닥거리고 있었다.

"하아, 부국장님이 되셨다죠? 축하합니다. 몇 번 왔었지만 까마득히 몰랐습니다."

성 국장이 느닷없이 '팽 형'이라 하니 역으로 놀아주자는 뜻이었을까, 현재의 직분과 위치를 존중해 주자는 뜻인지는 몰라도 맞받아 경어를 써 대했다. 성 국장은 속으로 좀 머쓱했지만 그대로 밀고 나가기로 했다.

뺑싯뺑싯 웃으며 뒤따라 들어온 우부장이 오랜만에 다니러 온 사촌형에게 하듯 팽 씨의 옆에 가 탈싹 앉았다.

"네, 그렇게 됐습니다. 우 부장, 거 문 열고 차 좀 가져오라 하시죠."

소파에 막 궁둥이를 붙였던 우부장이 성 국장의 난감해하는 심정을 헤아리듯 얼른 다시 일어나 문밖에 목을 내밀고 아가씨에게 수근거렸다. 성국장이 팽 씨에게 말했다.

"그래, 요즘 생활은 어떠십니까?"

마땅히 할 말이 없어 던지는 다분히 사무적인 표현이었다.

"헛헛 내 생활이요? 내 꼬라지에 나타나 있지 않아요?"

요즘도 종교 연구를 계속하느냐고 물어볼 뻔했지만 용케도 말이 되어 나가지 않았다. 깜짝, 스스로도 당황했다. 여직원에 의해 차가 들어오자,

"커피 드세요."

우 부장이 부닐거리며 팽 씨 앞으로 찻잔을 당겨주었다. 신도매일 출신자들이 찾아오면 우 부장은 으레 성 국장을 보좌하는 형상으로 곁에 앉아 친밀감을 과시하려 했다. 성 국장은 그러한 우 부장을 불러들인 일에 대하여 가끔씩 흐뭇한 기분이었다.

금방 보내고 싶었지만 이 날 일을 다 마무리 한 오후인데다 옛 동료

세 사람이 만나고 보니 이런 저런 이야기의 소재가 많았다. 아무개는 어느 신문사의 사회부로 옮겼고 또 누구는 어느 신문사의 어떤 부서로 갔다는, 그런 이야기도 있었다.

또한 그에게서 나오는 말도 쉽게 잘라버릴 수가 없었다. 우 부장도 옆에서 특별한 눈짓이 없어 더욱 그랬다. 말의 내용은 어두웠어도 팽 씨의 눈빛은 의연하고 당당했다. 그 어떤 지위 앞에서도 의연할 수 있는 팽 씨 자신의 인간 됨됨이가 나타나는 그릇인지도 모른다. 성 국장은 그의 그러한 성격이 은근히 싫었다.

"아 가정은 다 별고 없으신가요?"

한껏 우정 어린 인간애를 나타내기 위함이었을까. 부지부식 간에 튀어나간 말이었지만 그 같은 안부를 묻게 될 만큼 세월이 가긴 갔다는 걸 실감했다. 팽 씨는 의외로 고개를 옆으로 돌리며 심드렁하게 입맛을 다셔보였다.

"떠났습니다!"

"…?"

"…?"

성 국장도 우 부장도 아무 말 못하고 팽 씨의 얼굴만 쳐다보았다.

"내가 가장으로서의 역할이 미달이니 그 사람으로서도 감내하기가 힘들었을 거요. 애 하나만 남겨두고 가버렸습니다. 벌써 몇 해 된 걸요."

어지러운 상상이 성국장의 머리를 휘감고 들었다. 여자란 간물이라는 옛말이 맞는 것일까. 남편이 위기에 처해 있다하여 그것을 참아내지 못하고 자식과 가정을 지켜내지 못하다니, 따지고 보면 불쌍한 건 남자들이 아닐 수 없다. 그렇게 잘난 팽 일평도 마누라를 잡아두는 힘은 없었던 모양이다. 하긴 팽 일평 자신에게 보이지 않는 커다란 하자가 있었을 수도 있다. 직장에서의 처세와는 달리 가정에서는 상상을 넘는 포악성으로 가족을 괴롭혔다든지, 성적 능력이 아주 취약하여 부인으로서는 그 남자에게 미련을 두고 싶지 않을 만큼 경멸스런 존재였다든지, 또 아니면 형언할 수 없는 구제불능의 내숭스런 바람둥이여서 그 부인의 인내에 한계를 느끼게 했다든지 하는 그런 거 말이다. 그런 은밀한 사생활의 갈등이 부인의 가슴속에 차곡차곡 쌓여 있다가 깊이를 모르는 나락으로 추락하는 남편 옆에 더 이상 서 있을 수 없게 했는지도 모를 일이다. 이런 종합적 상상들이 번개처럼 머릿속을 훑고 지나갔다. 마누라가 떠났다는 이 자기 수치의 발언 앞에서 성 국장은 어떻게 반응해야 하는지에 관해 알지 못하였다. 그런데,

"이 세상에 없답니다."

"예?"

성 국장과 우 부장은 동시에 몸을 움찔했다. 이건 아주 뜻밖이었다. 성 국장은 팽 씨의 말에 새롭게 반응할 수 있어서 다행이었지만 자신의 추리가 송두리째 엇틀려 나감으로써 한사코 그를 폄하하고자 했던 자신의 치졸한 모습만 발견할 뿐이었다. 그리하여 '아 그래요?' '어 그렇습니까?'하고 몽유병자처럼 헛소리만 연발하였다. 그 가정 이야기로 꽤 오랜 시간을 소비하자 우 부장이 엉덩이를 들썩들썩 했다. 분위기를 알아챈 듯, 어느 순간 팽 씨가 정색을 하며 성 국장을 건너다보았다.

[4]

"성 국장, 내가 찾아온 용건을 말하겠어요. 성국장이 힘을 써서 관철

될 일이라면 나를 이곳에서 일할 수 있도록 도와주시오. 이미 경영진과 몇 차례 이야기를 해보았지만 선뜻 납득하지 못하는군요. 성 국장이 도와주면 내 꿈을 펼칠 수 있을 것 같아요. 시민주로 창간하여 정경유착 권언유착을 거부하는 주의가 매우 맘에 들어요. 난 직위나 보수는 상관하지 않겠습니다. 특히 무보수라도 괜찮아요. 내 호구지책은 지금 하고 있는 것처럼 막노동 등 잡일로도 해결할 수 있습니다."

우 부장이 팽 씨에게 '쐐기를 박아놓았다'는 말을 떠올리며 자못 긴장하고 있던 차였다. 그러면 그렇지. 당신이라고 별 수 있겠더냐, 팽 일평은 성 삼하에게 취직을 절박하게 부탁하고 있는 것이다. 성 국장은 그렇게 생각하며 역시 하늘 아래 별 사람은 없다는 판단이 섰다. 이곳에서 꿈을 펼치고 싶다, 시민주 창간에 정경유착 권언유착의 거부방침이 마음에 든다, 이게 다 무슨 이야긴가. 입사 지원자 치고 그 같은 아첨성 말을 하지 않는 사람이 어디 있는가. 게다가 경영진이 자기의 진심을 납득하지 못한다고 말하는 것이다. 정녕 세상을 모르는 철부지 행세로 여러 사람을 고달프게 하며 무엇을 얻고자 하는지 한심스러웠다. 그 하늘을 찌를 듯하던 자존심은 어디로 갔는가.

그가 처한 형편을 모르는 바는 아니지만 이처럼 구차스럽게 나올 줄은 몰랐다. 어떻게든 입사만 하고 보자는 어린애 같은 꼼수를 쓰고 있음이 확연하였다. 무보수라니, 어느 직장에나 많든 적든 급여 규정이 있어 그에 따라 지급되는 것이지 무보수를 희망한다고 무보수를 전제로 사원을 채용하는 법은 없다. 그에 대한 평가인식이 지나치게 과대포장 되어 고정관념처럼 머릿속에 박혀 있었던 게 아닌가 싶었다. 하마터면 성 국장은 킁 하고 코웃음을 칠 뻔하였다.

어쨌든 성 국장도 우 부장도 잠시 무춤하였다. 그가 이렇듯 노골적인 태도로 입사를 회망해 올 줄은 몰랐었다. 면전에서 거절하거나 회피하기 어렵다는 점을 역이용한 기습전술일 수도 있다. 전에도 즐겨 쓰던 정면 돌파 방식이 나온다 싶었다. 침을 한번 삼켰다. 어떻게 보면 팽 씨의 그 같은 직설적인 태도가 오히려 부담이 덜할 수도 있는 것이다. 이쪽에서도 대응하기가 아무래도 수월해진다.

"아 그러세요, 음 그렇군요!"

성 국장은 이리저리 말을 돌려보려고 머리를 굴렸다.

"…어 음, 뭐냐 하면 여기는, 아 뭡니까, 저어 고급 두뇌들로 인력관리위원회를 콱 구성해가지고 거기서 다 처리하게 됩니다."

초빙이나 스카우트 단계는 지났으니 마음을 접으라는 뜻도 되었다. 고급두뇌들이라 함은 75년 해직언론인이 박혀있다는 것을 자기 형제들인 양 자랑스레 말한 것이다. 입술 근육이 간지럼 타듯, 꼬불랑꼬불랑 움직였다. 인력관리위원회라는 명칭으로 구성된 인사위원회도 없었다. 어물어물 중얼거렸지만 결국 거절을 하고 만 셈이었다. 팽 씨가 정색을 했다.

"성 국장에게 큰 부담을 주고 싶진 않았습니다. 할 수 있는 범위 안에서 이루어지기를 나도 바랍니다."

오히려 성 국장을 위로하려는 말투였다. 그래도 막상 그의 얼굴은 어쩔 수 없이 낙망의 빛으로 감돌았다.

"팽 형! 오해는 하지 마십시오. 그럴 방침이 세워져있다 이겁니다. 아 신도매일에선 몇 년 근무하셨죠?"

입사 건은 이미 부결된 일로 간주하고, 너무 매정하게 보지 말아달라는 뜻으로 여운이나 남기자고 던진 말이 그렇듯 어살궂었다. 조금만 애정을 갖는다면 성 국장 자신이 팽 씨의 근무 연한을 알아내는 일은 어렵지 않았다. 고개를 뒤로 젖히고 눈만 한번 껌벅 하면 나오는 답이다. 아니 알고도 그렇게 말했다.

"팔십팔 개월, 칠년 사 개월이요."

물어 오기를 기다리고 있었다는 듯 팽 씨의 입에선 즉각적으로 대답이 튀어나왔다. 같은 크기로 마냥 잘려져 놓여진 접시위의 순대 토막처럼 그는 이 대답을 처음 토해내고 있는 게 아님이 분명했다. 아마 이미 만났던 대표 이사에게도, 전무에게도, 그리고 그의 생활 주변에서도 이 대답은 입술 끝에 침방울을 묻히며 수 없이 뒹굴려진 모양새였다.

"아, 그렇군요. 네에."

적지 않은 연한이었다. 그러나 자신의 총 연한에 비하면 거의 절반 수준이다. 자신은 몇 년이던가, 근 십삼 년이나 된다. 팽 씨와는 비교가 될 수 없는 경력이다. 그런데도 팽 씨가 신도매일에서 비중 있게 인정받고 있었던 것은 입사 이 년 남짓 정도가 빠른 선배였다는 사실 하나만은 아니었다. 어쨌거나 선배니 어쩌니 하는 말은 지난날의 이야기이고 시대를 관통한 객관적인 경력은 역시 성 국장 자신이 월등하다. 따라서 그에 대한 우월감 같은 걸 가슴속에 갈무리하게 되는 것도 사실이었다.

"…이 시점으로 계산하면 그렇지요. 팔 년의 공백이 너무도 엄청나지요."

팽 씨는 머리를 천장으로 꺾어 들고 쓴 웃음을 지었다.

"편집…도 하셨지요?"

생판 모르는 후배 신입자의 이력을 묻듯 하는 얄망궂은 계산과 어법에 자신도 놀랐다. 내심 절실한 편집기자 확보의 필요성이 그런 말로 튀어나가게 했을 수도 있다. 어찌 들으면 능멸일 수도 있겠다 싶지만 열은 기대감을 주려했던 것도 같다. 이때 끝쥐 어미를 닮은 우 부장의 눈초리가 쇠꼬챙이처럼 성국장의 얼굴 근육을 찌르고 들었다. 때맞춰 팽 씨의 안광에도 반짝, 기대 섞인 생기 같은 게 피어났다. 성 국장은 서로 다른 두 사람의 눈빛이 무엇을 뜻하는지를 이내 알아챘다.

처음, 성 삼하 기자는 팽 일평 기자로부터 편집의 실제를 익혔었다. 성 삼하가 처음 신도매일에 수습기자로 입사했을 때 팽 기자는 이미 신문 편집의 꽃이라 불리는 일면인 정치면과 정치 해설 면 및 사회면의 편집을 맡아 하고 있었다. 일면 편집은 어느 언론사든 편집으로 늙었달 수 있는 편집부장이 맡아 하는 게 상례다. 그런데도 이 년차가 막 넘은 팽 기자가 그 일을 맡아 할 수 있었던 것은 당시에도 편집기자가 부족했던 이유가 있지만 그의 탁월한 실력 때문이었다. 긴급 기사가 주를 이루는 정치면이나, 사건사고 기사를 다루는 사회면 기사는 조판 마감시간 십 분 전까지 들어온 기사도 편집해낼 수 있어야 한다. 아무리 긴급 기사일지라도 기사 한 번 훑고 사진 한 번 보면 슥슥슥 그려 내는데 옆에서 보기에도 탄성이 절로 날 만큼 공감이 가곤 했다. 국장도 부국장도 그의 편집 결과에 흠을 제기하는 모습을 보지 못했다. 편집에 관한 한 묻는 대로 척척 대답해 주었다. 뿐만 아니라 그의 편집 작업은 오후의 일이고 오전엔 필요한 보충 기사를 위하여 취재 활동에도 참여하고 있었다. 그런 그의 모습은 그가 갖고 있는 실제의 능력보다도 훨씬 더 큰 신뢰와 경외의 대상으로 보였다

이 당시 지방지의 업무관행은 비교적 느슨하였다. 경쟁 언론사가 없었으므로 기업 이윤에 대한 긴장도도 약했다고 봐야 한다. 경영진은 노상 신문도 기업이니 이익을 남겨야 한다고 입버릇처럼 말했다. 광고 협조와 판매 확장에 전 사원이 하나 되어 뛰라고 주문하기도 했지만

구체적 계획을 갖고 가시적 실천에 들어가는 것은 없었다. 이런 형편에 자기 혁신이 구태여 절실할 리 없는 기자들은 취재처 인사들이 제공하는 공대(恭待)를 교만의 모자로 뒤집어쓰고 거드럭거리기 일쑤였다. 이것이 신문사의 보편적 분위기였으므로 알찬 실력자가 없었다고 해도 과언은 아니다. 아니 자기 능력을 최대한 발휘하려고 노력하는 사람이 적었다고 해야 옳은 표현일 것 같다. 이런 상황에서 타고난 능력가인 팽 기자의 활약은 단연 알토란이 아닐 수 없었다. 성 삼하 기자는 그의 옆에서 주로 보조 편집을 하며 수습기간을 보냈다. 편집이란 묘한 것이어서 글자 계산을 정확히 하고 레이아웃을 자유롭게 그릴 수 있는 경지에 이르렀다 할지라도 제목 뽑는 일과 사진 설명 붙이기가 예사롭지 않은 작업이었다. 기사의 성격을 폭 넓고도 정확하게 파악할 수 있어야 제목이 나온다. 사진 설명도 마찬가지다. 짧은 설명문 한단으로 그 사진이 지니고 있는 한편의 기사 가치를 명료하게 심어줘야 한다. 성 국장은 수습기간 육 개월을 보내고 한참 후까지도 기사의 성격을 파악하는데 애를 먹었다.

팽 씨가 잘 부탁한다고 통속적인 한마디를 남기며 자리에서 일어설 때 그의 전화번호와 주소를 물어 적었다. 아래층 현관까지 나가 팽 씨를 전송하고 들어온 우부장이 성 국장에게 핀잔조로 말했다.

"아 받아주기라도 할 것처럼 전화번호는 왜 적으세요? 욕을 먹거나 말거나 끊을 땐 냉정하게 딱 끊어야 하는 거유 형니임!"

팽 씨가 입사하여 당신에게 유리할 게 하나도 없다는 말도 덧붙였다. 그도 팽 씨의 역량을 알고 있음이다.

소주라도 한 잔 대접해 보냈더라면 하는 아쉬움은 남는다. 하지만 꽤 오랜 시간 그의 많은 이야기를 들어주었다. 할 도리는 다 했다고 여겄다. 그의 지난 팔년 역정의 사정은 그가 다녀간 이전 이후로 이런저런 경로를 통해 추가로 들을 수 있었다. 세상이 모두 공모하듯 조직적으로 그 한사람을 차버린 것일 수도 있다. 성 국장은 더운 공기를 털어내듯 머리를 흔들었다.

자동차는 저 멀리 하늘 끝점을 향해 뻗어있는 도로를 마냥 달렸다. 햇볕은 더욱 뜨겁고 무겁게 내리 눌렀다. 차체를 둘러싼 철판이 녹아드는 아스팔트 노면처럼 물렁해지고 있다는 두려움이 밀려왔다. 정말 그렇다면 아주 가벼운 접촉에도 엿가락처럼 우그러들게 된다. 빨리 이 살인적인 햇볕 속을 탈출해야 했다. 액셀러레이터를 더 세게 밟았다. 일백이십, 일백삼십, 일백… 속도계의 숫자는 마구 올라갔다. 애지를 보듬어 안은 아내의 사르르 웃는 미소가 저 앞에서 풍선처럼 부풀어 올라왔다.

[5]

"와아! 형님 이게 다 뭡니까?"

"그냥 혼자 공부하기 위한 방이지 머,"

퇴근 후에 팽 기자를 따라 '21세기 종교 연구원'이란 작은 간판이 붙은 곳엘 갔었다. 세 살이 위인 팽 기자로부터 편집 실무지도를 받으며 꽤 가까워져있던 터였다. 언론계에 투신하게 된 것만으로도 흡족하기만 하던 성 기자였으므로 팽 기자의 모든 것이 신기하기만 했다. 다른 동료 기자들로부터 팽 기자의 연구실 존재에 관해서 대강 듣고 있었다. 그가 나름대로의 자기 성취를 위해 종교관계 연구를 하고 있다는 정도였다. 그런데 연구실까지 개설해 놓고 이렇듯 전문적으로 몰두하고 있는 상황 앞에서는 놀랍기만 했다. 연구실이라곤 하지만 건물과 건물 사이에 있는 작은 공터에 조립식으로 양 건물 벽에 붙여 지은 공간이었다. 세 평쯤 되어 보이는, 청계천 고서점 모양의 사무실이다. 보증금도 없이 땅 주인의 배려로 월 오천 원의 세를 내고 들어있는 곳이란다. 이름도 생경한 종교관계 서적들이 벽을 가득 메우고 있다. 방 가운데로 두개의 책상이 놓여있고 그 옆으로 소파하나가 뉘어져 있다. 그로 인하여 움직임이 부자유스러울 정도였다. 책상위엔 무슨 대작을 쓰는지 집필중인 것으로 보이는 원고지가 한자 높이로 서너 무더기가 쌓여 있다. 성 기자는 대번에 압도되고 말았다.

그 당시 성 기자는 하루 묵혀 내보낼 수 있는 간지(間紙) 한 개면 편집자였다. 간지 편집마감은 시간에 그리 쪼들리지 않는다. 오후 내내 한개 면을 천천히 편집하여 데스크에 넘기고 나면 달리 주어지는 임무는 없다. 팽 기자가 맡고 있는 정치면과 사회면 편집이 늦은 시간 끝날 때까지 그의 옆에서 기다리다 그것이 끝나는 대로 함께 그의 연구실로 간 것이다. 그 날,

"안녕하세요?"

상큼한 목소리였다. 책 보따리와 다른 휴대용품 가방을 양 어깨에 멘 이십대 중반으로 보이는 여학생이 상냥한 웃음을 물고 들어섰다. 그녀는 인사를 마치자 자연스레 자기 휴대품을 다른 하나의 책상위에 내려놓고 자리에 앉았다. 빗어 넘긴 머리채는 뒤에서 묶어 흘러내리게 했다. 허리는 가늘었고 청바지 위로 탱탱하게 도드라진 엉덩이 하며 반듯하고 뽀얀 얼굴은 마네킹보다 아름다웠다. 이만큼 예쁜 미스 코리아나 연예인이 있을까 싶은 정도였다. 그러면서도 어딘가 강기(剛氣)가 들어있어 보였다. 편집국 내의 퉁퉁하고, 얼굴과 몸매의 균형이 잘

안 맞는 거만한 선배 여기자들 보기에 식상해있던 성 기자는 숨이 멎을 듯하였다.

대학원에서 박사과정을 밟고 있다는 이 아리따운 아가씨의 이름이 윤 미영이다. 팽 기자의 대학 후배로 같은 동아리 활동을 하면서 친근해졌다고 한다. 후에 알게 된 이야기지만 미영이 은근히 팽 기자를 좋아했던 모양인데 이 무렵 팽 일평은 이미 다른 과의 후배 여학생과 사귀고 있었던 형편이다. 그런 사정이 있음에도 미영은 '팽 오빠'의 지도 아래 공부해야 한다는 전제로 그 여친에게 양해를 얻어가면서까지 어울리게 되었다. 팽 일평이 졸업하고 이곳에 연구실을 내자 미영은 자연스레 이 사무실을 제 집처럼 이용하게 되었다. 두 여자 사이에 약간의 갈등이 있었으나 팽 일평이 다음 해에 신문사에 입사하고 결혼까지 하게 되면서 오해는 사그라졌다. 미영도 학교와 집 사이에 이곳이 있어 좋았고 따라서 그녀가 있어 이 연구실의 존재가치는 더욱 든든했다.

"빨리 돈 벌어서 큰 곳으로 연구실을 옮기세요 형님!"

성 기자의 말에 미영도 팽 기자도 엷게 웃음을 머금었다.

"이게 뭐, 수익성이 목표도 아닌데 무슨 돈을 벌어?"

"미영 씨를 위해서도 벌어야지요."

옆에서 그 말을 듣던 미영이 사르르 웃었다. 성 기자가 그런 말을 하는 것은 미영과 팽 기자의 관계가 어디쯤인가를 탐색하는 의도가 숨어있었다. 아니 팽 기자가 미영을 어찌 생각하고 있는지를 엿보기 위함이었다.

"자기가 자기 공부하는 건데 뭔 소리야? 자기 성취가 목적일 뿐이지."

그 말로써 미영에 대한 다른 생각이 없음을 외형상으론 확인된 셈이었다.

　종교 연구를 통하여 그 방면에 대가가 되었다 치자, 다른 분야처럼 일반적 명예나 재부를 획득한다는 게 목적이 아니라면 그게 과연 자기 성취일 수 있을까.

　자기 성취의 확실한 객관적 개념도 인정받기 어려운 상태에서 윤 미영이라는 대학원생이 팽 기자와 좁은 방에서 노상 머리를 맞대고 있는 것은 희귀한 경우거나 특수한 관계에 속한다. 거기에는 제 삼자가 간여할 수 없는 그들끼리의 내밀한 무엇이 형성되어 있을 수도 있다. 실제로 신문사 사람들은 은연중에 팽 기자와 그녀의 관계를 특별한 사이로 보는 축이 있었다.

　팽 기자가 피력하는 종교와 사회에 대한 담론 같은 것은 성 기자를 잡아매는 또 하나의 끈이었다. 학생 때부터 군사독재의 독선과 일방적 횡포에 할 말을 잃고 끌려 다니는 국민을 보면서 좀 더 아카데믹한 대 독재 투쟁방안이 무엇일까를 고민해왔다고 한다. 그것이 일차적으로는 언론이겠지만 언론이 제 역할을 못하는 시대라면 다른 방법도 필요하다. 마침내 전국을 방랑하다시피 여행하며 종교에 관심을 갖게 되었다. 그 동기는 하룻밤 신세 지기 위해 사찰을 찾아든다든가, 성당에서 기식하는 것으로 비롯되었다. 물론 그때마다 그냥 잠만 자고 나오는 것은 아니고 관련 성직자 및 종사자들과 깊이 있는 대화를 나누게 되었다. 그것을 학교에서 공부한 지식과 접목시킬 수 있었던 것은 당연한 성과였다. 모든 종교는 미신적 의미가 있다. 그럼에도 대부분의 철학이나 사상 예술 들이 그 미신까지도 아우르는 종교를 근원으로 하고 있음에 팽 일평의 고뇌가 있었고 그 답을 구하기 위하여 공부방을 두고 있는 듯하였다.

좀 지나면서 이야기지만 신도매일 안에서 그를 일러 각종 종교에 대해 해박한 지식을 갖고 있다느니, 깊은 조예가 있다느니 하고 새삼스레 감탄하는 사람들은 없게 되었다. 종교 하면 팽 일평, 팽 일평 하면 종교, 이런 등식이 이미 성립되어 있었다. 더러는 애칭으로 '박사'라고 부르기도 한다.

카톨릭 성공회 등 구교 계통은 말할 것도 없고 개신교나 이슬람의 기원 및 세부적인 이합집산 내력, 불교권의 모든 것, 국내 샤머니즘 아프리카 오지의 토속신앙에까지 광대한 지식은 차라리 외형적이고 단편적이랄 수 있다. 종교와 관련지어 있었던 전쟁, 흥망성쇠, 사교(邪教)의 발호와 그 폐해의 역사까지도 그의 머릿속에 모두 입력되어 있어 보였고 그를 통해 쉽사리 시도할 수 없는 새로운 사상을 정립해 나가고 있지 않나 하는 생각마저 들게 했다.

"보도의 필요에 따라 그때그때 취재해서 기사화하면 되잖습니까? 이렇게까지 수집, 정리할 필요가 있겠어요?"

성 기자는 책상위에 수북이 쌓인 집필 중에 있는 것으로 보이는 원고 더미들을 보면서 말했다. 팽 기자는 어이없다는 듯 흠 웃었다.

"물론 그럴 수 있어요. 모든 역사가 그렇긴 하지만 비정상적으로 돌아가는 사회엔 담론이 왜곡되고 진실이 호도되기 일쑤잖아. 그에 대응하기 위한 최고의 수단은 사상과 학문의 정립일텐데 지금까지의 수많은 학문이나 사상가지고도 세상은 여전히 비정상성에서 벗어나지 못하고 있단 말야. 여기엔 미영씨도 동의하는 것 같던데…내 말이 맞나?"

말을 하던 팽 기자가 미영 쪽을 향해 동의를 구했다. 상냥한 모습과는 달리 별로 말수가 헤퍼 보이지 않는 미영이었는데 즉각 답이 나왔다.

"그럼요."

그 한 마디였지만 성 기자가 보기에 미영은 팽 기자의 모든 것에 동의할 것이라는 예감을 가졌다. 그의 주장이 얼마나 공유할 수 있는 가치인가 라는 질문에 앞서 높아 보이는 그의 품격에 스스로 작아지는 느낌이었다.

"이 일 자체를 통해 나는 하나의 믿음을 형상화하고 싶어."

그의 말대로 그가 특정 종교를 갖고 있는 것은 아니다. 그럼에도 믿음을 추구한다 함은 이 일에 얼마만큼 자기열정을 쏟아 넣고 있는지를 엿보게 했다. 여간한 신앙인도 이와 같은 믿음을 향유하기는 쉽지 않을 듯했다. 모든 종교의 공통점인 '사랑'을 추출하여 돌덩이처럼 빚어 보려 하는 걸까, 분해하려는 걸까.

"그래요? 전 잘 이해가 안 되는 부분도 있습니다."

"이해가 안 되기는 나도 마찬가지야. 그래서 이 고생인 거잖아. 우리와 같은 군사정권 아래서는 더 말할 게 뭐 있어."

그의 이야기는 가다가다 보면 파쇼 권력에 대한 반감으로부터 시작되는 듯싶다.

'독재 정권은 집권전략 및 정권보존 논리를 정책 위주로 삼는다, 그들이 내놓는 정책이란 아무리 백성의 복리에 필요한 내용이라도 정권유지에 보탬이 되지 않으면 언제든지 내팽개쳐버리게 된다, 그들은 국가와 사회, 나아가 국민과 역사 앞에서 겸손해 하거나 회개할 줄 모른다, 따지고 보면 '군사정권'이니 '독재정권'이니 하는 파시즘은 학문일 수도 없고 사상일 수도 없는 지극히 조악한 물리적 지침일 뿐이다. 그것들은 십년일지 백년일지 모르나 결국은 소멸되고 마는 것이다. 그 이상 유지된다고 해도 그 가치는 동일하다, 종교도 마찬가지다, 대부분의 종교에서 내놓는 경전과 율법이란 세속 권력의 지배적 지침과 일

맥상통하는 것이 많아 진리에 이르는 문이라고 규정하기엔 저어된다, 종교는 파시즘적 지침을 포함하여 인간에게 요구하는 것이 너무 많다, 그 요구를 다 줄어줄 수 있는 인간도 없겠지만 다 들어준다 해도 과연 무엇을 얻게 되는가, 어느 종교에서 말하듯 구원? 또 다른 종교가 말하는 극락? 그것들은 모두 사후의 과제이다, 살아생전의 난제에 관해선 무력하다. 그러므로 거기엔 지배자의 편의를 위해 노예를 만들자는 의도가 숨어있음이 보인다, 그처럼 편협한 의미가 진리일 수 있겠는가, 진리는 우주처럼 광대무궁하고 경외로운 것이다, 인간에게 별달리 요구하는 것 따위란 없다, 그리고 진리는 쌈박질과는 거리가 멀다. 역사적으로도 종교가 발흥하는 곳마다 전쟁과 살육의 참상이 있었고 보면 종교의 본질을 새롭게 사유할 수 밖에 없다. 그 앞에서 겸손해질 수밖에 없는 이치이다, 노자의 무위자연(無爲自然)은 종교술어가 아니면서도 종교가 주는 위협과는 달리 매력적인 힘으로 다가온다, 가공되지 않고 스스로 존재하는 것, 그것이 진리를 이해하는 가장 가까운 경전이 될 수도 있다, 인간은 무위자연처럼 스스로 되게 하고 그것 앞에서 두려워할 줄 알아야 한다.'

생전 처음 들어보는 팽 기자의 이 같은 발언들은 쉽게 논쟁의 핵으로 등장할 수 있는 주제이긴 하다. 수 백, 수 천 년을 이어오며 다듬어진 경전의 본질들이 무모하달 수도 있는 그 한 사람에 의하여 변질되고 전복되기는 힘들 것이다. 경우에 따라서는 길바닥에서 자리개질 쳐지는 핏단처럼 궤변으로 난타당할 개연성도 있다. 심지어는 종교적 기득권자나 맹신자들로부터 물리적 위협에 직면할 수도 있다. 그 같은 부담을 안고서도 미개척 분야의 새로운 텍스트를 이처럼 집요하게 붙잡고 있다는 것은 어떤 이상을 향해 가고 있음을 짐작케 한다. 그가 진리를 진정 만났는지의 여부는 차치하고라도 끊임없는 의문과 부정과 탐구를 통하여 새롭고도 품격 있는 세계를 구축하게 되는 것이 아니던가. 종교를 연구하고 있다는 것은 종교에 예속되기 위함이라기보다 그것들로부터 벗어나기 위한 작업이었는지도 모른다. 이렇듯 팽 기자에 대한 매력은 끝도 없이 이어졌다.

성 기자는 그 후부터 자주 그 곳에 나타났다. 누구에게나 실력을 인정받고 있는 팽 기자와 친분을 쌓으며 어울리는 것은 신참 기자인 성삼하로서는 회사 생활을 부드럽게 유지해 가는데도 큰 도움이 되는 것이라는 계산도 작용하고 있었다. 퇴근 후에 팽 기자와 함께 가기도 하지만 팽 기자가 필요한 취재처에 나가고 없다든지 다른 일이 있어 함께 갈 수 없을 때는 혼자서도 들르곤 했다. 두 사람의 교분이 두터워져 가자 미영과도 친근해져갔다. 이처럼 퇴근 후에는 팽 기자의 연구실에 머무는 시간이 많아졌다. 그들의 시간표에 지장이 없다 싶으면 쉽사리 자리를 뜨려 하지도 않았다. 팽 기자의 강론에 빠지는 것도 즐거운 일이었지만 가끔씩 조촐하게 벌이는 소주 파티의 맛도 그럴 듯했다. 무엇보다도 미영이 함께 하는 자리여서 더욱 흥이 났다. 뭐니뭐니해도 바로 이 분위기가 맘에 들었다. 술안주라야 부근 식당에서 시켜오는 것들이었는데 순대접시 김치찌개 고갈비 등속이었다. 대부분의 술자리가 그렇듯 특별히 따로 식사를 하진 않았으므로 안주는 식사대용이 될 수밖에 없었다. 몇 시간씩이나 그처럼 토론이 아닌 교습을 받으며 술을 마신 적도 있다. 접시에 있던 생선의 살점은 거의 다 발려지고 뼈가시만 대가리를 달고 앙상하게 모로 누워있을 때 팽 기자가 몸을 일으키려 하면 미영의 해맑은 손가락이 먼저 날렵하게 움직임을 보인다. 그럴 땐 뭔가 알 수 없는 아릿하고 안쓰러운 슬픔이 성 기자의 가슴속에 들어앉곤 했다.

언제나 '죄송해요' 하고 지나치면서 궁둥이를 들썩하게 하는 일은 있었지만 결코 그게 귀찮다거나 번거롭다는 느낌을 받아본 적이 없다. 그녀가 왕래할 적마다 휘감고 드는 상큼하고 풋풋한 내음이 좋았다. 또한 청바지로 드러내는 허벅지와 히프의 탱탱한 여성적 곡선은 성 기자의 남성적 본능을 불끈 자극하기도 했다. 그 모든 것들은 성 기자를 그녀에게 옭아매는 단단한 끈이 되고 있었다.

"형님은 입사 시험에서 만점을 받았다던데요?"

팽 기자는 일단 흐흥 웃었다. 그럴 때 나옴직한, 겸손을 가장한 거드름이나 교만의 표정은 애당초 눈에 띄지 않았다.

"…봐요. 만점이 뭐 대단해? 내가 풀 수 있는 문제만 출제되면 만점이지. 바꿔 말하면 내가 모르는 문제만 출제되면 빵점이란 말이야."

팽 기자의 담론은 계속되었다. 이조 때의 과거시험이라 친다면 아무리 박학한 사람이라도 제시된 시제가 엉뚱하다면 풀어내기 힘들었다, 인간의 출-불출세나 행-불행도 그런 상황이 작용할 수 있다. 자기 의사와는 상관없이 주변의 환경이 불리하게만 돌아간다면, 예를 들어 나무 잘 타는 다람쥐가 굴속에서 독사에게 잡아먹힐 수 있는 것이다, 독사만 없었다면 천하가 제 것이었다, 이처럼 생애라는 것이 자신의 능력이나 의식구조와는 백팔십도 다르게 결정지어지는 경우가 많다, 나무좀 잘 탄다고 만점짜리 행세하는 게 얼마나 어리석은 짓일까? 막힘이 없는 담론이다.

"이런 경우도 생각해볼 수 있지. 미스 코리아보다 훨씬 아름다운 미인이 이 땅에만도 수 없이 많다는 사실을 말야."

아마도 미영을 두고 하는 말이 아닐까도 싶었지만 당시에도 성 기자는 그의 말을 모두 이해하지는 못했다. 팽 기자는 이미 자신의 미래를 폭넓게 예견하고 있었는지 모른다. 그의 종교 탐구가 그와 같은 미래에 대비하기 위함이었을 수도 있다. 어쨌거나 팽 기자는 뛰어난 능력자로 인정받고 있었다.

성 기자가 입사한지 오년 만에 팽 일평 능력의 음덕인진 몰라도 편집부 차장이 되었다. 칠년 차 기자로 이미 차장이었던 팽 기자는 이때 일 면과 사회면인 십오 면의 편집을 겸하며 문화부장이 되어있었다. 아무리 인맥 위주로 인사를 치러왔다 하더라도 팽 일평의 역량을 부정하는 사람이 없다시피 했으므로 이태 동안의 차장을 거쳐 부장이 된 것이다. 그가 연재물을 게재하기 위하여 분주하였다. '세계 종교 탐험'이라는 대 제목을 걸고 주(週) 이 회 게재 예정으로 일 년 정도의 기간을 잡았다. 오면 왼쪽 아래 전단에 걸쳐 세로 틀 짜기로 면 배정도 받았다. 사실 그는 신문에 연재하는 것을 탐탁히 여기지 않았지만 성 삼하 차장이 편집국장을 채근하여 결정되었다. 한국 언론사에 이와 같은 우람한 기획물이 있었겠습니까, 기사감은 충분히 확보되어 있는 상태다, 라는 말에, 국장이 '오케이' 하였다. 열흘 쯤 뒤부터 연재하기로 기획되었다.

[6]

그 날이 아마 80년 5월 18일쯤인 것으로 성 국장은 기억한다. 이른바 '5.18'이란 국난이 일어난 건데 그 난리를 체감하기 시작한 것은 그 날 오후에 가서였다. 모든 신문기사는 5월 18일 자로 소급해서 계엄당국의 철저한 검열을 받아야 한다는 지시가 떨어졌다. 18일 자 신문은 이미 발행되어 배포된 상태였지만 정권은 그 날로 검열 날짜를 기록하고 싶었던 모양이다. 이전부터 드나들던 보안대 요원은 이날부터 편집국에 상주하기 시작했다. 하루가 지나자 광주시가 특전대에 의해 봉쇄된 채 '반란군'과 대치중이라는 소문이 좌악 깔리기 시작했다. 물론 소문일 뿐 기사화된 건 아니었다. 구체적 상황을 살펴보기 위해 정치부 기자 한사람이 광주로 파견되었지만 시내 접근이 불가하다는 연락만이 돌아왔다. 이런 불안하고 긴박한 상황 중에 보안대요원은 편집국장석 옆에 있는 응접용 의자에 앉아서 한가롭게 귓구멍을 후벼대며 시간을 보냈다. 더러는 국장과 마주 앉아 시덕시덕 킥킥킥 웃어대며 잡스런 농을 퍼 올리기도 하였다.

그 모습을 보는 팽 부장의 표정이 어떠했으리라는 건 필설로 다하기 어렵다. 이 무렵 그는 눈이 벌겋게 충혈 되어있었다. 꽃샘추위 철도 꽤 지난 이 계절에 안질이 걸렸던 것도 아니다. 시끌더끌하는 국장석의 소음이 들릴 때마다 적을 앞에 두고 땅속에서 기관총을 파내는 '장고'처럼 목을 빼 올려 쏘아보곤 했다. 보안대 요원과 국장이 팽 기자의 달아오른 눈알을 보지 못했을 리는 없지만 그들은 대범하고 점잖은 사람들처럼 희한하게도 그런 자잘한 눈길들과 시비하려 하진 않았다. 대단하게도 팽 부장은 그들과의 눈싸움에서 언제나 이기고 있었다.

어느새 배웠는지 국장도 보안대 요원을 따라 귓구멍을 쑤셔댔다. 그렇게 오륙일이 지나면서 팽 부장의 기획물은 어느덧 슬그머니 게재 보류를 당했다. 그 때문이었을까.

"비열한 새끼들, 시간 많으면 술이나 퍼먹고 그 잘하는 계집질이나 할 일이지, 왜 무고한 민중의 염장을 뒤집는 거야?"

어떻게 들으면 행패조의 몰상식이랄 수도 있었다. 그렇게도 고결하고 인자하던 연구실에서의 모습은 아니었다. 국장석에서 듣거나 말거나 주저하는 빛도 없이 왈짜처럼 떠드는 빈도가 잦았다. 편집국 기자들의 중론도 팽 부장의 모습이 이전과 다르다는데 불안해했다. 특히 문화부 기자 일곱 명은 더욱 좌불안석이었다. 정치색에 크게 좌우되지 않는 기사를 다루는 부서여서 기사 성격 때문에 문제가 되는 것은 아니었겠지만 부장의 혈기가 자칫 자신들 모두에게 낙뢰로 미치지 않을까 우려하고 있었다.

국장이 이 지역 합수단장이나 보안대 요원들과 어울려 룸살롱을 드나들며 더불어 오입질하고, 골프로 세월을 즐긴다는 소문을 아는 사람은 다 알고 있었다. 그것이 뭐 크게 지탄받아야 할 비리라거나 부도덕한 행위라고 비난하는 정서도 아니었다. 그건 신문사의 소명(召命)충족과 종사원들의 복리증진을 위한 탁월한 사교역량일 뿐이었다. 그 지난해에, 박정희 전 대통령이 김재규의 총에 맞아 타계하던 79년 10월 26일 이전에는 중앙정보부 지부장 및 그 휘하 요원들과도 국장은 그렇듯 교분을 도탑게 쌓았었다. 그것이 힘이 되었는지 무려 십이 년이라는 긴 세월동안 편집국장석을 지키고 있는 중이다. 발이 넓고 사교성이 좋아 그를 싫어하는 사람이 없을 거라는 평을 듣고 있기도 한다. 그가 움직이면 모든 일이 원만하게 처리되어 회사도 그에 대한 의존도가 높았다. 국장이 신도매일을 나가면 모든 기능이 마비될 것이란 이야기는 상식처럼 되어있었다. 중정이나 보안대로부터 찍혀버린 기자라도 국장의 눈에만 들면 살아났다. 그러므로 팽 부장이 국장을 마뜩찮게 여기는 태도에 대해서 공감해주려 하는 동료기자는 보이지 않았다. 눈을 씻고 봐도 없었다. 오히려 우려를 넘어 '조직사회에서 상사를 능멸하는 언행은 좋지 않지. 자기만 잘난 척한다면 결국 스스로 불행해지는 거 아니겠어.' 한옆에선 이렇게 팽 부장의 미래를 악의적으로 예단하는 동료 기자마저 생겨났다.

이런 와중에도 전국적으로 이름깨나 알려진 몇몇 중앙지 기자들이 군 정보기관에 체포되었다는 소문이 바람결처럼 날아들었다. 그냥 바람처럼 말이다. 구체적으로 어느 언론사의 누구라는 명시성이 없었다. 유언비어를 철저히 단속한다는 군 당국의 발표가 요란했으므로 그 또한 유언비어일 수 있었다. 수많은 중앙지 언론사에 일일이 전화를 걸거나 찾아다니며 어느 기자가 체포되어갔느냐 묻고 다닐 형편도 아니었다. '군인 놈들이 언론에 관해 뭘 알아서 잡아가는 거야?' 신도매일 사람들도 군사정권에 불만을 토로 할 수 있는 사람은 있었다. 물론 군인이 언론을 위해 존재할 때 가능한 불만이다. 그러므로 팽 부장의 항변과 동질성을 지니는 것이라고 보기는 어려웠다. 따라서 불만 감정을 갖고 있는 사람이라 해도 오히려 팽 부장을 비난하고 국장을 옹호하는 축이 대세가 되었다. 중앙지 기자들의 정의로운 행동에는 의협심의 발로로 동조하는 말을 하면서도 편집국장의 행위에는 어떤 비판도 가하지 않았다. 군부가 언론을 요리하려 한다는 사실이 제 발등에 떨어지는 불이라는 걸 인식하고 있는 직원은 없어보였다. 알고 있으면서도 그렇게 처신하는지는 모른다. 이런 현상이 전 지방언론사 기자들의 하찮은 의식수준의 원인쯤으로 낙인찍히는 것은 아닐 것이다. 하지만 이처럼 전반적으로 스스로 몸을 낮추는 모습들이 도매금으로 전체 지방언론사 기자들의 한계인 듯이 비쳐질 수는 있는 것이다. 그것은 중앙언론사 기자와의 등차성(等差性)을 해명하기가 번거롭게 되고 부지부식 간에 지방언론사 기자의 불명예 요인으로 작용할 가능성이 높았다. 물론 이것은 중앙과 지방의 이분법적 사고가 개재되고 있다는 전제 속

에서 진행될 수 있는 이야기다. 어쨌거나 만일 몇 사람만이라도, 아니
단 한사람만이라도 지방 언론사 기자 출신이 자신의 의지대로 어떤 희
생도 감수하고 용기 있게 행동하는 사례가 드러난다면 전 지방지 기자
들의 가치가 일괄적으로 폄하되는 일은 줄어들 것이다. 그러나 지금
이 시기는 철저한 군부 정권의 통제로 하여 그만한 성가조차 드러낼
수 있는 통로마저 막혀있었던 것이다.

　국민의 관심사인 정치성의 기사는 대부분 검열에 걸려 폐기되곤 했
다. 박정희 정권 때는 한 때 검열에 걸린 기사 부분을 공란인 채로 발행
하여 독자로 하여금 독재정권의 간섭이 실존하고 있음을 인식시키기
도 했지만 이 시기의 권력은 전 정권의 예를 반면교사로 삼아 신문에
서의 공란을 허용하지 않았다. 따라서 지면 채울 일이 걱정일 정도였
다. 시국과 거의 무관하다 할 해외 통신으로 올라온 가십기사라면 모
두 받아 게재하는 형편이었다. 문화면이라고 안전하지는 않았다. 이를
테면 모차르트가 나치 정권과 한 때 불편한 관계였다는 내용이 있다
치면 그것은 정권에 대한 저항요소가 된다하여 기사에서 배제되는 것
이다. 로컬, 지역기사는 그런대로 소화된다. 어떤 집 환갑을 맞은 노인
이 축수금(祝壽金)으로 들어온 돈의 일부를 때늦은 새마을 운동에 써
달라고 마을 이장에게 기탁했다는 것, 왜놈 정권이든 군사독재정권이
든 어느 정권에나 순종하며, 사대주의 식민지 법이라도 무작정 잘 지
키는 '착한 사람들'이 살고 있는 마을을 '범죄 없는 마을'로 지정하여
표창했다는 것, 공무원 퇴직자로 구성된 테니스 동우회에서 병중에 있
는 경찰관을 문병했다는 것 등 관제 미담사례 같은 게 고작이었다. 그
것이 요즈막 신문기사의 주 내용이었다. 하지만 그 정도 기사로 신문
지면을 충당시킨다는 건 너무도 낯간지러운 일임을 간부들이라고 영

판 모르고 있지는 않았다. 이런 판국에 신문이 자주적 모습을 띠긴 더욱 어려웠다. 웃음은 흘리고 다녔지만 국장은 기사 기근을 염려하지 않을 수 없었던 것이다.

"지금쯤 그 보류됐던 기획물이나 좀 수정해서 내보내지. 지면도 채워야겠고…"

평소 팽 부장의 불만스런 눈길을 느끼고 있었는지는 모르지만 국장은 아무런 감정의 내색도 없이 사람 좋게 실실 웃으며 그렇게 말했다. 이때까지만 해도 팽 부장은 국장의 얼굴을 멍하니 바라볼 뿐, 어떤 대꾸도 하지 않았다. 원고가 곧장 데스크로 넘겨질 줄 알았던 국장은 몇 번 더 팽 부장을 채근하였다. 그래도 팽 부장은 원고를 내놓지 않았다.

"부장님 그거 내보내지 그러세요? 원래 그러기로 했던 거잖아요."

성 차장은 '형님'이랬다 '부장님'이랬다 하는데 사무실 안에서는 주로 직함을 불렀다. 성 차장의 명료한 처세 방식의 발로였다. 국장의 의도에 맞춰 팽 부장을 졸랐다. 팽 부장은 고개를 저었다. 그리고 성 차장에겐 자기의 입장을 말해 주었다.

지난번과는 사정이 다르다, 말이 종교물이지 그 속에는 전 세계사가 좌우된 정치 경제 사회 군사 예술 언론 등의 문제가 다 포함돼 있다, 또 주제의 초점이 종족문제, 생산과 노동, 지배와 피지배의 구조 및 민중의식, 그리고 진리에 대한 갈망 등에 맞춰져있다, 그 기획물의 내용에 반체제적인 요소가 들어있다고 판단되면 틀림없이 검열을 빙자하여 삭제할 것이다. 아니면 그 진의를 왜곡시킬 것이 명약관화하다, 그 경우 기사의 완결성은 사라지고 동시에 내 인생과 정신적 가치 모두가 찌그러드는 결과를 맞는다, 아니 잃는 것이 된다, 국장이 '좀 수정해서'라고 말한 것이 무엇을 뜻하는가, 그리고 뭐? 지면을 채우기 위하여 연재하자구? 흠, 언론사 편집국장이란 사람의 사고형태가 그 정도니 나라와 사회가 바른 궤도로 회전하겠는가, 내 연구물이 무슨 빈 진열장 채우는 싸구려 고물이냐, 언론인은 언론으로 역사에 기여해야 하는데 지금 상황이 어떤가를 모르겠느냐, 이런 주장이었다.

성 차장은 갈증이 오는 듯 혀끝으로 입술을 훑으며 말했다.

"그야 겸사겸사 내보내자는 뜻으로 풀이할 수도 있잖습니까?"

팽 부장은 드물게 성 차장을 쓱 훑어보았다. 그 눈빛에서 알 수 없는 거리감을 보았다. 섬뜩하기까지 했다. 팽 부장이 분기를 참는 낮은 목소리로 이어갔다.

"모르는 소리, 국장의 표정을 좀 봐요. 이 추하고 참담한 시대에 그의 얼굴은 낙천적이잖아요? 기름기가 번들번들 흐르잖아요? 보안대 요원과 시시덕거리는 태도를 좀 봐요. 그게 바로 사대주의성 군사문화에 예속된 필부들의 안주라는 거야."

'그럼 어떻게 해야 되는 겁니까' 하고 성 기자는 마음속으로 반문하였다. 만일 그 말을 입 밖으로 냈다면 팽 부장의 눈빛은 국장을 보는 충혈된 분노의 침으로 되어 성 차장의 심장에 꽂혔을 지도 모른다.

국장도 세상도 팽 부장에게는 이미 혐오의 대상으로 변해버린 뒤였다. 며칠 안 있어 마침내 국장과 팽 부장은 편집국 직원들이 보는 앞에서 한바탕 붙고 말았다. 아침 조회 시간이었다. 편집국 팔십여 명의 직원들이 아연 긴장하였다.

"팽 일평 씨 당신, 부장 맞아? 그러고도 밑엣 기자들을 통솔할 수 있겠어? 위계질서를 안다면 국장이 시키는 대로 해얄 거 아냐."

국장은 팽 부장에게 삿대질과 함께 눈을 부라리며 언성을 높였다. 게재 여부를 가리는 토론은 생략되고 있었다. 그가 저렇듯 화를 내는 모습을 편집국 직원들은 본 적이 없었다.

"흠, 시키는 대로 해요? 그게 국장님이 갖고 있는 식민지백성의 노예근성입니까?"

사무실 안의 분위기가 물을 끼얹은 대리석 바닥처럼 착 가라앉았다. 경직된 국장의 호통도 호통이려니와 팽 부장의 가차 없는 저항은 강팔지기 그지없었다. 그러나 이게 돌이킬 수 없는 전쟁의 한 시발이라는 걸 파악하고 있는 기자는 없는 듯했다.

"뭐, 뭐가 어째?"

국장의 턱이 부르르 떨렸다. 지금까지 국장에게 분을 질러준 사람도 없었거니와 국장이 분에 떠는 모습을 보기는 고사하고 상상해본 사람도 없었을 것이다. 드잡이라도 벌어질 것 같았는데,

몇몇 부-차장들이 국장을 에워싸고 자리에 앉혔다. 옆자리의 문화부 직원들이 팽 부장의 소맷자락을 잡아 제자리에 앉혔다. 팽 부장은 앉은 자리에서 소리쳤다.

"다아 노예가 돼도 나는 그럴 수 없단 말이요! 나에게 노예가 되길 강요하지 말아요."

국장이 몸을 틀려 하자 에워싸고 있던 부장들이 제지하였다. 모르긴 해도 '미친놈과는 상대할 필요가 뭐 있겠느냐'고 국장의 귀에 속닥거렸던 것 같다.

이 무렵, 이미 편집국 직원들은 개도 안 걸린다는 오뉴월 감기를 앓고 있었다. 누구나 옷깃을 다소곳이 여미고 달달 떨다시피 하며 안온한 곳만 찾아다녔다. 어떤 실상을 알고 있어서라기보다 어쩐지 으스스한 분위기 아래서는 몸을 조심하는 게 상책이라는 생존본능이 앞서서다. 성 삼하 편집부 차장도 예외일 수 없었다. 미영을 고통 속에 빠뜨릴

수 없다는 의무감도 한부조하고 있었다.

[7]

칠월, 어느 날 팽 일평 부장의 모습이 편집국에서 사라졌다. 누군가 '무슨 일이지?' 하고 자문처럼 말하면 '잘 모르겠는데?' 하며 자답처럼 말했다. 더러 이런 소리도 중얼거림으로 떠돌았다. '권력형 부조리를 저질렀대나봐' 그건 아주 생소한 어휘였다. 하지만 알 듯 말 듯한 울림을 주는 말이었다.

직원들은 수근거림 속에서도 갑론을박이었다. '이 시대 언론인 치고 그 관행 속에 끼지 않을 사람이 몇이야?' '하지만 팽 부장이 그 궤에 든다는 건 아무래도 제대로 된 구도가 아닌 것 같애' '언론사 직원이 개인 사무실을 갖고 사업을 한다는 게 문제가 됐는가봐' '함께 일한 여조수와 궤도이탈의 관계를 가졌다는 것 같아' 등 사실 확인이 안 된 이야기들이 풍선처럼 날아다녔다. 하지만 성 차장은 고개를 갸웃하지 않을 수 없었다. 그 중에서 전혀 진실이 아닌 사실 하나를 확실히 알고 있기 때문이다. 자신이 지금 미영과의 관계가 무르익어가고 있는 처지인데 미영을 이르는 듯한 '여조수와의 궤도이탈'이란 터무니없는 낭설이 아닐 수 없다. 팽 부장은 미영에게도 자신의 행방을 알릴 틈이 없었던 것 같다. 그 가족을 한번 찾아가보려 했지만 아직 지면을 익힌 사이도 아니었고 또 미영과의 관계가 은연중 드러나 장차라도 엉뚱한 오해를 사게 될지도 모른다는 부담이 있어서 포기했다. 무엇보다 미구에 팽부장이 돌아올 것으로 믿은 이유도 있었다.

이때 성 차장은 텅텅 뛰는 가슴을 잠재우지 못하며 하루하루를 보냈다. 자신은 개인 사무실도 여조수도 없었으니 그런 식의 묘한 관계가 있을 수 없었다. 그리고 그런 것들이 지탄받고 걸러져야 할 이 시대의 비리에 속하는 것으로는 여겨본 적이 없었다. 팽 부장을 향한 어떤 매도의 변이 떠돌든 간에 팽 부장의 소명(疏明)을 직접 들은 사람은 아무도 없었다. 부분적이나마 성 차장만이 팽 부장의 진실을 들어둔 것이 전부였다.

　얼마 후, 팽 부장이 삼청교육대에 끌려갔다는 것을 모르는 사람은 없게 되었다. 그가 그곳에 가게 된 죄목이 무엇인지, 그 문건을 가지고 있는 사람이 누구인지를 아는 사람도 없었다. 그 다음에 십여 명의 해직사태가 있었는데 그 명단에 팽 일평 부장도 들어 있었다. 팽 부장은 이 사실도 모른 채 삼청교육이란 걸 받고 있는 것이 분명했다. 그것이 파면의 성격을 띠고 있는지의 여부도 물론 불확실하였다. 그런 문제에 대한 확실성의 여부를 추적하고자 하는 인물도 없었다. 모든 기자들이 팽 부장 수준 이상의 비리가 적용될 수 있다고 스스로 인정하고 있는 상태였으므로 유별난 짓을 하는 것은 휘둘러대는 칼날 앞에서 고개를 쏙 내미는 것과 다를 바 없었다. 모든 타인들이 졸장부들처럼 보이면서도 자신은 대장부인가 하는 의문을 슬쩍 품어보기도 하였다. 다른 해직자들 중에는 이혼 경력이 있는 사람, 술집 여종업원과 하룻밤을 함께 했다고 소문이 나있던 사람, 기사 작성을 제대로 못한다고 동료나 상사들로부터 눈총을 받고 있던 사람, 기자협회 신도 매일 분회장, 편집 능력이나 교열 안목이 미흡한 사람 등이어서 팽 부장과 비교해볼 때 그 기준이 무엇인지 대중을 할 수가 없었다. 그들은 대부분 팽 부장처럼 불만을 토로한 적도 없었다. 그들이 해직되었다 하여 팽 부장과 동질의식을 갖거나 동지적 연대감으로 뭉치고자 하는 기미를 보일 리 없었다. 얼마 지난 뒤의 일이지만 그들은 해직 당시의 '부도덕' '무능력' 낙인과는 관계없이 거의 복직되는 행운을 잡았다. 즉 84년도에 이진희 문공부장관의 발표가 있었는데 '80년 해직언론인들에 대해선 소속 언론사가 자율적으로 처리해도 무방하다' 는 내용의 결과였다.

이 기간 중에 성 차장은 윤 미영과 결혼식을 올렸다. 서울의 영향력 있고 저명한 정치인 기업인 문화인들이 적지 아니 삼청교육대에 가서 폐인이 되거나 죽은 사람도 있다는 소식은 듣고 있었으므로 팽 부장도 거의 정상적으로 돌아올 확률은 없다고 자위했다. 그러면서도 혹여 멀쩡히 나타난다면 끈끈한 인연으로 묶인 미영과의 관계가 어떤 가능성으로 이어질지 모르는 일이었다. 그가 기혼남이라는 것과는 상관없이 남녀 관계는 하늘도 모른다지 않던가. 팽 부장의 성품을 못 믿어서라기보다 상황을 믿을 수 없었다. 따라서 팽 부장과 미영과의 사이에 살아오를 수 있는 실낱같은 교감의 통로마저도 차단시켜야 했고 그 방법으로 결혼이 최선의 길이라고 믿었다. 미영도 은근하게 루머처럼 부풀려질 수 있는 팽 부장과의 관계에 대한 의심을 불식시키기 위해서도 삼하의 손길에 빠르게 적응했다고 볼 수 있다. 또 팽 일평이 없는 연구실을 지킨다는 것도 허전하고 격에 맞는 일은 아니었다. 사전에 성 기자가 미영에게 물어본 적이 있었다. 미진하고 궁금한 상자의 포장을 풀어보아야 했기 때문이다.

"하나 물어보고 싶은 게 있는데요. 어, 오해하지 말고요. 음…"

유치하고 던적스런 질문이어서 다음 말을 선뜻 내놓기 어려웠다.

"팽기자님과 저와의 관계가 궁금하신 거겠죠?"

당찬 면으로 뭉쳐있다는 인식을 빼놓고 본 적은 없다. 이 여자는 성 차장을 매 순간 당황스럽게 했다.

"…예. 충분히 알겠어요. 성 차장님이 봐왔던 그대로예요. 한 때 내가 짝사랑했던 건 사실이지만 그 이상도 이하도 아니랍니다. 그게 문제가 되는 건 아니겠죠? 가정을 가진 팽 선배님이 누군가와 가족이 원하지 않는 관계를 형성하고 있다면 팽 선배님은 그 부인에게 당당하게 서지 못했을 거예요. 아마도 팽 선배님은 누구에게나 그랬듯이 그 부인에게도 언제나 당당한 모습이었을 겁니다. 물론 저에게도 그랬구요. 답이 되셨나요?"

그를 짝사랑했었다는 고백은 차라리 신선한 해답이 되었다. 뇌 속에 천근의 무게를 실어 그녀의 말을 듣던 성 차장은 비로소 마음의 무게가 걷히고 있었다. 저렇듯 자기 세계를 또렷이 정립하고 있는 사람은 쉽게 만나질 수 없을 것이란 확신이 섰다.

"하지만 알아두어야 해요. 무엇이든 어디서나 당당하게 내세울 수 있어야 한다는 걸요."

미영의 다짐은 팽 부장 성격의 일부분을 대변하는 의미 같아서 성차장의 머릿속에 조금은 공소하게 감돌았다. 그러나 귓불을 나직이 간지럽히는 그녀의 목소리에 꿈속인 양 고개를 끄덕여댔다. 어릴 때 산밤이나 주울까 하고 뒷산에 올랐다가 말랑말랑하고 발갛게 익은 홍시가 주렁주렁 매달린 야트막한 감나무를 만난 적이 있었다. 대단한 횡재였다. 후에 들은 이야기지만 팽 씨와 친밀해지는 사람이라면 그 누구든 인격적으로 함께 높아질 것이라는 확신이 들어 삼하에게 마음이 쏠리게 되었다고 했다.

[8]

　성 국장은 고개를 좌우로 돌려 차 안을 휘둘러보았다. 운전석 앞뒷
문은 잘 닫혀 있었다. 헌데 조수석 문 유리가 제대로 닫혀 있지 않았다.
윈도우 오르내림 스위치가 제대로 말을 듣지 않고 있던 것인데 대수롭
잖게 여기고 있었다. 아까부터 다르륵다르륵 유리 울리는 소리가 귀를
거슬렀다. 차내에 냉방이 제대로 되지 않는 또 하나의 이유가 거기
있었다. 그는 오른 손바닥을 짝 펼쳐 에어컨 앞에 대보았다. 바람은 들
어오고 있었다. 하지만 수도꼭지에 끼운 호스 끝을 하늘로 쳐들었을
때처럼 분사력이 약했다. 게다가 냉기보다는 온기에 가까운 바람이 뿜
어지고 있다. 차 천장의 함석판이 달구어져서인지 머리 쪽이 후끈댔
다. 답답했다. 성 국장은 연신 손수건으로 땀을 훑어 내렸다. 불꽃인 양
타오르는 노면의 열기는 뽀얀 색깔로 눈앞에 흔들거린다.
　팽 일평 부장이 삼청교육대에서 돌아와 보니 가정은 엉망이 돼있었
다. 부인은 여윌 대로 여위어 누워 있었다. 좌절과 낙망으로 식음을 전
폐했고, 특별히 돌볼 사람도 없었으므로 이미 그녀 스스로 몸을 가누
지 못했다고 한다. 눈은 짓물러 거의 감겨져 있었으며 등창까지 터져
목불인견이었다. 그가 손을 써보려고 동분서주했지만 무위였다. 원래
어린 아들 둘을 두었었는데 젖먹이 작은 아이가 이 틈에 제 명을 부지
하지 못하고 먼저 떠났다. 세 살짜리 큰아이만이 제 엄마 곁에서 칭얼
대고 있었는데 이 아이도 그대로 뒀으면 뻔한 결과를 보았을 것이란
다. 이 아이는 지금 초등학교 삼학년이고 그런대로 공부를 잘한다고
했다. 그의 부인은 남편이 잡혀가자, 그대로 주저앉아 우 반신 마비로
다시 일어서지 못하였다. 내외 모두 양가 부모는 없었고 나머지 친인

척들은 팽 기자가 신문사에서 짓밟힌 때를 맞춰 타인보다 더 냉랭하게 그 가족을 버리고 있었다. 마치 불치의 전염병 환자이거나 더 이상 받아들일 수 없는 상습적 도둑놈, 사기꾼이거나 그들의 피붙이 누군가와 근친상간이라도 한 사람을 보듯 했다. 친구들도 마찬가지였다. 어쩌다 길에서 마주치면 전 같지 않게 머쓱머쓱 인사를 하는 둥 마는 둥 지나친다. 저희들에게 손을 벌리거나 피해를 입힌 적이 있는 것도 아닌데 그랬다. 세상인심이 바뀌어도 이렇게 싹 바뀔 수는 없었다. 이 땅에 천지개벽이 되었다한들 친구도 형제도 처가도 모두 하나같이 서울의 삼각산 쪽으로만 고개를 돌리고 있을 수 있느냐는 거였다. 무엇이 이렇게 만드는가. 다 끝난 세상에서, 그것만이 생존의 방편일 거라고 믿는 군상들의 복종현상이라고 어렴풋이 이해는 되었지만 아무래도 사탄에 홀린 세상이었다. 관청이나 거리 곳곳에 '정의사회 구현'이라는 현수막과 액자가 걸려있었지만 그것은 이미 기만의 구호에 지나지 않았고 정의는 패잔병이 되어 사라져 버렸다고 판단되었다. 이 같은 세상에 대해 저항하는 무리가 이 나라 어디엔가 있다는 소식은 듣도 보도 못했다. 주변 어디에서도 피 끓는 놈을 보지 못했다. 팽 부장이 있는 지역만으로 봐서는 그런 기미가 있을 것 같지도 않았다. 집권자의 보도통제가 한몫을 하고 있을 거라는 짐작은 하면서도 하여튼 바람직한 광경이나 소식은 눈과 귀에 걸려드는 게 없었다. 옛 동료들을 만나고 싶었지만 그들과의 거리감은 더했다. 그래서 더욱 참담했다. 팽 부장은 세 살배기 아들과 함께 세상을 버릴까도 생각해보았다. 하지만 쬐끔 글줄이나 읽어둔 게 흠이라면 흠이었는지 '자살은 죄악'이라는 성경 구절이 결행을 머뭇거리게 했는지, 그만한 용기가 없었는지 결행은 하지 못했다. 더구나 제 자식을 동반함은 억겁의 세월 속에서도 헤어날 수 없는 나락으로 떨어질 악행이어서 지장보살마저 돌아설 것이다. 하긴 어쩐지 자신이 무너지면 이 세상이 다 무너질 것이라는 사명감 같은 것도 가슴 한구석에 시멘트 벽돌장처럼 들어앉아 있었다. 일제의 핍박을 받던 우리 민족은 눈을 희멀겋게 뜨고 모두 말없이 죽어가는 것 같았지만 깨어있던 선구자들의 가슴은 피가 끓어 지하운동 등을 통하여 역사위에 분출하였다. 우리의 역사에는 그와 비견되는 의미를 갖는 항쟁이 수없이 많았다. 역사를 죽여서는 안 된다. 역사를 살려야 한다. 이와 같은 의식은 역사 서적이나 종교 서적 등을 독파한데서 오는 계시 같은 것이었고 또한 오기이도 했다. 가리지 않고 막노동판을 누볐다. 어린 자식도 있었고 생존은 유지하여야 했다. 그 고통이 아무리 심하고 크다 해도 자신이 보듬고 나가야 할 부담이었던 것이다. 그의 사정은 너무 비참하다. 그러나 그것은 그의 삶일 뿐이다.

　대학원도 마무리하지 못하면서 미영은 박사과정 공부를 뒤로 미뤄야 했다. 아마도 팽 씨의 잠적이 세상에 대한 희망 같은 것을 유보하게 했는지도 모른다. 때 맞춰서 아기도 생겼다. 그렇게 태어난 아기가 애지다. 엄마를 쏙 빼닮은 얼굴이다. 아기 얼굴을 보는 성 삼하는 아주 세상을 다 얻은 듯 몸을 떨다시피 하며 어쩔 줄을 모른다. 아내와 아기를 위해서도 도약을 꿈꾸지 않으면 안 되었다. 그 일이 무엇일까. 그러나 희한하게도 그러한 도약을 위한 꿈은 팽 부장을 밀어낸 가해자들의 암묵적 상황처럼 자신도 모르는 사이에 다가오고 있었다.

　팽 부장의 축출과 함께 웃음을 되찾은 국장이 어느 날 성차장의 옆에 와 서서 히히거렸다.

　"팽 부장의 연구실에 있다는 기획물을 수거해오는 게 어때?"

　"예?"

흠칫 놀란 성 차장이 국장을 멀뚱히 올려다보았다. 자신도 모르게 가슴속의 맥박이 팍팍 튀어 올랐다.

"거 연재하려다 만 거 아냐?"

"무슨 말씀이신가요?"

"왜 그렇게 놀라나? 이제 팽 일평은 회사에서 나간 사람인데 그것들을 활용해야지. 아까운 자료들인데 팽 부장을 위해서도 소멸시키고 말 수는 없잖아?"

성 차장은 한동안 벌어진 입을 다물지 못했다. 자신의 머리 위에는 상상할 수도 없이 큰 음모와 공작이 공포처럼 존재하고 있다는 사실을 볼 수 있었다.

"그, 그건 팽 일평 부장님의 개인적 자료가 아니던가요?"

국장이 빙그레 웃었다.

"아니 그렇지가 않아. 그 기획은 회사와 무관할 수 없고 회사로부터 봉급을 받아먹으며 움직였던 일이야. 그건 개인 것이 아니야."

어거지 논리가 분명했다. 두려웠다. 그 연구실은 팽 일평 씨가 신문사에 들어오기 전부터 있어왔던 것이고 신문사로부터 그 어떤 지원도 없던 순수한 개인 작업실이다. 사람의 얼굴에 여유롭게 나타나는 빙그레 웃는 웃음들이, 마냥 몸과 마음을 턱 실리고 싶도록 편안한 것만은 아니라는 사실을 이 순간 깨달을 수 있었다. 모든 일은 국장의 구상대로 진행될 것이 뻔한 그림이었다. 성 기자는 그 의도를 결정적으로 거부할 용기가 없었다. 그런 일은 바로 전에 팽 부장이 당한 것과 같은 결과를 쉽게 예상하게 된다. 그렇다고 상식적인 의문점마저 묵인해주고 모른 체 넘어가는 것은 노골적인 아부행위로 비쳐질 수도 있다.

"국장님, 그건 팽 일평 씨가 신문사 입사 전부터 그 사적인 목적을 위해 수집하고 연구해온 것들로 아는데요?"

국장이 얼굴에서 웃음기를 지우며 살긋한 눈길로 자신을 내려다보았다. 그것은 더 이상의 군말을 용인하지 않겠다는 협박으로 감지되었다.

"그가 사적인 목적을 따로 두고 신문사 근무를 했다는 것부터가 불온한 거야. 또 신문사일로 취재 나가서 보도 자료만 취재했을까? 자신을 위한 취재도 병행 했을거 아닌가. 뒤 책임은 내가 질 거야. 염려 말고 가져 와. 그리고 말야. 그걸 가져다가 성 차장이 한 번 연재해 봐!"

기자도 인간이다. 취재과정에서 얻어지는 정보나 지식들은 필요한 만큼 신문사에 제공되고 나머지는 인간인 기자에게 자양이 되어 더욱 성숙해지면 좋은 일이다. 그렇게 얻어진 양분까지 신문사에서 소유하고자 함은 반인권적 월권이며 착취다. 성차장은 또 뭔가 두렵다는 느낌이 들었다. 덧붙여 흔히 군사정권의 적대적 사상론으로 대변되는 '불온하다'는 표현을 듣고서야 팽 일평 씨는 재기할 수 없는 사람이구나 하는 확신을 가졌다. 단순히 삼청교육대를 마치는 것으로 끝나는 것이 아닌 그의 인생 앞길에는 거대한 조직의 폭력이 대기하고 있음을 보았다. 순간적으로 성 차장은 이쪽으로 가느냐 저쪽으로 가느냐의 갈림길을 보았고, 어느 쪽에 서야 하는가를 결정할 수 있었다.

다시 이전 얼굴로 돌아가 빙긋이 웃음을 흘리는 국장을 보며 감사의 눈길로 화답했다. 인생사 새옹지마라더니 삶의 앞길에는 이런 예기치 못한 깜짝 놀랄 변화도 기다리고 있는 것이구나, 하는 탄성이 가슴 속에 휘돌았다. 국장이 뒤 책임을 지겠다면 동료 기자들의 시기나 조소 등 세세한 걱정거리는 무시해도 그만이다. 사람에게는 시대의 변화를 타고 기회라는 것이 시나브로 찾아오는 모양인데 그것이 기회인지 어떤 것인지를 판단해내야 하며 그때마다 그걸 움켜잡느냐 놓느냐 하는 결단도 내려야만 하는 것인가보다. 팽 일평의 담론과도 맥을 같이하는 부분이 있다고 보았다.

성 차장은 자신이 해오던 칠면과 팽 부장의 축출로 떠맡게 된 십오면 등 두개 면을 편집하는 부담을 갖고 있어서 어떻게든 한 면은 다른 편집자에게 떠넘기고 싶던 참이었다. 두려운 중에도 '지금이 내 인생의 기회다' 라는 생각이 머릿속에 차 오르기 시작했다.

자신의 연재물을 정리하여 자기 손으로 편집하는 행운이 닥친 것이다. 성 차장은 동료 기자에 대한 의리상 거북한 체 조금 망설이다가 국장에게 다짐을 두었다. '한 면은 다른 사람에게 편집을 맡기시죠. 연재물까지 정리하자면 좀 버거울 것 같아서요' 국장은 흔쾌히 승낙하였다. '아 그래요. 그 연재물과 오면 편집에만 전념해 보세요.'

팽 부장의 자료들은 신문사로 옮겨졌다.

"이건 아니잖아요. 어쩌자는 거지요?"

경직된 말투로 미영은 저항을 나타냈다. 아니 팽 일평을 향한 최소한의 도의적 언어였을 것이다. 성 차장은 생각했다. 미영은 어차피 자기 삶의 영역으로 들어와 적응할 수밖에 없다는 확신을 다지고 있었다.

"신문사 자료실로 옮겨두는 것이 오히려 팽 선배를 더 빛나게 하지 않겠어. 사무실 관리문제도 그렇고,"

두려움이 가득한 눈망울을 초롱초롱 굴렸다가 아래로 깔아 내리길 그녀는 몇 차례인가 반복하였다.

"이런 말을 하게 돼서 안됐지만 팽 부장의 거취와는 상관없이 이 자료가 소멸되는 건 아니야. 큰 틀에서 국가 자산으로 보존하는 최선의 길일 수도 있어."

어느덧 두 손으로 얼굴을 감싸 쥔 그녀가 어깨를 들먹였다. 성 차장은 좀 난감해 했지만 자료를 회수해내는 데 별다른 장애는 없었다.

부인의 장례를 마무리하고 난 팽 부장이 신문사로 성 차장을 찾아왔었다. 그 때서야 그가 삼청교육대에서 풀려난 것을 알았다. 짧아진 머리에 까맣게 그을린 얼굴, 바짝 말라있는 몸집, 참혹하기 그지없었다. 다만 악의도 선의도 분노도 감별되지 않는 눈동자만이 뿌리 깊이 박혀 있었다. 엄청난 절제의 모습이거나 넋이 빠져 나간 사람의 몰골이었다.

"어때?"

"매양 그렇지요 뭐."

"한 가지만 물어볼 게 있어서…"

이런 식의 말을 들어야 하는 처지가 성 차장은 참 싫었다. 그건 범행을 추궁당하는 상황과 다름없다. 그와의 대화가 이래야 되는 것은 참으로 비참한 일이었다.

"찻집에라도 우선 가십시다."

결코 속내는 찻집으로 안내하고 싶은 마음이 우러나지 않았지만 뭔가 말을 해주어야 했고 어딘가 그늘 속으로 들어가고 싶었기 때문이다.

"아니 바로 가봐야 돼. 단 한 가지만, 이대로 여기가 좋아."

하늘높이 치솟아 있는 신문사 건물을 그는 눈이 부신 듯 올려다보았다. 신문사 정문 앞에 이처럼 멋대가리 없게 서서 쏟아지는 햇빛을 고스란히 맞고 있는 자신이 마치 고문당하고 있다는 느낌이었다. 휴식시간에나 가끔 쐴 수 있는 귀한 햇빛이 왜 그리 거북했는지 모른다.

"그래도 티샵에 가 차라도 한잔 하십시다?"

수위실에서 전화가 왔을 때 하다못해 구내식당에라도 가 기다리라고 할 걸 그랬다고 새삼 후회스러웠다. 이건 팽 부장으로부터의 고문일 뿐이다. 그렇게 생각하고 있었다.

"아니 염려할 거 없대두, 한 가지만 알고 싶어. 내 연구실에 있던 자료들을 실어내도록 지시한 사람이 누구지?"

성 차장은 가슴 저 아래서 고장 난 차바퀴가 덜덜거리며 지나가는 소리를 들었다. 누군가가 지시했을 것이라고 단정하는 그 앞에서 변명은 코미디가 아닐 수 없었다. 그리고 속을 발딱 뒤집어 보인 것 같아 기분이 상했다. 어떤 의미로든 지금 자신은 팽 일평으로부터 무시, 또는 경멸당하고 있는 심정이었다. 현실을 모르는, 이 어처구니없는 주객전도(顚倒)상태를 조성하는 팽 일평이 가엾고 우습고 미웠다. 하지만 아니꼽고 수치스럽더라도 사실을 말해주어야 한다. 그러한 자신이 비참하기 이를 데 없다는 느낌이다.

대답을 들은 그가 돌아서서 휘적휘적 걸어갔다. 국장이 시켰노라는 말을 해야 하는 자신의 나약하고 비열한 처지가 한심스러웠다. 혹 불면 쓰러질 듯 걸어가던 그보다도 자신이 더 그 자리에 털썩 주저앉고만 싶도록 두 다리의 힘이 빠졌다.

"미영 씨와 결혼하게 됐다구? 늦게나마 축하해!' 그런데 대학원도 중단하게 되었어?"

뽑아낼 정보는 다 뽑아내며 대범하고 의연한 척하는 소릴 했지만 실망과 아쉬움의 눈빛이 역력했다. 이제 더 이상 그로부터 듣고 싶은 말은 없었다. 그 얼굴 자체를 안 봤으면 싶었다. 그 이름과 육신이 훨훨 날아 지구 밖으로나 땅속으로 스며 없어져 줬으면 싶을 따름이었다.

팽 부장이 따로 자료 반환 청구소송 같은 것을 법원에 냈는지의 소문은 듣지 못했다. 회사가 그런 종류의 소송에 걸려있다는 이야기도 들은 적은 없다. 지금의 정치권력 구도에서 결과가 뻔한 그런 사단을 벌였을 리도 없다. 패배를 인정한 그는 더 이상 전장에 서고 싶지 않았을 것이다. 그런 짓은 무모한 것이며 더 많은 친지들을 학살시키는 결과를 가져온다는 걸 모를 리 없잖겠는가. 이런 일은 그가 즐기던 이상적 담론이 아니며 생사여탈이 걸린 눈앞의 현실문제이다.

팽 일평 씨는 '세계 종교 탐험'의 연재분에 대해서도 한마디 하지 않았다. 사실 팽 부장의 입에서 나올 가능성이 있는 여러 가지 말 중에서 가장 곤혹스럽게 느껴진 것은 그 연재분이었다. 말을 꺼내봐야 유리한 답변이 나오지 않을 것이란 점 너무도 잘 알 것이다. 어차피 넘어간 물품, 장차 있을지도 모르는 인간적 관계를 위하여도 그 일로 곤란하게 하지 말자, 이것이 팽 부장의 속셈이었으리라. 그것이 패장이 지켜야 할 최소한의 덕성이기도 할 것이었다.

[9]

구약성경 '창세기 제 27장 이삭이 야곱을 축복함'이란 경구와 관련한 제목의 기사였다.

이 내용은 아버지 이삭이 두 아들, 즉 에서와 야곱 중 후계자를 장자가 아닌 지차인 야곱에게 넘기는 과정이다. 이삭은 당연히 큰 아들 에서를 불러 후계를 위한 절차를 밟도록 명령하였으나 어머니인 리브가는 작은 아들 야곱을 꼬드겨 남편 몰래 큰 아들을 밀어내고 작은 아들에게 후계자가 되도록 암수를 쓴다.

이 같은 기만의 결과에 대하여 기독교 성직자들은 비판 없이 야곱을 찬송하고 있는 게 현실이다. 마누라가 남편을 속였고 남편 이삭은 뒤늦게 진실을 알았으면서도(35절: 네 동생이 간교하게 와서 네 복을 빼

앗아 갔도다) 지위를 작은 아들 야곱에게 넘겼다. 야곱은 어머니의 속임수에 동조하여 후계자 자리를 찬탈하였다. 뒤이어 큰 아들은 잘못 없이 쫓겨나야 했다. 이 과정에 하나님의 계시가 분명히 작용했던 것도 아니다. 이 과학도 의리도 논리도 윤리도 없는 상황이 정당화되고 의로움이 되어 그에 무조건 순종해야 된다 함은 한마디로 비상식의 극치였다. 그럼에도 '하나님의 일은 상식으로 말할 수 없다'는 교계의 주장 앞에서는 인간은 할 말을 잃게 된다. 하나님의 일이라도 왜 말할 수 없는가에 대해 설명되지 않는다면 어거지일 밖에 없다. 이처럼 비판적 관점으로 접근해놓고 있었던 것이 팽 일평씨 원고의 요지였다.

이 원고를 정리 편집하여 국장에게 넘겼는데 국장이 성 차장을 불렀다.

"지금 우리나라 기독교 인구가 얼마인 줄 알아요? 전체 인구의 삼분의 일이 넘는다고도 해요. 그보다도 현 정권 실세와 기독교계의 원로들이 모여 찬양 조찬기도회 가진 걸 몰라요? 기사 내용의 가닥이 이래가지고는 우리 다 맞아죽습니다. 내가 왜 당신한테 이 일을 맡겼는지 알아야지요. 방향을 바꿔보세요."

이래서 팽 일평의 원고는 성 차장에 의하여 방향전환이 되었다.

'성경 창세기 제 27장은 하나님의 뜻으로 큰 아들의 지위를 작은 아들이 차지하게 함으로써 이스라엘(야곱)이 축복의 사람이 되었다'로 바뀐 것이다. 이것만으로 보아서는 쿠데타가 정당화 되는 모습으로 선전될 수 있는 기사였다.

이렇게 내용을 변질시킨 게 전화위복이 되었는지, 천편일률적인 단조로운 기사만을 대하던 일반 독자에게 새로운 읽을거리로 부각되었다. 그 연재물이 나가면서 유가(有價) 부수 판매가 삼천부나 증가하였다. 게다가 이 신문 기사를 아전인수 격으로 접수하려는 해당 종교계의 반응이 대단했다. 또 국장이 보안대장을 앞세워 각급 관서장과 협의하여 공직자의 자질 및 지식 함양을 위한 계몽성을 내세움으로써 관급(官給) 부수를 늘린 배경도 있었다. 정치 언론 등 국민의 민주의식을 고취시켜 저항성을 상기시킬 수 있는 내용은 성 차장이 국장과 협의하여 미리 삭제토록 하거나 완곡한 표현으로 바꾸어 써야했다. 보안대와 협의할 것도 없이 알아서 그렇게 했다. 팽 부장이 어디서 어떻게 비참한 생활을 하고 있을 것인지에 관하여는 알고 싶지도 않았다.

이러는 동안 성 차장은 그 기사를 쓴 덕분으로 연재가 끝나자마자 '대한민국 프레스 대왕상'을 수상했다. 중앙의 쟁쟁한 언론인들도 함부로 넘볼 수 없는 그 월계관을 한낱 이름 없는 지방지 기자가 차지했던 것이다. 그것은 곧 단행본으로 묶여 책으로 출간되기도 했다. 그 과정에서 혹여 팽 부장으로부터 어떤 형태의 전화라도 오게 되지 않을까 몸을 졸인 적도 있지만 그런 일은 일어나지 않았다. 그가 예언한 바대로 찌그러진 인생 발버둥 쳐봤자 그에게 별다른 이익이 돌아가지도 않았겠지만.

성 삼하 차장은 그 수상을 계기로 그 해에 일약 부장으로 승진하였다. 인사가 있을 때마다 이런저런 불만의 소리가 있긴 하지만 인사위원회의 결정 논리에 공식적으로 반박하는 사람은 없었다.

'신문도 기업이다. 성 차장이 프레스 대왕상을 수상함으로써 신도매일의 판매부수가 삼 퍼센트나 증가하였고 신문사의 성가가 전국을 흔들었다. 어느 능력 있는 사원이 이 같은 업적을 이루어낼 수 있겠는가'

회사 측으로 볼 땐 드러난 불만은 잠재울 수 있었지만 정작 승진을 따낸 성 차장은 뒤에서 수근대던 불만군(不滿群)의 변에 귀가 가 있었다.

"승진이란 걸 꼭 일회적 성과 중심으로만 시켜야 하는 건가? 또 성과를 있게 한 원인이 어디 있었던 거지? 이따위 가치관을 가진 지방사에서 부장이 되면 뭘할 거고 부국장이 되면 뭐할 거야. 다 개 x이다!"

성 삼하 부장은 그 같은 말들에 대해 자신을 채찍질하는 교훈으로 삼고자 했다. 정녕 지방사에서 평생 늙어보았자 우물 안 개구리지 더 무엇인가 라는 한계의식이 가슴을 짓누른다. 또 다른 획기적 요인이 다가서지 않는다면 이제 영원한 부장일 뿐이다. 기획기사로 부장도 되고 프레스 상도 받았지만 그 뿐이다. 그건 남의 연구물이었고 자신의 가치와는 무관하다. 편집국장으로 올라설 확률도 높지 않았다. 현재의 국장이 워낙 영향력이 커나서 그만한 역량을 발휘하지 못할 때 비교대상으로 인간가치만 떨어질 수 있다. 다른 기자들이 부러워하는 것과는 달리 성 부장 자신은 늘 불안과 고민 속에 빠져있었다.

87년 '6.29 선언'이라는 게 있고나서 이 땅엔 논공행상의 색깔이 짙은 활동이 번창하기 시작했다. 나는 새도 떨어뜨릴 수 있던 기존의 독재 권력은 날개를 잃어 무력해졌다. 그럼에도 무슨무슨 위원회, 뭐뭐 연합, 어떠어떠한 협의회 등 수 없이 많은 사회단체들이 제일의 투쟁성을 내세우며 목소리를 높여갔다. 이미 그 '선언'이란 것은 '항복'의 의미로 자리 잡혀 있었기 때문에 그 큰 목소리들의 목표가 이전보다는 공소하게 울리는 듯하던 시절이다. 이들은 성격상 각각 출판물을 발행하며 자기들의 입지를 다지려했다. 독재 기득권 세력들이 또 다시 힘을 축적해 악마의 입을 벌릴 것에 대비하는 행위들일 순 있었다.

몇몇 '해직기자'들을 중심으로 새 신문 창간을 위한 발기인 대회를 가졌다는 일단짜리 통신 기사를 보았다. 성 부장의 눈에서 반짝 빛이 났다.

성 부장은 무작정 이력서와 자기소개서를 썼다. 십삼 년의 언론사 근속 경력에 상당 수준의 편집능력 및 지도력까지 갖추고 있음을 기재하였다. 그는 어쩐지 자신이 있었다. '신문도 기업이다.' 라는 신도매일 경영진의 말을 '해직기자는 팔방미인일 수 없다'는 어구로 응용 해석하고 싶었다. 저들이 해직된 지가 팔년, 또는 십삼 년이나 되니 당장 신문을 만들어낼 만한 기술적 체제가 구비되어 있으리라고는 볼 수 없었다. 특히 신문사에서 겪는 만성적 인력난이 바로 편집진용이 아니던가. 해직자들은 해직 이후 숱한 고통과 한을 씹으면서 단단한 저항력과 의식을 높게 키웠을런지는 몰라도 신문제작의 기술적 감각이 그대로 살아 있다고는 볼 수 없었다. 더구나 그들 중 편집 전문기자가 부족할 것은 뻔한 일이었다. 성 부장은 이력서의 경력란 끝에 '대한민국 프레스 대왕상' 수상 사실도 끄적거려 놓았다.

새 신문 창간 준비 사무국에서는 금세 연락이 왔다. 면접 후, 부국장의 직함을 주겠다고도 했다. 그것은 곧 이어 국장으로 가는 지름길이었다.

'귀하와 같은 인재를 발견한 기쁨을 누립니다. 이제 우리들이 새로운 출발의 깃발을 올렸으매 함께 일하게 되기를 희망합니다.' 라는 대표 이사의 인사말까지 들어있었다.

[10]

시중 일간지를 통해 사원모집 광고가 나간 지 삼일 만에 팽 일평 씨의 입사지원서가 들어왔다. 그것은 최후 수단으로써 정면 돌파 행위임이 틀림없었다.

부장급 이상의 간부들이 서류 심사에 들어갔다. 학생운동 및 민주화 운동의 선봉에 선 사람을 우선 대우하도록 심사 기준을 설정하였다. 경력기자 부문에서 팽 일평 씨의 지원 서류가 검토되었다.

"이 사람은 나이가 이미 사십을 넘어서고 있는데 어떤 방법으로 소화시켜야 할지 모르겠는데요?"

사십이 안 된 부장 한사람이 그렇게 말했다. 다른 부장들도 그와 비슷한 나이 또래에 불과했다.

"문제는 말예요. 이 사람이 신도매일에서 왜 해직됐는지 그게 명확하지 않다 이겁니다. 삼청교육대에 끌려가서 고생했다는 것 까진 이해가 돼요…따라서 그것이 대 독재투쟁과 어떤 함수관계를 갖느냐 하는 데는 선뜻 와 닿는 게 없쎄요…허허."

말끝의 웃음은 아무래도 폄하하는 기색이 농후하였다. 이 사람을 중심으로 한 새 신문 발의자들 중 몇 명은 75년 유신정권에 저항한 인사들이었는데 그들은 유난히 자긍심이 강해서 그 부문에 관한 한 마치 독재자를 연상케 할 만큼의 서슬 퍼런 권위의식을 가지고 있었다.

성 국장은 머릿속으로부터 하고 싶은 말이 입 끝으로 밀려오고 있음을 느꼈지만 어줍잖게 입술이 떨어지지 않았다. 이때 전무가 성 국장을 돌아보았다. 최상의 자문관을 만났다는 기쁜 얼굴이었다.

"아 참, 성 삼하 국장! 성국장이 신도매일에 있었으니 그 사정을 알 것 아닙니까?"

성 삼하 부국장은 퍼뜩 놀라 제 정신으로 돌아왔다. 팽 씨는 자기 소개서를 관념적으로 처리했다는 지적을 받고 있는 중이었다. 물론 서류 심사위원들의 의식이 지나치게 자긍심에 차있다 보니 되레 관념적으로 심사할 수도 있었다.

성 국장은 망설였다. 자신이 팽 부장의 연구 파트너와 결혼하게 된 상황을 발설하는 것은 불필요한 일이었다. 대한민국 프레스 대왕상 수상은 팽 씨의 원고가 밑천이었다는 점을 토설하기는 더욱 어려웠다. '5.18' 직후, 지면 채우기 용 기획기사 게재를 요구한 신도매일의 편집 국장에게 정면으로 항거하였던 팽 씨의 의기를 짜드락나게 해서도 안 되었다. 팽 씨의 연구소에서 밤늦도록 술을 마시며 독재자에 대한 분노로 치를 떨던 사례를 말해서는 더 더욱 안 되었다. 팽 씨가 왜 그 원고에 대하여 말하고 있지 않는지가 궁금하지만 설령 말한다 하더라도 당장은 실증적 근거를 대기 어려울 것이다. 그가 어리석지 않다면 당연히 말할 수 없을 것이다. 그리하여,

"글쎄…저도 뭐 구체적인 부분에 대해선 잘 모릅니다. 다만 개인 조수와의 내연관계가 문제됐던 것으로 말이 났었습니다. 아 또 종교계를 출입하면서 금품 수수설에 휘말린 것 같기도 하구요. 그 때문에 언론인의 자질 문제가 거론됐던 것으로 알고 있습니다. 그 외엔 저로서도 구체적으로 아는 건 없습니다."

빠른 속도로 필요한 말을 다 해버린 성 국장은 눈길을 아래로 떨어뜨렸다. 이 모함을 의구심에 찬 눈초리로 바라보는 사람은 단 한사람을 빼고는 아무도 없었다. 건너편에 앉아있던 우 이남 부장만이 뱅글 웃으며 고개를 까딱까딱했다. 그에 대한 또 다른 질문이 날아올까 성 국장은 항문가죽이 다 옴찔거려졌다. 중상(中傷)의 효과가 어떤 것인지는 금방 입증되었다.

"그렇다면 타락, 비신사 무능 케이스였구만? 누구 덕이 됐든 이제 세상이 좀 돼 간다아 싶으니까 쉬파리 떼가 꼬여드는 형상이야."

이 문제에 관한 한 성 삼하 국장의 말은 이렇게 진실이 되어버렸다.

이들로 볼 때 성 국장은 보편적 양식을 지닌 지식인의 수준에 이르러 있는 사람이었고 따라서 그가 발설한 수위 이하의 내용도 함축될 수 있었다. 그 부분은 최소한의 인격을 존중하는 의미로 접어두자는 너그러움도 들어있었다. 이들은 자신들이 설정한 상황 평가기준을 만고불변, 절대가치의 옹벽쯤으로 여기고 있었다. 세상의 모든 가치는 설정된 목적에 예속되고 마는가. 성 국장은 자신도 모르게 고개를 끄떡끄떡하였다. 어쨌거나 한번 떠나게 된 사람은 다른 길을 찾는 것이 정도이며 여러 사람을 난처하게 하지 않는 덕성일 것이다, 성 국장은 그렇게 소리치고 싶었다. 팽 일평 씨에 대한 서류심사는 이렇게 당사자의 소명이 없는 자리에서 불행하게 마무리되고 말았다.

인간의 행—불행은 자기 의사와는 상관없이 엉뚱한 심판에 의하여 결정지어진다던 팽 일평 씨의 말이 성국장의 뇌리를 때렸다.

신열이 나듯 얼굴이 확확 달아오르면서도 앓던 이가 빠진 듯, 벼르던 산꼭대기에 오른 듯, 시원하면서 사지의 맥이 탁 풀려 나갔다. 해탈한 기분이 이런 경지일지도 모른다.

성 국장은 손수건을 꺼내려다 말고 손바닥으로 얼굴의 땀을 훑어 내렸다. 땀을 하도 많이 닦아내서 손수건만 대도 얼굴 가죽이 아파왔기 때문이다. 답답했다. 차창 바람이 나을까 싶어 운전석 윈도우를 내렸다. 그러나 쏴아 하는 속도음이 귀를 때리는 것과 동시에 후끈한 열기가 숨통을 틀어막아 왔다. 다급하게 윈도우를 다시 올렸다. 속도음은 줄어들었으나 이번엔 뻥 뚫린 구멍처럼 차내 공간이 딱딱한 정적으로 가득 부풀어 올랐다. 머리가 띠잉했다.

"당신이 고민할까봐 내 얘기를 안 하고 지냈던 건데, 아 이제 정리가 다 됐다. 당신도 박사과정 다시 밟고 애지의 교육에만 힘쓰자!"

무슨 말인가 싶어 미영은 눈을 말뚱거리며 남편을 올려다보았다. 결혼생활 팔 년 동안에 노글노글하고 아기자기한 순간이 있었는지 유난히 기억되는 것은 없었다. 그렇다고 혼자 신이 나서 돌아치는 사람도 아니었다. 아내의 그런 모습들은 팽 일평이라는 음습한 그림자가 길게 늘어져 덮고 있었기 때문이라고 단정했다. 그러나 세월이 갈수록 이조(李朝)시대의 여인인 양 때로 순종하며 묵묵히 살아가는 그녀에게 성 국장은 차츰 신뢰하며 감사해 온 터였다. 남편의 연재물은 미영의 박사진로를 무위로 만들었고 더 이상 대학원이니 뭐니 하는 학구열의 관심을 접게 하고야 말았다. 이때부터 약간의 우울증 증세를 보이긴 했었다.

"이제 팽 부장의 망령 같은 건 내게서 완전히 떠나가 버렸어."

성 국장은 혼잣말처럼 아내를 보며 중얼거렸다. 이 때 미영이 바닷속처럼 깊게 가라앉은 눈알을 건져 올리며 남편 앞으로 다가앉았다. 성 국장은 저간의 사정을 자랑삼아 아내에게 털어놓았다. 오랜 동안 마음 한 구석에 장애물로 남아 괴롭히던 멍울이 제거된 개운함을 아내와 공유하고 싶었다.

"앞으로 다시는 내 주위에서 얼씬거려야 할 이유가 없어진 거요. 저 급한 똥파리…"

한 잡이 하고난 사람처럼 마지막 말을 입속으로 중얼거리며 두 손바닥을 펴 옆에서 놀던 애지를 끌어당겨 안았다.

개선장군에 대한 은근한 미소를 기대하며 거늑하게 애지의 눈을 들여다보았다. 헌데, 등줄기를 타고 올라오는 예상치 않은 냉기가 살뚱스럽게 피어오르고 있었다. 성 국장은 퍼뜩 애지를 내려놓고 아내에게로 눈을 돌렸다. 자신의 눈을 의심했다. 상기 실망을 넘은 저주의 빛깔이 그곳에 있었다. 미영의 살갗엔 때 아닌 잔 소름이 소복이 솟아 올랐다. 이윽고 파르르 안면 근육을 떨며 입을 떼었다.

"당신이, 당신이 그 가엾은 분을 짓밟았단 얘긴가요? 당신, 당당하게 살고 있는 사람이예요?"

낮고도 차가운 갑작스런 아내의 서슬에 성 삼하 국장은 말문이 막혀 왔다. 선뜻 무슨 말을 할지 몰라 입술만 움찔거리는데, 미영이 갑자기 숨이 찬 듯 주먹을 가슴에 대고 헉헉거렸다.

"뭐야, 왜 그래 당신, 엉?"

성 국장이 놀라 아내를 부축하려 하자, 미영이 남편의 손을 탁 쳐냈다. 여전히 숨을 헐떡인다. 그리고 그 가쁜 숨소리 사이로 단문형의 말을 갈급하게 토해냈다.

"무, 무슨 권리로? 우리가 회개하고…용서를 구할 수 있는…마지막 쪽문마저 막아버린 거예요? 당신이? 그 분과 당신이 어떤 사이였는데, 이런 만행을 자행하기 위해 내가 필요했던 건가요, 그런 거얏?"

성마른 음성을, 절규처럼 새되게 쏟아낸 미영이 상체를 방바닥에 털썩 엎으며 간질 환자처럼 팔다리를 뒤틀었다.

"여보, 여, 여보 왜 그래?"

기겁을 한 성 국장이 아내를 싸안으며 다급하게 외쳤다. 전신이 뻣뻣하게 굳어들고 있었다. 성 국장은 황망히 아내를 차에 실었다. 두려웠다. 신도매일 국장이 팽 부장을 팽개칠 때 느꼈던 두려움보다도 더 아프고 겁이 났다. 지금까지 쌓아온 자신의 모든 성채가 와르르 무너져 내리는 기분이었다. 그 보잘 것 없는 처지의 팽 씨가 자신의 생활 구도를 이토록 흔들어놓다니 어처구니가 없기도 했다. 병원으로 가면서 성 국장은 치기 어린 심정으로 어눌한 넋두리를 펼쳐냈다.

"당신은 몰라. 넌 모른다. 내가 그를 짓밟은 게 아니야. 그가 나에게 그러고 있어. 계속 내 목을 조여오고 있었어. 미영아, 내 말 들려? 응?"

팽 부장의 제거가 이처럼 실신할 만큼 거대한 죄악인지에 관한 의문을 떨쳐버리기 어려웠다. 스스로 불의라 규정하는 세상을 이토록 찰거머리 처럼 물고 늘어지는 팽 씨는 그것이 진리이든 아니든 이 시대의 투사일 것이 분명하다. 아내는 왜, 팽 씨의 그러한 의식의 범주를 사랑하는가. 아내 또한 이 시대 투사들의 동반자란 말인가. 난 투사들이 싫다. 그러나 어떤 경우에도 미영을 거부하거나 부정할 능력은 그에게 주어져 있지 않았다. 병원에서도 이틀이나 사람에게 입을 열지 않았다. 성 국장은 독백처럼 웅얼거렸다.

"네 뜻대로 해볼 거다 뭐든지, 죽으라면 죽을 것이야…"

미영은 여전히 아무 말이 없었다.

[11]

갑자기 차 뒤꽁무니가 매끌매끌 흔들린다고 느껴졌다. 이것이 과속에 연유하고 있음을 깨닫는 순간이었다. 잠에서 놀라 깨어난 사람처럼 눈을 반짝 뜨는 미영의 얼굴이, 그리고 엄마의 얼굴에 뽀뽀 세례를 퍼붓고 있는 애지의 모습이 시야를 가득 메우며 다가왔다. 그 위로 팽 일평 씨가 잃었다는 얼굴 모를 영아의 모습이 오버랩 되어 있었다.

그리고 무엇보다 최근 자신도 모르는 사이에 전무와 우이남이 자주 어울리던 상황이 그림처럼 떠올랐다. 성 국장은 자기 혼자만 그들과 떨어져 딴 세상으로 밀려 온 것인 양 외로워지는 느낌이었다. 얼핏, 티시로 들어가는 분리로(分離路)의 진입구가 차창 밖으로 빗겨 지나고 있음도 보았다. 순간 급제동을 걸었고 동시에, 때 이른 낙엽인 양 도로 바닥위에서 펄럭 펄럭 날리고 있는 차체가 있음도 알았다. 몇 대일까. 다섯 대일까, 열 대일까? 뒤이어 달려들던 차들도 제동력과 관계없이 콰당콰당 부딪치며 하늘로 솟았다가 떨어지곤 했다. 그리고 어디서 날아왔는지 낭자한 붉은 액체위로 밤콩 알 만한 쉬파리들이 윙윙 소리를 내며 파고들었다.

마지막 승부수였던 입사지원서도 효력이 없다고 판단한 팽씨는 편지를 보내왔다. 팽 씨의 편지를 보고 난 전무는 내려앉은 코를 씰룩이며 쓴 입맛을 쩝쩝 다셔댔다. 자존심이 깎였을 때 짓는 표정이기도 하다. 그의 말은 아주 반발적이었고 태도는 매우 독선적 모습을 띠고 있었다. 그 깐깐한 성격의 본질이 무엇인지가 드러난 것이다. 전무는 성 국장을 한참동안 의미심장한 눈으로 바라보았다. 그것이 무엇을 뜻하는지는 성 국장도 아직 간파하지 못했다.

"이 분은 단순 취직이 목적이 아니란 걸 우리가 알아야 합니다. 이 서한에선 꽃을 상징화시켜 말하고 있는데요, 우리를 기능적인 면, 태생적인 면 두 가지 관점으로 분석하고 있는 것 같아요. 이 분은 태생적 검증의 중요성을 강조하고 있습니다. 우리가 이 점을 간과하고 있다는 것입니다. 상당부분 동의합니다."

우리들은 앉아서 누가 더 짓밟히고 저항적이었는가의 단선적 그래프를 그리는 데에 비중을 둔 면이 크다, 그게 바로 독재자가 즐겨 쓰던 제도법(製圖法)은 아니었나 반성할 필요가 있다, 편지 내용에 들어있는 그의 담론적 성격의 문장은 학문적 차원으로도 숙고해볼 가치가 있어보인다, 그의 이상이 우리 모두의 이상일 수 있다, 뭐 그런 이야기로 정리하고 있었다. 그리고 혼잣말처럼 편지엔 없는 내용을 부연하는 대목이 있었다.

'성 국장의 선임 부장이었나보던데, 그게 왜 이제야 드러나지? 그가 파직되고, 다른 기자의 기획물을 도적질해가고, 신도매일이란 곳도 나쁜 짓깨나 한 모양이야…' 그 말은 어디서 나온 말일까. 그럼에도 성 국장에게 기어이 짐을 지우고 말았다.

"아무래도 성국장이 먼저 수고 좀 해주세요. 우선은 논설위원 실도 있고 하니까. 어떻든 보직은 추후 모색하는 걸로 하고,"

[12]

'…거기 꽃들이 있었습니다. 들꽃도 있고 재배되는 꽃도 있었지요. 재배된 꽃은 예쁜 포장지 안에 담겨 시장에 내놓이게 됩니다. 깔끔하고 아름다워 보이겠지요. 그러나 상자속의 꽃이 아무리 싱싱하고 예쁘다 하여도 상품으로 선별되지 못한 다른 꽃의 향기가 지닌 가치까지 왜곡하는 일이 발생해선 안 될 것입니다. 행여 거기엔 꽃이 없었노라 말하지는 마십시오. 님들의 위험은 님들만이 역사를 담보한 전사들의 총체라고 자부하는 곳에 있지 않나 되돌아보십시오. '이 세상의 모든 꽃은 다 우리 손안에만 있노라'고 팔 벌리는 일과도 같습니다. 잊지 마십시오. 필생의 가치를 도적맞은 분노는 님들의 가슴에도 있는 것입니다. 그것이 님들이 꽃 상자를 펼쳐야만 하는 동기이기도 할 것입니다.'

'필생의 가치를 도적맞은 분노', 이것이 그 가슴 속에 가장 크게 자리해있는 언어가 아니었을까. 성 국장의 눈에 이 완곡하게 표현된 글 구절이 왜 여태까지 담겨져 있지 못했을까. 누가 무슨 짓을 한다 해도 자신의 위치는 흔들리지 않는다는 오만이 이유였을까. 따라서 그 편지

전부를 의도적으로 회피하거나 외면하려 한 방심이었을 수도 있다. 이미 전무는 이 구절에 대한 의미를 꽤나 심각하게 새김질하고 있었는지 모른다. 그 알맹이가 무엇인지 짐작했으면서도 현실적으로 추궁할 필요를 느끼지 못했거나 당사자가 스스로 말해오기를 기다려보는 단계였을 수도 있다. 팽 씨 또한 여러 번 찾아오면서도 그 말만은 하지 않고 넘어가려 했던 것 같다. 만일 그 말을 구체적으로 입 밖에 내는 순간부터 자신만 더 치졸해지고, 구조적 변화를 기획할 수 없는 나약한 소시민에게만 피해를 입힐 것이라고 판단하고 있었지 싶다. 그럴만한 사람이다. 그런 느낌이 들수록 성 국장은 더욱 새록새록 치욕스러움이 밀려들고 있었다. 열등감의 나락으로 떨어져가는 기분이었다. 머리에 떠오르는 그의 편지 구절을 캐내가며 떠듬떠듬 뇌까려 보았다.

　'…그동안 제가 가장 두려워했던 것은 나의 정당성이 아무리 크다 해도 누군가의 흠집을 들추어 밀어내고, 그 자리에 들어서고자 하는 모습으로 비쳐질까 하는 점이었습니다. 어떤 경우에도 그 같은 오해 속에 제 삶을 가두어두고 싶진 않습니다. 다만 많은 사람들이 사회와 역사 전체를, 님들의 기본적 정당성까지도 몽땅 거부하게 되는 정신적 패닉상태에 빠져버리게 되지 않나 하는 우려는 있습니다. 이제 도처에서 투사의 이름으로, 정의의 이름으로 아름다움과 향기를 도둑질한 칼잡이들이 마구잡이로 꽃을 베어내게 될 것입니다…

　…그간 적지 아니 부담을 끼쳐드려 송구스럽습니다. 꽃을 다 꺾어 모았으면 이제 산과 들에 꽃이 남아있지 않음과 같으니 님들의 손에 들린 꽃이 시들면 이 세상은 꽃이 없는 세상이 됩니다. 이쯤에서 상기하여야 할 가치는 상품화되는 꽃들보다도 더 많은 꽃들이 야생인 채로 남아있어야만 꽃의 향기를…상품화되는 꽃들보다도 더 많은 꽃들이…'

가물가물해져가는 성국장의 의식사이로 팽 일평 씨의 편지구절이
쉬파리의 노성(怒聲)으로 되어 윙윙 날아들었다.

청주 문학 창간호(1995년 10월)

중 동 십 번 지 남 여 사 가 노 는 동 네

짠,짠,짠,짠,짠,짠, 돌고, 차락,차락,차락,차락,차락,차락, 핑그르, 차, 차,차,차…

브루스 음악에 맞추던 경찬 씨의 발끝이 실은 아까부터 서서히 무뎌지기 시작했었다. 벽시계가 여섯 시를 향해 접근하고 있다.

"뭐 해앵? 내가 열고 밀어주는데 안 당기구 호호…"

애교를 담뿍 담은 콧소리 음정을 내며 남 여사는 자신의 몸을 찰싹 붙여 들이고 잡은 손에 힘을 주었다. 그러거나 말거나 경찬 씨는 몸이 더욱 느려지다가 마침내 손을 풀고 말았다. 미인도 아닌 여자의 땀으로 버무려진 진한 향수 냄새가 역겨워서도, 맘과 다르게 사타구니에 부듯한 힘이 실려 와서도 아니었다.

얼마 전 대통령에 당선된 분이 선거 기간 동안에 '여자를 택할 때엔 최고 미인보다는 좀 덜 미인이 애교도 많고 서비스도 좋은 것'이란 경험적 교시(?)를 털어놓은 적이 있었다. 물론 비교선택을 말한 것이렷다. 역시 대통령은 뭐니 뭐니 해도 좀 더 세상에 달관한 인물이 제격이다 싶었다. 육십이 다 된 남 여사의 육체는 퉁퉁하게 살이 붙어있다. 또 오래 춤으로 살아온 적지 않은 여자들이 그러하듯, 끓는 물에 넣었다 꺼낸 나일론 천처럼 얼굴 주름살이 조글조글하다. 그곳에는 땀으로 반죽된 허연 분가루가 몽울몽울 맺혀 있다. 차라리 그 바탕에 대운하가 주욱 죽 뻗어있었다면 더 나았을 것이다. 복구 불가능의 흉한 얼굴이긴 하겠지만 너저분하리만큼 널려있는 샛강들이 서로 엉켜 땀방울의 수송을 막히게 하진 않았을 게다. 이 정도면 '좀 덜 생긴' 여자라고 정의함이 마땅할 것이며 대통령 또한 동의하지 않겠는가.

"아 나 그만, 오늘 못하겠어!"

"음, 왜 그래유웅?"

경찬 씨가 다섯 살 쯤 위라서 그런지 남 여사는 오늘 반말에 존댓말을 다문다문 섞어 쓰고 있다. 믿음과 친근감을 다지자는 방편일 수도 있었다. 그러한 남 여사에게 경찬 씨는 손만 탈레탈레 흔들고 돌아섰다. 그 여자가 오늘 꼬리를 친다 하여 그녀의 일시적 감정에 휘둘릴 판국은 아니다. 내일은 또 다른 누군가에게 똑같이 할 수 있음을 알아서도 아니다. 무도장(舞蹈場) 문을 열고 밖으로 나서는 경찬 씨의 등에 그동안 트롯으로 바뀐 요란스런 음악이 함빡, 폭풍처럼 덮치는 위로 남 여사의 눈길이 멍하게 서 있다 닫혀졌다.

뭔가 다짐하듯 어금니를 지그시 물었다. 이층 계단을 하나하나 밟으며 터덕터덕 내려서 밖으로 나온 그는 윗저고리 안주머니에 질러 넣은 접이 칼을 만져보았다. 차가운 감촉이 손바닥 안에 가득히 잡혔다. 십번지 길로 들어섰다. 사방에 있는 콜라텍과 무도장에서 흘러나오는 꿍

꽝거리는 음악이 뒤를 쫓아오다 제 십팔 대 국회의원 선거 입후자의 유세차량에서 터지는 굉음에 묻혀 물러서고 말았다.

'경제를 살리겠습니다. 원 도심을 활성화시키겠습니다. 여러분을 상전으로 모시겠습니다. 잃어버린 지난 십년을 되찾아오겠습니다 기호…'

아 맞다. 잃어버린 지난 십년, 좌빨 김대중, 노무현의 통치 성상(星霜)이 북한 독재자 김정일과 동성연애질하며 수십조 원을 퍼 주었다는 게 공공연히 나도는 이야기다. 그렇게 나라를 껍데기만 남겨놓고 폐허로 만들어 서민들이 고통 받고 있다는 생각에 이른다. 원래 말수가 적은 경찬 씨는 사람들과의 말 자리에 잘 끼어들거나 논쟁을 즐기는 품성은 아니다. 그래도 자신의 견해를 가슴에 담아 둘 필요는 있다고 느껴온 터다. 그를 위한 지식과 정보는 주로 많은 사람들이 보는 동아일보 조선일보 중앙일보를 통해 얻어왔지만 막상 그런 정치 사회적인 주제로 들어가 대화할라 치면 웬일인지 밑천이 달려 더 말하고 싶어지지가 않았다. 그는 유세 차량을 향해 보일 듯 말 듯 손을 흔들어 지지의사를 나타내주고 걸었다.

이 구역 인근은 원래 이 도시의 한 중심 지역이었다. 도시의 버렁으로 쳐서 한 중심은 아닐지 몰라도 역을 중심으로 형성된 상권이 뭉쳐 있던 곳이다. 지난 구십사 년도에 둔산에 새 계획도시가 들어서면서 구 도시는 공동화 모습을 띄고 있지만 아직도 길 건너 남쪽엔 중부권 최대의 재래시장인 중앙시장이 있고 그 주변을 둘러싸고 몇몇 백화점 등 각종 상권이 존재한다. 또 본디 이 도시는 예부터 삼남의 관문이라, 이합집산이 수월한 교통적 여건으로 하여 오가는 사람들의 간이 휴게지 역할을 한다. 그러나 그러한 요인이 충분함에도 뭔가 닫혀있고 화

통하게 소통되는 느낌이 미흡하게 느껴졌다.

"섰다 가우, 여쁜 애 있어유!"

휘적휘적 걷는 경찬 씨 옆으로 조잡한 무늬의 스카프를 머리까지 싸두른 칠십 살 전후로 보이는 할멈 하나가 옆으로 다가서며 나직하게 채근했다. 날마다 허수아비 대하듯 지나치며 보던 할멈이다. 이 골목에 어여쁜 여자가 있다고 믿을 사람이 누가 있겠는가. 차마 접촉하기 거북할 정도의 나이 든 추녀들이 대부분이란 걸 모를 사람이 없다. 경찬 씨가 굳은 표정으로 휙 돌아보자 할멈이 흠칫, 뒤로 물러선다. 낯선 사람으로 여기고 접근했던 할멈이 문득 어딘가 익은 안면에 동네 사람인가 싶어 무안해 했다.

옛날엔 이 골목이 서울의 종삼이나 부산의 완월동, 대구의 태평로 일가, 광주의 양동, 인천의 다다구미 등과 어깨를 겨룰 만큼 전국에서도 이름난 사창굴이었다. '김대중 노무현의 잘못된 정치'로 지금은 매춘도 고급화되어 은밀하게 주택가로 숨었다고 하니 거리에서 반반한 매춘부들 만나기가 쉽지 않은 세상이 되었다. 이젠 그 초라한 잔흔(殘痕)만이 옛 시절을 기억하게 할 뿐이다.

오전에 주 당포에게서 전화를 받게 되자 경찬 씨는 적이 당황했다. 그것도 여느 때와 달리 은근한 말투로 술이나 한 잔 같이 하자고 했을 때는 가슴속이 다 우둔거렸다. 무심결에 허락해놓고 안 나갈 수도 없는 일이다. 폭력 전과로 별이 열 개도 넘는다는 소문이다. 물론 확인한 바는 없다. 요즘엔 어느 진보정당 후보를 따라 다닌다는 말도 들렸다. 그런 그가 뭐 엄청 마음에 드는 일로 보자고 했을 리도 없다. 혹여 남 여사를 은근히 마음에 두고 있어서 남 여사와 경찬 씨가 가까워진다는 느낌을 깔고 훼방하려는 것은 아닐까? 어쨌거나 그의 의도에 동의하지 않으면 어떻게 될 것인가.

"형씨, 은제든지 한 번 볼 거여. 당신 보면 판단이 안 서어. 힛, 힛, 힛…"

평소 그의 언행에 사근사근 맞장구 쳐주지 않았던 일들을 걸고 드는 것일까. 나이도 경찬 씨보다 아래여서 남 여사와 동갑으로 알고 있는데 아래 위 가리지 않는 태도가 거북했다. 이 따위 보잘 것 없는 자 앞에서 끙끙대며 전전긍긍해야 하는 자신이 무척 비열하다는 생각도 해본다. 무도장을 통해 전국의 별별 잡놈들을 스치듯 만나며 지내지만 경찬 씨는 이 사람이 유난히 부담스러웠다. 발에 밟혀 굳어버린 진흙처럼 광대뼈 한 쪽은 끼웃이 눌려진 모습이고 눈 꼬리는 옆으로 치올려졌다. 그의 주먹은 또 어떠한가. 그 크기도 크기려니와 손등에 붙어있는 꾸덕살은 가히 위압적이다. 무엇으로 맨 날 그 부분을 단련시키고 있기에 삭지도 않고 손 등에 박혀 도토리 알처럼 솟아있는가. 만약 그 주먹에 한 번 얻어 걸리면 머리통이든 가슴팍이든 부서지고 말 것이 불을 보듯 뻔하다. 늙은 몸에 어디 한 대 맞고 뼈다귀라도 으스러진다면 죽을 때까지 고통을 겪어야 한다. 저런 인간이 활개 치는 세상이라니,

"이것들은 조오 쪽 십 번지 애들보다도 더 드러운 것들이여 힛, 힛, 힛…저것들 붙들고 엎어지느니 차라리 이만 원 들고 조오 쪽 습 번지에 갔다 오겄슈우. 모두 뒈지기 전에 마지막으루 지랄발광하러 오넌 것들이유우 힛, 힛, 힛…"

무도장을 더트는 할멈들도 많다. 늘그막 여생을 편하게 즐기자는 게 잘못된 것일까. 목청을 긁어대는 그의 말을 들을 때마다 참 극단적인 사고의 소유자라는 생각을 하게 된다. 자신도 그 여자들과 어울려 춤

을 추기 위해 나오는 사람 아니던가.

"사교춤인데요 뭘…"

누군가 조심스레 그렇게 말하면

"이 양반 장난하구 있나아? 서방눔덜언 연장이 뻣데기가 돼서 말짱 허당이니께에, 한번이라도 더 맛 볼라면 힛,힛,힛…그거여어, 쓸 만한 거 한 개도 움써어. 저 구데기들 다 쓸어다 대청댐에 쑤셔넣어야 돼유우. 철따구니 음년 소리 좀 하시덜 마러어 힛,힛,힛…"

입이 거칠기로야 이곳에서 노는 사람들 대부분이 그렇다 하지만 주당포의 입은 가히 알아줄만 하다.

한가로이 뱉은, 됫박보다 작은 한마디에 이같이 말(斗)로 봉변을 당한다. 그러니 그가 다가오면 사람들은 슬금슬금 다른 자리로 옮겨 앉기에 바빴다.

사람들이 그를 피하는 진짜 이유는 주먹의 위협보다도 사실 다른 데에 있었다.

"김대중이도 잘못은 있지유우. 노오벨 상 놓칠까버 독재를 안 한 거여. 그 때 대중이가 사그리 씹어 돌렸어야 하능 거여. 노무현이도 그렇구우…아니 노무현이는 어짠 국민과의 대화를 그르키 좋아했댜아 체통없이잇? 힛,힛,힛…그 사람은 그걸루 절단이 난 거여어. 조선눔덜언 말로 되능게 아니고 무서운 기운을 보여야 된다는 걸 몰렀덩거유우."

낄낄거리며 말하지만 그의 표정은 나름대로 진지하기 이를 데 없었다. 김대중 전 대통령이나 노무현 전 대통령에 대해서는 비판하는 것이라기보다 오히려 특별한 지지의 표현이란 걸 어찌 모르랴. 그들의 가치관을 알아서라기 보다 무슨 연유인지 이명박이 싫어서인 것이다.

또 이런 말도 한다.

"조중동 때문에 역사가 망가지는 거여. 맨날 그짓부렁이만 보도하고, 그 신문들을 모두 불태워 없애버리는 자가 나와야 햐야."

조선일보 중앙일보 동아일보 구독 인구가 우리나라 총 신문구독 자의 칠십 퍼센트를 넘는다는 기사를 본 적이 있는데 그렇다면 우리 국민 대다수가 거짓 정보와 이론에 놀아나고 있다는 말인지 도대체 무슨 뚱딴지같은 소린지 이해가 안 갔다. 옛말에도 여러 사람이 가는 길을 따르는 것이 안전하다고 했다. 그것이 사람과 사람이 사는 도리이고 인간이 인간을 존중하고 사랑하는 방법이 아니던가. 조중동 신문을 소상히는 안 보지만 어디 사람 죽이라고 써놓은 글은 보지 못했다. 그런 이치도 모르는 무식한 놈이다. 하릴없이 이런 식으로 조중동 언론을 매도하고 '김대중 노무현'을 옹호하는 발언을 주로 해온다. 그럴 때마다 경찬 씨는 자신이 바보로 취급당하고 있다는 모욕감에 분노를 느끼곤 했다. 그건 자신뿐만 아니라 당포를 아는 대다수 사람들 모두가 느끼는 감정이리라. 이 동네에서 그딴 소리 철없이 주절거리고 다녀봤자 왕따 당할 뿐 아니라 위험하다는 사실을 모르고 있다고 경찬 씨는 늘 중얼거리다시피 했다.

그와 약속된 장소는 십 번지 뒤쪽에 있는 '수퍼마차' 이 가게는 전에 제법 큰 수퍼였는데 춤쟁이들을 상대로 라면도 끓여 팔고 곁들여 소주도 싸게 팔다가 의외로 장사가 잘되니까 인근 식당들로부터 눈총을 받아 고발이 들어갔다. 그러자 벌금 좀 물고 아예 업종을 변경하여 일반음식점으로 바꿔버렸다. 그리고는 라면 끓여 팔던 수퍼시절 가격으로 손님을 받았다. 일반 업소에서 소주 한 병에 삼천 원하는 것을 이 집에선 이천 원 받고 김치찌개나 동태찌개 하나에 다른 집 팔천 원 하는 것을 사천 원 받는다. 이런 식으로 하니 이 동네 무도장에 드나드는 늙다리 춤쟁이들이 짝을 이루어 벌통에 벌 드나들 듯 꼬여드는 곳이 되었다.

옆 골목 한약거리 어디쯤에선가 삥아삥아 어렴풋하게 울리는 경찰차의 사이렌 소리를 무심히 들으며 경찬 씨는 '수퍼마차'로 들어섰다. 오전부터 만원으로 들썩이는 가게인데 저녁때가 되었으니 오죽하랴, 빈자리가 없이 사람들이 버글대고 있다. 삼면의 벽에 각기 두 개 씩 붙어있는 후안이 모두 돌아가는데도 담배연기가 자욱하다. 사오십 명이 실히 될 듯싶은 술꾼들 속을 휘이 둘러보았지만 당포의 모습은 보이지 않았다. 약속된 시간보다 막 이분 정도 지난 시각이니 왔다가 그냥 돌아갔을 리는 없다.

매일이다 싶게 보는 주인 여자가 한 눈을 찡긋하며 맞이한다. 그녀가 턱으로 가리키는 쪽을 돌아보았다. 장삼이사(張三李四)들이 보다 밀어놓은 동아일보, 조선일보, 중앙일보 등이 흐트러져 수북이 쌓여있는 의자였다. 그걸 대강 밑으로 치우고 앉으라는 지시였다.

주당포가 만나자고 했지만 그에게 술값을 내게 한다는 건 꺼림칙한 일이었다. 미리 동태찌개를 시켜놓고 다시 홀만 둘러보았다, 가슴이 두근거린다. 여기저기 안면 있는 자들과 눈을 끔뻑, 고개를 끄떡여 아는 체를 한다. 경찬 씨는 주머니 속으로 손을 넣어 싸늘한 물건을 꺼냈다. 의자 밑에서 이명박 대통령이 크게 웃고 있는 조선일보 한 장을 집어 들어 그걸 돌돌 말아 쥐었다. 이곳의 누구도 주당포를 위해 증언해 줄 사람은 없을 것이라 확신했다. 이 때 얼핏, 남 여사가 출입구에 나타났다. 그녀가 황황한 몸짓으로 홀을 휘둘러보았다. 경찬 씨를 발견하고는 사람들이 앉은 의자들을 헤집고 달려오며 정신없이 팔을 흔들어댔다. 지금 쯤 다른 파트너랑 즐기고 있을 줄 알았다. 경찬 씨의 가슴에

뜻 모를 승리감이 잔잔하게 스며들 즈음,

"오빠 오빠! 저어기, 당포 오빠가 칼 맞고 쓰러졌어유!"

그 소리가 어찌나 크게 가게 안을 울렸던지 문 쪽에 가까이 있던 술꾼들 몇 명이 후닥닥 밖으로 튀어나갔다.

"뭐?"

경찬 씨도 엉겁결에 의자에서 벌떡 일어났지만 밖으로 뛰쳐나가기보다는 손에 말아 쥐고 있던 조선일보를 슬며시 신문더미 속으로 던져 버렸다.

끝.

2008년 4월

긍정론의 허상

언제부턴가 이 땅엔 온통 긍정론이 판을 치고 있다. 안된 말이지만 대부분 왜곡의 산물이다. 사대주의 및 군사문화의 발호에서 비롯된 현상이다. 특히 통치자의 편의를 위해 고용되거나 아첨하는 경우도 적지 않다. 알다시피 왜곡된 긍정은 자칫 진실을 부정하는 결과를 낳고, 마침내는 창조적 가치를 말살하는 악행이 된다. 오늘날 그러한 긍정이 도처에서 오, 남용되어 세상을 흑색으로 변모시키고 있음을 쉽게 본다. 언론 정치 경제 교육 문화 종교 등 사회 각 분야에서 행복이란 이름표를 달고 미소를 지으며 춤춘다. 이는 가진 자들의 독선적 잔치판에 매우 유용한 수단으로 작용 되기도 한다.

이권 제일주의와 부일 사대주의의 합리화, 보수 언론의 진실 덮어버리기, 비뚤어진 종교인들의 가당찮은 이념 활동 등이 전위대로 나선다. 그들의 통치언어를 비판하거나 지배방식을 반대하면 '빨갱이' 사탄이라 모함 받는다. 그들에게 합리성이란 존재하지 않으며 결코 반성하지도, 회개하지도 않는다.

그것들이 왜 그리 당당한가. 행복이란 양심과 정의에 바탕을 두지 않으면 사기놀음일 뿐이다. 그래야 행복이 오는 것이라면 일단 그 행복은 유보되어야 한다. 이로써 내 소설의 모티프는 드러났음직하다.

등단 20년 만의 첫 창작집, 부끄러운 부분이다. 그보다도 취재의 미흡과 역량의 한계로 예술적 가치로서의 완성도가 어느 만큼인지 나로서는 자부하기 어렵다. 그것이 더한 부끄러움이다.

2010년 1월

임 상 모

임상모 창작소설집

미 꾸 라 지

초판 1쇄 인쇄일 | 2010년 1월 28일
초판 1쇄 발행일 | 2010년 1월 29일

지은이 | 임상모
펴낸이 | 정구형
총괄 | 박지연
편집 · 디자인 | 김숙희 이솔잎 채지선 채지영
마케팅 | 정찬용
관리 | 한미애 강정수
인쇄처 | 태광
펴낸곳 | **국학자료원**
            등록일 2006 11 02 제2007-12호
            서울시 강동구 성내동 447-11 현영빌딩 2층
            Tel 442-4623 Fax 442-4625
            www.kookhak.co.kr
            kookhak2001@hanmail.net

ISBN | 978-89-6137-484-2 *03800
가격 | 20,000원